Bernd Franzinger

DINOTOD

Bernd Franzinger

DINOTOD

Tannenbergs vierter Fall

KRIMI IM GMEINER-VERLAG

Bibliografische Information
Der Deutschen Bibliothek
Die Deutsche Bibliothek verzeichnet diese
Publikation in der Deutschen Nationalbibliografie;
detaillierte bibliografische Daten sind im Internet
über http://dnb.ddb.de abrufbar.

Besuchen Sie uns im Internet:
www.gmeiner-verlag.de

Im Ehnried 5, 88605 Meßkirch
Telefon 0 75 75/20 95-0
info@gmeiner-verlag.de

1. Auflage 2005

Lektorat: Isabell Michelberger, Messkirch
Umschlaggestaltung: U.O.R.G. Lutz Eberle, Stuttgart
Gesetzt aus der 9,5/13 Punkt Stempel Garamond
Druck: Fuldaer Verlagsanstalt, Fulda
Printed in Germany
ISBN 3-89977-630-5

My Brother, my Brother, whatcha gonna do?
My Brother, my Brother, I'm here to help you.
Tell me your sorrows, tell me your fears.
My Brother, my Brother, I'll always be here.

I know it won't be easy, but we both have got to try,
To hold onto each other, until the day we die.
Nobody knows you quite the way that I do,
And if you're in trouble, come to me, come to me.

My Brother, my Brother, whatcha gonna do?
My Brother, my Brother, I'm here to help you.
Tell me your sorrows, tell me your fears.
My Brother, my Brother, I'll always be here.

Whatcha gonna do?
I'm here to help you.
Tell me.

We got the same blood running through our veins,
my Brother.
Father is the heaven, Mother is the grave.
We gotta look out for each other, my Brother.

Yeah, that's what we gotta do.

Aaron Neville

1

Mit rudernden Armen kam Johannes auf die Kindergruppe zugestürmt. Sein blauer Rucksack pendelte wild hin und her. Die Baseballmütze flog in weitem Bogen von seinem Kopf. Er stolperte, wäre fast gestürzt.

»Langsam, langsam! Was ist denn los? Ist etwa ein Dino hinter dir her?«, rief ihm Frau Walter verwundert entgegen.

»Der Stegosaurus hat eine Frau aufgespießt«, gab Johannes völlig außer Atem zurück. Dabei warf er seinen rechten Arm mehrmals in Richtung der Dinosaurier-Ausstellung, die seit einigen Jahren im nördlichen Teil des Gartenschaugeländes beheimatet war.

»Du mit deiner blühenden Phantasie«, entgegnete die Leiterin des Mölschbacher Kindergartens lächelnd. Dann wandte sie sich wieder dem vor ihr stehenden, blonden Lockenköpfchen zu, das offensichtlich einige Probleme mit dem Verschluss seiner Jacke hatte.

»Ich bin mal sehr gespannt darauf, wie unser lieber Johannes in der Schule zurechtkommt«, seufzte die andere Erzieherin, während sie dem aufgeregten Sechsjährigen zur Beruhigung sanft über die glatten, kastanienbraunen Haare strich. »Die Lehrer nehmen bestimmt nicht so viel Rücksicht auf dich und deine Spinnereien wie wir beide.«

»Da haben Sie Recht«, bestätigte Frau Walter und schickte ein zustimmendes Kopfnicken auf die Reise zu ihrer Kollegin.

»Aber es ist wirklich so: Der Stegosaurus hat mit seinen Stacheln eine Frau aufgespießt«, wiederholte der für sein Alter recht groß gewachsene Junge hechelnd, erntete damit allerdings nur schmunzelndes, stummes Kopfschütteln.

Im Gegensatz zu den abweisenden Erwachsenen reagierten Johannes Spielkameraden jedoch sofort mit regem Interesse auf die spektakuläre Behauptung. Besonders die älteren Jungs scharten sich gleich neugierig um ihren Freund, stellten ihm ein paar kurze Fragen und machten sich anschließend mit ihm gemeinsam auf den Weg zum Dinosaurierpark.

»Bleibt mir aber ja vom Wasser weg!«, mahnte Frau Walter. »Wir kommen gleich nach.«

»Ich will auch mit!«, flehte die blondgelockte Kleine mit weinerlichem Gesichtsausdruck.

»Ja, ja. Nur noch einen winzigen Augenblick, dann klappt das mit deiner Jacke. – So, siehst du, jetzt funktioniert der Reißverschluss wieder«, sagte die Leiterin, erhob sich, nahm das Mädchen an der Hand und folgte der Kindergruppe, die sich bereits in Bewegung gesetzt hatte.

Noch bevor sie die nächste Wegkehre erreichten, kamen ihnen die vorausgeeilten Jungs schon wieder entgegen. Der vorderste von ihnen rief so laut er nur konnte: »Es stimmt! Da ist eine tote Frau. Sie hat einen großen Stachel im Bauch.«

Neugierig rannten nun alle Kleinen des Mölschbacher Kindergartens los. Auch die beiden Erzieherinnen beschleunigten ihre Schritte.

Nach der nächsten Biegung sahen sie mit ihren eigenen, weit aufgerissenen Augen das wirklich Ungeheuerliche: Zwischen dem Barbarossawoog und dem mächtigen Felsmassiv eines ehemaligen Steinbruchs lag tatsächlich ein bekleideter weiblicher Leichnam – quer über dem Rücken einer etwa acht Meter langen Dinosaurier-Nachbildung.

Auf der ihnen zugewandten Seite des stacheligen, ockerfarbenen Stegosaurus hingen der Kopf und die Arme der toten Frau schlaff zur Wiese hinab. Ihr Mund war von breitem, mehrfach um den unteren Kopfbereich herumgewickeltem Paketband bedeckt. Ein dicker, aus schwarzgefärbten Haaren geflochtener Zopf schwebte frei in der Luft und baumelte im leicht böigen Frühlingswind.

Der oberer Teil des Rumpfes war etwa in Brusthöhe zwischen zwei steil aufgerichteten, circa einen halben Meter hohen Knochenplatten eingeklemmt. Der versetzt dahinter stehende, dreizackige Rückenstachel hatte die Wirbelsäule der Frau durchtrennt. Die schwarze Spitze des fächerartigen Stachels ragte in Höhe des unbedeckten Bauchnabels etwa fünfzehn Zentimeter aus der leblosen Gestalt heraus.

Schockgefrostet starrten die beiden Erzieherinnen einige Sekunden regungslos in dieses bizarre Szenario. Erst das aufgeregte Rufen einiger Kinder riss sie aus ihrer bleiernen Apathie. Geistesgegenwärtig kramte die jüngere der beiden ein Handy aus ihrem schwarzen Sportrucksack und verständigte über die Notrufnummer die Polizei.

Als die diensthabenden Beamten der Kaiserslauterer Mordkommission im Gartenschaugelände eintrafen, hatten ihre Kollegen von der Schutzpolizei den Fundort der Leiche bereits weiträumig abgesperrt und erste Zeugenbefragungen durchgeführt. Die Kriminaltechniker begannen gerade mit ihrer aufwändigen Arbeit. Der ebenfalls schon anwesende Gerichtsmediziner unterhielt sich angeregt mit dem routinemäßig in solchen Fällen herbeigerufenen Notarzt.

Gleich nachdem Dr. Schönthaler die Mitarbeiter des K 1 erspäht hatte, beendete er das medizinische Fachgespräch und eilte den Ankömmlingen mit freundlichem Gesichtsausdruck entgegen.

»Einen wunderschönen guten Morgen, meine Dame, meine Herren!«, begrüßte er die Kriminalbeamten mit der ihm wesenseigenen Theatralik.

»Moin«, brummte Hauptkommissar Wolfram Tannenberg mürrisch seinem alten Freund entgegen, während er über das von Dr. Schönthaler auf den feuchten Wiesenboden hinabgedrückte rotweiße Plastikband der Polizeiabsperrung stapfte. Dann wandte er sich um und wartete geduldig, bis seine Kollegen ebenfalls das Hindernis überwunden hatten. Dabei taxierte er mit abschätzigem Blick die zahlreichen Schaulustigen, die sich bereits hinter der Absperrung eingefunden hatten.

Der Rechtsmediziner schien seine Gedanken erraten zu haben, denn er flüsterte: »Kommt, wir gehen erst mal nach hinten zum Dino. Sonst steht morgen jedes Wort von uns in der Zeitung.«

»Was ist denn das eigentlich für'n ekliges Vieh?«, fragte Tannenberg, als sie noch mindestens zehn Meter von der Stegosaurus-Nachbildung entfernt waren. Nach einer kurzen Pause schob er sichtlich angewidert nach: »Kleiner Schlangenkopf, langer Hals. Pfui Teufel, mit denen hatte ich noch nie was am Hut!«

»Keine Ahnung, wie dieser Dino heißt, Wolf. Ich konnte mit diesen Viechern auch noch nie etwas anfangen«, pflichtete Sabrina Schauß ihrem Vorgesetzten bei.

»Aber, Chef, das ist doch ein Stegosaurus. Der gehört ...«, begann Kriminalhauptmeister Geiger zu dozieren, wurde aber vom Leiter des K 1 sofort brutal abgewürgt. »Halt die Klappe, Geiger. Falls du es noch nicht gemerkt haben solltest: Wir sind nicht wegen diesem Monster hier, sondern wegen der toten Frau! Du gehörst schließlich zur Mordkommission und nicht zu irgendeinem albernen Dino-Fan-Club.«

»Mensch Wolf, bist du mal wieder gut drauf heute Morgen«, foppte der Gerichtsmediziner, als sie endlich den Leichenfundort erreicht hatten. »Ich weiß gar nicht, was du hast. *Ich* für meinen Teil freue mich richtig darüber, dass wir nach einem Jahr kriminologischer Langeweile endlich mal wieder einen etwas kreativeren Mordfall zu bearbeiten haben.«

»*Kreativerer* Mordfall? Was für'n Ausdruck!« Tannenberg rollte die Augen, zog die Brauen empor. »Den *wir* zu bearbeiten haben? Komm, halt hier mal keine langen Vorträge über die Freuden eines Hobby-Detektivs. Informier uns besser mal über das, was du als Gerichtsmediziner zu sagen hast.«

»Du wirst tatsächlich von Tag zu Tag humorloser, alter Junge. Nun gut. Wie ich dich kenne, willst du wie immer zuerst den ungefähren Todeszeitpunkt wissen.«

»Du hast es erfasst! Aber verschon mich mit einem Exkurs in die Nebelwelt deiner ominösen Berechnungsmethoden.«

Dr. Schönthaler wiegte nur verständnislos den Kopf hin und her. »Also gut, kurz und knapp, wie es dem Herrn Hauptkommissar beliebt: Der Tod trat gestern Abend zwischen 21 und 24 Uhr ein.«

»Na, das ist ja schon mal was.« Tannenberg rieb sich die Hände. Aber nicht etwa, weil er dadurch den Umstehenden seine Freude über diese Mitteilung kundtun wollte, sondern weil von der leicht sumpfigen Wiese ein unangenehmes Kältegefühl an seinen Beinen emporzukriechen begann. »Wieso hat man denn dann die Tote nicht schon früher entdeckt?«

»Vielleicht weil es ausnahmsweise mal dunkel war heute Nacht, Herr Hauptkommissar! Oder meinst du vielleicht, dass hier nachts einer rumrennt und mit der Taschenlampe nach Leichen sucht?«

Tannenberg ging auf die Äußerung des Rechtsmediziners nicht ein. »Gibt's denn hier in aller Frühe keine Inspektion oder sowas?«

»Das haben wir vorhin auch schon die Geschäftsführerin der Gartenschau gefragt«, mischte sich Karl Mertel aus der kriminaltechnischen Abteilung ein.

»Und?«

»Ja, sie hat gesagt, dass ein Mitarbeiter jeden Morgen um Punkt 8 Uhr eine Inspektionsfahrt über das gesamte Gartenschaugelände unternimmt. Aber dieser Mann hätte sich heute Morgen überraschend krank gemeldet.«

Tannenberg machte eine wegwerfende Handbewegung. »Ist ja zunächst auch mal egal!«

»Das ist im Moment wirklich ziemlich belanglos«, stimmte der Rechtsmediziner zu. »Wir haben nämlich ein ganz anderes Problem.«

»Welches?«

»Schau dir doch einfach mal den Leichnam genauer an. Besonders diese Platte, die den Körper der Frau durchdrungen hat.«

Tannenberg warf die Stirn in Falten, bohrte seinen Blick in dieses unwirkliche Bild. »Ja und?«

»Mehr fällt dir dazu nicht ein?«

Nur stummes Kopfschütteln.

»Zum Beispiel die Frage, wie wir die Tote in die Pathologie schaffen sollen?«

»Versteh nicht, was du meinst.«

Dr. Schönthaler ging zwei Schritte näher an den Stegosaurus heran und zeigte mit dem ausgestreckten Arm genau auf das, was ihm Sorgen bereitete. »Der Rückenstachel des Dinos hat, wie du anhand der anderen Stacheln unschwer erkennen kannst, die Form eines Widerhakens. Das heißt, er …«

»Mann, Rainer, ich weiß schon, wie ein Widerhaken aussieht!«, unterbrach Tannenberg genervt.

»Was meinst du wohl, was das für eine Sauerei gibt, wenn wir den Leichnam hier an Ort und Stelle gewaltsam aus dem Stachel reißen? Schau dich doch mal um: Hinter der Absperrung stehen die Gaffer, viele Kinder darunter. Und die Pressegeier sind bestimmt auch schon da.«

Betroffen blickte sich Tannenberg um, nickte zustimmend. »Und was schlägst du vor?«

»Wir könnten ja den Dino mitsamt der Toten auf einen Tieflader schaffen und ihn ins Klinikum bringen. Durch die ganze Stadt, wie beim Maimarktumzug. Das wäre vielleicht ein Höllenspektakel«, gab Dr. Schönthaler einen erneuten Beweis seines makaberen Gerichtsmediziner-Humors zum Besten.

»Du hast vielleicht irre Ideen!«, bemerkte Tannenberg, während ihm ein dezentes Schmunzeln über die Lippen huschte.

»Schneidet doch einfach den Stachel mit einer Trennscheibe ab!«, mischte sich plötzlich einer der beiden Mitarbeiter eines Bestattungsunternehmens, die gerade mit einem Zinksarg am Stegosaurus eintrafen, in den Dialog ein.

»Gute Idee«, lobte Mertel und klopfte mit dem Knöchel seines rechten Zeigefingers auf den ockerfarbenen Dinosaurierkorpus. Aus dem dadurch erzeugten helltönenden Geräusch zog er den Schluss, dass er sich bei dem Material um Fieberglas handelte. »Die Figur ist hohl. Das müsste gehen. Ich geh die Flex holen.«

»So, Herr Rechtsmediziner, würden Sie nun endlich die Freundlichkeit besitzen und uns über die Todesursache informieren?«, provozierte Tannenberg seinen alten Freund.

Äußerlich völlig unbeeindruckt begab sich Dr. Schönthaler seitlich neben den Kopf der toten Frau und deutete auf ihren Hals. »Da der Herr Hauptkommissar schon wieder so extrem mies gelaunt ist, machen wir's kurz und bündig.«

»Wirklich zu gütig.«

»Also: Die Frau hat weder Selbstmord begangen, noch wurde sie von einem wildgewordenen Dinosaurier aufgespießt. Sie ist auch nicht erstickt, wie ein Laie vielleicht vorschnell aus dem Umstand schließen könnte, dass man ihr den Mund verklebt hat. Weit gefehlt, Herr Hauptkommissar, denn die Frau konnte ja noch durch die Nase atmen!«

»Alter Klugscheißer!«

Der berufserfahrene Gerichtsmediziner grinste, dann ergänzte er: »Nein: Sie wurde vielmehr erwürgt. Was sich zum einen aus diesen wunderschönen halbmondförmig im vorderen Halsbereich zu erkennenden Fingernägelabdrücken schließen läßt. Und was zum anderen aus den bilderbuchmäßigen Einblutungen in den Bindehäuten der Toten abzuleiten ist.«

»Aha, erwürgt«, brummelte Wolfram Tannenberg kopfnickend leise vor sich hin.

»Und dann hat sie jemand aller Wahrscheinlichkeit nach von dort oben runtergeworfen«, erklärte der Rechtsmediziner, während er seinen Kopf nach hinten warf und auf die direkt über ihnen, in etwa 25 Metern Höhe auf einem Felsüberhang gelegene Aussichtsplattform deutete, an deren chromfarbenem Metallgeländer die Oberkörper einiger Schaulustiger zu sehen waren.

»Und dieser Sturz ist die Ursache dafür, dass der Stachel den Körper der Frau vollständig durchdringen konnte«, sagte Tannenberg, der seine Augen ebenfalls die senkrechte Felswand emporgeschickt hatte, mehr zu sich selbst.

»Ja, mein lieber Wolf. Wie du übrigens den vor dir liegenden Fakten selbst entnehmen kannst.«

Gleich nachdem der Leiter des K 1 die neugierigen Menschen oben auf dem Felsen entdeckt hatte, schritt er einige Meter rückwärts in Richtung des Tümpels und schimpfte ungehalten los: »Verschwinden Sie sofort! Sie vernichten ja alle Spuren!«

Aber die Voyeure reagierten nicht, lehnten sich vielmehr noch ein wenig weiter über die Brüstung, damit sie auf diese Weise über den Felsvorsprung hinweg auch einen Blick auf den unteren Teil des Körpers der toten Frau werfen konnten.

»Verdammt, Karl, warum ist denn dort oben noch nicht abgesperrt?«, schrie Tannenberg aufgebracht in Richtung des Leiters der Spurensicherung, obwohl dieser gerademal zwei Meter von ihm entfernt auf der anderen Seite des Dinosauriers stand.

»Schrei hier nicht so rum. Was sollen denn die Leute denken!«

»Ist mir doch egal, was diese störrischen Gaffer denken!«

»Komm, reg dich ab, die Kollegen sind schon auf dem Weg dorthin. Aber die müssen doch erstmal außenrum fahren. Und das dauert eben ein paar Minuten.«

»Fahren? Können die denn nicht die paar Meter den Berg hochlaufen?«

»Mein Gott, Wolf!«, antwortete Mertel gedehnt. »Sollen die armen Kerle etwa die ganzen Geräte aus unserem Auto ausbauen und auf den Felsen hochschleppen?«

Aus nahe liegenden Gründen zog es Tannenberg vor, zu diesem gerechtfertigten Einwurf besser zu schweigen.

Er stellte sich direkt vor den Leichnam, ging auf die Zehenspitzen, drehte seinen Körper um 180 Grad und senkte seinen Kopf in einer schnellen, ziemlich grotesken

Bewegung so, dass sich sein Gesicht genau gegenüber dem der toten Frau einjustierte. Dann brachte er abrupt seinen Körper wieder zurück in die ursprüngliche Position.

»Obwohl man ihren Mund nicht sehen kann, glaub ich, dass ich diese Frau schon einmal irgendwo gesehen habe.« Gedankenversunken legte er seine linke Hand vor den Mund und begann daran herumzuknabbern. Dann entfernte er sie wieder und fuhr mit lauter Stimme fort: »Verdammt! Irgendwoher kenn ich die. Die kommt mir einfach bekannt vor. Wenn ich nur wüsste, woher. Vielleicht aus der Zeitung?«

»Ich glaub auch, dass ich sie kenne«, rief plötzlich eine sonore Männerstimme oben vom Felsen herunter. »Die sieht genau aus, wie eine Frau, die bei mir in der Gegend wohnt.«

Tannenberg warf seinen Kopf reflexartig in den Nacken. Bereits im selben Moment schoss ihm ein stromschlagartiger, höllischer Schmerz in den hinteren Schädelbereich. Er griff sich sofort ins Genick.

»Au, verflucht, tut das weh!«, stöhnte er auf.

Vorsichtig drehte er seinen Kopf nach beiden Seiten, neigte ihn nach unten zur Wiese hin und nahm ihn dann wieder langsam zurück.

Während er ihn in Zeitlupe erneut, diesmal allerdings bedeutend gemächlicher, nach hinten neigte, rief er den steilen Sandsteinfelsen hinauf: »Was, Sie kennen diese Frau?«

»Ja, ich glaub's jedenfalls. Ich kann von hier aus ihr Gesicht ja nicht so richtig sehen, nur ein bisschen von der Seite. Aber die schwarzen Haare und der Pferdeschwanz. Und diese Kleider und die Stiefel. Die hat sie oft angehabt. Also, wenn's die ist, die ich meine, dann wohnt sie in der Benzstraße. Da wohn ich nämlich auch.«

In eine kurze Pause hinein fragte Tannenberg. »Wissen Sie denn, wie sie heißt?«

Der Mann grübelte angestrengt: »Nein, im Moment fällt's mir leider nicht ein – irgend so ein Doppelname. Aber die arbeitet hier oben auf dem Kaiserberg im Bildungszentrum. Ich glaub als Frauenbeauftragte.«

»Warten Sie. Ich bin gleich bei Ihnen! Rühren Sie sich ja nicht von der Stelle!«

»Sie sind mir ja vielleicht ein Scherzbold«, entgegnete die dunkle Männerstimme vom Felsen herab. »Vor zwei Minuten haben Sie noch gesagt, dass wir alle sofort verschwinden sollen!«

»Mann, bleiben Sie ja, wo Sie sind!«, gab der Leiter der Kaiserslauterer Mordkommission energisch zurück.

Da der potentielle Informant mit seinem ketzerischen Einwurf nicht gerade Unrecht hatte, zog Tannenberg es vor, diese Bemerkung besser nicht weiter zu kommentieren und wandte sich zu den Schaulustigen um, die sich in der Zwischenzeit immer zahlreicher vor der Polizeiabsperrung und vor dem Zaun des Gartenschaugeländes eingefunden hatten.

»Kennt von Ihnen jemand die Frau?«, rief er der neugierigen Meute zu. Und als niemand auf seine Frage reagierte, schob er nach: »Wo geht denn von hier aus der Weg hoch auf den Felsen?«

»Rechts!«, antwortete ein vielstimmiger Chor.

Tannenberg setzte sich sogleich in Bewegung.

»Falsch – andere Richtung!«, korrigierten einige der Sensationstouristen.

Umgehend befolgte er das Kommando. Nun schien Tannenberg den richtigen Weg eingeschlagen zu haben, denn seine Ratgeber bekundeten sogleich lautstark ihre Zustimmung, manche von ihnen klatschten sogar höhnisch Beifall.

»Blöder Mob«, fauchte der Leiter des K 1 wütend vor sich hin. Dann feuerte er seine Kollegen an, die ihm stumm gefolgt waren: »Los, los, beeilt euch, sonst haut uns der Kerl noch ab!«

»Na, so schlimm wär das ja wohl auch nicht!«, bemerkte Kommissar Schauß gelassen. »Schließlich wissen wir ja, dass die Tote als Frauenbeauftragte im Bildungszentrum gearbeitet hat.«

»Ja, wenn's denn überhaupt stimmt!«, gab Tannenberg zu bedenken. Er atmete tief ein und ließ danach geräuschvoll die Luft aus seinen Lungen entweichen. »Aber wenn's stimmt, haben wir einen ganz schönen Schlamassel am Hals. Mord an einer Frauenbeauftragten! Mann, Mann, Mann – was das wohl wieder für Schlagzeilen gibt!«

Plötzlich blieb er stehen.

»So ein Schwachsinn! Warum rennen wir jetzt eigentlich alle den Berg rauf?« Ohne ernstlich eine Antwort von seinen verblüfften Mitarbeitern zu erwarten, fuhr er sogleich fort: »Michael, du bleibst mit Geiger unten. Ihr unterstützt die Kollegen bei der Befragung der Leute. Es reicht wohl völlig, wenn Sabrina und ich alleine zu dem Mann hochgehen.«

Schon hatte er sich auf dem betonharten, mit einer Unzahl kleiner hellbrauner Schottersteinchen bestreuten Pfad wieder in Bewegung gesetzte. Ohne ein Wort über seine Anweisung zu verlieren, folgte ihm Sabrina, während die anderen beiden Kriminalbeamten kopfschüttelnd zurück zum Barbarossawoog schlenderten.

Nach etwa fünfzig Metern erreichte der Fußweg eine kleine Zwischenebene, auf der sie von einem, Euopiocephalus genannten, Dinosaurier begrüßt wurden, den Tannenberg allerdings nur eines kurzen, abschätzigen Blickes würdigte. »Schon wieder so'n stacheliges Monster. Ich befürchte, dass ich heute Nacht von diesen hässlichen Viechern träumen werde.«

»Ich garantiert auch«, stimmte Sabrina Schauß seufzend zu.

Während er den von diesem Plateau weiter nach oben führenden, steilen Treppenweg erklomm, ruhten seine Augen für eine Weile auf einer links von ihm hinter ausladendem Buschwerk versteckten Turmruine, die ihn spontan an den Luitpoldturm erinnerte, auf dem er in seiner Jugend einige feuchtfröhliche Gelage zelebriert hatte.

Die steinerne Treppe geleitete die beiden Ermittler unter weit überhängenden, blattlosen Zweigen mächtiger Akazien, an efeuberankten Trockenmauern und spalierstehenden jungen Eichen vorbei, bis endlich die letzte der zartroten Sandsteinstufen erreicht war.

Tannenberg musste zunächst einmal kräftig verschnaufen. Wie ein Langstreckenläufer, der gerade völlig erschöpft im Ziel eingetroffen war, atmete er stoßartig, beugte den Oberkörper nach vorne, stützte sich mit den Händen auf seinen Knien ab, richtete sich wieder auf – und blickte direkt in Sabrinas strahlend blaue Augen.

»Na, mein lieber Wolf, solltest du nicht mal etwas für deine Kondition tun?«, bemerkte sie trocken, ohne dass man ihr selbst die körperliche Anstrengung sonderlich angemerkt hätte.

»Was?«

»Du jappst ganz schön nach Luft! – Das hängt wohl am Zahn.«

»An welchem ... Zahn denn?«

»Na, am Zahn der Zeit, der an dir nagt.«

»Der nagt ... an jedem ... auch an dir!«, gab er schnippisch zurück und trottete mit verkniffenem Gesichtsausdruck los.

Der zum Aussichtsplateau hinführende breite Fahrweg war linker Hand von einem grünen Maschendrahtzaun begrenzt, auf der rechten, nicht eingefriedeten Seite dagegen von hölzernen Kinderspielgeräten und von als Sitzgelegenheiten konzipierten Sandsteinskulpturen besäumt.

Bereits nach der ersten Wegkehre entdeckte Tannenberg die Schaulustigen, die sich an dem silbernen Metallzaun versammelt hatten. Ein Mann und eine Frau, etwa gleichen Alters, saßen auf einer breiten, stark vergrauten und mit ungleichmäßigen schwarzgrauen Flecken übersäten Hartholzbank und frühstückten in aller Ruhe. Zwei Besucherinnen hingen fast mit dem ganzen Oberkörper über dem Zaun, reckten ihre Hälse nach unten und machten dabei Fotos. Die anderen Personen standen in einem kleinen, zum Tal hin geöffneten Halbkreis und debattierten heftig miteinander.

Als Tannenberg mit lauter Stimme »Wer von Ihnen hat vorhin behauptet, dass er die tote Frau kennt?« rief, drehten sich die Menschen sogleich zu ihm um und ein älterer Mann trat aus der schlagartig verstummten Menge heraus einen Schritt auf den Leiter der Kaiserslauterer Mordkommission zu.

»Ich«, antwortete er selbstbewusst mit kräftiger Stimme.

»Gut. Dann gehen Sie mal bitte hierüber zu meiner Kollegin.«

»Und Sie, meine Damen und Herren, beantworten mir jetzt zuerst einmal folgende einfache Frage: Kennt noch jemand von Ihnen die Frau oder hat jemand irgendwelche konkreten Beobachtungen in dieser Sache gemacht?«

Da sich niemand meldete, einige nur leise ›nein‹ sagten, andere dagegen lediglich wortlos den Kopf schüttelten, wies er die sensationslüsternen Menschen an, sich von der Brüstung zu entfernen und sich zu ihm zu begeben.

Als die verwundert dreinblickenden Leute bei ihm eintrafen, empfing er sie mit den Worten: »So, und nun bleiben Sie genau hier stehen. Gleich kommen meine Kollegen und nehmen ihre Personalien auf.«

Währenddessen hatte Sabrina ihren Notizblock gezückt und bereits mit der Befragung des älteren Herrn begonnen.

Da ihr Vorgesetzter nur allzu gut wusste, wie ungehalten die Kollegen von der Kriminaltechnik stets reagierten, wenn sie ihn inmitten eines von ihnen zu bearbeitenden Terrains entdeckten, begab sich Tannenberg schnellen Schrittes zur Panoramaplattform, die einen prächtigen Rundblick über das Gartenschaugelände bot.

Von seinem Standort hinter dem etwa 1,3 m hohen verzinkten Metallzaun sah er zwar den großflächig mit einem hellgrünen Wasserlinsenteppich bedeckten Barbarossawoog, dessen zum Felsen hin gelegene Ausbuchtung mit hohem Schilfgras bewachsen war, aber er konnte aus dieser Position den Stegosaurus nicht erspähen.

Erst als er seine Beobachtungsperspektive dadurch veränderte, indem er seinen Oberkörper weit über den abgewetzten schmalen Handlauf schob, konnte er über den Felsvorsprung hinwegblicken und schaute nun direkt auf den von einem nahezu senkrecht emporstehenden Dinosaurierstachel aufgespießten weiblichen Leichnam, von dessen rechter Gesichtshälfte man tatsächlich nur einen kleinen Teil erkennen konnte.

Ein kurzer abschließender Blick zu den sich im Südwesten hinter der Stadt auftürmenden bewaldeten Bergrücken beendete seinen visuellen Erkundungstrip. Tannenberg wandte sich wieder der Gruppe der Schaulustigen zu, von denen ein ganz tollkühner nun auch noch damit anfing, den Leiter des K 1 auf Zelluloid abzulichten und ihn somit für die Nachwelt festzuhalten.

»Hören Sie sofort auf mit diesem Schwachsinn«, herrschte er den athletischen jüngeren Mann an, dessen Blitzlicht ihn ziemlich erschreckt hatte. An die Menge gewandt ergänzte er: »Wenn meine Kollegen da sind, müssen Sie sowieso alle ihre Fotoapparate und Videokameras abgeben.«

Kaum hatten diese Sätze Tannenbergs Mund verlassen, bogen auch schon ein Streifenwagen und der Kleintransporter der Spurensicherung um die Ecke.

Tannenberg begrüßte seine Kollegen mit einem kurzen Handzeichen. Dann begab er sich zu Sabrina. Die junge Kommissarin teilte ihm schulterzuckend mit, dass der von ihr befragte ältere Mann zwar ungefähr zu wissen glaube, in welchem Teil der Benzstraße die Tote gewohnt habe, er aber trotz intensivster Bemühungen nicht in der Lage gewesen war, nähere Angaben zum Namen oder zur genauen Adresse der Frau zu machen.

Während Sabrina ihren Vorgesetzten, Trauzeugen und väterlichen Freund über ihren aktuellen Erkenntnisstand ins Bild setzte, ruhten Tannenbergs Augen auf einer in etwa fünf Metern Entfernung in ein Rasenstück eingelassenen Sandsteinskulptur, die eine kniende, den Oberkörper nach vorn gebeugte männliche Gestalt darstellte, von deren Kopf man nur die in Stein gemeißelte Haarfläche erkennen konnte. Auf ihrem flachen Rücken lastete ein schwerer Sandsteinquader, der die geknechtete Figur zu erdrücken schien.

Genauso fühle ich mich im Moment, dachte Tannenberg, mahnte sich aber sogleich zur Selbstdisziplin.

»Na gut, dann fahren wir jetzt einfach mal gemeinsam dorthin«, entschied er spontan und wies sogleich den Fahrer des Streifenwagens an, sie umgehend zur vermeintlichen Wohngegend der Toten zu chauffieren.

Zuvor scharte er jedoch noch kurz seine gerade eingetroffenen Kollegen um sich und bat sie eindringlich, sich im Zuge der nun beginnenden Ermittlungsarbeit auch um die ihn brennend interessierende Frage zu kümmern, auf welchem Wege der Leichnam wohl hierher transportiert worden war.

Aufgrund der hervorragenden Ortskenntnis des jungen Polizeibeamten wurde das gesuchte Wohngebiet schnell gefunden. Tannenberg hielt mit hektischen Blicken nach einem Passanten oder Anwohner Ausschau, der ihm womöglich einen entscheidenden Tipp geben konnte. Kurz nach der Einmündung in die Benz-Straße erspähte er eine modisch gekleidete Endvierzigerin, die auf der rechten Straßenseite gerade ihr Auto entlud.

»Wo wohnt denn hier die Frauenbeauftragte des Bildungszentrums auf ...?«

Er hatte den Satz noch gar nicht beendet, da kam auch schon wie aus der Pistole geschossen die Antwort: »Gleich da hinten: Das letzte Haus vor der Einstein-Straße.«

Noch bevor das Polizeiauto völlig zum Stillstand gekommen war, riss Tannenberg die Tür auf und hechtete aus dem Einsatzfahrzeug. Suchend blickte er sich um und entdeckte ziemlich schnell die an einem dunkelbraunen Palisadenzaun angebrachte Klingelanlage, auf der lediglich zwei Namen verzeichnet waren: H. Bender-Bergmann und G. Wackernagel.

»Bender-Bergmann. Könnte das der Name der Frau sein?«, rief er in den Wagen hinein, aus dem sich Sabrina gerade graziös herausschälte.

»Ja, so heißt sie! Jetzt erinnere ich mich genau daran«, bestätigte der Mann.

»Gut! Kollege, dann fahren Sie mal bitte den Herrn nach Hause.«

»Brauchen Sie doch nicht. Ich geh die paar Meter gerne zu Fuß.«

Tannenberg wollte unbedingt vermeiden, dass dieser neugierige Zeitgenosse sich nun vor dem Haus der Toten postierte und damit Aufsehen erregte. Deshalb befahl er unmissverständlich: »Doch, doch, der Kollege fährt Sie jetzt direkt nach Hause. Keine Widerrede! Und Sie lassen sich auch heute hier nicht mehr blicken! Ist das klar?«

»Ja, von mir aus«, brummte eine tiefe, bärige Stimme aus dem Wageninnern heraus.

»Und was ist mit Ihnen und Ihrer Kollegin, Herr Hauptkommissar?«, fragte der junge Polizist freundlich. »Wann soll ich Sie beide denn hier abholen?«

»Gar nicht! Wir gehen per pedes zurück zum Kaiserberg und von dort aus dann ins Kommissariat. Ist ja alles nur ein Katzensprung. Ein bisschen körperliche Bewegung tut uns beiden ganz gut«, entgegnete Tannenberg resolut, schlug mit einem kräftigen Schwung die Beifahrertür zu und begab sich erneut zur Klingelanlage. »Bender-Bergmann – das könnte die Frau sein. Aber G. Wackernagel? Wer ist denn das? Gabi oder Gerlinde Wackernagel – ihre Freundin?«, sagte Tannenberg mit nachdenklicher Miene eher zu sich selbst.

Sabrina jedoch sah sich spontan dazu veranlasst, diese möglicherweise etwas unbedacht formulierte Hypothese umgehend zu kommentieren: »Ihr Männer seid doch irgendwie alle gleich. Dieser Spruch könnte genauso gut von Michael oder Geiger oder Albert oder ...«

»Welcher Spruch?«

»Ihre Freundin? Ihr habt doch immer nur Klischees im Kopf, wenn's um uns Frauen geht!«

Tannenberg war sichtlich irritiert. »Wieso? Auf was willst du denn überhaupt hinaus?«

»Nach eurer Meinung muss eine Frauenbeauftragte entweder psychisch krank oder lesbisch sein.«

»Wie kommst du denn auf so etwas? Ich würde doch sowas nie denken, geschweige denn behaupten. – Ach, jetzt versteh ich endlich: Weil ich gesagt habe, dass G.

Wackernagel vielleicht die Freundin der Toten ist. – Was für'n Quatsch! Das kann doch genauso gut ein Untermieter sein ...«

»Eben!«, entgegnete Sabrina, die beiden Silben sekundenlang in die Länge ziehend. »Aber *das* hast du ja nicht gesagt, wahrscheinlich noch nicht mal in Erwägung gezogen! – Ich bin mal sehr gespannt darauf, wie ihr Machos reagieren werdet, wenn wirklich diese Frau aus den neuen Bundesländern unsere neue Polizeipräsidentin wird.«

Entsetzt drehte Tannenberg den Kopf zu seiner Mitarbeiterin. Wieder fuhr ihm ein höllischer Schmerz ins Genick, der ihn sofort aufstöhnen ließ. »Mensch, Sabrina, mal ja nicht den Teufel an die Wand!«

»Wieso? Was gibt's denn eigentlich an objektiven Fakten gegen diese hoch qualifizierte Bewerberin einzuwenden?«

Tannenberg musste plötzlich an einen Satz Ludwig Wittgensteins denken, den er irgendwo einmal gelesen hatte oder den Dr. Schönthaler irgendwann einmal verlauten ließ: ›Wovon man nicht sprechen kann, darüber muss man schweigen‹, leuchtete dieser Schriftzug in hellroter Farbe auf seiner inneren Leinwand auf. Spontan beschloss er, sich an diesem berühmten Philosophen-Spruch zu orientieren und sich fortan zu diesem extrem kontroversen Thema nicht mehr zu äußern. Folgerichtig wandte er sich nun der Beschäftigung mit unverfänglicheren Dingen zu, nämlich dem Betätigen der Klingeltaste.

Schon nach wenigen Augenblicken öffnete sich die schwere Haustür des älteren Einfamilienhauses und ein Mann in einem langen, beigefarbenen Bademantel erschien im Türrahmen.

»Entschuldigen Sie bitte die Störung, Herr Wackernagel«, rief Sabrina Schauß mit einem kurzen triumphalen Seitenblick zu ihrem Vorgesetzten dem untersetzten, graumelierten Herrn entgegen. »Wir sind Polizeibeamte und hätten ein paar Fragen an Sie. Dürften wir zu Ihnen hereinkommen?«

Ohne zu antworten entriegelte der schätzungsweise sechzigjährige Mann elektronisch das Türschloss und gewährte dadurch den unerwarteten Besuchern Zutritt in den mit einem hohen Zaun eingefriedeten und von alten Koniferengewächsen dominierten Vorgarten.

Da sich der ältere Herr gegen Sabrinas spekulative Anrede nicht zur Wehr gesetzt hatte, sprach nun auch der Leiter des K 1 den Mann mit dessen vermeintlichem Familiennamen an: »Guten Morgen, Herr Wackernagel. Ich bin Hauptkommissar Tannenberg und das ist meine Mitarbeiterin Kommissarin Schauß.«

Dann legte er eine kleine Sprechpause ein, in der er und seine junge Kollegin nahezu synchron ihre beiden Dienstausweise zückten, die der Mann aber nur eines flüchtigen Blickes würdigte. »Könnten wir bitte ins Haus gehen?«

»Ja, natürlich. Aber machen Sie's bitte kurz. Ich arbeite nämlich in der Wetterstation auf dem Weinbiet und habe gerade meine Nachtschicht hinter mir. Und jetzt bin ich hundemüde«, sagte der Mann gähnend. »Außerdem wüsste ich beim besten Willen nicht, was ich denn Schlimmes verbrochen haben sollte.«

Gleich im Flur fiel Tannenberg mit der sprichwörtlichen Tür ins Haus, indem er die zentrale Frage ohne Umschweife schonungslos in den Raum warf: »Wohnt hier bei Ihnen die Frauenbeauftragte des Bildungszentrums auf dem Kaiserberg?«

»Ja. Aber ich wohne eher bei Helene, als …«

»Wann haben Sie Frau Bender-Bergmann zum letzten Mal gesehen?«, schnitt Tannenberg ihm das Wort ab.

»Ähm … Gestern Abend, als ich zu meiner Nachtschicht weggefahren bin.«

»Um wieviel Uhr war das?«

»Ja, wie immer: um 19 Uhr. Aber was ist denn eigentlich passiert?«

»Könnten Sie uns bitte ein Foto von Frau Bender-Bergmann zeigen?«, bat Sabrina ohne auf die Frage des völlig übermüdet wirkenden Mannes einzugehen.

»Ein Foto?« Hilflos blickte sich Gustav Wackernagel im Korridor um. »Ein Foto von Helene? – Ach, da liegt ja ihre Handtasche. Die hat sie wahrscheinlich vergessen, als sie heute Morgen zur Arbeit gegangen ist.« Verwundert krauste er die Stirn, schüttelte den Kopf.

Sabrina begab sich umgehend zu einer Weichholzkommode, auf der neben einem altmodischen Telefon auch eine braune Lederhandtasche stand. Ohne bei dem älteren Herrn um Erlaubnis nachzufragen, zog sie den Reißverschluss auf, kramte darin herum, entnahm ihr eine schwarze Brieftasche, klappte diese auf und überreichte sie ihrem Vorgesetzten, der nach einem kurzen Blick auf das Passbild kopfnickend bestätigte, dass es sich bei der im Dinopark aufgefundenen Toten eindeutig um die Frau auf dem Foto handelte.

»Herr Wackernagel, wir müssen Ihnen leider eine traurige Mitteilung machen: Frau Bender-Bergmann ist tot«, sagte Sabrina Schauß mit leiser, einfühlsamer Stimme.

»Was? ... Wieso? ...«, stammelte der untersetzte Mann.

»Möchten Sie sich nicht besser irgendwo hinsetzen?«

Der Meteorologe, dessen merkwürdiger Seemannsbart Tannenberg an irgendeinen bekannten Politiker oder Funktionär erinnerte, war verständlicherweise sichtlich geschockt und antwortete zunächst nicht. Daraufhin hakte ihn Sabrina unter und führte ihn wie einen Demenzkranken in die Küche. Dort ließ er sich gleich auf dem erstbesten Stuhl kraftlos niedersinken.

Tannenberg folgte. »Mein Beileid, Herr Wackernagel. Ich weiß, wie Sie sich jetzt fühlen. Aber haben Sie bitte Verständnis dafür, dass wir so schnell wie möglich mit unserer Ermittlungsarbeit beginnen müssen. Darf ich Ihnen deshalb ein paar für uns sehr wichtige Fragen stellen?«

Gustav Wackernagel schniefte und nickte.

»Danke. In welchem Verhältnis standen Sie zu Frau Bender-Bergmann?«

»Wir leben ... seit ... einigen Jahren ... zusammen«, kam es ihm nur stockend über die Lippen.

»War Ihre Lebensgefährtin gestern Abend, als Sie sie verlassen haben, irgendwie anders als sonst?«

»Wieso? ... Nein.«

»Hatte sie gestern Abend noch irgendwas vor? Ich meine: Wollte sie noch ausgehen? Erwartete sie noch Besuch?«

»Nein ... sie wollte nur noch mal ... kurz ins Bildungszentrum.«

»Um diese Zeit? Warum?«, fragte Sabrina verwundert dazwischen.

»Dort ist am ... Wochenende ein Kongress. Und den ... organisiert sie.«

»Wurde Frau Bender-Bergmann in letzter Zeit von irgendjemandem bedroht? Hatte sie Feinde?«, wollte Tannenberg wissen.

Die ganze Zeit über hatte der Mann wie ein Häuflein Elend mit gesenktem Kopf in sich zusammengesunken die Fragen beantwortet. Nun richtete er den Oberkörper auf, legte seine Arme auf den Tisch, hob den Kopf und schaute Tannenberg mit verklärtem Blick direkt in die Augen.

»Feinde?«, wiederholte er mit gekrauster Stirn.

»Na, ich denke, dass sie sich mit ihrem Job wohl nicht nur Freunde gemacht hat.«

Gustav Wackernagel schüttelte monoton den Kopf.

»Soll ich jemanden verständigen, der zu Ihnen kommen soll?«, fragte Sabrina in die Stille hinein.

Der Kopf arretierte sich, ein trauriger Blick wanderte zur jungen Kommissarin. »Was? ... Ja, meine Schwester.«

»Sagen Sie mir bitte ihre Nummer, dann ruf ich sie gleich an.«

»Das mach ich ... nachher lieber selbst. Ich möchte jetzt erst mal ein paar Minuten für mich alleine sein.«

»Verstehen wir, Herr Wackernagel. Wir lassen Sie jetzt auch in Ruhe«, beendete der Leiter des K 1 die Befragung des langjährigen Lebensgefährten der Toten.

Nach einem höchstens zehn Minuten dauernden Spaziergang durch die belebende kühle Frühlingsluft trafen die beiden Kriminalbeamten im Bildungszentrum auf dem Kaiserberg ein. Zunächst irrten sie orientierungslos in den tristen Fluren des Zentralgebäudes herum, bis Tannenberg zufällig auf einen alten Bekannten aus seiner Schulzeit traf.

»Da kommt ja der gute alte Wolfgang Vautz. Dich hab ich ja schon ewig nicht mehr gesehen. Was machst du denn hier?«

»Arbeiten, Tanne, immer nur arbeiten!«, antwortete der große, kräftige Mann freundlich.

»Und *was* arbeitest Du hier, wenn ich fragen darf?«

»Ich bin Lehrer am Technischen Gymnasium.«

»Aha, ein Lehrer«, entgegnete Tannenberg und wollte gerade zu einem seiner berühmt-berüchtigten Anti-Lehrersprüche ansetzen, als der hünenhafte Mann, der seine rotblonden Haare zu einem Pferdeschwanz gebündelt hatte, sich fliegenden Schrittes entfernte.

»Bin in Eile, Tanne. Man sieht sich!«

»Wolfgang, warte doch mal! Wo ist denn das Zimmer eurer Frauenbeauftragten?«

Wie vom Blitz getroffen blieb der Gymnasiallehrer plötzlich stehen, drehte sich zu Tannenberg um, lachte schallend auf und rief: »Tanne, was willst denn ausgerechnet du bei 'ner Frauenbeauftragten?«

»Dienstlich, rein dienstlich!«

»Dienstlich? Gott sei Dank! Ich dachte schon, ich müsste mir ernsthaft Sorgen um dich machen. Na, dann geh mal eine Etage höher zum Rudolf Becker.«

»Rudolf Becker?«

»Klar, den kennst du doch sicher auch noch. Der war doch mit uns in Mathe in der Oberstufe.«

»Ach, der Rudi. Natürlich kenn ich den Rudi noch!«

»Dann geh mal hoch zu ihm. Der ist nämlich hier so was wie der Kanzler einer Uni. Der muss ja schließlich wissen, wo die ihr Zimmer hat. Die Tanne geht zur Frauenbeauftragten. Ich fass es einfach nicht!«

Erneut lachte der Mann aus vollem Halse und nahm dabei kopfschüttelnd seinen Sturmschritt wieder auf.

Der leitende Verwaltungsbeamte reagierte sichtlich geschockt, als ihm sein alter Schulkamerad eröffnete, dass Helene Bender-Bergmann einem grausamen Verbrechen zum Opfer gefallen war. Tannenberg fragte, ob die Frauenbeauftragte aufgrund ihrer Tätigkeit in der Vergangenheit möglicherweise irgendwelchen Anfeindungen ausgesetzt gewesen sei.

Becker verneinte dies, wobei er ausdrücklich betonte, dass Helene Bender-Bergmann zwar eine sehr streitwillige und in der Sache oft unerbittlich Fraueninteressen vertretende Mitarbeiterin gewesen sei. Aus diesen kleinen Scharmützeln mit ihren männlichen Kollegen allerdings ein Motiv für einen brutalen Mord abzuleiten, war für ihn jedoch absolut unvorstellbar.

Nach diesem kurzen Dialog führte der Verwaltungsleiter des Bildungszentrums die beiden Kriminalbeamten zum Dienstzimmer der getöteten Frau, das sie zu ihrer Überraschung unverschlossen vorfanden.

Als Tannenberg den Büroraum betrat, war ihm sofort klar, dass hier ein Kampf stattgefunden haben musste. Zu eindeutig waren die eine solche Vermutung stützenden Indizien: Vor dem gläsernen Schreibtisch lag in einem Wust von wild über dem Teppichboden verteilten Papieren ein blauer Telefonapparat sowie mehrere verschiedenfarbige Stifte und Textmarker. Der Laptop befand sich ebenfalls nicht mehr an seiner ursprünglichen Stelle, sondern war gedreht worden und stand nun so, dass der aufgeklappte Bildschirm mit seinem Rücken direkt auf den ledernen Bürostuhl zeigte. Eine buschige Zimmerpflanze war von der Fensterbank herabgefallen und lag nun schräg auf der Seite, mitten in einer Unzahl kleiner brauner Tonkügelchen, von denen einige sogar fast bis an die Eingangstür gerollt waren.

»Na, dann haben wir ja mit hoher Wahrscheinlichkeit wenigstens schon mal den Tatort«, stellte der Leiter der Kaiserslauterer Mordkommission zufrieden fest und gab seinem alten Schulkameraden einen freundschaftlichen Klaps auf die Schulter.

»Es gibt wohl kaum einen Mann in deiner Altersklasse hier in unserer Stadt, den du nicht kennst, oder?«, fragte Sabrina Schauß, als die beiden Kriminalbeamten gerade die hohen stacheldrahtbesetzten Mauern der ehemaligen Justizvollzugsanstalt in der Morlauterer Straße erreichten.

»Na ja, das ist schließlich auch kein Wunder, wenn man an einer reinen Jungenschule war«, entgegnete Tannenberg, während sie den direkt daneben befindlichen, bis vor einigen Jahren als Amtsgericht genutzten Gebäudekomplex passierten.

»Gab's da wirklich nur Jungs an eurer Schule?«

»Ja, klar!« Tannenberg blieb stehen und zeigte mit seinem ausgestreckten Arm auf das Rittersberggymnasium, das sich just in diesem Augenblick in sein Blickfeld geschoben hatte. »Da hinten sind wir zur Schule gegangen. Stell dir mal vor: 50 Jungs waren wir in der Sexta! Da würden sich heutzutage solche Weicheier-Pädagogen wie mein Bruder oder meine liebe Schwägerin sofort erschießen, wenn sie vor solch einen wilden Haufen müssten.«

»Und wo waren die Mädchen früher?«, fragte Sabrina erstaunt.

»Die durften damals doch noch gar kein Abitur machen.«

»Ha – ha – ha!«

»Scherz beiseite, liebes Sabrinalein.« Er legte zärtlich seinen Arm auf ihre Schulter. »Es gab zu unserer Zeit zwei Gymnasien, die ausschließlich Mädchen aufgenommen haben. Das eine war die HWB – Abkürzung für ›Höhere weibliche Bildungsanstalt‹. Und das andere war der Nonnenbunker – der heißt heute übrigens immer noch so.«

»Das ist wirklich ausgesprochen interessant! Aber mit den Mädels hattet ihr keinen näheren Kontakt, nicht wahr?«

»Wieso?« Tannenberg blieb stehen. »Aber natürlich! Es gab doch die legendären Klassenfeten, die wir sofort in irgendwelchen kirchlichen Kellerräumen veranstaltet haben, sobald einer von uns mal eine von denen kennengelernt hat. Ist aber leider nicht so oft vorgekommen!«

»Das erklärt einiges, wenn nicht sogar alles!«

»Wie? – Was erklärt was?«

»Na ja, jetzt weiß ich endlich, warum du dich Frauen gegenüber oft so komisch verhältst – irgendwie so verklemmt bist!«

2

Verklemmt! Ich und verklemmt! So ein Witz!

Seit dem gestrigen Mittag hatte er nahezu pausenlos auf diesem unverdaulichen Brocken herumgekaut, es aber weder geschafft, ihn hinunterzuschlucken, noch ihn auszuspeien. Aus purer Verzweiflung hatte er sich sogar gestern Abend hilfesuchend an seinen Bruder gewandt, der sich allerdings nur auf seine Kosten amüsiert und erbarmungslos weiteres Salz in die offene Wunde gestreut hatte. Und selbst nachdem er eine unruhige Nacht hinter sich gebracht hatte, steckte ihm Sabrinas provokative Bemerkung noch immer in den Knochen.

So ein ausgemachter Blödsinn! Verklemmt! Dass ich nicht lache, wütete es unvermindert heftig in seinem Innern weiter, als er an diesem wolkenlosen Aprilmorgen das Kommissariat betrat.

»Was steht ihr denn hier alle rum? Habt ihr denn nichts zu tun?«, polterte er grußlos seinen Mitarbeitern entgegen. Dann registrierte er etwas, das ihn sogleich noch ein wenig griesgrämiger werden ließ. »Wieso ist die Espressomaschine noch nicht an? Wo ist denn die Flocke?«

»Guten Morgen, Herr Hauptkommissar, wünsche wohl geruht zu haben«, empfing Sabrina Schauß den Leiter der Kaiserslauterer Mordkommission.

Und ihr Ehemann, der die Launenhaftigkeit seines Vorgesetzten in der Vergangenheit schon zur Genüge am eigenen Leib erfahren hatte, ergänzte so freundlich wie es ihm angesichts dieser Situation nur irgend möglich war: »Morgen, Wolf. Die Flocke hat sich vorhin krankgemeldet.«

»Wieso hat die sich denn krankgemeldet?«

»Na, wahrscheinlich, weil sie krank ist«, entgegnete Sabrina keck, die sehr wohl wusste, dass sie sich ihrem Chef gegenüber ein wenig mehr erlauben konnte als die anderen Beamten des K 1.

»Krank? Aber die ist doch sonst nie krank«, knurrte Tannenberg mürrisch zurück.

»Manchmal werden eben auch die zuverlässigsten Sekretärinnen krank. Und jetzt hat sie nun halt mal 'ne Magen-Darm-Geschichte. Ist aber bestimmt nur'n Virus.«

»Virus? Quatsch, das kommt garantiert von diesem blöden Diätfraß, den sie immer in sich hineinstopft.« Wolfram Tannenberg blickte auf seine Armbanduhr. »Zehn vor Neun. Geiger, du schmeißt jetzt die Espressomaschine an und ...«

»Wieso denn schon wieder ich, Chef?«, unterbrach der Kriminalhauptmeister mit grimmiger Miene.

»Frag nicht so viel, Geiger, mach einfach das, was ich dir sage! Albert, ruf mal den Mertel und den Doc an und kümmer dich drum, dass die beiden auch ja rechtzeitig um Neun da sind. Ich hab nämlich keine Lust, auf die beiden Herrn zu warten. Und wenn die endlich hier aufgekreuzt sind, kommt ihr alle sofort zu mir rein!«

Nach dieser geradezu militärischen Befehlsausgabe verzog sich Tannenberg in sein geräumiges Arbeitszimmer und drückte die Tür demonstrativ fest ins Schloss. Dann entledigte er sich seines Mantels, stellte die schwarze Aktentasche an der Wand hinter seinem Schreibtisch ab und begab sich zur großflächigen Fensterfront. Dort öffnete er ein Fenster, sog in tiefen Zügen die kühle Morgenluft ein, dehnte den eingerosteten Körper. Noch bevor er das

Fenster wieder verschlossen hatte, klopfte es an der Tür – die angesetzte Dienstbesprechung konnte beginnen.

Anscheinend hatte jemand den Gerichtsmediziner bereits im Vorfeld über Tannenbergs schlechte Laune informiert, denn Dr. Schönthaler begrüßte seinen alten Freund mit den Worten: »Hallo, mein lieber Morgenmuffel. Ich hab vor kurzem gelesen, dass irgendwelche amerikanischen Kommunikationspsychologen ein wahres Wundermittel zur Radikal-Verbesserung angeschlagener Betriebsklimas entdeckt hätten.«

Ohne sich umzudrehen verriegelte Tannenberg schweigend das Fenster. Dann wandte er sich um, griff sich mit beiden Händen an die Schläfen, massierte sie leicht, verzerrte dabei das Gesicht.

Der Rechtsmediziner ließ sich allerdings von diesem plakativen Hinweis auf Tannenbergs hämmernde Kopfschmerzen nicht im Geringsten beeindrucken, sondern führte seinen inspirativen Gedankengang genüsslich zu Ende: »Und zwar soll man an die Tür des Chefs ein Stimmungs-Barometer hängen, auf dem er dann seine in diesem Augenblick gerade aktuelle emotionale Befindlichkeit mit Hilfe eines verschiebbaren Zeigers seinen Untergebenen kundtun kann. Die Skala reicht von Grün bis Rot – wobei man bei dir ja völlig auf die grüne Farbe verzichten könnte!«

Außer Dr. Schönthaler, der nach seinem kleinen Vortrag schallend zu lachen begann, getraute sich keiner der Anwesenden, sich die inhaltliche Zustimmung zu dem Gesagten auf irgendeine Weise äußerlich anmerken zu lassen.

»Ich lach mich wirklich gleich tot, Rainer! – Schluss jetzt mit diesem albernen Blödsinn!«, sprach Tannenberg ein resolutes Machtwort. »Mich interessiert heute Morgen nur eins: Was habt ihr an Fakten für mich? – Los, Karl, fang du mal an!«

Bevor der angesprochene Kriminaltechniker der Aufforderung entsprach, nahm er wie die anderen zuerst einmal in aller Ruhe an dem rechteckigen Konferenztisch Platz. Dann begann er in tiefer Stimmlage zu sprechen: »Da wäre zunächst einmal die nicht uninteressante Frage zu beantworten, wie der Täter es denn überhaupt geschafft hat, mitsamt der Toten in das geschlossene Gartenschaugelände einzudringen.«

Plötzlich erhob er seine auf dem Tisch zusammengefalteten Hände, schlug sie mit einer klatschenden Bewegung aneinander und korrigierte sich. »Quatsch! Ich muss ganz anders anfangen!«

»Mensch, Karl, konzentrier dich jetzt – bitte!«

Der berufserfahrene Leiter der Spurensicherung stimmte mit nach unten gezogenen Mundwinkeln kopfnickend zu und antwortete: »Also, Wolf, wir gehen ja bislang davon aus, dass die Frau in ihrem Büro im Bildungszentrum ermordet wurde.«

»Ja, das tun wir«, bestätigte der Kommissariatsleiter.

»Gut. In diesem Raum haben wir natürlich alle möglichen Fingerabdrücke sichergestellt.« Er brach ab, krauste die Stirn, kratzte sich am Kopf. »Außer an den Türgriffen, da war nichts zu finden. Die hat wohl jemand feinsäuberlich abgewischt. Aber sonst: massenweise, kann ich dir sagen. Auf der Schreibtischplatte, dem Laptop ...«

»Schon gut«, unterbrach Tannenberg gelangweilt. »Ich weiß, was jetzt wieder kommt: Wie immer habt ihr nun eine Heidenarbeit vor euch: Die verschiedenen Abdrücke bestimmten Personen zuzuordnen etc. etc.«

»Genau so ist es! Also weiter: Der Täter hat die Frau aus dem Bildungszentrum getragen.«

»Getragen?«, fragte Kommissar Fouquet sofort ungläubig nach.

»Ja. Getragen deshalb, weil wir keine Schleifspuren gefunden haben, weder im Gebäude, noch außerhalb auf dem Parkplatz, noch auf der Wiese vor dem Zaunloch.«

»Was für'n Zaunloch?«

»Erläutere ich euch gleich, Wolf. Alles der Reihe nach! Aus dem, was ich bislang gesagt habe, ergibt sich meines Erachtens zwingend, dass der Täter sehr kräftig sein muss. Und deshalb denke ich, können wir eine Frau als Täterin schon mal definitiv ausschließen.«

»Karl, bitte, schildere *du* uns die Fakten und überlasse *uns* bitte die daraus zu ziehenden Schlussfolgerungen.«

»Na, aber sicher, gerne doch, Herr Hauptkommissar«, gab Karl Mertel angesäuert zurück. »Nun zu dem schon angesprochenen Loch im Maschendrahtzaun, Durchmesser etwa einen Meter. Bevor der Herr Kommissariatsleiter mir wieder vorwirft, dass ich mich in seinen Zuständigkeitsbereich einmische, hier sind die objektiven Fakten, aus denen er dann selbst die logischen Schlüsse ziehen kann: An den Rändern dieses Zaunloches haben wir Fasern gefunden, die eindeutig von der Kleidung der Toten stammen. Und darüber hinaus weitere Textilspuren, die wir aber bisher noch nicht zuordnen konnten, die aber sehr wahrscheinlich *nicht* von der toten Frau stammen.«

»Aber woher hatte der Täter denn die Zange gehabt, um das Loch in den Zaun zu schneiden?«

»Gute Frage, Geiger!«, lobte Tannenberg. »Bei dir merkt man eben immer den Praktiker!«

»Danke, Chef! Der ist bestimmt mit dem Auto zu ihr hingefahren. Und da war die Zange natürlich beim Bordwerkzeug dabei.«

»Kann sein, ja.« Tannenberg presste nickend die Lippen zu einer schmalen Linie zusammmen und ging ein paar Schritte grübelnd in seinem Zimmer umher. »Hat irgendeiner der von euch befragten Leute irgendetwas über ein Auto gesagt, das ihm dort in der Nähe aufgefallen ist?«

Alle Mitarbeiter des K 1 schüttelten wortlos den Kopf.

»Als wir das mit dem Zaun erfahren hatten, sind wir gleich in diese Kleingartenanlage rein, die sich ja in unmittelbarer Nähe des Zaunlochs befindet und haben uns dort mal umgeschaut«, bemerkte Kommissar Schauß in die Stille hinein.

»Was heißt das: ›unmittelbare Nähe‹?«, wollte Tannenberg wissen.

»Das heißt, dass die Laubenkolonie etwa fünfzig Meter von diesem Zaunloch entfernt ist. Sie ist allerdings mit einem hohen Lingusterzaun umgeben.«

Fouquet fischte ein Faltblatt aus der Innentasche seiner über der Stuhllehne hängenden braunen Lederjacke und reichte es an Tannenberg weiter. »Das hätte ich ja fast vergessen. Diesen Geländeplan hab ich gestern besorgt. Der ermöglicht uns einen sehr schönen Überblick über das gesamte Gartenschaugelände.«

Er richtete seinen Körper auf, stützte sich mit der linken Hand auf dem Tisch ab, lehnte sich zum Leiter des K 1 hinüber und deutete mit seinem rechten Zeigefinger genau auf den Bereich in der Geländekarte, in dem sich die Kleingartenanlage befand.

»Sehr gut, Albert.« Tannenbergs Augen vergruben sich für einige Augenblicke in dem bunten Faltplan.

Mertel zückte währenddessen einen Kugelschreiber und malte ein Kreuzchen in den rechten oberen Teil der Geländekarte. »Das hier ist in etwa die Stelle, wo jemand das Loch in den Zaun geschnitten hat.«

»Gut, Leute, sehr gut. – Und, Albert, hat irgendjemand in dieser Laubenkolonie in der Tatnacht etwas gehört oder gesehen, das uns weiterbringen könnte?«

»Nein, Wolf, leider nicht. Aber wir haben auch bis jetzt noch keinen getroffen, der in dieser Nacht dort geschlafen hat.«

»Geiger, da gehst du gleich anschließend nochmal hin und hörst dich um. Und zwar intensiv!«

»Jawohl, Chef!«

»Gut. – Karl, seid ihr eigentlich schon im Haus der Toten gewesen?«

»Ja klar, gestern Abend noch. Aber das muss alles erst noch ausgewertet werden. Fest scheint jedoch schon zu stehen, dass anscheinend nichts fehlt, weder bei ihr zu Hause, noch an ihrem Arbeitsplatz. Jedenfalls ist dem Mann – also diesem ...«

»Wackernagel«, half Tannenberg.

»Danke! Diesem Herrn Wackernagel ist, zumindest bei einem ersten Schnelldurchgang, nichts aufgefallen, was auf einen Einbruch oder einen Diebstahl hindeuten könnte. Wir haben auch nichts gefunden, das darauf hinweisen würde, dass der oder die Täter das Haus bzw. das Büro nach irgendwas durchsucht hätten – jedenfalls nach unserem ersten Eindruck.«

»Also kein Raubmord«, murmelte Tannenberg vor sich hin. »Und die Spurensicherung hat auch nirgendwo einen Hinweis auf *den*, oder wie du richtig bemerkt hast, *die* Täter entdeckt? Zum Beispiel in Form einer Hinterlassenschaft.«

»Du meinst so was wie den berühmten abgerissenen Knopf, der in Fernsehkrimis immer gefunden wird?«

»Genau!«

»Nein, nichts dergleichen!«

Tannenberg brummte kurz auf.

»Außer natürlich den Fußspuren am Zaunloch: Turnschuhe, Größe 43.«

»Na, Klasse! Turnschuhe! Die trägt ja so ziemlich jeder

heutzutage. Und dann auch noch diese Allerweltsgröße. Die hat ja auch so ziemlich jeder.«

»Ja, ich zum Beispiel!«, bemerkte der Rechtsmediziner, streckte als Beweis für seine Behauptung den rechten Fuß nach oben und legte ihn direkt vor Tannenbergs Nase auf dem Tisch ab.

Dieser jedoch ließ die komödiantische Vorführung unkommentiert und fluchte stattdessen mehrmals ›verdammter Mist‹ vor sich hin.

»Am Zaun haben wir übrigens nur die Fußabdrücke einer einzigen Person gefunden«, knüpfte der Kriminaltechniker an seine unterbrochenen Ausführungen an.

»Also doch nicht mehrere Täter!«

»Wieso, Wolf? Es kann doch gut ein, dass bei der Ermordung der Frau mehrere Täter dabei waren und nur einer, vielleicht der kräftigste von ihnen, die Frau ...«

»Komm, Karl, diese wilden Spekulationen bringen uns jetzt überhaupt nicht weiter«, warf Tannenberg ungehalten dazwischen. »Wir konzentrieren uns zunächst mal auf *einen* Täter – und zwar auf einen mit der Schuhgröße 43. Bleibt da mal dran. Vielleicht entdeckt ihr ja noch irgendwelche Besonderheiten. Vielleicht ist das ja schon eine erste heiße Spur.«

»Gut, machen wir.«

Tannenberg nickte zufrieden und wandte sich an die beiden jungen Kommissare: »Michael und Albert, gleich nach unserer Besprechung fahrt ihr zu diesem Herrn Wackernagel in die Benzstraße. Fühlt ihm mal anständig auf den Zahn und erkundigt euch bei der Gelegenheit auch gleich mal in der Nachbarschaft über die Beziehung der beiden: Tratsch, Gerüchte usw. Und kümmert euch auch um die Vermögensverhältnisse der Toten: Wer profitiert materiell von ihrem Tod, wer erbt was usw.«

Mit eindeutiger Gestik und Mimik signalisierten die

Kriminalbeamten, dass sie ihre Ermittlungsaufträge inhaltlich verstanden hatten.

»Karl, ihr denkt ja auch an die beiden Telefonanlagen – ich mein, die im Bildungszentrum und bei ihr zu Hause: *Wen* hat sie angerufen, von *wem* wurde sie angerufen?«

»*Wann* wurde sie angerufen?«, ergänzte der Spurenexperte. »Klar! Und *wir* denken garantiert auch an ihr Handy oder ihre Handys, Herr Hauptkommissar.«

»Gut, Karl, gut.«

Mertel erhob sich von seinem Stuhl. »Übrigens möchte ich hinsichtlich der natürlich nur von euch durchzuführenden analytischen Schlussfolgerungen noch etwas Wichtiges zu bedenken geben.«

»Was ist denn mit dir los? Du redest ja schon fast genauso geschwollen wie der feine Herr Gerichtsmediziner«, bemerkte der Leiter des K 1 höhnisch, dessen körperlicher Allgemeinzustand sich allmählich zu verbessern schien.

Der Kriminaltechniker hatte für diesen ketzerischen Einwurf nur mitleidiges Kopfschütteln übrig.

Er wollte gerade mit seinen Einlassungen fortfahren, doch Tannenberg kam ihm zuvor: »Geiger, komm sei so lieb und besorg deinem alten, kranken Chef noch einen Espresso. Nein, besser einen doppelten! Ich merke gerade, dass die Lebensgeister wieder in mich zurückkehren.«

Während Armin Geiger mürrisch seinen rundlichen Körper zwischen Tischkante und Stuhlrücken hindurchdrückte, ergriff Mertel erneut das Wort: »Ihr solltet nicht vergessen, euch mal etwas intensivere Gedanken über den Fundort der Leiche zu machen, gerade weil es sich ja in diesem Fall um einen sehr ungewöhnlichen Ort handelt.«

»Ich denke, das brauchen wir nicht überzubewerten.«

»Doch, Wolf, das solltet ihr aber. Denn häufig wählt ein Täter den Ort, an dem er die Leiche ablegt, nicht ohne

Grund aus, sondern weil ihn irgendetwas tief in ihm drinnen dazu nötigt, dies zu tun. Etwas, das ihm oft gar nicht selbst bewusst ist, etwas das mit seiner Vergangenheit zu tun hat.«

»Sag mal, Karl, hast du etwa vor kurzem eine tiefenpsychologische Fortbildung besucht?«, spottete Tannenberg.

»Nein, nein, das hat mir mal eine Kriminalpsychologin vom LKA erzählt. Vielleicht erinnerst du dich ja noch an diese Frau? Wie hieß die nochmal?«, fragte der Leiter der Spurensicherung scheinheilig.

»Eva, Kollege Mertel. Übrigens hieß die Frau nicht nur so, die heißt immer noch so«, antwortete der Rechtsmediziner an Tannenbergs Stelle. »Und ob sich der Herr Hauptkommissar noch an diese dralle Dame erinnert, gell, mein liebes Wölfchen? Schließlich hatte er, oder vielmehr hat er noch, einen großen Stein bei ihr im Bett – ähm, Entschuldigung: Brett, im Brett natürlich.«

Alle, die vor einiger Zeit der inzwischen Kultstatus erlangten Gartenfete auf dem Grundstück der Familie Fouquet beigewohnt hatten, konnten sich nun eines dezenten Grinsens nicht mehr erwehren. Sie kaschierten ihre Belustigung über die Bemerkung Dr. Schönthalers dadurch, indem sie sich entweder von ihrem Chef abwandten oder eine Hand schützend vor den Mund warfen.

Tannenberg war die Erinnerung an die damaligen Ereignisse natürlich mehr als unangenehm, deshalb ergriff er todesmutig die Flucht nach vorne: »Ihr seid doch alle bloß neidisch!«

»Chef, haben Sie sie nun damals – oder haben Sie sie nicht?«, brach es aus Geiger, der gerade eine große Kaffeetasse vor seinen Chef abgestellt hatte, in einem Anflug von Tollkühnheit heraus.

Dr. Schönthaler schaltete sofort. Während Tannenberg

tief Luft holte, gab er Geiger ein unmissverständliches Zeichen, sich umgehend aus dem Staub zu machen. Und noch bevor sein Freund, dessen Gesicht inzwischen einen leicht rötlichen Farbton angenommen hatte, zu dem unausweichlichen verbalen Amoklauf starten konnte, zog er aus einer mitgebrachten Plastiktüte einen etwa sechzig Zentimeter langen und circa fünfzehn Zentimeter hohen Stegosaurus heraus, über dessen stacheligem Rücken eine fleischfarbene Stoffpuppe hing.

Tannenberg war so verblüfft, dass er bereits nach der ersten Silbe, die gerade explosionsartig nach draußen gelangt war, schlagartig verstummte. Mit geöffnetem Mund und weit aufgerissenen Augen beobachtete er gebannt, wie der Rechtsmediziner sein merkwürdiges Mitbringsel auf dem braunen Resopaltisch abstellte.

»Sag mal, Wolf, habt ihr hier zufällig irgendwo ein Buch?«

»Was? Ein Buch?«

»Ja, ein Buch. Ach so, Entschuldigung: Kripobeamte wissen ja nicht, was das ist. Also, das ist so ein Ding mit zwei harten Pappdeckeln außenrum und vielen aneinandergeklebten Blättern innendrin«, antwortete Dr. Schönthaler, während er sich zu Tannenbergs Schreibtisch begab und sich dort ein dickes, gebundenes Wörterbuch schnappte. »Whow, der Duden – sogar mit der neuesten Rechtschreibung. Aber was wollt ihr denn damit? Ihr habt ja noch nicht mal die alte beherrscht!«

Tannenberg machte eine wegwerfende Handbewegung. »Sag mir mal lieber, was dieses Kasperletheater hier eigentlich soll.«

Der Rechtsmediziner erwiderte zunächst nichts, sondern postierte das gelbe Sprachlexikon mit der offenen Seite nach unten direkt an die Tischkante. Dann zog er die Puppe von der Dinosauriernachbildung und stellte den

Stegosaurus auf den Teppichboden – von der Tischkante aus gesehen fast genau in der Falllinie.

»Ich werde euch jetzt mal etwas sehr Interessantes demonstrieren. Und zwar werde ich beweisen, dass der Täter nicht etwa ein Zielwerfen mit dem Leichnam veranstaltet hat, wie man ja durchaus annehmen könnte, sondern dass es sich dabei um einen unglaublichen Zufall gehandelt hat.«

»Du wirst es mir wahrscheinlich nicht glauben, lieber Rainer, aber das hab ich sowieso nicht angenommen.«

»Ach Gott, Wolf, es geht doch hier nicht um irgendwelche spekulativen Annahmen, es geht um Be-wei-se!«, rüffelte der Gerichtsmediziner. »Und zwar darum, zu bewei-sen, dass die arme Frau gar nicht anders konnte, als genau so auf dem Dino zu landen, wie wir sie vorgefunden haben.«

Allseitiges Schmunzeln machte die Runde.

Nach einer kleinen Besinnungspause lehnte Dr. Schönthaler die Puppe vorsichtig mit dem Rücken an das Buch. Anschließend erläuterte er das von ihm geschaffene Szenario: »Also, dann passt nun mal gut auf. Der Dudenband ist natürlich der Zaun. Und jetzt müsst ihr euch vorstellen, dass der Täter die Frau auf den ein Meter dreißig hohen Metallzaun gehievt hat und sie dann nach unten fallen ließ. Und zwar so.«

Nun ergriff er mit beiden Händen die schlaffe Puppe, schob sie über das Buch hinweg und demonstrierte in einer geschickten Bewegungsfolge einen doppelten Rückwärtssalto, der mit dem Aufprall der Puppe auf dem Stegosaurus endete.

»Ihr müsst natürlich daran denken, dass der Leichnam aus 25 Metern Höhe ungebremst auf dem spitzen und scharfkantigen Stachel aufgeschlagen ist. Insofern ist es natürlich kein Wunder, dass die Wirbelsäule genau zwischen dem dritten und vierten Lendenwirbel ohne Probleme durchtrennt wurde. Das ist, wie wenn ein Metzger mit seinem Hackebeilchen – zack.« Zwecks Veranschaulichung seiner Worte hatte er zeitgleich mit der Handkante auf den Tisch geschlagen.

Erst jetzt bemerkte Tannenberg, dass Dr. Schönthaler den Leib der Puppe in Bauchhöhe eingeschnitten hatte, so dass der Stachel den Körper durchdringen konnte und das Modell somit ziemlich exakt den wahren Begebenheiten entsprach.

»Wo hast du denn eigentlich dieses hässliche Viech aufgetrieben?«, fragte er mit einem zutiefst angewiderten Gesichtsausdruck.

»Das hab ich mir noch am selben Tag auf der Gartenschau gekauft. Da gibt's so ein kleines Geschäft, da bekommst du wirklich jeden Dino, den du haben willst!«

»Ja, *wenn* man denn einen von diesen ekligen Monstern haben will!« Tannenberg liefen kalte Schauer den Rücken hinunter. Er schüttelte sich. »Komm, pack mal das Ding wieder ein und sag uns lieber, was du uns an stichhaltigen gerichtsmedizinischen Fakten mitgebracht hast. Wie alt war die Frau denn eigentlich?«

»Aber, Wolf, das ergab sich ja schon aus dem Personalausweis, den wir in ihrem Haus gefunden haben«, bemerkte Sabrina Schauß.

»Hast du mir aber nicht gesagt!«, beschwerte sich Tannenberg.

»Doch, natürlich!«

»Ist ja auch egal! Dann sag mir's halt nochmal!«

»59 Jahre alt wäre sie in zwei Monaten geworden.«

»So alt war die schon?« Tannenberg krauste die Stirn. »Eigentlich hab ich ja bis jetzt immer gedacht, dass Frauenbeauftragte immer solche jungen und dynamischen

Kampfschnepfen sind, die hauptsächlich ihre eigene Karriere im Kopf haben.«

»Ja, lieber Wolf, vielleicht hegst du einfach zu viele Vorurteile uns Frauen gegenüber«, entgegnete Sabrina.

Nicht schon wieder dieses Thema!, dachte Tannenberg und begab sich zurück auf unverfängliches Terrain: »Was hast du noch, Rainer?«

»Also, die Frau hat keine Kinder geboren und wies im Übrigen einen recht ramponierten gesundheitlichen Zustand auf.«

»Inwiefern?«

»Na, ihre Lunge sieht aus wie eine Kohlengrube und ihre Leber ähnelt stark der in deinem Körper befindlichen.«

»Ha, ha. Was ist zum Beispiel mit Hautpartikeln? Hast du welche unter ihren Fingernägeln gefunden?«

»Nein. Nichts. Die Frau scheint ihrem Mörder leider keine Kratzspuren verpasst zu haben.«

»Schade!«

»Ja, Wolf, wirklich schade. Aber ich könnte dir ja noch genau sagen, was ich in ihrem Magen entdeckt habe ...«

»Komm, vergiss es! Wenn's sein muss, schreib's mir halt in deinen Bericht. So, Leute, dann machen wir mal Schluss für heute. Ihr habt ja alle was zu tun – außer Sabrina.«

»Stopp, stopp«, rief der Rechtsmediziner laut dazwischen. »Ich hab ja noch was für dich, altes Schlachtross! Sag mal, ist dir eigentlich schon mal aufgefallen, dass es, seit dem *du* der Leiter des K 1 bist, überhaupt keine einfachen Mordfälle mehr bei uns gibt, sondern nur noch bizarre und skurrile?«

»Ist schon was dran, Rainer.«

»Ich kann übrigens dem Herrn Rechtsmediziner inhaltlich nur zustimmen«, meldete sich Karl Mertel plötzlich zu Wort. »Irgendwie geht mir das ja auf den Keks. Allerdings ist es auf der anderen Seite aber auch ganz schön spannend.«

»Na ja, Leute, diesmal scheint das ja glücklicherweise nicht der Fall zu sein. Sieht man mal von diesem wirklich außergewöhnlichen Fundort ab.«

»Da wäre ich mir nicht so sicher, mein lieber Herr Hauptkommissar!«, sagte Dr. Schönthaler betont gelassen und gedehnt. Dabei zog er theatralisch die Augenbrauen nach oben.

»Wieso?«

»Na, schau dir doch einfach mal das hier etwas genauer an«, entgegnete der Gerichtsmediziner mit einem spitzbübischen Lächeln auf den Lippen. Während er dies sagte, zauberte er ein kleines Plastiktütchen aus der rechten Außentasche seines dunklen Sakkos hervor und überreichte es dem staunenden Tannenberg.

»Würfel? Was soll ich denn mit Würfeln? Willst du jetzt etwa mit uns Mäxchen spielen?«

Dr. Schönthaler grinste über alle Backen. »Von wegen! Frag dich eher mal, was da jemand mit *euch* spielen will!«

»Was?«

»Ja, du hast schon richtig gehört. Außerdem solltest du mich endlich mal fragen, *wo* ich denn diese kleinen weißen Dinger mit den schwarzen Punkten drauf gefunden habe!«

»Wo?«

»Im Mund der Toten!«

»Was?«, verlieh nun auch Kommissar Fouquet seinem grenzenlosen Erstaunen Ausdruck.

»Wenn ihr euch gnädigerweise an gestern zurückerinnern würdet – ja?«

»Ja«, antwortete ein mehrstimmiger, gemischter Polizeichor.

»Dann wird euch ja sicherlich wieder einfallen, dass der untere Teil des Kopfes der Toten mit breitem Paketband umwickelt war. Ihr Mund wurde dadurch vollständig verschlossen.«

»Klar«, bestätigte Kommissar Schauß. Die anderen nickten zustimmend.

»Und als ich nun das Klebeband entfernt habe, bin ich auf die Würfel gestoßen. Sechs Stück. Die hat man ihr in den Mund gesteckt.« Der Gerichtsmediziner überreichte Tannenberg das verschlossene Tütchen. »Schau dir die Dinger mal genauer an!«

Auf den ersten Blick fiel Tannenberg nichts Besonderes auf. Erst als er einen der Würfel in dem Plastiktütchen mit seinen Fingerkuppen umzudrehen versuchte, war ihm schlagartig klar, was sein Freund gemeint hatte. »Die sind ja an manchen Seiten abgeschliffen.«

»Genau, Wolf! Und zwar so, dass sich auf jedem der Würfel nur noch *eine* Augenzahl befindet. Die Summe der schwarzen Punkte ergibt übrigens zwölf.«

»Zwölf? Soll das irgendeine tiefere Bedeutung haben?«

»Keine Ahnung! Aber ich hab noch was.«

Wieder kramte er in seiner Jackentasche und fischte ein weiteres Tütchen heraus, in dem ein kleiner, einseitig beschriebener Zettel steckte. Er reichte ihn kommentarlos an Tannenberg weiter, der sofort seine Augen in die Worte hineinbohrte.

»Alea iacta est!«

»Genau: Der Würfel ist gefallen«, übersetzte der lateinkundige Rechtsmediziner und gab seinem alten Freund einen bemitleidenden Klapps auf die Schulter. »Aber eigentlich müsste es ja wohl richtig heißen: aleae iactae sunt – *die* Würfel sind gefallen. Schließlich sind es ja mehrere Würfel!«

Tannenberg ignorierte die oberlehrerhafte Bemerkung Dr. Schönthalers. »Verdammter Mist – und dann auch noch in Maschinenschrift!«

»Und in Folie eingeschweißt! Damit die Feuchtigkeit im Mund die Tinte nicht zerstören konnte.«

»Wahnsinn!«

Die anderen Mitarbeiter des K 1 hatten sich inzwischen neugierig um ihren Vorgesetzten geschart.

»Ich versteh das einfach nicht!«, meinte Michael Schauß kopfschüttelnd. »Das ist doch alles rational geplant!«

»Eben!«, betonte Mertel. »Das beweist im übrigen auch die Tatsache, dass wir weder auf dem Klebeband noch auf der Folie, in die der Zettel eingeschweißt worden ist, noch auf dem Zettel selbst auch nur die kleinste Spur eines Fingerabdrucks entdeckt haben.«

»Du hast das mit den Würfeln die ganze Zeit über gewusst, Karl?«, fragte Tannenberg fassungslos.

»Natürlich! Nur hat mich der Doc eben gebeten, dass er dir diese Überraschung ganz alleine präsentieren darf.«

»Respekt, Rainer! Die ist dir auch wirklich gelungen!«

Kommissar Schauß warf immer noch seinen Kopf wild hin und her. »Ich versteh das einfach nicht!«, wiederholte er sich.

»Michael, ich versteh das auch nicht!«, riss Tannenberg erneut das Wort an sich. »Nehmen wir mal an, die Frau wurde im Bildungszentrum umgebracht.« Er brach ab, blickte gedankenversunken an die Decke. »Hat der Täter *dort* der Frau die Würfel in den Mund gesteckt und ihr den Kopf umwickelt?«

»Ja, warum eigentlich nicht?«, warf Fouquet eine durchaus naheliegende Frage in den Raum.

»Stimmt!«, beteiligte sich nun auch Sabrina an der Diskussion. »Der kann ja beides dabeigehabt haben.«

Tannenberg entfleuchte ein kurzer Grunzlaut, der so ungewöhnlich war, dass sich die Köpfe der anderen unwillkürlich zu ihm hinwandten. Irritiert versuchte er mit mehrmaligem Räuspern diese seltsame Geräuschproduktion zu überspielen.

»Gut, dann nehmen wir das mal an«, sagte er schnell. »Das wäre dann ja wohl sowas wie 'ne eiskalt geplante Hinrichtung oder eine symbolische Strafaktion gewesen. Vielleicht hat es ja was mit diesem Frauenbeauftragten-Kongress am Wochenende zu tun, den diese Bender-Bergmann organisiert hat – und wegen dem sie ja am Abend noch mal zurück ins Bildungszentrum ist. Vielleicht ist sie auch auf diese Weise zu Tode gekommen?«

»Auf welche Weise?«, wollte Mertel wissen.

»Na ja, dass ihr mit dem Paketband die Luft abgestellt worden ist!«

»Mensch, Wolf, alter Mann, leidest du jetzt auch noch an Gedächtnisschwäche?«, verpasste ihm Dr. Schönthaler eine Breitseite. »Die Todesursache ist doch als definitiv geklärt zu betrachten. Das hab ich dir übrigens gestern schon gesagt. Aber ich tu's hiermit gerne nochmal: Die Frau wurde er-würgt.«

Tannenbergs Brummen ähnelte dem eines aggressiven Raubtiers.

Nachdem der altgediente Rechtsmediziner das letzte Wort in seine beiden Silben zerlegt und es betont langsam zum Besten gegeben hatte, fuhr er fort: »Außerdem hätte sie ja wohl auch weiterhin durch die Nase atmen können, nachdem man ihr den Mund zugeklebt hatte. Nein, das kannst du getrost abhaken: Das Klebeband wurde post mortem angebracht.«

3

Tannenberg war schon tags zuvor klar gewesen, dass er heute Morgen nicht die geringste Lust auf ein gemeinsames Frühstück mit seinen direkt unter ihm wohnenden Eltern verspüren würde. Schließlich wusste er aus ähnlichen Situationen in der Vergangenheit nur allzu gut, mit welch aufdringlicher Neugierde die beiden Alten besonders die Anfangsphase solch spektakulärer Mordfälle begleiteten. Um ihnen eine glaubhafte Ausrede präsentieren zu können, hatte er seine Mitarbeiterin Sabrina Schauß gebeten, ihn bereits um 8 Uhr zu Hause abzuholen. Als seine Mutter vor ein paar Minuten an seiner Tür erschien, konnte er somit zwingende dienstliche Gründe anführen, die es ihm leider unmöglich machten, an diesem allmorgendlichen Ritual teilzunehmen.

Zwar waren seine männlichen Kollegen angesichts der neuerlichen Bevorzugung Sabrinas nicht gerade begeistert gewesen und hatten sogar versucht, dezenten Protest dagegen einzulegen. Jedoch ohne die geringste Erfolgsaussicht – zu überzeugend war seine Argumentation, dass er aufgrund der Bearbeitung des Mordes an einer Frauenbeauftragten zwingend auf weiblichen Rat und Unterstützung angewiesen sei. Das war aber beileibe nicht der einzige Grund, weshalb die junge Kommissarin ihn bei seiner Exkursion in den südlichsten der Kaiserslauterer Vororte begleiten sollte.

Nachdem er sich eine Handvoll, leicht nach Pappkarton schmeckender, trockener Cornflakes einverleibt hatte, stand er oben an seinem Wohnzimmerfenster, schaute mit müdem Blick auf die Beethovenstraße hinunter und wartete geduldig auf das Erscheinen des silbernen Dienst-Mercedes.

Und weil sich sein ruheloses Hirn, auch wenn er noch so schlapp und übellaunig war, stets mit irgendetwas beschäftigen musste, kreisten seine Gedanken um die neuen Ermittlungsergebnisse, die seine Mitarbeiter im Laufe des gestrigen Nachmittags zusammengetragen hatten.

Sabrinas Rechercheauftrag hatte sich auf die detaillierte Klärung der Familienverhältnisse der Toten bezogen. Die Inanspruchnahme diverser Datenbanken förderte als Ergebnis zutage, dass die Ermordete bereits zweimal verheiratet gewesen war. Zuerst mit einem gewissen Alfons Bender, dessen Familiennamen sie nach seinem Unfalltod beibehalten und ihn mit dem Namen ihres zweiten Ehegatten, von dem sie wiederum vor acht Jahren rechtskräftig geschieden worden war, mit einem Bindestrich verbunden hatte.

Mit ihrem aktuellen Lebensabschnittsbegleiter war sie zwar nicht verheiratet, jedoch wurden beide Personen unter der selben Anschrift im Register des Einwohnermeldeamtes geführt. Aus keiner ihrer beiden Ehen war Nachwuchs hervorgegangen. Ebenso lagen keinerlei Erkenntnisse über mögliche uneheliche Kinder vor. Gustav Wackernagel seinerseits war zeit Lebens unverheiratet geblieben und ebenfalls kinderlos. Beide Personen waren bislang weder straf- noch zivilrechtlich in irgendeiner Form in Erscheinung getreten.

Dann hatte Kriminalhauptmeister Geiger Rapport erstattet. Allerdings war sein Informationsgang zu der auf dem Kaisersberg gelegenen Laubenkolonie nicht von Erfolg gekrönt gewesen, hatte er doch niemanden angetroffen, der die maßgebliche Nacht in der Anlage verbracht hatte. Alle Befragten, von denen er Informationen erbeten hatte, waren nach eigenem Bekunden an besagtem Abend bereits vor Einbruch der Dunkelheit nach Hause gegangen. Im übrigen hatten sie angegeben, dass höchstens im Hochsommer ab und an jemand in den doch recht kleinen Gartenhäuschen nächtigen würde.

Ähnlich erfolglos waren die Ermittlungsbemühungen der beiden Kommissare Schauß und Fouquet geblieben. Sie hatten auf mehreren Wegen versucht, Kontakt mit Gustav Wackernagel aufzunehmen, ihn aber weder telefonisch erreicht, noch ihn persönlich im Hause der Verstorbenen in der Carl-Friedrich-Benz-Straße angetroffen. Ein Anruf bei seinem Arbeitsplatz in der Wetterstation auf dem Weinbiet hatte lediglich ergeben, dass er sich spontan einige Tage Urlaub genommen hatte.

Auch die Erkundigungen im Umfeld des Wohnhauses der Ermordeten hatten zu keinem greifbaren Ergebnis geführt: Nach Aussagen der befragten Nachbarn hatte das Paar sehr zurückgezogen gelebt. Persönliche Kontakte zu ihnen gab es anscheinend über die üblichen Begrüßungs- und Höflichkeitsrituale hinaus nicht.

Nachdem die beiden Ermittler die in Form einer beschrifteten Visitenkarte erfolgte Aufforderung, sich umgehend im K 1 zu melden, gut sichtbar an der Haustür hinterlassen hatten, waren die jungen Kriminalbeamten ins neue Justizzentrum am Bahnhof gefahren. Dort stellte sich nun doch noch ein ebenso überraschender, wie hinsichtlich seiner Relevanz nicht zu unterschätzender Ermittlungserfolg ein.

Sie waren nämlich in den Diensträumen des Nachlassgerichts auf einen sehr entgegenkommenden Richter gestoßen, der ihnen auf äußerst unbürokratische Art und Weise umgehend Einblick in das beim Amtsgericht hinterlegte Testament der Helene Bender-Bergmann verschafft hatte. Darin war als Alleinerbe des gesamten Vermögens der Lebensgefährte der Toten, Gustav Wackernagel, aufgeführt.

Gar kein schlechtes Mordmotiv, dachte Tannenberg gerade, als sich der von Sabrina Schauß gesteuerte zivile Dienstwagen von rechts in sein Blickfeld schob.

Die Autofahrt zum Städtischen Kindergarten nach Mölschbach führte die beiden Beamten der Kaiserslauterer Mordkommission zunächst zu dem am südlichen Rand des Stadtgebietes gelegenen Universitätsgelände, das sie aber im wahrsten Wortsinne links liegen ließen.

Die zweispurige, stadtauswärts führende Straße zwängte sich unter einer ausladenden, hölzernen Fußgängerbrücke hindurch und geleitet den silbernen Mercedes-Kombi samt seiner Insassen den steilen Anstieg hinauf zur Rothen Hohl. Nachdem die inzwischen auf eine Fahrbahn verengte Straße den topografisch höchsten Punkt erreicht hatte, schlängelte sie sich in mehreren Windungen über den flachen Bergrücken hinweg, um nach etwa einem Kilometer das breite Aschbachtal zu erreichen.

Schon vor der Abzweigung nach Trippstadt erspähte Tannenberg die eindrucksvollen Wetterkapriolen, mit der ihn die Natur an diesem kühlen Aprilmorgen augenscheinlich beeindrucken wollte. Er war froh, dass er nicht am Steuer saß, sondern vom Beifahrersitz aus ungehindert in dieses überaus ästhetische Frühlingsbild eintauchen konnte: Selbstbewusst und kraftstrotzend legte die imposante Wiesenlandschaft beredtes Zeugnis davon ab, dass sie nun endgültig nicht mehr länger gewillt war, sich von des Winters dicken, schweren Jacke überdecken und ihrer Farben berauben zu lassen.

Noch blitzten zwar nur vereinzelt die sattgelben, leuchtenden Blüten des Löwenzahns aus dem zartgrünen Grasteppich hervor, aber die im Osten sich hinter den blauschwarzen Tannenspitzen jung und fröhlich erhebende Sonne demonstrierte ihre im Wechsel der Jahreszeiten nun neu erstarkende Macht dadurch, dass sie die übereinander geschichteten Nebelschwaden mit ihren kräftigen Strahlen auseinanderriss und damit begann, den milchig-trüben, wabernden Feuchtigkeitsschleiern zumindest für diesen wolkenlosen Frühlingstag den Garaus zu machen.

Während Sabrina wortlos und anscheinend unbeeindruckt von dieser sich in ihrem prächtigsten Morgengewand stolz zur Schau stellenden Naturlandschaft recht zügig an ihr vorbeifuhr, konnte Tannenberg sich nicht genug an ihr ergötzen.

Nachdem die taubenetzten Wiesen mit den abgetrennten Pferdekoppeln passiert waren, verschwand das Polizeiauto in einem dunklen Waldstück, das ab und an von grellen Lichtbündeln durchschnitten wurde. Man hatte den Eindruck, die durch das lindgrün belaubte Geäst majestätischer Bäume aufgesplitteten Sonnenstrahlen mit den Händen greifen zu können.

Es ist schon verrückt, in welch herrlicher Gegend wir hier leben, stellte Tannenberg schmunzelnd fest, als der silberne Mercedes nach einer längeren Fahrt durch eine prächtige Lindenallee das Ortsschild von Mölschbach erreichte. Und was machen die Leute? Fliegen nach Mallorca und was weiß ich wohin. Und dabei haben sie das Paradies direkt vor ihrer eigenen Haustür! Eigentlich ist es doch so einfach: Man muss nur die Augen aufmachen!

»Was ist denn das für ein merkwürdiger Geruch?«, fragte Sabrina plötzlich in die andächtige Stille hinein.

»Was für'n Geruch?« Tannenberg betätigte den Fensteröffner, schob seinen Kopf in den eiskalten Fahrtwind und schnüffelte ausgiebig. »Das riecht eindeutig nach Lagerfeuer – oder, wie heißt das? Forstfeuer? Also eben das

Feuer, mit dem die Waldarbeiter Äste und ... und Rinden verbrennen.«

»So«, entgegnete Sabrina einsilbig. Sie erweckte dabei nicht unbedingt den Eindruck, als ob die spekulative Antwort ihres Vorgesetzten sie gänzlich zufriedengestellt hätte.

»Komm, halt mal da vorne an der Metzgerei. Ich frag mal, wo hier der Kindergarten ist.«

Tannenberg war kaum mehr als fünf Schritte in Richtung des großflächig verglasten Eingangsbereichs losgestapft, als er wie vom Blitz getroffen stehen blieb und sich zu seiner Kollegin umwandte. »Sabrina, da gibt's warmen Fleischkäse.«

»Was?«, schrie sie laut zurück. Dann ergänzte sie, während die leicht getönte Seitenscheibe nach unten wegsackte: »Was ist? Ich hab dich nicht verstanden.«

»Möchtest du auch ein frisches Brötchen mit warmem Fleischkäse?«

Sabrina verzog angewidert das Gesicht. »Um diese Uhrzeit? Nein danke.« Kopfschüttelnd drückte sie auf die Taste des elektrischen Fensterhebers und schaltete mit der anderen Hand das Autoradio ein.

Nach einer Weile kam Tannenberg strahlend zurück – weniger wegen der ihm freundlich erteilten Auskunft hinsichtlich des Kindergartens, als vielmehr angesichts der dicken, dampfenden Wurstscheibe, die auf allen Seiten weit über das knusprige Brötchen hinausragte. Wie ein ausgehungerter Wolf schlug er seine Zähne in sein zweites Frühstückmahl und schmatzte unbefangen drauf los.

»Wolf, es freut mich ja sehr, dass es dir so gut schmeckt. Aber geht das nicht ein wenig leiser?«

»Warum? Wenn's schmeckt, schmeckt's halt!«, antwortete er kauend. »Ist ja auch gleich vorbei.«

Der Leiter des K 1 hatte es doch tatsächlich geschafft, das Brötchen fast restlos zu vertilgen, noch bevor Sabrina das einzige Flachdach-Gebäude im Ort erreichte. Den letzten Bissen verschlang er beim Verlassen des Autos.

Als die beiden Kriminalbeamten vor der haselnussbraunen Holztür des ›Waldwichtel‹-Kindergartens geduldig auf Einlass warteten, musste sich Tannenberg eingestehen, dass er völlig vergessen hatte, sich eine angemessene Strategie für die Befragung der Kleinkinder zurechtzulegen.

Kann ich das überhaupt verantworten? Vielleicht darf ich die Kinder gar nicht an diesen schrecklichen Vorfall erinnern. Womöglich würde ich dadurch ein Trauma bei ihnen auslösen! Eigentlich bräuchte ich dringend eine Kinderpsychologin!, wurde er von plötzlich aufkeimenden Zweifeln gemartert. Aber kaum einen Wimpernschlag später versetzte er diesen bereits wieder einen Dämpfer: Was soll's! Jetzt ist es sowieso zu spät! – Ich frag einfach zuerst die Erzieherinnen.

Nachdem Tannenberg sich und seine Begleiterin vorgestellt und für den unangemeldeten Besuch entschuldigt hatte, wurden die beiden Ermittler von Frau Walter in einen Büroraum gebeten. Zunächst erkundigte sich Tannenberg darüber, ob den Erzieherinnen irgendetwas Besonderes an diesem Morgen auf dem Gartenschaugelände aufgefallen sei. Die Kindergartenleiterin verneinte die Frage und gab darüber hinaus an, dass sie auch im Namen ihrer Kollegin sprechen könne, die ebenfalls nichts Außergewöhnliches bemerkt habe.

Zudem äußerte Frau Walter keinerlei Bedenken hinsichtlich einer behutsamen Befragung der Kleinen; denn erstens seien die Mölschbacher Kinder psychisch sehr robuste Wesen und zweitens habe man in den letzten Tagen sehr häufig und offen über diesen Vorfall gesprochen, ja ihn sogar zur kindgemäßen Beschäftigung mit dem Thema ›Tod‹ genutzt. Anschließend geleitete sie die Besucher in den Aufenthaltsraum der sogenannten ›Löwengruppe‹.

»Guten Morgen. Wir sind von der Polizei und würden euch gerne ein paar Fragen stellen«, begrüßte Tannenberg die anwesenden Kinder mitsamt einer jüngeren Erzieherin, die bis eben aus einem Bilderbuch vorgelesen hatte. »Wer von euch kleinen Löwen hat denn die Frau auf dem Dinosaurier zuerst entdeckt?«

»Ich«, antwortete Johannes mit stolzgeschwellter Brust, verließ die Bauecke und trottete hinüber zu den beiden Kriminalbeamten, die inzwischen an einem größeren Tisch in der Mitte des österlich dekorierten Raums Platz genommen hatten.

»Hast du eine Pistole dabei?«, fragte plötzlich ein pausbäckiger, rotblonder Junge, der sich von der Seite her den Erwachsenen genähert hatte und gerade damit begann, Tannenbergs Sakko in Richtung seines Lendenbereichs emporzuschieben. »Im Fernsehen haben die Polizisten ihre Pistolen immer da hinten drinstecken.«

Tannenberg drehte sich reflexartig zu dem kleinen Kerl hin um und drückte sogleich dessen vorwitzigen Arm sanft nach unten.

Der Junge sah ihn verwundert an, ließ sich aber nicht sonderlich davon beeindrucken. Er stemmte die kleinen Fäuste in seine Hüfte und sagte: »Und wenn du gar kein Polizist bist? Sondern ein Verbrecher?«

Völlig perplex wollte Tannenberg daraufhin gerade seinen Dienstausweis zücken, als seine widerborstige innere Stimme wieder einmal ungebeten auf den Plan trat und ihn wüst beschimpfte: Mensch, bist du so blöd! Die Kids können doch noch gar nicht lesen!

Aber sie können Fotos anschauen!, gab er trotzig zurück und hielt dem selbstbewussten kleinen Kerl seinen Ausweis entgegen.

»Wo hast du denn deine Pistole?«, fragte der Kleine, der an Tannenbergs Dienstausweis keinerlei Interesse zeigte.

Abermals begann er damit, sich am Sakko des Ermittlers zu schaffen zu machen.

Sabrina erhob sich von ihrem Stuhl, ging zu dem Jungen, kniete sich vor ihn und drehte ihn zu sich um. »Nein, wir haben doch keine Pistolen dabei, wenn wir in einen Kindergarten gehen«, log sie, obwohl ihre Dienstwaffe wie immer, wenn sie das Kommissariat verließ, vorschriftsmäßig im Halfter steckte. In dieser Angelegenheit war sie sehr gewissenhaft. Ganz im Gegensatz zu ihrem Vorgesetzten, der seine Dienstwaffe nur sehr selten mit sich führte.

»Und Handschellen?«, wollte der kecke Knirps nun auch wissen.

»Ja, Handschellen hab ich natürlich dabei«, antwortete Sabrina lächelnd, nestelte an ihrem Hosengürtel herum und überreichte die silbernen Metallfesseln sogleich dem Jungen, der sie wie eine Jagdtrophäe stolz vor sich hertrug, während er sich in die Bauecke begab. »Die will ich nachher aber wiederhaben!«

Da sich die meisten der Kleinen neugierig um den Handschellen-Eroberer geschart hatten und ihm dabei in die rechte hintere Raumecke gefolgt waren, konnte Tannenberg eine Frage stellen, die ihn schon seit seinem dienstlichen Zwangsaufenthalt im Dinopark beschäftigte: »Sagen Sie mal, warum begeistern sich denn Kinder überhaupt so sehr für diese grässlichen Monster?«

Obwohl Tannenberg die Frage eigentlich an die Leiterin gerichtet hatte, erhob sich plötzlich die bildhübsche, jüngere Erzieherin von der als Leseecke benutzten Couch und begab sich mit einem Dinosaurier-Buch in der Hand an den großen Tisch.

»Die Faszination, die von den Dinosauriern ausgeht, kommt daher, weil diese gigantischen Wesen eine unkontrollierbare Macht repräsentierten«, erklärte sie mit flackerndem Blick.

Tannenberg krauste daraufhin skeptisch die Stirn, was der jungen Frau natürlich nicht verborgen blieb.

»Ja, so muss man das sehen«, führte sie wild gestikulierend ihre engagiert vorgetragenen Erläuterungen fort. »Diese riesigen, mächtigen Urzeitwesen sind für die Kinder so etwas wie symbolische Eltern. Sie sind nämlich genauso wie die eigenen Eltern gleichermaßen faszinierend wie furchterregend. Und die Kinder lieben sie, genauso wie sie ihre Eltern lieben.«

»Das, das ist ja wirklich hochinteressant«, stotterte Tannenberg verlegen, der von diesem überaus attraktiven weiblichen Geschöpf immer stärker in seinen Bann gezogen wurde.

Verträumt blickte er in ihre mandelförmigen dunklen Augen, beobachtete die während ihres kleinen Vortrags heftig zuckende Mundpartie, die hell aufblitzenden, makellosen Zähne. Sein Blick folgte den langen, fast bis auf die Tischplatte herabhängenden kastanienbraunen Haare und erreichte schließlich ihre lebhaften Hände.

»Die Ursache dieser Dino-Begeisterung, die ja schon im Kindergartenalter auftritt, lässt sich darüber hinaus auch mit der kindlichen Neugierde auf alles Geheimnisvolle und Rätselhafte erklären. Und dass diese mächtigen Tiere vor Jahrmillionen ausgestorben sind, erhöht natürlich nochmal den Reiz«, dozierte die junge Erzieherin weiter, die natürlich nicht wissen konnte, was sich da gerade Dramatisches in Tannenbergs Gehirn abspielte.

Wie wenn er just in diesem Augenblick einen Stromschlag erhalten hätte, zuckte er unwillkürlich zusammen, war mit einem Male wieder hellwach. Denn was er eben zu Gesicht bekommen hatte, war so schockierend, dass es ihn sofort innerlich erschaudern ließ: Die Fingernägel der attraktiven junge Frau waren total verunstaltet, in einer Weise abgeknabbert, wie es Tannenberg noch nie mit eigenen Augen gesehen hatte.

Aber nicht nur das: Darüber hinaus war die Haut ihrer Fingerkuppen an unzähligen Stellen aufgerissen, mit wild hervorstehenden Hautfetzen besetzt und mit tiefen, blutroten Kerben übersät.

»Ach deswegen! Jetzt, jetzt versteh ich endlich. Das, das haben Sie aber wirklich toll erklärt«, stammelte er erneut, diesmal allerdings nicht aus Gehemmtheit angesichts ihrer bezaubernden Schönheit. Ursache war vielmehr der fürchterliche Anblick dieser barbarisch malträtierten Fingerspitzen, der seinen ersten, geradezu euphorischen Gesamteindruck schlagartig ins Gegenteil verkehrt hatte.

»Na, dass du mit den Dinos nichts anfangen kannst, lieber Wolf, wundert mich überhaupt nicht. Das hängt sehr wahrscheinlich damit zusammen, dass du nie Kind gewesen bist«, schleuderte Sabrina ihrem Chef entgegen.

Tannenberg war derart verwirrt, dass er überhaupt nicht wusste, wie er auf diesen Auswurf reagieren sollte.

Die für ihn unverständliche Reaktion Sabrinas war darauf zurückzuführen, dass seine Mitarbeiterin manchmal gegenüber Geschlechtsgenossinnen einen Anflug von Eifersucht verspürte, dem sie sich in der jeweiligen Situation einfach nicht zu wiedersetzen vermochte.

Und in den letzten Minuten hatte sie mit ihrer weiblicher Sensibilität sehr wohl Tannenbergs Befangenheit registriert, schließlich hatte sie ihn schon des Öfteren bei Kontakten mit den Vertreterinnen ihres Geschlechts erlebt und wusste die in solchen Situationen von ihm ausgesandten Signale intuitiv zu entschlüsseln.

Diesmal jedoch war sie einer gewaltigen Fehldeutung erlegen, denn von Tannenbergs abrupten und radikalen emotionalen Kehrtwendung hatte sie natürlich nichts mitbekommen.

Lediglich mit seiner verstorbenen Frau, die seinen ausgeprägten Hände-Fetischismus geteilt hatte, hatte er dieses Thema ab und an erörtert. Gegenüber anderen Menschen war ihm dazu bislang nie ein Wort, ja noch nicht einmal eine Andeutung über die Lippen gekommen. Aber Lea war ihm, wie in vielen anderen Dingen, auch in dieser Hinsicht geradezu wesensgleich. Mit ihr konnte er dieser Manie uneingeschränkt frönen.

Während seine Augen erneut das makellose Gesicht der Erzieherin abtasteten, erinnerte er sich daran, wie oft Lea seine Hände gestreichelt und ihm dabei lächelnd verkündet hatte, dass er die schönsten Männerhände besitze, die sie jemals gesehen habe.

Der auf ihr ruhende, versonnene Blick Tannenbergs schien der jungen Frau allmählich lästig zu werden, denn unvermittelt erhob sie sich von ihrem Stuhl und begab sich zu den kleinen Löwen, die sich gerade ähnlich heftig um Sabrinas Handschellen stritten, wie ihre in der Savanne lebenden wilden Verwandten um ein erlegtes Beutetier.

»Warum riecht es denn hier im Ort eigentlich so stark nach Rauch?«, fragte Sabrina plötzlich. Sie hatte sich eben gerade daran erinnert, dass ihr bei der Einfahrt in das ehemalige Waldarbeiterdorf ein eigentümlicher Geruch aufgefallen war.

Ein kleines hellblondes Mädchen, das die ganze Zeit über nahezu regungslos neben dem Tisch gestanden und interessiert das Gespräch der Erwachsenen belauscht hatte, ging zwei Schritte auf Sabrina zu, zupfte sie an der Jacke und schaute ihr mit türkisblauen Augen forsch ins Gesicht. »Der Opa sagt immer: Hier riecht es nach Mölschbach! – Wo wohnst denn du?«

»In der Stadt.«

»Und du, alter Mann?«

»Auch in der Stadt«, antwortete Tannenberg mürrisch,

der am liebsten dieses Adjektiv radikal aus dem Wortschatz der deutschen Sprache verbannt oder zumindest dessen Gebrauch strikt untersagt hätte.

»Bei uns im Dorf wird eben noch viel mit Brennholz geheizt«, knüpfte die Kindergartenleiterin an Sabrinas Frage an.

Tannenberg schien an einer ausführlicheren Erörterung dieses Themas nicht sonderlich viel gelegen zu sein, denn er ergriff mit lauter Stimme das Wort: »So, Kinder, wer von euch war das nochmal, der die Tote auf dem Dino entdeckt hat?«

Wieder meldete sich Johannes. Diesmal streckte er wie ein aufmerksamer Schüler stumm einen Arm in die Höhe.

»Dann komm mal bitte her.«

Johannes nahm nicht den direkten Weg zu Tannenberg, sondern er ging zu der jungen Erzieherin, die inzwischen wieder auf der Couch Platz genommen hatte, ergriff das neben ihr auf einem niedrigen Beistelltischchen abgelegte Bilderbuch und brachte es zur Leiterin. Dann setzte er sich neben sie an den großen Tisch.

Die Kleine, die den Leiter der Kaiserslauterer Mordkommission als alten Mann bezeichnet hatte, war inzwischen auf Frau Walters Schoß gekrabbelt und blätterte nun in dem großformatigen Dinobuch herum.

»So, du hast also die Frau auf diesem Dinosaurier entdeckt«, fragte Tannenberg an Johannes gerichtet.

»Ja.« Plötzlich kam Leben in den etwas schüchtern wirkenden, großgewachsenen Jungen. »Der Stegosaurus hat die Frau mit seinen Stacheln aufgespießt. Die schützen ihn nämlich vor Angriffen!«

Tannenberg grübelte einen kurzen Augenblick darüber nach, ob der Ausdruck ›Angriff‹ möglicherweise nicht doch ein wenig zu unangemessen war, aber dann erklärte er sich die Ursache für den Gebrauch dieses Wortes damit, dass es sich dabei wahrscheinlich um einen segensreichen psychologischen Schutzmechanismus der kindlichen Seele handelte, der es dem Jungen ermöglichte, diesen fürchterlichen Anblick überhaupt psychisch zu verkraften.

»Lies mal vor, was in dem Buch über den Stego drin steht!«, forderte Johannes und legte dabei seine Hand auf das Dino-Bilderbuch.

Die Kindergartenleiterin schob die Hand des Jungen sanft beiseite und blätterte suchend in dem Bilderbuch herum. »Du meinst doch bestimmt die Stelle mit den Informationen für die Eltern.«

Der braunhaarige Junge nickte wortlos.

»Das hab ich mir doch gedacht!«, bemerkte sie lächelnd.

Dann begann Erika Walter laut aus dem großformatigen Buch vorzulesen: »Der bis 9 Meter lange Stegosaurus ist einer der bekanntesten Dinosaurier. Er besaß breite Rückenplatten, von denen die größte bis über 60 cm hoch werden konnte. Weil sein Skelett an den Wirbeln der Beckengegend und der Schwanzbasis lange, nach oben gerichtete Fortsätze aufwies, die wahrscheinlich als Ansatzstelle für starke Rückenmuskeln dienten, vermuten einige Wissenschaftler, dass dieser Dinosaurier in der Lage war, sich am Baum abgestützt auf die Hinterbeine zu erheben, um weiter höher hängende Blätter abzuweiden. Der Kopf des Stegosaurus war etwa 40 cm lang und beherbergte das Gehirn von der Größe einer Walnuss.«

»Das Gehirn von der Größe einer Walnuss?«, platzte Tannenberg verblüfft dazwischen. »Bei neun Metern Länge hatte der nur so ein mickriges Gehirn? Kein Wunder, dass dieses Viech ausgestorben ist.« Dann wandte er sich an Johannes. »Sag mal, mein Junge, ist dir eigentlich an dem Morgen im Dinopark irgendetwas Besonderes aufgefallen?« Als der Angesprochene nicht reagierte, ergänzte

Tannenberg: »Hast du zum Beispiel in der Nähe dieses Dinos – oder unten am Zaun zur Straße hin – irgendjemanden gesehen?«

»Ja, zwei Männer!«

»Was? Zwei Männer? *Wo* hast du die gesehen?«

»Die waren am Stego!«

»Am Dino? Und was haben die dort gemacht?«

»Die haben die Frau auf den Stego gelegt!«

»*Was* haben die gemacht?«, fragte Tannenberg mit sich erhebender Stimme.

»Die haben die Frau auf den Stego gelegt«, wiederholte Johannes.

»*Wie* haben die das denn gemacht?«

»Die haben sie einfach draufgeworfen.«

Allmählich dämmerte Tannenberg, dass er sich gerade eben einen gewaltigen Bären hatte aufbinden lassen. Eine Einschätzung, deren Richtigkeit er auch dem demonstrativen Augenrollen von Frau Walter entnehmen konnte. Schlagartig war ihm klar, dass der Junge gerade vom wilden Teufel der Einbildung geritten worden war.

»Komm, Johannes, geh mal mit dem Buch zu Sabine, die liest dir noch ein bisschen was daraus vor«, sagte die Leiterin und wandte sich, gleich nachdem der Junge ihrer Aufforderung nachgekommen war, flüsternd an die beiden Kriminalbeamten. »Ja, ja, unser lieber Johannes. Der hat vielleicht eine blühende Phantasie, kann ich Ihnen flüstern. Sein Vater war genauso einer. Der war auch hier im Kindergarten. Ich hätte nie gedacht, dass der mal im Leben zurecht kommt. Und heute ist er Professor hier bei uns an der Uni.«

Der silberne Dienst-Mercedes hatte gerade das aus rotem Sandstein errichtete und an einen großen mahnenden Zeigefinger erinnernde Kriegerdenkmal in der Ortsmitte passiert, als Sabrina sich mit einem schelmischen Gesichtsausdruck zu Tannenberg hinwandte: »Na, da bist du ja wohl eben mal wieder völlig dem Charme einer hübschen Frau erlegen!«

»Quatsch!«

»Willst du etwa bestreiten, dass dir die junge Erzieherin sehr gut gefallen hat? Sie sieht ja auch wirklich sehr gut aus!«

»Na ja.«

»Natürlich, Wolf! Du kannst dich nämlich in solchen Situationen nicht verstellen. Ich merke dir das immer sofort an.«

»Wieso?«

»Na, weil du dann so besonders nett und höflich bist!«

»Ach Gott, Sabrina, man muss doch nicht immer gleich irgendwelche Absichten haben, bloß weil einem jemand vom anderen Geschlecht sympathisch ist! Was du uns Männern immer unterstellst. Ich glaube, du bist ganz schön verklemmt!«

»*Ich* bin verklemmt?«

Tannenberg lachte. »Ich mach dir einen Vorschlag: Wir einigen uns darauf, dass wir beide nicht verklemmt sind, O.K.?«

»Ach, jetzt versteh ich, Wolf!« Sabrina lachte ebenfalls und gab ihrem Chef dabei einen leichten Klaps auf den Oberschenkel. »Mein lockerer Spruch von gestern ist dir nicht aus dem Sinn gegangen. Aber jetzt hast du dich ja gerächt!«

»Gerächt? Na, ich weiß nicht. Sagen wir einfach mal so: Ich habe unberechtigte Vorwürfe neutralisiert.«

Während diese Worte seinen Mund verließen, blickte er süffisant schmunzelnd an Sabrina vorbei in Richtung einer Pferdekoppel, in der mehrere Haflinger in aller Seelenruhe sich an dem frischen, zartgrünen Wiesengras gütlich taten.

»Sag mal, Wolf, wie steht's denn eigentlich um dich und diese Frau Herdecke?«

Tannenberg antwortete nicht sofort, sondern sog zunächst einmal tief Luft ein. Dabei tat er es einem Kugelfisch gleich und blähte seine Backen zu kleinen Ballons auf. Anschließend entließ er die aufgestaute Atemluft wie durch ein sich gerade öffnendes Überdruckventil geräuschvoll nach draußen.

»Ach, Sabrina ...« Tannenberg seufzte. »Irgendwie ist das nicht Fisch, nicht Fleisch.«

»Inwiefern?«

»Na ja, wir war'n ja nach dem Besuch dieser komischen musikalischen Lesung vor etwa einem Jahr noch ein paar Mal zusammen essen.« Tannenberg stockte, knetete nachdenklich sein Kinn. »Und ...«

»Und dann?« Sabrinas Neugierde war geweckt. »Los, mach's nicht so spannend. Erzähl endlich!«

Tannenberg streckte sich ein wenig in seinem Sitz. Dabei drückte er den Sicherheitsgurt vom Körper weg. Jedoch bereits einen Augenblick später ließ er ihn gleich wieder los, woraufhin sich dieser selbsttätig spannte und seinen Oberkörper erneut wie eine enge Fessel umschloss.

»Und dann ... hat sie mich zu so 'ner bescheuerten Vernissage von einer ihrer Freundinnen mitgeschleppt ...«

Sabrina registrierte sehr wohl den enormen Druck, der auf ihrem Chef und väterlichen Freund lastete. »Komm, lass es raus! Red's dir jetzt einfach mal von der Seele. Danach geht's dir bestimmt besser! Also: Was ist bei dieser Vernissage passiert?«

»Das war halt total öde, unglaublich nervig und langweilig. Lauter solche affektierten Lackaffen, solche Sprechblasen-Dandys, die vor lauter intellektueller Kunstbeflissenheit keinen einzigen normalen Satz sagen können.« Wieder legte Tannenberg eine Pause ein.

Aber Sabrina gönnte ihm keine Ruhe. »Los, weiter, sag schon. Was war da noch?«

Man merkte Tannenberg deutlich an, wie schwer es ihm fiel, darüber zu reden. Unruhig kaute er auf seinen Lippen herum, durchfurchte seine Haare, strich sich mehrmals über Nase, Mundpartie und Kinn.

»Los jetzt!«, forderte die junge Kommissarin energisch.

»Na ja, dann hab ich halt den Weber Siggi getroffen. Der war bei mir in der Schule. Ist aber schon lange vor unserem Abi abgegangen. Und dem ging's an diesem verfluchten Abend ganz genauso. Der hat sich auch total deplaziert gefühlt. Und mit dem bin ich dann eben an die Getränke.«

»Aha, mir schwant Fürchterliches!«

Ein kurzes Schmunzeln huschte über Tannenbergs Lippen. »Ich hätte ihn wahrscheinlich gar nicht mehr wiedererkannt. Aber plötzlich kam er auf mich zu und sagte: ›Eh, Tanne, was machst denn du hier? Du hast doch in Kunst auch immer nur 'ne schlechte Note gehabt. Und jetzt treffe ich dich bei 'ner Vernissage – Respekt!«

»Komm endlich auf den Punkt!«, drängte Sabrina.

»Also, kurz und schmerzlos: Wir haben uns erbarmungslos zugeschüttet. Und als dann einer dieser aufgeblasenen Kultur-Fuzzis seine Laudatio vorgelesen hat, in der er in diese stümperhaften Trivialbildchen allen möglichen Schwachsinn hineininterpretiert hat, hab ich ihm halt das Mikrofon abgenommen und eine flammende Lobrede auf die Kunst der alten Meister gehalten – die, glaub ich, bei diesem arroganten Künstlervolk nicht sonderlich gut angekommen ist.«

»Oh, ha!«

»Am nächsten Tag hab ich dann bei Ellen zu Hause angerufen und wollte mich entschuldigen. Aber als dann ihr

Mann – also ihr angeblicher Exmann – den Hörer abgenommen hat, hab ich gleich wieder aufgelegt. Und seitdem herrscht absolute Funkstille zwischen uns.«

»Ja, Wolf, das ist wohl eine etwas vertrackte Sache«, entgegnete Sabrina Schauß seufzend.

»Weißt du, ich hab mir dann einfach gedacht: Wenn ihr etwas an mir liegt, meldet sie sich bestimmt bei mir. Und wenn ...«

»Und was ist, wenn sie genauso denkt wie du?«, fiel ihm seine bildhübsche Begleiterin ins Wort.

»Was?«

»Na ja, wenn sie sich auch gesagt hat: Wenn *dem* etwas an mir liegt, meldet der sich bestimmt bei mir. Vielleicht ist sie ja genauso unsicher wie du – oder vielleicht auch genauso stur wie du!«

»Aber ihr Mann war doch bei ihr zu Hause!«

»Ja und! Schließlich haben die, wenn ich das richtig in Erinnerung habe, zwei gemeinsame Kinder. Und da gibt es ja garantiert immer noch eine Menge zu bereden und zu organisieren.«

»Ja, aber ...« Tannenberg stöhnte laut auf. »Ach, Sabrina, ich weiß nicht, ob das überhaupt funktionieren könnte, mit ihr und mir. Ich kann einfach nichts mit diesem gesellschaftlichen Umfeld anfangen, das anscheinend für sie so enorm wichtig ist.«

»Wenn man wirklich will, kann man das schon.«

»Ach, verdammt!«, fluchte Tannenberg wütend vor sich hin. »Mensch, Sabrina, warum steh ich mir denn so oft selbst im Weg? Warum mach ich denn immer nur alles falsch mit euch Frauen? Bei Lea war das alles ganz anders: zwanglos, problemlos, harmonisch, unkompliziert. Da mussten keine großen Worte gemacht werden. Lea hat mich immer verstanden und mich einfach so genommen, wie ich nun mal bin.«

»Genau das sind deine beiden Probleme, Wolf, denn ...«

»Was sind meine beiden Probleme?« Tannenberg krauste verständnislos die Stirn.

»Dein erstes Problem besteht darin, dass du dich überhaupt nicht ändern *willst*! Du hast nämlich absolut keine Lust, dich irgendjemand anderem und dessen Lebensstil anzupassen. Aber dein Hauptproblem besteht darin, dass du dich einfach nicht von Lea lösen kannst. Und so lange du das nicht tust, wirst du auch weiterhin völlig blockiert sein. *Das* sind die beiden Ursachen für deine Probleme, sonst nichts! Und wenn du das schaffst, wirst du ganz schnell merken, dass alles viel, viel einfacher für dich wird.«

Wolfram Tannenberg hatte die Gardinenpredigt mit offenem Mund und ohne die geringste Reaktion zu zeigen, schweigend über sich ergehen lassen.

Aber wie stets, wenn man ihn mit unangenehmen persönlichen Dingen konfrontierte, stellten sich reflexartig zwei Bewältigungsstrategien bei ihm ein: Die erste, geradezu automatisch erfolgende Reaktion bestand immer darin, sich so schnell wie nur irgend möglich von der Person des störenden Kritikers zu befreien.

Dies erreichte Tannenberg im vorliegenden Falle ganz einfach dadurch, dass er sich von Sabrina zum Kommissariat chauffieren ließ, ihr einen innendienstlichen Rechercheauftrag erteilte und sich anschließend alleine mit dem Dienstwagen zum Bildungszentrums auf den Kaiserberg aufmachte. Womit sogleich der zweite Part seines in der Vergangenheit schon so oft erprobten und überaus erfolgreichen Verdrängungskonzepts eingeläutet wurde: die Ablenkung.

Da er einem spontanen Impuls folgend nicht den direkten Weg über die Burgstraße nahm, sondern sich in einem weiten Bogen dem Kaiserberg näherte, passierte er zuerst das Rittersberg-Gymnasium und dann den Zeppelinplatz. Anschließend befuhr er von Osten kommend die Alex-Müller-Straße – eine Strecke, die ihn unweigerlich mit dem neuen Verkehrskreisel an der Fachhochschule konfrontierte.

Tief in die Welt seiner Gedanken eingetaucht, registrierte er diese extrem innovative verkehrsplanerische Änderung zunächst überhaupt nicht, als er sich in gewohnter Art und Weise über diese Kreuzung hinwegbewegte.

Erst als ein anderer Autofahrer, der aus für Tannenberg völlig unerfindlichen Gründen plötzlichen inmitten des Kreuzungsbereichs einen weiten Bogen fuhr, ihn laut hupend mit einem netten Scheibenwischergruß bedachte, stoppte er ein paar Meter nach dem nur mit weißer Farbe auf den Asphalt gemalten Verkehrkreisel, blickte kurz in den Rückspiegel und setzte den silbernen Mercedes gleich anschließend wieder kopfschüttelnd in Bewegung.

Dieses schockartige Ereignis hatte im Hinblick auf das von Tannenberg so dringend benötigte psychische Ablenkungsmanöver bereits sehr gute Dienste geleistet. Und als er dann auch noch seinem alten Schulkameraden in dessen Büro gegenübersaß, war die von Sabrina ausgelösten Zwangskonfrontationen mit den Schattenseiten seiner Persönlichkeit mit einem Male wie weggeblasen.

»Rudi, beschreib mir einfach mal diese Frau Bender-Bergmann!«, kam Tannenberg ziemlich schnell zur Sache. Doch dann vollzog er eine plötzliche Kehrtwendung. »Sag mir erstmal, wieso ihr überhaupt eine eigene Frauenbeauftragte habt!«

»Ganz einfach, Tanne: Wie immer im Öffentlichen Dienst geht es bei dieser Angelegenheit rein nach formalen Kriterien. Und die lauten in unserem Falle eben: Eine Institution, die mehr als 200 hauptberufliche Mitarbeiter beschäftigt, bekommt automatisch eine eigene Frauenbeauftragte.«

»Aha, verstehe! So, nun zu der Dame selbst: Was war sie für ein Mensch? Weißt du etwas über ihr Privatleben?«

Der Verwaltungsleiter wiegte mit zusammengepressten Lippen unschlüssig seinen Kopf ein paar Mal hin und her. Dann ließ er seinen Blick im Zimmer herumstolzieren, bis er endlich sein Gegenüber fixierte. »Das ist nicht so einfach, Tanne.«

»Warum? Mir gegenüber kannst du doch ganz offen sein.«

»Ist schon klar, Tanne.« Rudolf Becker lächelte. »Aber das ist nicht mein Problem. Das besteht vielmehr darin, dass ich mich gerade frage, was ich von ihr weiß – und ob ich *überhaupt* etwas von ihr weiß ...«

»Red doch einfach mal drauflos!«

»Also gut.« Er krauste die Stirn, gönnte sich abermals eine kleine Bedenkpause. »Sie war sicher eine in der Sache recht provokative Streiterin. Aber andererseits war sie stets kooperativ und merkwürdigerweise absolut nicht nachtragend. Jedenfalls hat sie sich in der Hinsicht nie etwas anmerken lassen.« Er seufzte, schüttelte den Kopf, zuckte die Achseln. »Ich kann wirklich nichts Negatives über sie sagen.«

Tannenberg brummte. »Und sonst? – Privater Bereich?«

»Privat? Darüber kann ich gar nichts sagen. Wir hatten im Übrigen auch dienstlich nicht viel miteinander zu tun. Gut, da gab's schon ab und an mal kontroverse Diskussionen, zum Beispiel wenn's um die Besetzung einer Stelle ging ...«

»Ja, und wie hat sie sich bei solchen Angelegenheiten normalerweise verhalten? Gab's da oft Streit?«

»Streit?« Becker hob erneut die Schultern. »Streit eigentlich nicht. Jedenfalls kein offener.«

»Aber hintenrum, oder?«

»Klar! Da haben sich die Kollegen schon des öfteren mal das Maul zerrissen über die Frauenförderpläne, ungerechte Bevorzugungen usw.«

»Und was ist mit diesem Kongress am Wochenende, den sie vorbereitet hat?«

»Warum? Was soll damit sein?«

»Könnte es hier irgendwie ein Mordmotiv geben?«

»Mordmotiv? Tanne, du stellst vielleicht Fragen! Woher soll ich denn das wissen? – Aber das kann ich mir eigentlich nicht vorstellen.«

»Ich eigentlich auch nicht, Rudi«, pflichtete der Leiter des K 1 seinem alten Schulkameraden bei. »Du, Rudi, mal was ganz anderes: Erinnerst du dich noch an unsere legendären Zusammenkünfte in der Bierakademie am Altenhof?«

Tannenberg schlug sich feixend auf die Schenkel.

Im Gegensatz zu ihm schien dem Verwaltungschef des Bildungszentrums diese Zeitreise eher unangenehm zu sein. »Erinnere mich besser nicht daran!«

»Du hast Recht, Rudi. Wir alten Männer sollten unsere Geheimnisse besser für uns behalten. Ein paar von uns haben sie ja leider sogar schon mit ins Grab genommen …«

»Ja, Tanne, leider!«

»Sag mal Rudi, hab ich mich eigentlich schon jemals bei dir für die kostenlose Mathenachhilfe bedankt, die du mir in der Oberstufe gegeben hast?«

Rudolf Becker schmunzelte.

»Rudi, lach nicht! Ohne das Lernen mit dir hätte ich das Abi wohl nie bestanden.«

»Ach, Tanne, das ist doch nicht der Rede wert. Das hab ich damals doch sehr gerne gemacht!«

Wolfram Tannenberg erhob sich langsam von seinem

Stuhl. »Rudi, du warst schon früher ein unheimlich lieber und hilfsbereiter Kerl! Mach's gut! Ich muss los!«

»Schade, Tanne, dass ich dir nicht weiterhelfen konnte. Aber mir fällt beim besten Willen absolut niemand ein, der einen solchen Hass auf die Bender-Bergmann gehabt haben könnte, dass er so weit gegangen wäre«, sagte Rudolf Becker, während er Tannenberg zum Abschied seine rechte Hand entgegenstreckte. Doch dann zog er sie plötzlich zurück und warf sie vor seinen Mund. »Mann, oh Mann, mir fällt gerade etwas ein.«

»Was denn?«

»Die Bender-Bergmann hatte hier mal richtig Zoff mit einem Kollegen.«

»Mit wem? Um was ging's da?«

»Das war die Sache mit dem Herrn König, der bei uns für Bafög usw. zuständig ist. Das ist vielleicht ein Vierteljahr her.«

»Was war da los?« Tannenberg hatte wieder Platz genommen.

»Da ging's um eine höher dotierte Funktionsstelle, auf die er sich beworben hatte. Und plötzlich war da so eine junge, dynamische Kollegin, die auf einmal die besten Karten hatte. Und zwar deswegen, weil die Bender-Bergmann sich für sie stark gemacht hat. Dem armen König ist damals schon recht übel mitgespielt worden. Denn plötzlich war er von einem auf den anderen Tag ganz aus dem Spiel. Der hat sich wirklich fürchterlich darüber geärgert. Mensch, war der stinksauer. Vor allem deshalb, weil er mehrere Kinder hat und Alleinverdiener ist ...«

»Und wie hat er darauf reagiert?«

»Na, er hat sich halt unheimlich über die Sache aufgeregt und die Kollegin Frauenbeauftragte sogar mal regelrecht bedroht.«

»Inwiefern?«

»Na, er hat ihr einmal mitten in einer Konferenz mit hochrotem Kopf entgegen geschrien, dass er ihr am liebsten den Hals umdrehen würde.«

»Das ist ja hochinteressant! Ich glaube, den Herrn werden wir uns mal etwas genauer zur Brust nehmen.«

»Und seitdem sind die sich immer aus dem Weg gegangen, haben kein Wort mehr miteinander gewechselt. Na ja, der König war irgendwie schon immer ein ausgesprochener Choleriker ... Übrigens nicht sonderlich beliebt bei seinen Kollegen. - Aber, Tanne, ich kann mir wirklich nicht vorstellen, dass der etwas mit diesem Mord zu tun haben könnte.«

»Wir werden uns jedenfalls demnächst etwas intensiver mit ihm beschäftigen.«

Nachdem der Kriminalbeamte das Bildungszentrum verlassen und es sich in seinem komfortablen Dienstwagen bequem gemacht hatte, erinnerte er sich mit einem Mal wieder an den vor den Toren der Fachhochschule aufgemalten Verkehrskreisel.

Urplötzlich schäumten mit weißer Gicht besetzte, mächtige Wogen der Wut in ihm auf. Sein unbändiger Zorn über diese Ausgeburt verkehrsplanerischen Irrsinns mündete schließlich darin, dass er noch vor der Ampelanlage am Fuße des Kaiserbergs Sirene und Blaulicht einschaltete. Bei der anschließenden Überquerung dieses albernen Verkehrshindernisses achtete er penibel darauf, dass er ja genau über dessen Mitte hinwegfuhr.

Als der Leiter der Kaiserslauterer Mordkommission einige Stunden später in seinem Büro am Schreibtisch saß und über die weitere Ermittlungsstrategie nachdachte, läutete das Telefon.

»K 1 – Hauptkommissar Tannenberg.«

»Hallo, Wolf, wann kommst du denn endlich nach Hause? Es wird ja schon dunkel!«, sagte eine wohlbekannte Stimme mit vorwurfsvollem Unterton.

»Was ist denn mit dir los, Bruderherz? Du redest ja schon wie unsere Mutter. Warum willst du denn wissen, wann ich nach Hause komme?«

»Das kann ich dir am Telefon nicht sagen. Also, wann kommst du? Ich brauch dich nämlich dringend.«

»Wofür denn?«, wollte Tannenberg neugierig, wie er nun mal von Natur aus war, wissen. Aber bereits einen Sekundenbruchteil später war ihm die Unsinnigkeit seiner Rückfrage klar. »Na gut, alte Nervensäge. Mir reicht's sowieso für heute. Ich bin in zehn Minuten bei dir.«

Ohne eine Antwort abzuwarten, legte er auf und machte sich sogleich auf den Heimweg. Es hatte tatsächlich schon angefangen zu dämmern. Die meisten Autofahrer hatten bereits die Scheinwerfer eingeschaltet, Straßenlaternen und Leuchtreklamen traten flackernd ihren Nachtdienst an.

Tannenberg passierte in der Richard-Wagner-Straße einen Tattoo-Laden, der ihn unweigerlich an seinen letzten Fall erinnerte. Schmunzelnd und kopfschüttelnd wollte er gerade in die Beethovenstraße einschwenken, als er von weitem seine Mutter und die Schleicherin auf dem Bürgersteig vor seinem Elternhaus erblickte. Beide führten ihre vierbeinigen Anhängsel mit sich. Tannenbergs Vater stand in der Haustür.

Die Schleicherin, der im Musikerviertel der Ruf eines unverbesserlichen Klatschweibes vorauseilte, beugte sich gerade zu den beiden überfütterten Hunden hinunter und stopfte ihnen je eines ihrer im Sturm Hundeherzen erobernden Leckerlies in die gierigen Sabbermäuler.

Der Kriminalbeamte verspürte nicht die geringste Lust

auf einen Kontakt mit dem fetten, asthmatischen Langhaardackel, dem seine Eltern nun schon seit weit über einem Jahr Asyl gewährten. Schließlich übte dieser ungeliebte Mitbewohner einen regelrechten Psychoterror auf ihn aus. Vor allem nachdem dieses, von Tannenberg nur als ›Mistvieh‹ bezeichnete Tier ihm einmal bei einer heimtückischen Attacke aus der Besenkammer eine schmerzhafte Bisswunde zugefügt hatte.

Zudem schreckten ihn sowohl die Aussicht auf die ritualisierte Begrüßungsformel seines Vaters, der nur allzu gerne und allzu lautstark der Nachbarschaft den Dienstrang seines Sohnes entgegenschmetterte, als auch das Zusammentreffen mit der aufdringlichen Schleicherin davon ab, den kürzeren Weg über sein Elternhaus und den gemeinsam genutzten Innenhof zu wählen.

Liebendgerne nahm er deshalb einen kleinen Umweg in Kauf. Aus diesem Grunde blieb er noch ein paar Meter in der Richard-Wagner-Straße und bog dann in die Parkstraße ein. Obwohl er einen Schlüssel für das Haus seines Bruders besaß, läutete er an diesem kühlen Aprilabend. Neffe Tobias, der gerade Müll in den Hof gebracht hatte, öffnete und geleitete ihn sogleich ins Wohnzimmer, wo er auch schon sehnsüchtig erwartet wurde.

»Da bist du ja endlich!«, begrüßte ihn Heiner und überreichte ihm einen gefüllten Sektkelch. »Schampus, Junge, echter Schampus! Es gibt schließlich auch was zu feiern!«

Für einen Augenblick verschlug es Tannenberg die Sprache.

»Was ... Was gibt es denn zu ... feiern?«, stammelte er, nachdem er sich wieder ein wenig gefangen hatte.

»Das hier, Wolf! Ab Montag kannst du es in jeder Buchhandlung in Deutschland kaufen!«, frohlockte Heiner, während er ihm ein schmales Buch so nahe vor die

Augen warf, dass Tannenberg kurz zusammenzuckte und dann reflexartig die Hand seines Bruders ein wenig nach unten drückte.

Dann ergriff er das Büchlein und las den Titel murmelnd vor: »Heiner Tannenberg – Stumme Schreie – Kriminalpoesie ... Kriminalpoesie – was ist denn das?« Die Stirn des altgedienten Hauptkommissars glich einem ungebügelten, faltenübersähten Baumwollhemd.

»Das ist eine Sammlung von Gedichten mit kriminologischen Inhalten. Ich kann dir nur sagen: Das ist eine totale Marktlücke.«

Tannenberg brummte nur kurz auf. Er schlug den broschierten Buchdeckel um – und entdeckte die handschriftliche Widmung ›Meinem Lieblingsbruder Wolf in tiefster Verbundenheit.‹ Aufkeimender Stolz hauchte ein strahlendes Lächeln auf Tannenbergs Gesicht. Er schlug das erste Blatt des Büchleins um und wurde des in kursiven schwarzen Lettern aufgedruckten Schriftzuges ›Wolf Tannenberg gewidmet‹ gewahr, der sein wohlwollendes Staunen in wahrhafte Ergriffenheit verwandelte.

Tannenberg umarmte seinen älteren Bruder und drückte ihn ganz fest an sich. »Vielen Dank, Heiner!« Er räusperte sich. »Der erste Schriftsteller in unserer Familie. – Wahnsinn!«

Die beiden Männerkörper entfernten sich wieder voneinander.

»Weißt du eigentlich, wer mich dazu angeregt hat?« Heiner wartete nicht, bis sein Bruder antwortete, sondern fuhr gleich fort. »Dieser Serienmörder, der in deinem ersten Fall als Leiter der Mordkommission diese Gedichte an euch geschickt hatte. Und die wir dann gemeinsam zu interpretieren versucht haben. Erinnerst du dich daran?«

»Klar!«, entgegnete Tannenberg schmunzelnd. Dann veränderte sich schlagartig seine Mimik. Hektisch schlug er das Buch auf, blätterte darin herum. »Diese verrückten Gedichte hast du ja hoffentlich nicht dadrin, oder?«

»Nein! Um Gottes willen, natürlich nicht!«

Erleichtert seufzte Tannenberg auf. Seine Augen hakten sich an einem Gedicht fest, das er sogleich mit sich erhebender Stimme zum Besten gab:

»In the summertime …

Was tat der Opa, zweiundachzig Jahr,
In einer Sommernacht so klar?
… War die Oma doch so lieb.

Niemand weiß, was ihn so trieb.
Warum er sie entzweigeschnitten?
… Hat wohl unter ihr gelitten.«

Tannenberg lachte. »Nicht schlecht, Heiner! Richtig schöner schwarzer, englischer Humor. Meinen tief empfundenen Respekt! Ich finde es richtig toll, dass du alter Sack noch mal was ganz Neues ausprobierst. Super – echt!«

Dann begann er plötzlich zu singen. Heiner stimmte bereits nach der ersten Zeile mit ein:

»In the summertime
When the weather is high
You can stretch right up
An' touch the sky
When the weather's fine
You got women, you got women on your mind
Have a drink, have a drive
Go out an' see what you can find.«

Bei ihrer spontanen Session klatschten die Brüder sich selbst den Takt. Wolfram Tannenberg intonierte mit seinen Lippen das bei diesem Mungo-Jerry-Kultsong obligate Harley-Motorengeräusch.

Lachend stießen die beiden Brüder ihre Champagner-Kelche aneinander, tranken in einem Zug die Gläser leer.

»Komm, lass gleich mal die Luft raus«, forderte Tannenberg.

Heiner füllte die beiden Gläser und sagte dabei mit versonnenem Gesichtsausdruck: »Wolf, weißt du, was ich gerade träume?«

»Na ja, wahrscheinlich dasselbe wie immer: von einer anderen Frau«, sprudelte es unkontrolliert aus dem Munde des Kriminalbeamten heraus, der doch tatsächlich die Anwesenheit seiner Schwägerin für einen Moment vergessen hatte, die wie eine Bioladen-Schaufensterpuppe regungslos in der Ecke neben der Stereoanlage stand.

Nun aber kam plötzlich Leben in die rothaarige, in ein wallendes Gewand gehüllte Mumie. Sie erhob sich, warf die kupferfarbene Lockenpracht in den Nacken und schritt herausfordernd auf die beiden Männer zu. Zu Tannenbergs großer Verwunderung reagierte sie jedoch nicht mit einem Zornesausbruch auf die Provokation ihres Schwagers, sondern umfasste von hinten zärtlich ihren Mann und fragte mit säuselnder Stimme: »Wovon träumt denn mein liebes Henrylein in seinen einsamen Stunden?«

Heiner war das unerwartete affektierte Gebaren seiner Gattin augenscheinlich ziemlich unangenehm, denn er drückte sie sogleich von sich weg und sagte an seinen Bruder gerichtet: »Mein großer Lebenstraum besteht darin, einen ganzen Krimi in Gedichtform zu schreiben. Stell dir mal vor: einen Krimi in ›Faust‹-Format.«

»Einen Krimi in ›Faust‹-Format«, äffte Betty ihren Ehemann nach. Sie stützte dabei ihre Hände auf die Hüftknochen. »Du solltest besser mal von deinem Lyrik-Olymp heruntersteigen und lieber der bitteren Realität ins Auge blicken. Und die besteht nun wohl darin, dass du für deinen albernen Pippi-Kram nur einen Druckkostenzuschuss-Verlag gefunden hast. Sag mal lieber deinem netten Brüderchen, was du für die 500 Büchlein bezahlt hast!«

»Wieso hast du dafür bezahlt?«, fragte Tannenberg verblüfft.

Heiner presste die Lippen zusammen, warf den Kopf stumm hin und her.

Unterdessen höhnte Betty weiter: »Weil er keinen richtigen Verlag gefunden hat, sondern nur einen, bei dem er den Druck seiner Bücher selbst bezahlen muss. 2200 Euro – einfach so aus dem Fenster hinausgeworfen.«

»Aber ich bekomme doch auch von den Verkaufserlösen ...«

Weiter kam Heiner nicht, denn Betty schrie mit zorngerötetem Gesicht: »Was bekommst du? Nichts bekommst du! Weil garantiert nicht einer deine stümperhafte Trivial-Lyrik kaufen wird. Kriminalpoesie – dass ich nicht lache! Welcher Buchhändler sollte denn so was Dilettantisches seinen Kunden empfehlen? Und dann auch noch so perverses Zeug: Eine alte Frau zerstückeln. Du solltest dich schämen!«

»Du kannst dich ja an eine Frauenbeauftragte wenden«, schleuderte Tannenberg seiner Schwägerin entgegen, ohne sich auch nur im Entferntesten über den pietätlosen Inhalt dieses Satzes Gedanken zu machen.

Gleich anschließend stapfte Betty wutentbrannt aus dem Wohnzimmer und polterte die Treppe hinauf in ihr Arbeitszimmer.

Tannenberg ging zu seinem Bruder, der wie angewurzelt neben der breiten Bücherwand stand, legte seinen rechten Arm um die Schulter seines einzigen Bruders und sagte: »Heiner, komm, mach dir doch nichts draus. Betty ist nur neidisch. Und *ich* bin stolz auf dich. Ausgesprochen stolz sogar!«

Heiner kniff die Lippen zusammen und nickte stumm vor sich hin.

Mit einem leisen Klirren stieß Tannenberg an den Champagnerkelch seines Bruders. »Prost! Auf dich und deinen Mut, etwas Neues zu wagen.«

»Danke, Wolf! ... Es ist ja auch nur ein Anfang.«

Tannenberg verspürte plötzlich im doppelten Wortsinne ein dringliches Bedürfnis. Also begab er sich zur Gästetoilette, die sich im gleichen Geschoss des Hauses gleich links neben der Eingangstür befand.

Schadenfroh grinsend hob er den Toilettendeckel mitsamt der Klobrille an, drückte die beiden Teile nach oben und lehnte sie an den Spülkasten. Während er den Reißverschluss seiner Jeans nach unten zog, suhlten sich seine Augen genüsslich in dem kurz oberhalb der hölzernen Klobrille angebrachten Aufkleber, der einen stehenden Mann bei der Verrichtung seiner Notdurft zeigte.

Allerdings war dieses aufrechte männliche Lebewesen brutal mit zwei dicken roten Strichen durchkreuzt und mit dem ebenfalls in blutrotem Farbton gehaltenen Zusatz ›Auch Männer sitzen!‹ versehen worden.

Obwohl er sich bei solchen Anlässen in seiner eigenen Wohnung stets hinsetzte – zum einen aus Einsicht bezüglich der grundsätzlichen Notwendigkeit eines solchen Verhaltens, und zum anderen aus Rücksicht auf seine betagte Mutter, die es sich einfach nicht nehmen ließ, einmal pro Woche die Wohnung ihres jüngsten Sohnes zu putzen –, zelebrierte er an diesem Abend regelrecht die ihm zur Verfügung stehenden Variationsmöglichkeiten, die es ihm aufgrund der naturgegebenen Zielvorrichtung erlaubten, wirklich jeden Quadratzentimeter der weißen Keramikfläche zu benetzten.

Dabei sang er die ersten beiden Strophen eines Janis-Joplin-Songs, der sich schon bei der Lektüre von Heiners Gedicht machtvoll in sein Bewusstsein gedrängt hatte:

»Summertime, time, time,
Child, the living's easy.
Fish are jumping out
And the cotton, Lord,
Cotton's high, Lord, so high.

Your daddy's rich
And your ma is so good-looking, baby.
She's looking good now,
Hush, baby, baby, baby, baby, baby,
No, no, no, no, don't you cry.
Don't you cry!«

Er war richtig traurig, dass dieses sinnliche Vergnügen aufgrund der physiologischen Begrenzung der Flüssigkeitsmenge bereits nach etwa zwei Minuten beendet war. Demonstrativ beließ er Deckel und Brille in der von ihm festgelegten Position und trottete schadenfroh schmunzelnd zurück zu seinem Bruder.

Allerdings wollte während der nächsten Stunde, in deren Verlauf die beiden Männer eine weitere Flasche Champagner leerten, keine rechte Stimmung mehr aufkommen.

Also verabschiedete er sich und machte sich auf in das nur etwa zehn Meter entfernt gelegene, über einen gepflasterten Innenhof zu erreichende Haus seiner Eltern, in welchem er trotz einiger grundsätzlicher Bedenken hinsichtlich der unübersehbaren Schattenseiten eines großfamiliären Zusammenlebens auch weiterhin im ersten Obergeschoss residierte.

Tannenberg hatte gerade die Sandsteintreppe verlassen und die ersten Schritte im nur von Mondschein fahl erleuchteten Hof zurückgelegt, als er plötzlich ein aggressives Knurren aus Richtung der rechts neben der Garage abgestellten Mülltonnen vernahm.

Da er natürlich sofort den Verursacher dieses markanten Geräusch identifiziert hatte, machte er blitzschnell auf dem Absatz kehrt, spurtete los – und trat in ein kaum sichtbares Hundehäufchen.

Während er mit einer grotesken Bewegungsfolge, bei der er den rechten Schuh nur mit der Spitze auf den Boden setzte, schließlich wieder die Treppe vor Heiners Haus erreichte, kommentierte er dieses Ereignis mit Worten, welche die Situation, in die er eben geraten war, kaum trefflicher hätten beschreiben könnten: »Verfluchte Scheiße!«

Jacob Tannenberg, der die Szene anscheinend von der Treppenempore seines Hauses aus beobachtet hatte, konnte kaum mehr an sich halten: »Mein Sohn, der Herr Hauptkommissar, hat Schiss vor einem kleinen Hundchen! – Kein Wunder, dass ihr den Gartenschau-Mörder noch nicht habt!«

4

»Ach Gott, Chef, bin ich heute Morgen vielleicht gut gelaunt«, empfing Petra Flockerzie den Leiter des K 1, der, wie so oft in diesem arbeitsintensiven Anfangsstadium der Ermittlungen, am Samstagmorgen eine Frühbesprechung angesetzt hatte.

»Was, Flocke?«, brummelte Tannenberg, ohne seinen schleppenden Schritt zu verlangsamen, mürrisch in Richtung der nach wie vor recht korpulenten Sekretärin. Er war selbstkritisch genug, um zu wissen, dass seine eigene aktuelle Befindlichkeit ganz und gar nicht mit diesem euphorischen Ausruf in Einklang zu bringen war.

»Weil ich durch diesen wunderbaren Magen-Darm-Virus drei Kilo abgenommen ha-be«, jubilierte sie. »Ich hab drei Tage überhaupt nichts gegessen. Das ist die allerbeste Diät, Chef. Das kann ich Ihnen sagen.«

»Wunderbarer Magen-Darm-Virus«, wiederholte Tannenberg kopfschüttelnd. »Flocke, komm tu mir einen Gefallen und lass mich wenigstens heute früh mal mit diesem Abnehm-Kram in Ruhe.«

»Natürlich, Chef. Soll ich Ihnen gleich mal einen Espresso bringen?«

»Ja«, knurrte er übellaunig zurück. »Sind die anderen schon da?«

»Die warten im Konferenzzimmer.«

Wie üblich wartete Mertel zu Beginn der Dienstbesprechung mit seinem schon obligatorischen Klagelied über den frustrierenden Job der Spurensicherung auf, präsentierte dann aber schließlich doch noch zwei beachtliche Ermittlungsergebnisse: Die Überprüfung der auf dem Dienstapparat der Frauenbeauftragten an ihrem Todestag eingetroffenen bzw. von dort abgegangenen Gespräche förderte zehn verschiedene Telefonnutzer zu Tage. Neun der potentiellen Gesprächspartner konnten eindeutig identifiziert werden. Es handelte sich dabei ausschließlich um Frauen.

Bis auf *eine* Ziffernfolge gehörten alle registrierten Telefonnummern zu auswärtigen Anschlüssen, die über das halbe Bundesgebiet verteilt waren. Wie die Befragungen ergaben, bezogen sich die Inhalte der Festnetz-Telefonate ebenso wie die der acht Mobilfunkverbindungen auf den von Helene Bender-Bergmann organisierten Frauenbeauftragten-Kongress.

Nur der von einer Telefonzelle im Kaiserslauterer Hauptbahnhof aus getätigte Anruf war von einem innerörtlichen Apparat kommend im Bildungszentrum eingetroffen. Natürlich konnte in diesem Falle die Person des Anrufers nicht auf direktem Wege ermittelt werden.

Tannenberg verordnete daraufhin Kriminalhauptmeister Geiger sicherheitshalber einen Dienstgang zum Bahnhof, bestand doch zumindest theoretisch die Möglichkeit, dass um diese Uhrzeit – der Anruf traf exakt um 16 Uhr 34 bei Helene Bender-Bergmann ein und dauerte knapp 8 Minuten – irgendjemand etwas Auffälliges im Bahnhofsbereich bemerkt hatte.

Auch die Analyse der im Büro der Ermordeten sichergestellten Fingerspuren hatte etwas Interessantes zu Tage gefördert: Auf der Außenseite ihres Laptops konnten nach Anwendung der bewährten kriminaltechnischen Verfahren mehrere gut erkennbare Fingerabdrücke identifiziert werden, die unzweifelhaft von Gustav Wackernagel stammten.

Der Leiter der kriminaltechnischen Abteilung präsentierte des Weiteren einen zusammenfassenden Überblick über die ebenso vielfältigen wie mühsamen Routinearbeiten, mit denen sich die Mitarbeiter der Spurensicherung zur Zeit herumzuplagen hatten.

Da war zum einen das Auto der Helene Bender-Bergmann, das man in verschlossenem Zustand auf dem Parkplatz vor dem Bildungszentrum gefunden und das man zwecks eingehenderer Begutachtung in die Werksatt der Kriminaltechnik verbracht hatte.

Und da waren zum anderen zwei Computer und ein Laptop, mit denen die Frauenbeauftragte gearbeitet hatte, die es nun auszuwerten galt. Allerdings war der Zugang zu den drei PC's mit Passwörtern gesichert, die man bislang noch nicht ermitteln konnte.

Expertenarbeit, die, wie Tannenberg auch ohne die gebetsmühlenartig vorgetragenen Bemerkungen Mertels aus ähnlichen Situationen wusste, viel Zeit in Anspruch nehmen konnte. Wenn man nicht zufällig auf jemanden stieß, der Kenntnis von den Passwörtern besaß, oder man den Ort ausfindig machen konnte, an dem die Besitzerin die Zugangscodes hinterlegt hatte.

Aber in dieser für den Fortgang der Ermittlungsarbeit möglicherweise äußerst bedeutsamen Frage war man bislang noch nicht entscheidend weitergekommen. Wie sich auch ansonsten noch keine konkrete Ermittlungsrichtung abzeichnen wollte.

Ein Umstand, der für die Mitarbeiter der Kaiserslauterer Mordkommission nichts Außergewöhnliches darstellte, schließlich befand man sich erst am Beginn einer sehr zeitaufwändigen analytischen Puzzlearbeit, die, wie stets, wenn es keine direkten Tatzeugen oder eindeutige Indizien (wie zum Beispiel die Mordwaffe oder Videoaufzeichnungen einer Überwachungskamera) gab, die auf direktem Wege zu einem Verdächtigen führten, sich sehr frustrierend und langwierig gestaltete. Und die nicht selten nur aufgrund des Eintreffens glücklicher Zufälle zu einem entscheidenden Ermittlungsdurchbruch führte.

Natürlich gab es auch in diesem Mordfall recht schnell erste Tatverdächtige. Tatverdächtige, deren Existenz nur allzu offensichtlich war. Tatverdächtige, die sich den Kriminalbeamten quasi auf dem silbernen Tablett selbst präsentierten, sich ihnen geradezu aufdrängten.

Es lag selbstverständlich durchaus im Bereich des Möglichen, dass Tannenberg sich bei seiner Vermutung irren konnte, aber sein kriminalistischer Spürsinn signalisierte ihm recht deutlich, dass die Herren König und Wackernagel eher nicht als Täter in Frage kamen.

Der vom Leiter des Bildungszentrums mit einem möglichen Mordmotiv in Verbindung gebrachte Verwaltungsbeamte König war am vorherigen Tage von Kommissar Fouquet an dessen Arbeitsplatz aufgesucht worden.

Auf die entscheidende Frage hin, wo er denn zur Tatzeit gewesen sei, war er regelrecht explodiert und hatte den jungen Kriminalbeamten mit hochrotem Kopf wutentbrannt angeschrien. Diese Unverschämtheiten verbitte ich mir!, hatte er mehrmals hintereinander geschimpft und war dabei wie Rumpelstilzchen durch sein Büro gestapft.

Fouquet dagegen war ganz ruhig auf seinem Stuhl sitzen geblieben, hatte geduldig gewartet und gehofft, dass sich der cholerische Mittvierziger schnell wieder beruhigen würde. Diese Deeskalationsstrategie zeitigte Erfolg. Nachdem König sich verbal ausgetobt hatte, entschuldigte er sich bereits nach einer kurzen Besinnungszeit für sein Aufbrausen.

Eine unbeabsichtigte Entgleisung, die er nach seinen Angaben darauf zurückführte, dass Helene Bender-Bergmann ein derart rotes Tuch für ihn sei, dass er schon bei der Nennung ihres Namens sich nicht mehr beherrschen könne. Danach machte er bereitwillige Angaben zu seinem Alibi, dessen Hieb- und Stichfestigkeit jedoch zunächst noch überprüft werden musste.

Gustav Wackernagel war von Tannenberg höchstpersönlich befragt worden. Für die auf dem Laptop seiner Lebensgefährtin sichergestellten Fingerabdrücke hatte er eine ebenso einfache wie plausible Erklärung parat: Da Helene manchmal ziemlich vergesslich gewesen sei, habe er ihr den in der Benzstraße zurückgelassenen, aber von ihr dringend benötigten Laptop am Vormittag ihres Todestages ins Bildungszentrum gebracht.

Und dabei müsse er wohl auch den Laptop berührt haben, was ja nicht gerade ungewöhnlich sei, wenn man solch einen Gegenstand transportiere, hatte er in recht überheblichem Ton angemerkt. Anschließend provozierte er Tannenberg mit der schmunzelnd vorgetragenen Frage, ob die Kriminalpolizei denn nichts Wichtigeres zu tun habe, als derartigen Banalitäten nachzuspüren.

An dieser Stelle der Befragung war Tannenberg forsch zur Offensive übergegangen. Zuerst hatte er von Gustav Wackernagel wissen wollen, wieso dieser sich denn bereits wenige Tage nach dem gewaltsamen Tod seiner Lebenspartnerin solch prächtiger Stimmung erfreue. Woraufhin der Befragte strahlend antwortete, dass ihm Helenes Ableben nicht gerade ungelegen komme.

Er habe sowieso seit längerem den Entschluss gefasst, sich von ihr zu trennen. Er werde in einem Monat in den vorzeitigen Ruhestand gehen, hier die Zelte abbrechen und dann am Mittelmeer ein neues Leben beginnen – das ihm durch die nun zu erwartende Erbschaft regelrecht vergoldet werde. Er fühle sich nach Helenes Tod, die, wie er wörtlich betonte, ein autoritärer Drachen gewesen sei, richtig erleichtert. Ja, er lebe geradezu auf, sprühe vor neuer Lebensenergie.

Wackernagel präsentierte zudem ein Alibi für die Tatzeit, das völlig wasserdicht zu sein schien. Tannenberg hatte es selbst bei der Zentrale des Deutschen Wetterdienstes nachgeprüft. Dort war ihm versichert worden, dass jede Wetterstation alle 30 Minuten die aktuellen meteorologischen Daten an die Zentrale weiterzuleiten habe.

Dies geschehe zwar auf elektronischem Wege, müsse aber stets von dem in der Wetterstation diensthabenden Mitarbeiter persönlich bestätigt werden. Damit kontrolliere man die tatsächliche Anwesenheit des jeweiligen Meteorologen.

Tannenberg teilte diese Erkenntnisse seinen anderen Kollegen mit. Fouquet gab sich aber damit nicht zufrieden, sondern warf die nicht unerhebliche Frage in den Raum, ob man diese Datenweitergabe nicht manipulieren könne. Da keiner der Kriminalbeamten eine Antwort darauf parat hatte, wurde Mertel beauftragt, einen Spezialisten zu Rate zu ziehen.

Nachdem der Kommissariatsleiter seine Kollegen mit diversen Ermittlungsaufträgen versorgt hatte, fragte Sabrina Schauß, ob es denn nicht sinnvoll sei, der heutigen Eröffnungsveranstaltung des Frauenbeauftragten-Kongresses einen Besuch abzustatten.

Da Tannenberg gerade alle Mitarbeiter des K 1 mit Arbeit überhäuft hatte, stand eigentlich nur noch er selbst für diese Aufgabe zur Verfügung. Obwohl er nicht die geringste Lust dazu verspürte, wollte er sich jedoch keine Blöße geben und verkündete mit säuerlichem Gesichtsausdruck, dass er diesen durchaus sinnvollen Dienstgang übernehmen werde.

Danach beendete er die Frühbesprechung und machte sich auf den Weg nach Hause.

Mit seiner Stimmung war es zwar angesichts des sich selbst auferlegten Zwangs-Exkurses zum Bildungszentrum nicht gerade zum Besten bestellt. Als er aber kurz daran dachte, dass es ihm aufgrund der dienstlichen Zusammenkunft an diesem Samstagmorgen leider nicht möglich gewesen war, die oft recht beschwerlichen Wochenmarkteinkäufe für die gesamte Familie zu tätigen und seine geliebte Schwägerin deshalb heute dafür zuständig war, huschte ein schadenfrohes Grinsen über sein Gesicht.

Was bist du doch für ein elender Mistkerl!, warf seine innere Stimme, wie immer ungefragt, dazwischen. Diesmal ließ Tannenberg den Quälgeist aber gewähren, freute sich sogar über dessen anerkennende Bestätigung.

Schmunzelnd überquerte er die Richard-Wagner-Straße.

Freu dich ja nicht so früh! Weißt du eigentlich nicht mehr, was dich jetzt zu Hause erwartet?, fragte sein psychisches Korrektiv, dem die Zustimmung absolut nicht zu behagen schien. Ich sag nur eins: Brunch!

»Ach du Scheiße!«, kam es Tannenberg so laut über die Lippen, dass sich ein vor ihm gehendes junges Pärchen erschrocken zu ihm umwandte.

Das hatte er doch tatsächlich vergessen! Ein schneller Blick auf die Datumsanzeige seiner Armbanduhr verschaffte ihm die schreckliche Gewissheit, dass der heutige Samstag augenscheinlich der dritte des Monats war. Und damit war Brunchtime im Hause seines Bruders angesagt.

Noch bevor er den obligatorischen Morgengruß an die versammelten Mitglieder der Großfamilie richten konnte, wurde er von Heiner in Beschlag genommen.

Heftig mit einer Zeitung wedelnd kam er auf ihn zugestürmt. »Hast du diese Sauerei hier schon gesehen?«

Tannenberg blieb gelassen, schälte sich mit langsamen Bewegungen aus seiner Jacke. »Welche Sauerei?«

Heiner schlug die Zeitung auf, hämmerte mit seiner rechten Hand auf einem Artikel herum. »Hier mitten auf der Seite. Lies selbst!« Er faltete die *Pfälzische Allgemeine Zeitung*, die man in der Gegend eigentlich nur unter der Kurzbezeichnung PALZ kannte, so, dass die besagte Stelle Tannenberg direkt in die Augen stach.

»Dilettantismus pur«, begann der Kriminalbeamte vorzulesen.

In der Küche war es plötzlich mucksmäuschenstill.

»Was für eine Überschrift«, bemerkte Tannenberg kopfschüttelnd. Dann führte er nach einer Wiederholung des Aufmachers die unterbrochene Lektüre des Zeitungsartikels fort:

Dilettantismus pur

Kaiserslauterer Lehrer debütiert mit Trivial-Lyrik-Bändchen

›Stumme Schreie‹ lautet der Titel. Kriminalpoesie der Untertitel. Veröffentlicht in einem unbekannten Kleinverlag. Einem dieser Verlage, die ihr Geld damit verdienen, dass sie von profilneurotischen Autoren enorme Druckkostenzuschüsse verlangen. Weil kein normaler Verlag dazu bereit ist, das enorme wirtschaftliche Risiko einzugehen. Was man in diesem Falle auch nur allzugut nachvollziehen kann!

Autor des schmalen Büchleins ist Heiner Tannenberg. Wie man hört: ein Deutschlehrer. Und wie man weiter hört: der Bruder des Leiters der hiesigen Mordkommission. Ob der ihn wohl zu diesem ›Werk‹ inspiriert hat?

Nun zum Inhalt. Der ist schnell erzählt. Ein stümperhaftes Gedicht reiht sich an das andere. Es ist zu vermuten, dass der angebliche Poet nur die ersten lyrischen Gehversuche seiner Schüler veröffentlicht hat.

Was ist das übrigens: Kriminalpoesie? Muss man diese dilettantischen Gedichte schon deshalb als Poesie bezeichnen, nur weil sich die Zeilenendungen manchmal reimen? Ist der Anspruch, sich auf literarischem Niveau mit Mord und Totschlag beschäftigen zu können, bereits durch die Tatsache erfüllt, dass der Verfasser Deutschlehrer ist? – Mitnichten! (kiwi)

Heiner hatte während Tannenbergs Vortrag die ganze Zeit über mit gesenktem Kopf und zusammengepressten Lippen schräg vor ihm gestanden, war bei einigen Passagen zusammengezuckt.

»Komm, mach dir doch nichts aus diesem Schwachsinn! *Ich* bin jedenfalls unheimlich stolz auf dich, egal was sich dieses Schreiberpack da zusammenfaselt! Aber ein lustiges Kürzel hat der Rezensent schon. Findest du nicht auch?«

»Ich find's überhaupt nicht lustig! Das ist eine Riesensauerei!«, schimpfte Heiner außer sich vor Wut.

Tannenberg legte seinen rechten Arm um die Schulter seines Bruders und zog ihn zu sich heran. »Hast ja Recht! Aber was kümmert's dich. Denk an den alten Spruch: Was stört es die deutsche Eiche, wenn sich eine Wildsau an ihr kratzt!«

Heiner ging auf die tröstenden Worte Tannenbergs nicht ein. Er schmiedete gerade rotglühende Rachegedanken. »Wenn ich den erwische, dem drehe ich eigenhändig den Hals um. Dieser Drecksack!«

»Nicht schlecht! Dann könnte ich endlich mal direkt bei mir zu Hause Mordermittlungen durchführen. Und müsste nicht andauernd in der Gegend rumfahren.«

Heiner wollte immer noch keine Ruhe geben. »Wer ist das überhaupt: ›kiwi‹? So ein kindisches Kürzel.«

»Das müsstest doch du wissen, herzallerliebste Schwägerin. Du kennst dich doch bestens bei diesen aufgeblasenen Kulturfritzen aus«, schleuderte Tannenberg einen giftgetränkten Fehdehandschuh Betty direkt vor die Füße.

»Na ja, im Gegensatz zu dir, lieber Wolfi, weiß ich wenigstens, dass es in der *PALZ* einen Kulturteil gibt und nicht nur einen Sportteil«, konterte Heiners Ehefrau schlagfertig. »Aber ›kiwi‹ hab ich dort noch nie gelesen. Das muss ein neuer Feuilleton-Redakteur sein – oder ein neuer freier Mitarbeiter.«

Tannenberg warf die Stirn in Falten. »Sagt mal, wieso steht denn eigentlich heute schon eine Rezension in der Zeitung, wenn es die Bücher erst ab Montag zu kaufen gibt?«

»Oh Gott, ist mein werter Schwager so naiv – kulturelles Brachland!«, spottete Betty und schlug sich dabei demonstrativ mit der flachen Hand an die Stirn. »Hast du noch nie etwas von Rezensionsexemplaren gehört, die manchmal schon Wochen vor dem offiziellen Erscheinungstermin an die Zeitungsredaktionen verschickt werden? Du bist mir vielleicht ein unverbesserlicher Kulturbanause.«

»Kommt Kinder, hört jetzt auf zu streiten«, forderte Mutter Tannenberg, die dem Scharmützel die ganze Zeit über schweigend beigewohnt hatte. »Wir haben uns doch zum Frühstücken getroffen. Und ich hab einen Bärenhunger.«

»Frühstück um halb 12. Dass ich nicht lache! Bei Tannenbergs wird seit ewigen Zeiten morgens um sieben gefrühstückt und um zwölf zu Mittag gegessen. Und jetzt dieser komische Amikram!«, beschwerte sich ihr Ehemann und ergänzte, wobei er das englische Wort so aussprach, wie es geschrieben wird: »Brunch – was für ein Mischmasch-Blödsinn!« Anschließend zog er die *Bildzeitung* aus seiner Jacke und verschanzte sich dahinter.

»Jacob, musst du jetzt wirklich diese schreckliche Zeitung lesen?«, bemerkte Betty mit angewidertem Gesichtsausdruck.

»Da steht wenigstens was drin. Zum Beispiel über den neuen Fall von meinem Herrn Sohn. Mir erzählt er ja nie etwas über seine Arbeit. – Da steht's schwarz auf weiß: ›Dinotod. Und wieder treibt ein unheimlicher Frauenmörder sein Unwesen in Kaiserslautern. Sein erstes Opfer war eine Frauenbeauftragte. Wer wird sein nächstes Opfer sein? Die ...‹«

»Stopp, Vater! Ich will nichts mehr von diesem ausgemachten Schwachsinn hören!«, fiel ihm Tannenberg scharf ins Wort. »Nächstes Opfer! Die spinnen doch!«

Heiner hatte der Zeitungsartikel gründlich den Appetit verdorben. Er knabberte lediglich ein paar Mal an einem mit Gemüsepaste bestrichenen Vollkornbrötchen herum. Immer und immer wieder gruben sich seine Augen in die vernichtende Rezension.

»Komm, Heiner, leg jetzt mal diese blöde Zeitung weg!«, befahl Tannenberg und nahm, da Heiner seiner Aufforderung nicht umgehend Folge leistete, wenig später seinem Bruder die *PALZ* aus der Hand und warf sie demonstrativ in die Altpapierkiste neben dem Kachelofen. »Genau dort gehört dieses Mistding hin: in den Müll!«

»So eine Sauerei!«, zischte Heiner zum wiederholten Male.

»Das geht dir ganz schön an die Nieren, nicht wahr?«

Anstatt zu antworten, seufzte Heiner leise auf.

»Mach dir einfach nichts draus! Da stehst du doch drüber. Es werden mit der Zeit auch andere, bessere Rezensionen kommen. Wenn du diesen Weg konsequent weitergehst, wirst du dein Ziel auch erreichen. Da bin ich mir ganz sicher! Ich bin jedenfalls tief beeindruckt von deinem Mut, mal etwas völlig anderes auszuprobieren.«

Heiner schickte einen müden, traurigen Blick hinüber zu seinem ihm direkt gegenübersitzenden jüngeren Bruder. »Ehrlich?«

»Ehrlich! Großes Indianer-Ehrenwort!«

»Danke, Wolf.«

»Was meinst du wohl, wie viele Leute dich wegen deines mutigen Schrittes beneiden? Zum Beispiel deine Kollegen Lehrer oder dieser arrogante Provinz-Rezensent. Die würden sich doch sowas nie trauen! Das sind doch alles Hosenscheißer, die sich daran aufgeilen, andere niederzumachen und deren Leistungen kleinzureden. Und selbst?«

Tannenberg wartete einen Augenblick. Aber da niemand der Anwesenden auf seine rhetorische Frage reagierte, fuhr er fort: »Und selbst kriegen sie den Hintern nicht hoch. Weil sie Angst haben! Ja, panische Angst davor, sich bis auf die Knochen zu blamieren! Und weil sie davor Schiss haben, wagen sie diesen Schritt erst gar nicht.«

Man sah Heiner deutlich an, wie sehr ihn der Zuspruch seines Bruder aufmunterte. Während er langsam seinen Oberkörper aufrichtete, entspannten sich seine Gesichtszüge zusehends, die verbitterte Mimik verflüchtigte sich immer mehr, sogar ein zartes Lächeln schob sich zwischen die Mundwinkel. Er nahm Tannenbergs Hand, drückte sie fest. »Wenn ich dich nicht hätte!«

»Aber, es ist doch auch wirklich wahr, Heiner! Ich find's jedenfalls toll, dass du dich dazu entschlossen hast, einen dicken roten Strich unter dein bisheriges Leben zu ziehen und dich in aller Ruhe gefragt hast: Was hab ich bisher erreicht? Bin ich damit zufrieden? Könnte ich denn nicht mal etwas anderes ausprobieren? Mensch, Junge, das ist doch Klasse! Mal ein bisschen ausmisten, Ballast abwerfen, versuchen, sich auf das Wesentliche zu konzentrieren, das überflüssige Zeug zur Müllkippe zu bringen.«

An dieser Stelle brach Tannenberg plötzlich ab. Das letzte Wort hatte wie eine Notbremse gewirkt. Alle am Tisch versammelten Familienmitglieder unterbrachen ihre Tätigkeit, starrten zum Leiter des K 1. Sogar Jacob warf einen verwunderten Blick hin zu seinem jüngsten Sohn.

»Leute, genau das mach ich jetzt! – Heiner, ich brauch deinen Sharan.«

»Was? ... *Was* machst du jetzt? *Wozu* brauchst du unser Auto?«

»Ich miste jetzt auch mal aus. Und zwar in meiner Wohnung, im Keller und auf dem Dachboden. Und dann fahr ich alles Gerümpel zur Deponie ins Kapiteltal. Wie lange haben die samstags geöffnet?«

»Ich glaub bis zwölf«, antwortete Heiner, der augenscheinlich mit dem plötzlichen Aktivismusschub seines Bruders nichts anzufangen wusste.

Auch Margot Tannenberg zeigte sich sehr irritiert. »Aber Wolfi, das geht doch nicht. Sowas muss man doch in aller Ruhe planen. Sonst wirfst du noch unsere Sachen weg. Und die will ich doch behalten.«

Tannenberg hatte sich in der Zwischenzeit von seinem Stuhl erhoben und war bereits voller Tatendrang zur Küchentür geeilt.

Auf diesen Zuruf hin drehte er sich noch einmal kurz um. »Quatsch, Mutter«, gab er zurück, »ich werf nur *meinen* alten Kram weg!«

Dann schnappte er sich Heiners im Flur auf einer Weichholzkommode abgelegte Autoschlüssel, begab sich in die Garage und schuf durch das Umklappen der Rückbank des Sharan in Windeseile den benötigten Transportraum.

Anschließend spurtete er in sein Elternhaus, stürmte wie ein Berserker durch das Gebäude und sammelte dabei alle möglichen überflüssigen Gegenstände zusammen, die er zunächst im Treppenhaus zwischenlagerte, um sie anschließend nacheinander in den geräumigen Van seines Bruders zu verfrachten.

Unter dem ausgemusterten Gerümpel befanden sich neben einem wahren Berg von Zeitschriften und Aktenordnern auch zwei verschlissene Teppiche, ein defektes Fernsehgerät und ein nach Meinung seines Besitzers nicht mehr benötigter Bauchtrainer.

Während seines gesamten Amoklaufs hatte er nicht einen einzigen Augenblick über sein Handeln nachgedacht. Er war widerstandslos diesem unglaublich dominanten Impuls gefolgt, der ihn in Heiners Küche wie eine zwanghafte Manie überfallen hatte.

Zu diesem Zeitpunkt konnte er natürlich nicht wissen, dass die an diesem trüben, verregneten Frühlingstag über ihn hereinbrechenden Ereignisse derart bedeutsam waren, dass er sich noch viele Male in seinem späteren Leben daran zurückerinnern sollte.

Aufgrund der widrigen Witterungsverhältnisse waren anscheinend nur wenige seiner Zeitgenossen auf eine ähnliche Idee gekommen. Denn als er nach einer etwa zehnminütigen Fahrt die weit vor den Toren der Stadt im Kapiteltal gelegene Mülldeponie erreichte, stellte er verwundert fest, dass auf der steilen Zufahrt zur so genannten ›Wertstoffsammelstelle‹ lediglich zwei Fahrzeuge warteten.

Nachdem er ein paarmal versucht hatte, diesen auf einem großflächigen Schild plakativ zur Schau gestellten Zungenbrecher richtig auszusprechen, gab er sich kopfschüttelnd geschlagen.

Wie immer, wenn er in der Vergangenheit hierher gefahren war, bemächtigte sich seiner wieder diese starke innere Unruhe. Sie war darauf zurückzuführen, dass er eine tief sitzende Aversion gegenüber jeglicher Form von praktizierter Amtsautorität besaß.

Während er ungeduldig darauf wartete, dass sich der mit Bauschutt beladene Kleintransporter vor ihm in Bewegung setzte, dachte er an die LKA-Kriminalpsychologin, die ihn bei seinem ersten Fall als Leiter des K 1 des Öfteren mit einigen unangenehmen Facetten seiner sperrigen Persönlichkeit konfrontiert hatte.

Die würde jetzt garantiert etwas von ›ausgeprägter Wert-Stoff-Sammel-Stellen-Neurose‹ faseln, sagte er zu sich selbst, wobei es ihm mit Hilfe dieser Zerhack-Technik gelang, den eigentlich unaussprechbaren Begriff zumindest fehlerfrei zu denken. Als körperliche Symptome dieses neurotischen Syndroms würde sie angeben: Erhöhter Pulsschlag, Schweißausbruch, kalte Gliedmaßen.

Zur Kontrolle nahm er seine Hände vom Lenkrad, legte sie an beiden Seiten auf die Wangen. Anschließend versuchte er sie warmzukneten. Sie hätte doch tatsächlich Recht gehabt, stellte er lächelnd fest.

Dann schaltete er das Autoradio ein. Der einprogrammierte Sender gefiel ihm nicht. Es war einer dieser privaten, die in den letzten Jahren wie Pilze aus dem Boden geschossen waren und die mehr Eigenwerbung produzierten als Musik. Aber wenn Tannenberg das Radio einschaltete, wollte er Musik hören, nichts als Musik – und zwar gute Musik.

Am besten die der 70er Jahre. Das war sowieso mit Abstand die beste, genialste, kreativste, zeitloseste Rockmusik, die es jemals gegeben hatte und geben würde, fand er jedenfalls.

Deshalb hatte er in seinen alten BMW auch nachträglich einen Kassettenrecorder einbauen lassen. Vor einiger Zeit wurde dieser durch einen CD-Player ergänzt, den ihm sein

Bruder zu seinem vorletzten Geburtstag geschenkt hatte. Aber in Heiners Auto gab es zu Tannenbergs Leidwesen nur ein langweiliges Autoradio.

Nervös suchte er nach einem wenigstens einigermaßen erträglichen Sender. Er traute zunächst seinen Ohren nicht, erklang da doch tatsächlich ›Riders on the Storm‹. Aber es handelte sich dabei leider nur um die Schlusstakte dieses legendären Doors-Titels.

Sofort begann eine nervige Plapperstimme mit der inzwischen anscheinend auch für die öffentlich-rechtlichen Rundfunkanstalten obligatorischen Selbstbeweihräucherungs-Orgie: Der beste Sender, der schnellste Verkehrsservice usw.

Zutiefst angewidert drehte Tannenberg dem aufdringlichen Eigenwerber den Ton ab.

Ungeduldig trommelte er mit den Fingern auf dem Lenkrad herum, versuchte den Takt des eben gehörten Musikfragments nachzuspielen.

Plötzlich flammten die grellen roten Bremslichter des vor ihm stehenden Kleintransporters auf, der sich sogleich in Bewegung setzte. Hektisch startete Tannenberg den Sharan seines Bruders, betätigte den Scheibenwischerhebel – und blickte direkt auf einen etwa zehn Meter von ihm entfernt auf einer Rampe stehenden, in leuchtendes Orange gehüllten Deponiearbeiter, der ihn mit eindeutigen Gesten zum zügigen Heranfahren aufforderte.

Geschockt würgte Tannenberg den Motor ab.

Er startete erneut.

Mit schleifender Kupplung und aufheulendem Motor setzte sich der Van schließlich in Bewegung und erreichte nach kurzer Zeit einen Kopf schüttelnden, klein gewachsenen Mann, der ihn spontan an Napoleon erinnerte.

»Führerschein im Lotto gewonnen, he?«, empfing ihn

der ungepflegt wirkende Arbeiter und gaffte in das vollgepackte Auto. »Was'n das alles?«

Tannenberg blickte eingeschüchtert in das wettergegerbte Trinkergesicht des Mannes, dann stammelte er die von ihm zu entsorgenden Utensilien nacheinander herunter.

Mit wenigen, in Kasernenhofmanier ausgestoßenen kurzen Kommandos erhielt der altgediente Kriminalbeamte seine konkreten Handlungsanweisungen. Nun wusste er ganz genau, wo er was hinzubringen hatte, sprich: in welchen der vielen Container er welches Gerümpel oder Material zu werfen bzw. zu stellen hatte.

Nun wäre Tannenberg natürlich nicht Tannenberg gewesen, wenn er sich nicht schnell von diesem lähmenden Schockzustand erholt hätte und sogleich zum Gegenangriff übergegangen wäre.

Denn bereits während er den Sharan vor den Containern abgeparkt hatte, waren seine Überlegungen mit nichts anderem als der Frage beschäftigt gewesen, auf welche Art und Weise er sich ebenso umgehend wie gebührend für die eben erlittene Schmach rächen konnte.

Mit dem, was er nun genüsslich tat, legte er wieder einmal ein beredtes Zeugnis darüber ab, zu welchen irrationalen Untaten er manchmal fähig war, wenn er wieder einmal von diesem mächtigen Teufel geritten wurde. Einem wahnsinnigen Teufel, der ihn oft genug dazu verleitete, Dinge zu tun, über die er im nachhinein meist nur verwundert den Kopf schütteln konnte.

Geduldig wartete er, bis der aufgeblasene Deponiearbeiter seine Argusaugen von ihm entfernt hatte und sich mit anderen Dingen beschäftigte.

Das war die Gelegenheit: Voller Vergnügen entledigte sich Tannenberg der von ihm zu entsorgenden Gegenstände. Allerdings platzierte er den Unrat nicht in den dafür vorgesehenen Container, sondern vorsätzlich in den falschen.

Hinterhältiger Mistkerl!, schimpfte seine innere Stimme. Das ist doch eine ökologische Sauerei!

Ach was, gab Tannenberg gelassen zurück. Das ist doch nur eine Arbeitsbeschaffungsmaßnahme für diesen Wichtigtuer. Der muss das doch später alles ausmisten und in die richtigen Container verteilen!

Schadenfroh grinsend warf er einen zufriedenen Blick in den leeren Sharan, setzte sich ans Steuer und verließ die Mülldeponie. Als er sich während der Fahrt hinunter zur Bundesstraße mit Hilfe eines flinken Blicks nach hinten noch einmal die geglückte Entrümpelungsaktion vergegenwärtigte, erschloss sich ihm plötzlich die verborgene Dramaturgie seines zwanghaften Aktionismus.

Er stoppte den Van an der Einfahrt zu einem Waldweg.

»Unglaublich. Das ist einfach unglaublich«, murmelte er kopfschüttelnd vor sich hin. Dann atmete er ein Mal kräftig durch. »Nun denn: auf zu neuen Taten!«, feuerte er sich selbst an, legte den ersten Gang ein und brauste los.

Seine rasante Fahrt führte ihn am Landgasthof Eselsfürth vorbei und dann die Anhöhe hinauf zur Autobahnzufahrt. Als er den PRE-Park passierte, musste er unweigerlich lachen. »Verrückt. Einfach verrückt. Wahnsinn!«

Er wurde immer euphorischer.

Den Sharan stellte er auf dem großen Parkplatz in der Donnersbergstraße ab. In der Friedhofsgärtnerei kaufte er einen großen Strauß sattgelber Osterglocken. Als die junge Floristin die Frühlingsblumen zusammensteckte, hatte er eine Inspiration, die er auch sogleich in die Tat umsetzte.

Dann eilte er mit zügigen Schritten durch das breite, schmiedeeiserne Friedhofstor. Hinter der Leichenhalle betrat er eine nasse, schwarzgraue Asphaltstraße, die ihn zum nördlichen Teil des Waldfriedhof geleitete. Dorthin, wo Lea begraben lag.

Es regnete noch immer. Obwohl er ohne Schirm oder Kapuze unterwegs war, registrierte er den Dauerniederschlag nur als unbedeutende Randerscheinung. Sein Bewusstsein beschäftigte sich mit ganz anderen Dingen.

Hinter einer mausgrauen Parkbank bog er in einen schmalen, geschotterten Weg ein, der von mattglänzenden Grabsteinen und Marmorplatten besäumt war. Gleich nachdem ein auf einem überhängenden Ast sitzendes Eichhörnchen ihn erspäht hatte, ergriff es panisch die Flucht.

Laut schnaubend erreichte er Leas Grab.

Als er jedoch die Messingbuchstaben mit ihrem Namen und ihren Geburts- und Sterbedaten erblickte, verflüchtigte sich plötzlich seine euphorische Stimmung.

Beklommen legte er den Blumenstrauß auf der verwitterten Sandsteinplatte ab.

Unsicher bohrte er die Hände in seine Hosentaschen, knetete die Leinentaschentücher zu kleinen Bällen. Er presste die Lippen zusammen, pendelte mit dem Kopf heftig hin und her, warf ihn schließlich in den Nacken, schloss die Augen, begann nervös auf der Stelle herumzutrippeln. Seine Kleidung wurde immer nässer. Kälte und klebrige Feuchte verbreiteten sich über seinen ganzen Körper. Er fröstelte, fing an zu zittern. Fluchtgedanken keimten auf.

Aber dann gab er sich einen Ruck, kratzte allen verfügbaren Mut zusammen. Er schaute sich nach jeder Seite um. Er sah niemanden, vernahm keinen einzigen menschlichen Laut.

Mit beiden Händen wischte er sich das Regenwasser aus seinem Gesicht.

»Lea«, begann er seufzend, »du weißt«, er räusperte sich, »warum ich hier bin. Es ist soweit.« Er faltete die

Hände wie bei einem Gebet zusammen. »Du hast nie gewollt, dass ich mich nach deinem Tod verkrieche. Du hast immer gesagt: Wolf, du *musst* dein Leben weiterleben. Da darfst nicht verzweifeln. Du *musst* dich von diesen Fesseln befreien! Du *musst* mir versprechen, den Käfig aufzusperren und in die Freiheit zu fliegen! Unsere Liebe ist so einzigartig und tief in uns beide eingebrannt, dass nichts auf Erden uns voneinander trennen kann. Ich warte im Himmel auf dich. Aber ich ertrage die Vorstellung nicht, dass du nach meinem Tod leidest. Das zerreißt mir mein Herz. Genieß dein Leben! Du *musst* dir auch irgendwann eine neue Frau suchen! Du darfst nicht an deinem Schmerz zerbrechen! – Das waren deine eigenen Worte. Und ich hab es dir versprochen! Aber ich hab mich nicht daran gehalten. Ich hab mich an dich festgeklammert, hab mich vergraben in meinen Schmerz.«

Seine Tränen mischten sich mit dem kalten Regenwasser, das unvermindert auf ihn herniederprasselte. Er schniefte, zog ein Taschentuch hervor, wollte sich damit sein Gesicht abtrocknen. Aber es war schon zu stark durchfeuchtet, konnte kaum mehr Nässe aufnehmen.

»Als ich eben, wie von einer höheren Macht ferngesteuert, meine Wohnung entrümpelt und das Zeug auf die Deponie gefahren hab, ist mir schlagartig klar geworden, dass ich auch meine Seele von Ballast befreien muss, Platz für Neues schaffen muss.«

Plötzlich hielt er inne, schug sich eine Hand vor den offenen Mund. »Um Gottes willen, Lea, du denkst doch jetzt hoffentlich nicht, dass ich dich und unsere Liebe eben auf den Müll geworfen habe?« Nach einer kurzen Pause ergänzte er: »Oder?«

Er warf einen verunsicherten, flehenden Blick hoch in die tropfenden Baumkronen der mächtigen Kiefern, die wie ein undichtes Dach die Gräber vor den Unbilden des Wetters zumindest ein wenig zu schützen versuchten. Die Hand löste sich von seinem Mund und wischte über Stirn, Augen und Wangen.

Dann senkte er den Kopf, warf ihn abermals hektisch hin und her. »Nein, nein, nein, Lea.« Er blickte auf den verwitterten Grabstein direkt vor ihm. »Nein, Lea, das denkst du nicht! Das kannst du nicht denken! Denn das, was ich ab heute tun werde, ist genau das, was du immer gewollt hast. Ich hab es nur die ganze Zeit über nicht gekonnt. Fast wäre ich unter dieser Last zusammengebrochen. Obwohl ich sie mir *selbst* auferlegt habe – was mir bis vorhin nicht klar war. Ich hab einfach verdrängt, was du mir aufgetragen hast!«

Tannenberg durchfurchte mehrmals mit den Fingern seine patschnassen Haare. »Lea, du wirst immer den zentralen Stellenwert in meinem Leben behalten. Ich werde mich auch später neben dir begraben lassen. So wie ich es mir geschworen habe. Wir werden uns irgendwann und irgendwo wiedertreffen – wie du es immer vorausgesagt hast. Da bin ich mir ganz, ganz sicher.«

Dann schloss er die Augen und sprach ein stilles Gebet.

»Danke, Lea«, sagte er abschließend, sog tief die nasskalte Luft ein und entfernte sich mit bedächtigen Schritten von diesem symbolträchtigen Ort der Trauer und Andacht.

5

Peter

(einige Wochen vorher)

Exakt im pulsierenden Rhythmus seines Herzschlages hüpfte der kleine rote Sekundenzeiger müde über das schneeweiße Zifferblatt. Immer wieder dieselben stumpfsinnigen, zähen Bewegungen: springen – kurz ausruhen – springen – kurz ausruhen ... Immer dasselbe deprimierende Ergebnis: Die Dienstzeit kroch träge wie eine riesengroße schleimige Nacktschnecke über seinen willenlosen, ermatteten Leib, zog ihre klebrige Spur über die nach Luft und Freiheit lechzenden Körperzellen, legte ihre dicke, feuchte Masse über seine geknechtete Seele.

Schon lange hatte er resigniert und den aussichtslosen Kampf gegen diese schier übermächtige Laune des Schicksals aufgegeben, sich mit seinem schweren Los widerwillig arrangiert.

Früher als ich noch keine Familie zu versorgen hatte, da war alles noch anders. Aber seitdem die Kinder da sind, stimmt's hinten und vorne nicht mehr, sagte er frustriert zu sich selbst, während sich sein müder Blick von der Schreibtischuhr entfernte und orientierungslos im Raum umherschwebte.

Die linke Hand stützte den Kopf, die rechte ruhte regungslos auf einem geöffneten Ordner. Natürlich liebe ich meine Kinder!, stellte er unmissverständlich klar, so als ob er seine Gedanken vor irgendjemandem rechtfertigen und vor übereilten Fehlinterpretationen schützen müsste. Aber darum geht es doch gar nicht. Verfixt und zugenäht!

Seit vielen Jahren führte er diese zermürbenden Selbstgespräche. Sie brachten ihn bei der Bewältigung seiner Probleme zwar nicht entscheidend voran, aber sie reduzierten zumindest ein wenig den enormen Druck, der zentnerschwer auf ihm lastete. Zumindest zeitweise. Allerdings waren diese Effekte nie von Dauer. Sie konnten es auch nicht sein, denn irgendwann einmal hatte er frustriert feststellen müssen, dass es für ihn und seine Probleme schlicht und ergreifend einfach keine Lösung gab. Jedenfalls keine, mit der er einigermaßen hätte leben können.

Alle denkbaren Varianten hatte er schon durchgespielt. Aber hinter jeder Tür, die er in seiner Verzweiflung sperrangelweit aufgerissen hatte, war ihm sofort ein hässliches, giftgrünes Gespenst entgegengesprungen.

Er war gefangen, von einer eisernen Klammer umschlossen. Eingesperrt in ein enges Korsett, das ihm die Luft zum Atmen raubte. Ein der Freiheit beraubter Vogel, dem die so genannten Sachzwänge brutal die Flügel gestutzt hatten.

Am allerschlimmsten aber war für ihn das Gefühl, überflüssig zu sein: In der Kindererziehung, die von seiner Frau, einer von Depressionsschüben geplagten, dauernörgelnden Gluckenmutter, mehr schlecht als recht bewältigt wurde. Und die in Gestalt seiner herrischen Schwiegermutter eine passende Weggefährtin gefunden hatte.

In seiner Rolle als Familienernährer, der er aufgrund seines bescheidenen Beamtengehaltes nur unzureichend gerecht werden konnte. Auch in diesem Bereich hatte sich die gut betuchte Frau Schwiegermama einen Status als ebenso einflussreiche wie gönnerhafte Familiensponsorin geschaffen.

Nicht zuletzt dadurch, dass man im Obergeschoss ihres Wohnhauses logieren durfte. Kostenlos, versteht sich. Eine von vordergründig großmütiger Selbstlosigkeit genährte Wohltat, mit der sich die ältere Dame auch sehr gerne brüstete, nicht nur seiner Familie gegenüber, sondern auch bei Verwandtentreffen, Nachbarschaftskontakten usw.

Eine extrem unspektakuläre, anspruchslose Verwaltungstätigkeit komplettierte das persönlichkeitszersetzende Leidens-Trio. Objektiv besehen war sein Job ja gar nicht so übel, war sogar einer dieser von vielen seiner Zeitgenossen sehnlichst begehrten, unkündbaren Öffentlicher-Dienst-Tätigkeiten, bei denen man einen ›richtig lockeren Lenz‹ schieben konnte.

Ganz Unrecht hatten diese unbedarften Neider sicherlich nicht mit ihrer Meinung, denn der Umfang der von ihm täglich zu bewältigenden Verwaltungsarbeiten war wirklich so gering bemessen, dass er in dem vorgegebenen Zeitraster mühelos damit zu Rande kam.

Was jedoch anscheinend niemand nachzuempfinden vermochte, ja noch nicht einmal in Erwägung zog, war die Tatsache, dass eine solche anspruchslose Berufstätigkeit psychisch enorm belasten konnte. Vor allem dann, wenn man sie auf Dauer ausübte.

Diese zersetzende Stumpfsinnigkeit der Schreibtischarbeit: Immer nur dieselbe langweilige Bearbeitung von immer denselben standardisierten Formularen: Adresse, Datum, Berechnungen, Stempel, Unterschrift. Er empfand diese Marter als unerträgliches Joch, welches ihm das Schicksal aus nicht nachvollziehbaren Gründen aufgebürdet hatte.

Von seiner Persönlichkeitsstruktur her stellte er eigentlich genau das Gegenteil dessen dar, was ihm diese leidige Alltagsroutine tagtäglich abverlangte.

Vor seiner überstürzten Heirat, die, wenn er seine damalige Entscheidung mit dem Abstand vieler Lebensjahre betrachtete, nur aus Pflichtbewusstsein gegenüber einer von ihm geschwängerten Gespielin zustande gekommen war, hatte er in vollen Zügen seine Freiheit genossen. Hatte viel Sport betrieben, einen großen Freundeskreis gepflegt, war so oft es ging in Urlaub gefahren und von einer Blume zur anderen geflogen – wie man so schön sagt.

Und bei einer dieser lustvollen Exkursionen hatte er im wahrsten Sinne des Wortes einen Volltreffer gelandet. Schadenfrohe Menschen freuten sich damals vielleicht sogar darüber, dass er nun endlich seine gerechte Strafe erhielt. Schließlich hatte er die ganze Zeit über die Gefahren seines zügellosen Junggesellendaseins nur allzu leichtfertig verdrängt.

Zunächst hatte ihn die ganze Angelegenheit nicht sonderlich belastet. Aber als er dann damit konfrontiert wurde, dass die von ihm beglückte junge Dame nicht gewillt war, sich der in ihr aufkeimenden Leibesfrucht mit Hilfe eines von ihm gewünschten medizinischen Eingriffs zu entledigen, reagierte er mit einer moralischen Radikalität, die bei seinen Freunden auf völliges Unverständnis stieß.

Quasi direkt vor deren verwunderten Augen verwandelte er sich nämlich wie durch Zauberhand über Nacht von einem leichtfüßigen Casanova in einen geradezu euphorischen zukünftigen Familienvater, der fortan die federleichten Sprinterschuhe im Keller stehen ließ und sich freudestrahlend schwere Wanderstiefel überstreifte.

In seinem direkten persönlichen Umfeld munkelte man damals, dass seine auffällige Verhaltsänderung nur durch seine strenge christliche Erziehung erklärbar sei, die er jahrelang mit Hilfe seines exzessiven Sinnenrausches zu übertünchen versucht habe und die nun umso gewaltiger zurückschlage – so lautete jedenfalls die spekulative Interpretation eines ihm freundschaftlich zugetanen Psychologiestudenten.

Sein Kinn, das immer noch vom linken Arm gestützt in der Handfläche ruhte, verließ für einen Moment sein warmes Bettchen, der ganze Kopf schwenkte nach rechts, wiegte sich ein paar Mal hin und her, bevor er wieder in die Ausgangslage zurückkehrte.

Was hab ich doch damals für tolle Pläne gehabt?, dachte er, akustisch untermalt von einem leisen Brummgeräusch. Weiterbilden, Auslandserfahrungen sammeln, auf der Karriereschiene immer weiter nach oben klettern. Da hatte ich noch Power. Hab mich schon nach wenigen Monaten nach einer anderen Stelle umgeschaut. Sogar im Ausland. Und dann diese verfluchte Schwangerschaft!

Plötzlich zuckte er zusammen, weil er glaubte, etwas Bedrohliches gehört zu haben. Es waren Schritte, die vom Flur kamen und sich geschwind seinem Dienstzimmer näherten. Er spitze die Ohren, war mit einem Male hellwach. Aber es handelte sich wie schon so oft zuvor nur um einen Fehlalarm. Die flinken Schritte passierten sein Büro, die lautlose Stille kehrte zurück.

Wenn er in den langen Jahren seines beruflichen Martyriums wirklich etwas gelernt hatte, dann war es die beeindruckende Fähigkeit, sich von der einen zur anderen Sekunde in eine völlig andere Persönlichkeit zu transformieren: vom apathischen Tagträumer zum geschäftigen Sachbearbeiter.

Deshalb befand sich auf seinem Schreibtisch auch stets ein aufgeschlagener Ordner und ein Kugelschreiber, mit deren Hilfe man in Sekundenbruchteilen den Eindruck einer intensiven dienstlichen Tätigkeit erwecken konnte.

Nicht selten verirrte sich nach der erfolgreichen Bewältigung solcher Stresssituationen ein mildes Lächeln in sein verhärmtes Antlitz. Dann dachte er an seinen Spitznamen, den er sich irgendwann einmal selbst verliehen hatte: Chamäleon.

Dieses Tier faszinierte ihn sehr, schließlich bediente es sich derselben ausgefeilten Überlebensstrategie wie er: Immer auf der Hut sein, in einer von bösartigen Feinden beherrschten unwirtlichen Umgebung alles genau beobachten, sich unauffällig verhalten.

Natürlich könnte ich mir auch mehr Arbeit aufhalsen, dann wär's mir nicht mehr so langweilig, sinnierte er. Nein! Er schmunzelte mit einem hämischen Gesichtsausdruck, schüttelte trotzig den Kopf. Ich werd einen Teufel tun! Die haben ihre Chancen gehabt. Ich war willens. Aber die wollten mich keine Karriere machen lassen. Gut. Von mir aus. Ich bedanke mich auf meine Weise für ihr Entgegenkommen.

Irgendwann wird der Tag kommen, an dem sie begreifen werden, was sie mir angetan haben. Dann werden sie sehen, was wirklich in mir steckt. Nur dann ist es zu spät!

Ein paar Minuten danach hatte sich dieser kurzzeitige Energieschub bereits verflüchtigt und die Freudlosigkeit seiner grauen Bürokratenexistenz hatte ihn wieder in ihre alte, modrige Decke gehüllt.

Es war ein regelrechtes Drama, denn diese allgegenwärtige bleierne Müdigkeit, die ihn so anhänglich durch sein freudloses Leben begleitete, wollte einfach nicht von seiner Seite weichen. Sie war eine derart penetrante Weggefährtin, dass sie sich noch nicht einmal von Psychopharmaka beeindrucken ließ.

Nach den von ihm als enttäuschend bewerteten Erfahrungen mit schulmedizinischen Therapiekonzepten war er jahrelang orientierungslos durch die trüben, sumpfigen Gewässer der modernen Psychotümpel gewatet, war auf dieser Odyssee vielen selbsternannten Heilsbringern und erbarmungslosen Seelenfängern begegnet, bis er schließlich einen qualifizierten Verhaltenstherapeuten fand, mit dessen Hilfe es ihm zumindest zeitweise möglich wurde, diesem scheinbar übermächtigen Moloch der Melancholie zu entrinnen und das tagtägliche Martyrium der Langeweile etwas erträglicher zu gestalten.

Aber selbst diese bewährte psychologische Problembewältigungsstrategie war nicht in der Lage, dauerhaft das ausgedörrte Ödland zu begrünen, auf dem er tagtäglich wie ein trauriger alter Straßenköter ziellos umherirrte.

Besonders die letzten Minuten bis zum ersehnten Dienstsschluß waren nach wie vor unerträglich, dauerten unendlich lange und zogen sich wie ein frisch ausgetretener, an der Schuhsohle haftender, dünnfadiger Kaugummi schier endlos in die Länge: äußerst aufdringliche, klebrige Zeitspinnweben.

Sein Arbeitspensum für den heutigen Tag hatte er bereits vor einer Stunde erledigt, aber er durfte jetzt nicht einfach aufstehen, seine Sachen zusammenpacken und nach Hause gehen, nein, er musste wie ein in schwere Ketten gelegter Strafgefangener auf den von anderen festgelegten Zeitpunkt seiner Entlassung warten.

Trotz der zermürbenden Konfrontation mit dieser provozierenden Langsamkeit, mit der die noch abzusitzende Dienstzeit zäh an ihm vorüberkroch, konnten sich seine Augen einfach nicht von dieser kleinen hüpfenden Nadel lösen. Erst ein Düsenjäger, der laut über das Gebäude donnerte, riss ihn aus seinem melancholischen Trancezustand.

Sein leerer, teilnahmsloser Blick verließ behutsam den dürren Zeiger, schwebte gemächlich über den wohlgeordneten Schreibtisch, bis er dann endlich auf der großen Uhr, die in jeder der Büros genau gegenüber den Schreibtischen hing, einrastete.

Diesen Anblick empfand er als noch deprimierender,

schien die Zeit nun doch endgültig stehengeblieben zu sein. Er befreite seine Augen von dieser Marter, erhob seinen Blick und betrachtete die dünnen Zirruswölkchen, die irgendjemand lieblos an den kitschigblauen Frühlingshimmel geklatscht hatte.

Während der Flugzeuglärm sich langsam verflüchtigte, registrierte er ein Geräusch, das er in der Vergangenheit nur sehr selten bewusst wahrgenommen hatte: das leise, monotone Summen der Klimaanlage. Eingetaucht in das alles verschlingende schwarze Loch der Apathie schlichen sich leise Gedanken in sein Bewusstsein, die ihn behutsam damit konfrontierten, dass nicht nur sein Arbeitsplatz vollklimatisiert war, sondern auch sein ereignisarmes, unspektakuläres Leben.

Ich sitze festgeschnallt in einer von zwei Hexen gesteuerten Lokomotive, die auf festverankerten Gleisen fährt – nur wohin? Das ist die entscheidende Frage. – Quatsch! Die andere ist noch viel wichtiger: Will ich in diesem Geisterzug überhaupt noch länger mitfahren? Nein, nein und nochmals nein!

Plötzlich piepste seine Schreibtischuhr, die von ihm so programmiert worden war, dass sie ihn genau zwei Minuten vor dem Ende seiner Arbeitszeit akustisch an den baldigen Dienstschluss erinnerte.

Und genau diese Zeit benötigte er auch stets, um seinen Schreibtisch aufzuräumen, seine Tasche zu packen, seine Jacke überzustreifen, sich zur Tür zu begeben, einen letzten prüfenden Blick in sein Büro zu werfen, vorschriftsmäßig den Schlüssel zweimal im Schloss zu drehen, die zweiundsechzig Betonstufen hinunter zur Eingangshalle zu überwinden und als finalen Akt seines Arbeitstages die Stechkarte stempeln zu lassen.

Mit einem routinemäßigen Blick auf die an diesem elektronischen Zeitmesskasten angebrachte Digitaluhr überzeugte er sich davon, dass sein Timing wieder einmal präzise funktioniert hatte: es war Punkt 17 Uhr.

Wie an jedem Nachmittag machte er sich zu Fuß auf den Heimweg. Die Familie konnte sich nur *ein* Auto leisten, und dieses wurde von seiner Frau benötigt. Angeblich für die Kinder. Aber eigentlich wohl eher für sie.

Damit sie nicht mit dem Bus zu ihren Volkshochschul-Kursen fahren muss!, rumorte es in seinem Innern, als er die Kaiserslauterer Fußgängerzone erreichte. Ich kann ja laufen. Bei Wind und Wetter!

Die Fackelstraße war wie stets um diese Uhrzeit sehr belebt. Mit langen, bedächtigen Schritten reihte er sich in den auf der rechten Seite in Richtung Karstadt dahinfließenden Menschenstrom.

Seine gläsernen Augen schwebten über den Köpfen dieser trägen, zähflüssigen Masse, streiften für einen kurzen Moment die jeweils in seinem Gesichtsfeld auftauchenden Schaufenster und Reklametafeln, ohne sie aber zu fixieren.

Trotz der ihn umgebenden geschäftigen Betriebsamkeit war er wie bei einer Meditation völlig in der Welt seiner Gedanken versunken, ließ sich willenlos treiben, war Teil einer ebenso anonymen wie schützenden Herde.

Ich will eigentlich überhaupt nicht nach Hause. Ich will mich nicht länger als Versager beschimpfen lassen, jammerte er vor sich hin. Ich will nicht mehr unter diesem Matriarchat leiden! Ich muss etwas dagegen unternehmen, sonst werde ich noch verrückt. Vielleicht bin ich ja auch schon verrückt.

6

Gleich nach seiner Einfahrt in die Beethovenstraße entdeckte Tannenberg die Schleicherin. Wie stets, wenn er unvermittelt mit ihrem Anblick konfrontiert wurde, verspürte er auch diesmal wieder sofort einen kurzen, stechenden Schmerz in der Magengegend.

Vom regnerischen Wetter scheinbar völlig unbeeindruckt frönte die freundliche ältere Dame ihrer Lieblingsbeschäftigung: Sie flanierte kontaktgierig und informationslüstern durch die engen Straßen des Musikerviertels.

Wie immer befand sie sich in Begleitung ihres mit einem wärmenden Leibchen umhüllten Pudels, dem allerdings die herrschenden Witterungsverhältnisse nicht sonderlich zu behagen schienen: Wie eine wasserscheue Katze setzte er seine Pfoten nur sehr widerwillig und mit demonstrativer Bedachtsamkeit auf den nassen, glänzenden Bürgersteigplatten ab.

Sofort nachdem die Schleicherin das Geräusch des herannahenden Autos in ihrem Rücken vernommen hatte, drehte sie ihren, von einem ausladenden, bunten Regenschirm geschützten massigen Körper in Richtung des potentiellen Grußadressaten. Ganz im Gegensatz zu ihrem trägen, überfütterten Hund, der wie ein Ölgötze stur in seiner Ausgangsposition verharrte.

Mit ihrer erprobten Sensorik hatte sie in Windeseile den tannenbergschen Sharan als bekannt identifiziert. Nun nahm das Ritual seinen gewohnten Lauf: Mit Hilfe einer automatisierten, geschwinden Bewegung überreichte die rechte Hand der linken, die ja bereits den Knauf des Regenschirms festhielt, die Griffbox der flexiblen Hundeleine.

Damit war alles Notwendige vorbereitet: Das Opfer war ins Visier genommen, die Hand stand uneingeschränkt zur Verfügung. Die jahrelang eingeübten Bewegungsabläufe konnten nun abgespult werden: Der rechte Arm schnellte entlang der Körperlängsachse nach oben und rastete direkt neben dem Schultergelenk ein. Die gestreckte, offene Hand begann dezent zu winken, während synchron dazu ein maskenhaftes Lächeln sich in das ansonsten recht verhärmte Gesicht hineindrückte.

Normalerweise reagierte Tannenberg auf diese von ihm als impertinente Aufdringlichkeit, wenn nicht gar als vorsätzliche Nötigung empfundene Marotte der Schleicherin lediglich mit einem kurzen, ausdruckslosen Kopfnicken.

Wobei er in der Vergangenheit stets darauf geachtet hatte, dass ihm bei diesen ihm abgetrotzten Pflichtreaktionen nur ja kein Anflug eines Lächelns – oder einer als solches interpretierbaren Regung – über die Lippen gekommen war. Denn ihm war sonnenklar, dass er damit so ziemlich genau das Gegenteil dessen erreichen würde, was er sich sehnlichst herbeiwünschte, nämlich sich von ihr unbelästigt im Musikerviertel bewegen zu können.

Obwohl er sich in der Vergangenheit stets eisern an diese Vorgaben gehalten hatte, machte ihm die nach seinem Friedhofsbesuch immer stärker von ihm Besitz ergreifende Euphorie einen gewaltigen Strich durch die Rechnung.

Denn entgegen sonstiger Gewohnheit zeigte er ein völlig anderes Verhalten: Er winkte nicht nur freundlich zurück, sondern bedachte die Schleicherin auch noch mit einem derart wohlwollenden, ausdrucksstarken Mienenspiel, dass sich das über ihrem weit geöffneten Mund thronende Augenpaar nicht mehr von ihm lösen konnte.

Während sie ihm verwundert hinterherstarrte, wie er in die Hofeinfahrt abbog, setzte sie sich in Bewegung – und wäre dabei fast über ihren vierbeinigen Liebling gestolpert.

Heiner hatte seinen Bruder anscheinend erwartet, denn noch bevor Tannenberg den Motor abstellte, stand er bereits neben dem Sharan.

»Da bist du ja endlich. Wo warst du denn so lange?«, sagte er mit vorwurfsvollem Unterton, während er die Fahrertür öffnete.

»Mensch, Heiner, du wirst ja wirklich immer mehr wie Mutter. Du hast ja schon einen richtigen Fürsorgekomplex.«

»Wolf, ich hab jetzt wirklich keine Zeit für blöde Scherze. Wir brauchen dringend unser Auto. Bettys Mutter hat doch heute Geburtstag.«

»Mach mal nicht so 'nen Zirkus. Ich bin jetzt ja da. Und so wild bist du auf diesen Besuch doch wohl auch nicht, oder? Du Armer!«, bemerkte Tannenberg grinsend. Dann zog er den Zündschlüssel ab und drückte sich von seinem Sitz nach draußen.

Heiner warf einen kurzen, prüfenden Blick ins Wageninnere, der ihn sofort mit schmerzverzerrtem Gesicht aufstöhnen ließ. »Oh, nein! Schau dir mal den Sitz an!«

»Was ist denn mit dem Sitz?«, gab Wolfram Tannenberg sogleich stirnrunzelnd zurück.

»Der ist patschnass!«

»Ja Gott, entschuldige, es regnet eben. Ich bin übrigens auch nicht gerade trocken«, bemerkte Tannenberg und quetschte zur Untermauerung seiner Behauptung ein paar Regentropfen aus seinem alten Parka. »Man könnte sogar durchaus behaupten, dass ich völlig durchnässt bin. Außerdem ist mir kalt und ich will jetzt nur eins: nämlich so schnell wie möglich unter die Dusche.«

»Aber das gibt doch riesengroße Wasserflecken!«, klagte Heiner kopfschüttelnd. »Außerdem krieg ich einen nassen Hintern, wenn ich mich jetzt da draufsetze.«

»Dann lass eben Betty fahren. Oder bleib ganz zu Hause, du alter Jammerlappen.«

Tannenberg wurde von einer seiner berühmt-berüchtigten, vermeintlich humoristischen Inspirationen heimgesucht. »Ich hab übrigens noch einen Abstecher zum Wochenmarkt gemacht und dir etwas mitgebracht, das dir sicherlich dabei helfen wird, deinen Frust über diese bescheuerte Rezension ein wenig anzumildern.«

»Was denn?«

»Eine Steige Kiwis, alter Junge!«

An der Reaktion seines Bruders merkte er jedoch sehr schnell, dass er sich gerade eben wieder einmal wie ein tölpelhaftes Trampeltier aufgeführt hatte.

Heiner war von Tannenbergs unbedachter Bemerkung wie von einem Keulenhieb getroffen worden. Er schluckte, schniefte und erwiderte mit gebrochener Stimme: »Mach du nur deine Witze darüber. Ist ja auch egal. Mir geht's sowieso schon so miserabel, dass es auf das bisschen Häme nun wirklich nicht mehr ankommt.«

»Entschuldige, Heiner, tut mit Leid. Warum rede ich denn auch immer solch einen ausgemachten Blödsinn? Ich bin so ein verdammter Idiot! Ich weiß doch, wie sehr dir die Schrott-Kritik von diesem bescheuerten ›kiwi‹ an die Nieren geht.«

Er ging die wenigen Schritte zu ihm hin, versuchte ihn zu trösten, indem er ihm den Arm auf die Schulter legen wollte.

Aber Heiner ließ die körperliche Berührung nicht zu, sondern entzog sich diesem Annäherungsversuch dadurch, indem er den Arm wegdrückte und ein paar Schritte im Hof umherging. Dann blieb er plötzlich stehen. »Vielleicht hat dieser ›kiwi‹ ja auch vollkommen Recht. Vielleicht ist das, was ich geschrieben habe, ja wirklich so grottenschlecht, wie er meint.«

»Quatsch, lass dich doch nicht von diesem blöden, aufgeblasenen Kerl runterziehen. Ich sag's dir gerne nochmal: Ich find's super, was du gemacht hast! Und ich bin mords stolz auf dich!«

Heiner ignorierte die litaneienartigen Wiederholungen seines jüngeren Bruders. Er war völlig am Boden zerstört, deprimiert, von nagenden Selbstzweifeln geplagt. Sein melancholischer, sorgenvoller Blick bohrte sich in die schwarzgrauen, speckig glänzenden Pflastersteine.

Benahm sich Tannenberg im zwischenmenschlichen Bereich manchmal so rüpelhaft wie der legendäre Elefant im Porzellanladen, so war er doch in dieser Situation sensibel genug, um die mehr als angespannte emotionale Befindlichkeit seines Bruders, dessen Martyrium ja schließlich auch allzu offensichtlich war, in aller Deutlichkeit zu registrieren.

Fieberhaft begab er sich auf die Suche nach einem positiven Impuls, mit dessen Hilfe er zwar Heiners Leiden nicht gänzlich eliminieren, sie aber doch ein wenig abmildern konnte. Nach ein paar Sekunden angestrengten Nachdenkens zündende endlich eine Idee.

»Erinnerst du dich?«, fragte Tannenberg mit lauter Stimme. »Wie hat der gute alte Aaron Neville immer gesungen?«

Heiners Blick erhob sich vom Boden und fixierte seinen Bruder, der bereits mit einer eindrucksvollen musikalischen Darbietung begonnen hatte: Den melodischen Soulrhythmus des Songs mit den Händen klatschend, versuchte er den textlosen Background-Chorgesang der Eingangssequenz nachzuahmen. Was ihm allerdings nicht sonderlich gut gelang, erinnerten doch die von ihm produzierten Geräusche weit mehr an das der Kurzform seines Vornamens entsprechende Geheul als an einen zwar dezent im Hintergrund agierenden, aber nicht minder stimmgewaltigen Gospelchor.

Nach diesem als Vorspeise gedachten akustischen Ohrenschmaus servierte Tannenberg anschließend den Hauptgang dieses legendären Songs, den der mit einer zarten Engelsstimme ausgestattete, begnadete Aaron Neville einmal seinem älteren Bruder Art gewidmet hatte:

»My Brother, my Brother, whatcha gonna do?
My Brother, my Brother, I'm here to help you.
Tell me your sorrows, tell me your fears.
My Brother, my Brother, I'll always be here.

I know it won't be easy, but we both have got to try,
To hold onto each other, until the day we die.
Nobody knows you quite the way that I do
And if you're in trouble, come to me ...«

»Sofort aufhören!« schrie plötzlich Betty aus dem Wohnzimmerfenster ihres Hauses hinunter in den Hof. »Ja, schämst du dich denn gar nicht, Wolf? Da wurde vor ein paar Tagen eine Frauenbeauftragte ermordet und du grölst hier aus vollem Halse einen Macho-Song über Bruderliebe.«

Beide Männer waren so verblüfft angesichts dieses unerwarteten Einwurfs, dass sie zunächst wie gelähmt waren. Tannenberg überwand als erster seinen ausgeprägten Schockzustand.

Zuerst zog er ungläubig die Schultern nach oben, dann setzte er sich in Bewegung und passierte, mehrmals kopfschüttelnd ›Macho-Song?‹ vor sich hinmurmelnd, seinen Bruder, dessen weit aufgerissene Augen nach wie vor an dem inzwischen bereits wieder verschlossenen zweiflügeligen Sprossenfenster im ersten Obergeschoss des Südhauses festklebten.

Bereits fünf Minuten später stand Tannenberg unter der Dusche. Er hatte gerade das Wasser aufgedreht und genoss in vollen Zügen die ersten dünnen, lauwarmen Strahlen, die ihre wohlige Wärme über seinen ausgekühlten Körper verteilten. Nachdem er sich die Haare einshamponiert hatte, warf er aus purem Übermut den Kopf ins Genick und schob den sperrangelweit geöffneten Mund von der Seite her unter den silbernen Brausekopf.

Plötzlich vernahm er den schrillen Heulton seines Telefons. Nach einer schnellen Drehbewegung, bei der er auf dem rutschigen Boden der Duschwanne fast ausgeglitten wäre, zerrte er hastig ein großformatiges Handtuch aus dem geöffneten Badezimmerschränkchen, wickelte es sich um den Bauch und spurtete ins Wohnzimmer.

Es war Ellen Herdecke. In einem nicht mehr endenwollenden Redeschwall bedankte sie sich zunächst überschwänglich für die Blumen, die Tannenberg ihr über einen Boten der Friedhofsgärtnerei hatte zustellen lassen. Dann bekundete sie wortreich ihre Freude darüber, endlich einmal wieder etwas von ihm zu hören. Und schließlich wollte sie wissen, wo er denn die ganze Zeit über gesteckt habe und wieso er sich so lange nicht bei ihr gemeldet hätte.

Sie habe ihrerseits mehrfach versucht, Kontakt zu ihm herzustellen, sie habe sogar zweimal in seiner Dienststelle angerufen und um Rückruf gebeten. Da ihre Bemühungen jedoch keinerlei Resonanz erzeugt hätten, habe sie angenommen, dass er wohl das Interesse an ihrer Person gänzlich verloren hätte.

Tannenberg wusste nicht so recht, was er antworten sollte. Er fühlte sich mit einem Male wie erschlagen. Genau diese Reaktion Ellens hatte er sich doch so sehr erhofft. Und nun hing er abgeschlafft in den Seilen, brachte außer ein paar abgehackten Wortbrocken kaum einen Ton über die Lippen.

Seine merkwürdige Befindlichkeit blieb Ellen nicht verborgen.

»Was ist denn los mit Ihnen, Herr Hauptkommissar?«, fragte sie verwundert. »Sie klingen ja so deprimiert. Hat das etwas mit Ihrem neuen Fall zu tun?«

»Neuer Fall? Nein, nein, Frau Herdecke. Ich hatte nur ein wenig geschlafen«, log er und ergänzte: »Auf der Couch. Und wenn ich dann plötzlich geweckt werde, bin ich eine zeitlang immer völlig von der Rolle.«

»Ach deshalb! Verstehe. Mir geht's genauso. Aber dann wäre doch ein schöner Spaziergang genau das Richtige für Sie. Was halten Sie denn von dieser spontanen Idee? Hätten Sie Zeit?«

»Ja, ... ja. Natürlich ... Gerne«, stammelte Tannenberg.

»Gut, dann treffen wir uns in einer Stunde am Vogelwoog. Und zwar an dieser kleinen Gaststätte oder was das ist, gleich unten am See, wenn man von der Merkurstraße kommt. In Ordnung?«

»Ja.«

»Ich freu mich!«

»Ich auch, Frau Herdecke, ich auch.« Er hatte mit kurzem zeitlichen Abstand noch ›wirklich‹ nachgeschoben, aber Ellen Herdecke hatte bereits aufgelegt.

Warum denn das nun schon wieder?, fragte er sich selbst. Was soll das? Warum fallen immer diese radikalen Stimmungswechsel über mich her? Von der einen zur anderen Sekunde. Warum nur? Ich war doch total gut drauf. Und dann das! Was soll die Frau denn nur von mir denken? Die muss doch meinen, ich sei verrückt. Das ist ja auch verrückt! Da schick ich ihr einen großen Blumenstrauß, warte gespannt auf ihre Reaktion. Und dann ruft sie auch tatsächlich an, sagt, dass sie sich wie ein kleines Kind darüber gefreut hat – und ich benehme mich, wie wenn meine Mutter gerade gestorben wäre. Mann, Mann, Mann! Das gibt's doch gar nicht!

Er schüttelte den Kopf, schloss die Lider. Die Lippen hatten sich zu einem dünnen Strich verwandelt. Er atmete schwer. Nach einer Weile öffnete er blinzelnd die Augen. Sein verklärter Blick fiel direkt vor ihm auf den Parkettboden, mitten hinein in eine kleine schaumbesetzte Wasserlache, die sich von ihm völlig unbemerkt um seine nackten Füße herum gebildet hatte. Er nahm das Badetuch von seinen Lenden, ging in die Hocke und betupfte damit die nasse Stelle.

Und ob's das gibt! Sei doch nicht so scheinheilig. Du weißt ganz genau, woran es hängt, hörte er plötzlich eine Stimme aus den unergründlichen Tiefen seiner Seele zu ihm sprechen. Du hast nämlich mal wieder Angst vor deiner eigenen Courage, du kleiner Hosenscheißer! Weil du spürst, dass mit ihr was laufen könnte. Du elender Hasenfuß. Trau dich halt mal was!

Tannenberg war gewohnt, dass sich in solchen Situationen die andere, enorm selbstkritische Dimension seines Bewusstseins ungefragt zu Wort meldete, ihn mit schmerzhaften Vorwürfen malträtierte, mit Wonne Salz in die offenen Wunden seiner geschundenen Seele streute und ungeschminkt Dinge sagte, die er partout nicht hören wollte.

Irgendwann einmal hatte er dieses psychische Korrektiv ›innere Stimme‹ genannt, obwohl er wusste, dass dieser Begriff eigentlich aus der Schizophrenie-Forschung stammte.

Als er kurz nach Leas Tod zum ersten Mal diesen ihn mit bitterbösem Spott überschüttenden inneren Widersacher bewusst wahrgenommen hatte, war er richtiggehend schockiert gewesen und hatte sich irritiert an seinen Bruder und an Dr. Schönthaler gewandt.

Der Gerichtsmediziner klärte Tannenberg darüber auf, dass Stimmenhören zwar mit einer Schizophrenie einhergehen *könne* und auch nach einem Schädel-Hirn-Trauma, nach einer Zeckenenzephalitis oder bei chronischem Alkoholismus auftreten *könne*, dass dieses Phänomen jedoch auch bei völlig gesunden Menschen feststellbar sei.

Deshalb handelte es sich in den meisten Fällen auch keineswegs um ein Anzeichen für eine beginnende oder bereits manifeste psychischen Krankheit, sondern wohl eher um ein Persönlichkeitsmerkmal besonders sensibler Charaktere.

Dieses Phänomen sei bereits in der Antike aufgetaucht, so u.a. bei Sokrates, der häufig Stimmen gehört habe, die ihm den Weg durch die Gassen Athens gewiesen hätten. Auch sollen die Priester des Orakels zu Delphi auf Grund von ›inneren Stimmen‹ ihre Weissagungen getroffen haben.

Heiner hatte seinen Bruder ebenfalls beruhigen können. Er hatte darauf hingewiesen, dass auch in der Literaturgeschichte diese scheinbare Persönlichkeitsspaltung keine Unbekannte sei und als Beweis seiner Behauptung Goethe zitiert, der Faust bei einem besinnlichen Osterspaziergang die berühmten Worte in den Mund gelegt hatte: ›Zwei Seelen wohnen, ach!, in meiner Brust ...‹

Dazu hatte Tannenberg damals bemerkt, dass er oft den Eindruck habe, weit mehr als diese beiden Seelen in seinem Körper zu beherbergen. Woraufhin ihn der Rechtsmediziner als ›multiple Persönlichkeit‹ bezeichnet hatte, die dringend eine stationäre psychiatrische Unterbringung erforderlich mache.

Nach diesem Gespräch hatte sich Dr. Schönthaler

recht intensiv mit dem ihn sehr interessierenden Themenbereich der ›innere Stimmen‹ beschäftigt und seinem alten Freund schließlich einen Ratschlag erteilt, der nach seinen Recherchen von erfahrenen Psychiatern oft als probates Mittel eingesetzt wurde: Sie empfahlen, der inneren Stimme mit markanten Worten den Mund zu verbieten, oder, falls dies nicht helfe, mit einem Schock – zum Beispiel durch plötzliche laute Musik – sich des ungeliebten Widersachers für eine unbestimmte Zeit zu entledigen.

Wie lange diese Strategie allerdings die Betroffenen von diesem Plagegeist befreite, konnte man jedoch allem Anschein nach nie mit Gewissheit voraussagen. Manchmal überfiel er die Menschen nach wenigen Stunden bereits wieder, ein andermal meldete er sich mehrere Tage oder sogar Wochen nicht mehr zu Wort.

Obwohl Tannenberg diesen unerwünschten Interventionen meist mit großer Abscheu begegnete, zeigte er sich entgegen sonstigen Gebarens an diesem verregneten und trüben Frühlingstag ausgesprochen kommunikativ, denn er antwortete ihr freundlich: Vielleicht hast du diesmal ja ausnahmsweise Recht, du alter Quälgeist! Vielleicht sollte ich mir wirklich mal ernsthaft vornehmen, unverkrampft und nach allen Seiten offen an die ganze Sache heranzugehen ...

Was soll's? Wenn Ellen mich wirklich mag, nimmt sie mich, so wie ich bin. Ich hab nämlich keine Lust mich zu verstellen und ihr gute Laune vorzugaukeln, wenn mir absolut nicht danach ist. Und wenn sie damit nicht zurechtkommt, dann wird es wohl sowieso nichts Dauerhaftes mit uns beiden werden.

An dieser Stelle hatte er gnadenlos einen Schlusspunkt gesetzt, indem er seine Woodstock-CD aufgelegt, die Joe-Cocker-Stelle gesucht und anschließend lauthals ›With a little help from my friends‹ mitgesungen hatte.

Als Tannenberg zum verabredeten Zeitpunkt an dem kleinen dampfenden See eintraf, wurde er bereits von Ellen Herdecke erwartet. Die zierliche, dezent gekleidete Frau stand neben ihrem Auto unter einem riesigen roten Regenschirm.

Geistesgegenwärtig schob Tannenberg seinen Knirps unter den Beifahrersitz.

Nachdem er den alten BMW unter einer tropfenden Birke geparkt hatte, flüchtete er sich sogleich unter Ellens Schirm, wobei er natürlich angab, seinen eigenen zu Hause vergessen zu haben.

Jetzt hab ich sie innerhalb kürzester Zeit schon zum zweiten Mal angelogen, dachte Tannenberg, während er den Schirm übernahm und sie sich lächelnd bei ihm unterhakte. Ob das ein guter Anfang ist? – Ach, Quatsch! Das war'n doch nur Notlügen, im Dienste einer guten Sache, beruhigte er sich selbst.

Dem trotz des diesigen Wetters sehr romantischen Spaziergang schloss sich der Besuch des neueröffneten Rathauscafés an, von dem aus man einen grandiosen Rundblick über die Stadt genießen konnte. Obwohl die Sichtverhältnisse an diesem trüben Nachmittag nicht unbedingt als optimal zu bezeichnen waren, nutzten Tannenberg und seine Begleiterin intensiv die Gelegenheit, die ihnen diese außergewöhnliche Perspektive bot.

Als sie endlich an einem Fenstertischchen Platz nahmen, hatten sie ausgiebig die Stadt aus allen vier Himmelsrichtungen betrachtet, über den ungefähren Standort ihrer Wohnhäuser spekuliert, Schulen, Kirchen und andere markante Gebäude zu identifizieren versucht. Der

Blick von der obersten Rathausetage in westliche Richtung bereitete Tannenberg allerdings weniger Vergnügen, erstreckte sich doch dort das Gelände der Gartenschau und des Dinoparks.

Dem Cafébesuch schloss sich ein vergnügliches Abendessen bei Ellens Lieblingsitaliener in der Innenstadt an, in dessen Verlauf man sich nicht nur auf verbaler Ebene näherkam.

»Was hältst du davon, wenn wir jetzt noch in irgendeine Disco gehen. Ich hab unheimlich Lust zu Tanzen«, sagte Ellen und ergriff dabei sanft Tannenbergs, von dickem Adergeäst durchzogene, kräftige Männerpranken.

Versonnen blickte er hinunter auf Ellens zarte Hände, die er mit beiden Daumen zu streicheln begann. Dann schwebten seine Augen empor, tasteten ruhig das ausdrucksstarke, hübsche Gesicht ab.

»Ja, warum eigentlich nicht. Normalerweise bin ich nicht unbedingt der leidenschaftliche Tänzer, aber heute bin ich in Stimmung dazu. Und wo sollen wir da hingehen?«

»Ehrlich gesagt hab ich keine Ahnung. Ich war auch schon ewig nicht mehr in einer Disco.«

»Das ist vielleicht auch nicht so das Richtige für uns. Lauter Teenies um einen rum ...«

»Stimmt, Wolf! Was hältst du davon, wenn wir zu mir nach Hause fahren und dort einen abrocken?«

»Abrocken ist gut!«, sprudelte es spontan aus Tannenberg heraus. Dann krauste er unvermittelt die Stirn. »Aber, was ist denn mit deinen Kindern?«

»Vor denen brauchst du keine Angst zu haben. Sarah ist bei ihrem Freund und bleibt dort auch über Nacht. Und Steffen ist auf Besuch bei seinen Großeltern in Wiesbaden.«

Da die beiden Restaurantbesucher schon reichlich dem

Alkohol zugesprochen hatten, ließen sie sich von einem Taxi zu Ellens Haus auf dem Bännjerrück chauffieren.

Nach einigen mit wilden Bewegungen abgetanzten Rocksongs war irgendwann die Zeit für langsamere Musik gekommen. Tannenberg fand in Ellens CD-Sammlung eine der vielen inzwischen aufgelegten ›Kuschel-Rock‹-Sampler.

Als erstes lief ›Hello‹ von Lionel Richie.

Beide sangen mit: »Hello, is it me you're looking for? ... I can see it in your eyes. I can see it in your smile ...« Dem Text entsprechend blickten sich beide dazu tief in die Augen, lächelten sich zärtlich an.

Ellen schmiegte sich sanft an Tannenbergs immer noch recht athletischen Körper, schwebte mit ihm gemeinsam durch diesen melodischen Bluestitel. Die rationale Bewusstseins-Ebene war gänzlich ausgeschaltet. Es existierte nur noch die Welt der Gefühle. Sie waren verschmolzen zu einer Einheit, ließen sich mit geschlossenen Augen willenlos treiben, waren transzendiert in eine zeit- und raumlose Sphäre, die nur aus Musik und Emotionen bestand.

Plötzlich vibrierte es an Tannenbergs rechtem Oberschenkel. Er zuckte zusammen, stoppte abrupt seinen hin- und herwiegenden Körper, befreite Ellen aus der zärtlichen Umklammerung. Mit fahrigen Hand griff er in die Hosentasche, führte das Handy in einer automatisierten Bewegung zum Ohr, während er zeitgleich Ellen den Rücken zuwandte.

»Verdammt! ... Ja, ich bin ...« Er drehte sich wieder um, warf Ellen einen flackernden Blick zu. »Wo bin ich hier? Ich mein deine Adresse.«

»Greifswalderstraße -«

Weiter kam Ellen Herdecke nicht, denn Tannenberg fiel ihr ins Wort. »Wie heißt die große Straße vorne an der Ecke, wo wir abgebogen sind?«

»Rostockerstraße.«

»Gut. Geiger, dann warte ich an der Ecke Rostocker-/Greifswalderstraße auf dich. ... Ja, ich geh jetzt gleich los ...«

»Was ist denn passiert, Wolf?«, fragte Ellen und blickte dabei erwartungsvoll in sein versteinertes Gesicht.

»Eine ...« Er räusperte sich. »Es wurde eine weitere tote Frau gefunden.« Er schüttelte deprimiert den Kopf. »Und schon wieder auf dem Gartenschaugelände. Ich fass es einfach nicht! So ein Mist!«

»O je, du Armer.«

Tannenberg seufzte laut auf. »Ellen es tut mir fürchterlich Leid. Aber ich muss jetzt sofort weg.«

»Natürlich. Ist doch kein Problem. Es war doch auch so ein unheimlich schöner Tag, findest du nicht?«

»Doch, Ellen, das war's wirklich!«, entgegnete er und hauchte ihr zum Abschied einen zärtlichen Kuss auf die Nasenspitze.

»Chef, was machen Sie denn eigentlich mitten in der Nacht in dieser Gegend?«, empfing ihn Kriminalhauptmeister Geiger an der Straßenecke, lässig an den silbernen Dienstmercedes gelehnt, in aller Seelenruhe eine Zigarette schmauchend.

»Das geht dich überhaupt nichts an! Mach sofort die Kippe aus! Wieso bist du denn überhaupt schon hier?« Tannenberg blickte auf die Uhr. »Du hast mich doch vor höchstens zehn Minuten angerufen.«

»Ist ja nicht weit vom Pfaffplatz hierher«, erklärte Geiger. Dabei drückte er sich von der Fahrzeugkarosserie weg, warf die Zigarette auf den Boden und drehte sich in Richtung der Fahrertür. Nur einen Wimpernschlag später korrigierte er jedoch bereits wieder seinen Körper und brachte ihn zurück in die Ausgangsposition, hatten seine allseits lauschbereiten Ohren doch eine kräftige weibliche Stimme in seinem Rücken vernommen, die eindeutig den Namen seines Chefs hatte verlauten lassen.

»Wolf, du hast deine Autoschlüssel vergessen!«, rief Ellen Herdecke.

Tannenberg ging ihr sogleich fliegenden Schrittes entgegen, nahm den Schlüsselbund in Empfang und joggte zurück zu seinem Mitarbeiter.

»Geiger, sag jetzt besser nichts mehr! Sonst lernst du mich gleich mal richtig kennen. Halt einfach die Luft an!«, befahl der Leiter des K 1, während er sich kopfschüttelnd auf den Beifahrersitz plumpsen ließ.

Aber der Kriminalhauptmeister ließ sich nicht sonderlich von Tannenbergs Drohgebärde beeindrucken, zu groß war seine Neugierde. »Chef, wer ist denn die Frau? Die kommt mir so bekannt ...«

»Geiger, halt jetzt endlich den Rand!«, blaffte Tannenberg seinen Mitarbeiter unvermittelt an. »Noch einen Ton und ich schmeiß dich hier raus. Dann kannst du zur Gartenschau laufen!«

»Das würde ich aber an Ihrer Stelle nicht riskieren.«

»Wieso?«

»Na ja, mit Ihrer Fahne, Chef.«

Tannenberg begann nervös auf seinen Lippen herumzunagen, ballte wütend seine rechte Faust, kam aber trotz angestrengten Grübelns zu keinem anderen Ergebnis, als seinen über alles geliebten Mitarbeiter, von dem er wusste, dass er als Raucher stets Kaugummi mit sich führte, um einen solchen zu bitten.

Natürlich half Geiger liebendgerne seinem direkten Vorgesetzten aus der Patsche. Da dieser nun quasi in seiner Schuld stand, wagte Geiger sich noch einmal keck nach vorne.

»Chef, war das nicht die Frau, die in dieser Firma im PRE-Park gearbeitet hat, wo wir mal gegen diesen komischen Professor ermittelt haben? Wie hieß die …?«

Tannenberg war klar, dass Geiger sich ihren Namen, wenn er ihn nicht sowieso noch in Erinnerung hatte, in Windeseile im Kommissariat aus den Ermittlungsakten heraussuchen konnte. Deshalb entschied er sich spontan, selbst in die Offensive zu gehen.

»Ja, das ist die Frau. Sie arbeitet in dieser Softwarefirma und heißt Ellen Herdecke«, erklärte er.

Geiger schlug sich triumphierend auf seinen rechten Oberschenkel. »Ich hab's doch gleich gewusst, Chef!« Er hob die Hand und hämmerte sich damit ein paar Mal an den Schädel. »Das ist ein Gedächtnis, Chef! Darauf kann ich doch wirklich stolz sein, oder?«

Tannenberg brummte nur kurz.

»Genau, die hatte doch in diesem Mordfall, also der mit dem Brand in dieser Computerfirma – «

»Softwarefirma, Geiger!«

»Ist doch egal, Chef. Jedenfalls war die, wenn ich das noch richtig weiß, ein ziemlich hohes Tier in dieser Firma. Erinnern Sie sich noch an den Fall?«

»Klar, Geiger. Erinnerst du dich auch noch an ihn? Du hattest ja damals nicht gerade deine besten Tage erwischt. Ich sag nur ein Wort: Porsche.«

Die restliche Autofahrt blieb Tannenberg von den verbalen Provokationen Geigers gänzlich verschont, denn diesem hatte es aus unerfindlichen Gründen plötzlich die Sprache verschlagen.

Nur ein paar Minuten später stand Tannenberg mit hochgestelltem Mantelkragen neben einem weiblichen Leichnam. Er lag auf eine weiße Plastikplane gebettet auf dem regendurchnässten Grasboden, direkt neben dem mit großen Sandsteinquadern eingefassten Ablauf des Barbarossawoogs.

Die leuchtstarken Halogenscheinwerfer eines Feuerwehrautos verliehen diesem Teil des Dinoparks den Charakter einer Freilichtbühne, deren Theaterdarbietung aufgrund der garstigen Witterungsverhältnisse allerdings in dieser Nacht garantiert hätte abgesagt werden müssen.

Stark böiger Wind peitschte den Dauerregen quer durch die diesigen Leuchtkegel.

Dr. Schönthaler hatte dem Leiter der Kaiserslauterer Mordkommission gerade die vorläufige Todesursache mitgeteilt: Danach war das plötzliche, unfreiwillige Ableben der Frau mit hoher Wahrscheinlichkeit durch Strangulation erfolgt.

Natürlich konnte man bei einer Toten, die im Wasser aufgefunden worden war, bei der ersten Inaugenscheinnahme des Leichnams nie gänzlich ausschließen, dass möglicherweise auch ein Ertrinkungstod vorlag, aber ein Mann mit der rechtsmedizinischen Erfahrung Dr. Schönthalers reichte die oberflächliche Begutachtung der tiefen, durchgehend horizontal und kreisförmig um den Hals verlaufenden, unterblutenden Strangfurche völlig aus, um selbstbewusst die Hypothese zu wagen, dass die Frau erdrosselt wurde.

Aus der Tatsache, dass die Tote im Gegensatz zu ›vorschriftsmäßigen Wasserleichen‹ – wie der Rechtsmediziner wörtlich zu scherzen beliebte – weder die sonst typischen Schrumpfungserscheinungen an Händen und Füßen noch die anderen unübersehbaren Indizien aufwies, wie zum Beispiel eine aufgedunsene, tiefgrünliche Bauchdecke, bräunliche Venenzeichnungen oder die sogenannte Froschkopfbildung mit stark aufgequollenen Lippen und Augäpfeln, schlussfolgerte Dr. Schönthaler, dass die tote Frau wohl höchstens eine Stunde im Wasser gelegen haben könne.

»Oh Gott, das ist ja die Charlotte!«, rief plötzlich ein Pressefotograf, der sich mit einem Stativ hinter der Polizeiabsperrung postiert hatte und eben, von grellen Lichtblitzen begleitet, damit begonnen hatte, dieses skurrile Szenario für die sensationslüsterne Nachwelt festzuhalten.

Alle anwesenden Kriminalbeamten, die beiden Feuerwehrmänner und der Rechtsmediziner unterbrachen abrupt ihre Tätigkeiten und warfen ihre Blicke in Richtung der männlichen Stimme. Vom gleißenden Lichtschein geblendet, konnten sie die Person jedoch nicht genau erkennen, sondern sahen nur deren Silhouette.

»*Wer* soll das sein?«, rief Tannenberg in die tiefschwarze Nacht hinein.

»Das ist die Charlotte Kindelberger-Wintergerst.«

»Sind Sie da sicher?«

»Ja, natürlich. Erstens hab ich sie ja gerade in meinem Tele gehabt und zweitens erkenn ich sie an ihren Klamotten. Ich hab sie schließlich vor zwei Stunden noch fotografiert.«

»Was? Los, kommen Sie mal rüber zu uns. Aber Aufnahmen werden hier keine gemacht. Ist das klar?«, befahl Tannenberg, der keinem Fotografen über den Weg traute.

»Natürlich«, entgegnete der mittelgroße, etwa 45jährige Mann und schlüpfte unter den rot-weißen Bändern der Polizeiabsperrung hindurch.

Kopfschüttelnd blickte er in das aschfahle Antlitz der Toten. »Ja, das ist sie – zweifelsfrei«, sagte er extrem gedehnt.

»Und wer sind Sie? Ich kenne Sie zwar vom Sehen, aber ...«

»Ich heiße Gerald Jung und bin Fotograf bei der *PALZ*«, unterbrach der graumelierte, mit einem Trenchcoat bekleidete Mann.

»Und diese Frau Kindel- ...«

»Charlotte Kindelberger-Wintergerst ist ...« Er stockte, verbesserte das eben Gesagte, »*war* eine Kollegin bei der *PALZ*, in der Kulturredaktion. Sie ist aber noch nicht lange bei uns.«

»Wie lange?«, wollte Dr. Schönthaler wissen, dessen kriminalistische Neugierde sich recht aufdringlich bemerkbar machte.

Er fing sich mit seiner Frage umgehend einen tadelnden Blick Tannenbergs ein.

»Seit ein paar Monaten«, antwortete Gerald Jung.

»Wieso haben Sie sie denn vor zwei Stunden fotografiert?«, kleidete der Leiter des K 1 einen spontan aufgekeimten Gedanken in die passenden Worte.

»Sie hat mich gebeten, auf diesem Frauenbeauftragten-Kongress, auf dem sie ja den Gastvortrag gehalten hat, ein paar Fotos zu machen.«

»Ach du Scheiße!«, schoss es plötzlich ungeprüft aus Tannenbergs Mund heraus.

»Bitte?«, fragte der Fotograf verblüfft.

»Ach, nichts!«, knurrte Tannenberg kurz zurück.

Er drehte sich zur Felswand hin, wo ihm seine innere Stimme in Gestalt eines riesigen Stegosaurus schadenfroh entgegengrinste. Voller Abscheu warf er sofort den Kopf zurück.

Doch der erbarmungslose Quälgeist hinter seiner Schädeldecke ließ sich nicht abschütteln: Das hast du wohl total vergessen, du Pfeife!, konfrontierte sie ihn mit der harten Welt der unumstößlichen Fakten. Das gibt gewaltigen Ärger, mein Junge!

Tannenberg wandte sich wieder dem *PALZ*-Mitarbeiter zu. »Ich will so schnell es geht alle Fotos, die Sie auf diesem gottverdammten Kongress geschossen haben.«

»Ja, sicher«, murmelte der Fotograf, dessen Augen sich nicht vom Leichnam seiner Kollegin lösen konnten.

»Los, los, auf was warten Sie«, feuerte Tannenberg den bleichen Mann an. »Machen Sie sich sofort an die Arbeit! Ich brauch die Fotos, Mann! Sie bringen sie mir nachher ins Kommissariat am Pfaffplatz. Und übergeben Sie mir bitte persönlich. Ist das klar?«

»Ja, schon gut«, entgegnete Gerald Jung und machte sich auf den Weg in Richtung der Polizeiabsperrung.

»Du, Wolf, wir haben noch was Wichtiges für dich. Du ...«, hatte Dr. Schönthaler gerade gesagt, als plötzlich mehrere grelle Blitzlichter aufflammten.

Tannenberg wandte sich sogleich um und wollte schon losschimpfen, als er sah, dass nicht der *PALZ*-Mitarbeiter dafür verantwortlich war, sondern einer seiner Kollegen, der sich hinter den rot-weißen Plastikbändern eingefunden hatte.

»Was habt ihr für mich?«

»Karl, kommst du mal bitte zu uns?«, bat der Rechtsmediziner. »Und bring das Tütchen mit!«

Mertel, der gerade am Kleintransporter der Spurensicherung stand und sich mit einem seiner Mitarbeiter unterhielt, beendete das Gespräch und entsprach umgehend Dr. Schönthalers Wunsch.

»Was veranstaltet ihr denn da für ein Zinnober?«, fragte Tannenberg verwundert, als er gewahr wurde, dass sich die beiden Männer mit dem Rücken zur Absperrung so dicht nebeneinander stellten, dass ihre Körper eine kleine Sichtschutzmauer bildete.

»Muss ja nicht gleich jeder sehen! Die Frau hat nämlich etwas anders ausgesehen, als sie gefunden wurde«, flüsterte der Gerichtsmediziner, während Mertel eine durchsichtige, kleine Plastiktüte aus der Jacke zog und sie in Bauchladenhöhe präsentierte. »Nur wegen der Presse und der Leute haben wir gleich ...«

»Ach, du Scheiße!«, platzte Tannenberg dazwischen.

Er hatte nun schon zum zweiten Mal innerhalb kürzester Zeit denselben Fluch von den Lippen gelassen. Diesmal hatte er ihn allerdings mit sich erhebender Stimme zum Besten gegeben.

Ein erschrockener Blick Dr. Schönthalers signalisierte ihm jedoch sogleich die unangemessene Lautstärke, mit der er diese Worte ausgestoßen hatte.

Deshalb schob er, während er das Tütchen in die Hand nahm, bedeutend leiser nach. »Das gibt's doch wohl nicht!«

»Doch, leider«, entgegnete Mertel. »Der Kopf der Frau war wieder mit Paketband umwickelt und in ihrem Mund befanden sich wieder Würfel. Diesmal aber nur fünf. Und die Gesamtzahl der Augen ist auch anders: diesmal ergibt die Summe nur zehn.«

»Da will wohl einer ›Zehn kleine Würfelchen‹ mit uns spielen, Chef«, bemerkte plötzlich Kriminalhauptmeister Geiger, der sich von der Seite her den drei Männern genähert hatte.

Verblüfft wandte sich Tannenberg zu ihm um. Nach einer Schrecksekunde sagte er: »Dann wären's ja jetzt wohl nur noch neun, du Rechenkünstler, oder?«

Währenddessen hatte Dr. Schönthaler die Tüte gegriffen, drückte sie nun unten in der rechten Ecke von beiden Seiten her zusammen. Dadurch wurde ein kleiner Zettel deutlicher sichtbar, dessen Aufschrift nun gut zu lesen war.

»Alea iacta est!«, brummelte Tannenberg kopfschüttelnd.

7

Peter

(Todestag der Helene Bender-Bergmann)

Es war der unterste Brief.

Mit einer routinierten Bewegung schlitzte er das Couvert auf.

Er zog das Blatt heraus, faltete es gemächlich auseinander.

Wie gewohnt überflog er zuerst kurz den Inhalt des Schreibens.

Dadurch prüfte er, ob es denn überhaupt lohnte, sich eingehender mit dem vorliegenden Schriftstück zu beschäftigen.

Ihm war sofort die Bedeutung des Inhalt klar.

Hektisch las er nun Wort für Wort, Zeile für Zeile.

Als er damit fertig war, wiederholte er die Lektüre.

Aber er konnte einfach nicht glauben, was da mit schwarzen Lettern auf dieses Stück Papier gedruckt stand.

Immer und immer wieder fraß sich sein gebannter Blick in das Schreiben hinein.

Die zittrigen Hände legten mehrmals das Blatt auf den Tisch.

Aber immer nur kurz.

Sekunden später griff er wieder nach ihm, hielt es sich staunend vor die ungläubigen Augen.

Das kann einfach nicht sein, was da steht, sagte er zu sich selbst.

Das kann einfach nicht sein.

Nein, das kann nicht sein!

Unschlüssig nagte er auf seinen Lippen herum, warf den Kopf wild hin und her, zerrte an seinem Haarschopf.

In tiefen Zügen rang er nach Atemluft.

Dann erhob er sich und trippelte unruhig im Zimmer umher.

8

Tannenberg wartete in seinem Dienstzimmer geduldig auf den *PALZ*-Fotografen. Es war inzwischen fast Mitternacht geworden. Nachdem er die bisher vorliegenden Ermittlungsergebnisse nochmals in einem Schnelldurchlauf gesichtet hatte, verließ er seinen Schreibtisch und begab sich schleppenden Schrittes an die zum Pfaffplatz hin gelegene Fensterfront.

Er schob den Vorhang beiseite. Sein müder Blick durchdrang die mit einer Unmenge kleiner Regentröpfchen besprühte Scheibe und tastete gemächlich die schwarzgrauen Straßen ab, die von sichtlich überforderten Lampen lediglich mit milchig-trübem Lichtschein versorgt wurden.

Keine Menschenseele, kein Auto, kein Leben – nichts. Alles tot. Trostlos, einfach nur trostlos, dachte er.

Er stand direkt vor einem breiten, beigefarbenen Heizkörper. Er schob seinen Körper ein wenig nach vorne. Dadurch berührten seine Oberschenkel die warme Metallfläche des Radiators.

Aus den Lüftungsschlitzen strömte behagliche Wärme an Bauch und Brust vorbei empor zu seinem Gesicht. Wie in Trance sog er in tiefen Zügen die laue, ein wenig nach Ölfarbe riechende Luft in sich ein.

Plötzlich schob sich von rechts unten eine, mit einem dunklen Kapuzenmantel bekleidete, männliche Gestalt in sein Sichtfeld und bewegte sich leicht torkelnd in Richtung der Pariser Straße.

Wie aus dem Nichts tauchte es auf.

Er hatte keine Chance, sich dagegen zur Wehr zu setzen. Sein Gehirn, das immer und überall eine Überraschung für ihn bereithielt, hatte es ihm eingespielt und sofort die Abspieltaste gedrückt:

»Seltsam, im Nebel zu wandern!
Einsam ist jeder Busch und Stein,
Kein Baum sieht den andern,
Jeder ist allein.

Voll von Freunden war mir die Welt,
Als noch mein Leben Licht war;
Nun, da der Nebel fällt,
Ist keiner mehr sichtbar.

Wahrlich, keiner ist weise,
Der nicht das Dunkel kennt,
Das unentrinnbar und leise
Von allem ihn trennt.

Seltsam, im Nebel zu wandern!
Leben ist Einsamsein.
Kein Mensch kennt den andern,
Jeder ist allein«,

murmelte er in die bleierne Stille seines geräumigen Büros hinein.

Heiner hatte ihm zu seinem 30. Geburtstag die in Leder gebundene Sonderausgabe der Gedichte Hermann Hesses geschenkt. Zuerst hatte er sich nur recht zögerlich an die Lektüre begeben, denn eigentlich war Lyrik nicht unbedingt seine Sache gewesen. Aber ›Im Nebel‹ hatte es ihm sofort angetan. Es gefiel ihm sogar so gut, dass er es auswendig lernte.

Und ich kann's immer noch. Unglaublich!, stellte er schmunzelnd fest.

Plötzlich läutetet das Telefon. Tannenberg erschrak, zuckte unwillkürlich zusammen.

Es meldete sich der an der Eingangspforte diensttuende Beamte, der dem Leiter des K 1 mitteilte, dass ein gewisser Gerald Jung vor ihm stehe und angebe, einen dringenden Termin bei Hauptkommissar Tannenberg zu haben.

Um *diese* Uhrzeit?, hatte er zuerst den Fotografen und anschließend Tannenberg gefragt. Worauf er von diesem lediglich die Anweisung erhalten hatte, den Herren sofort zu ihm ins K 1 zu geleiten.

Tannenberg bot dem groß gewachsenen Pressefotografen einen Platz am Besuchertisch an. Aber Gerald Jung hatte keine Zeit für einen nächtlichen Plausch mit dem Leiter der Kaiserslauterer Mordkommission, denn er musste in gut zehn Minuten in der Redaktion erscheinen.

Der stellvertretende Chefredakteur der *PALZ* hatte ihn nämlich vor einer guten halben Stunde angerufen und ihn dorthin beordert – Begründung: Planung einer Sonderausgabe anlässlich der Ermordung eines Redaktionsmitglieds.

Und da sich im Laufe der Jahre in der Zeitungsredaktion herumgesprochen hatte, dass Tannenberg gegenüber Journalisten außerhalb einer Pressekonferenz niemals auch nur ein Sterbenswörtchen zu einem aktuellen Fall über die Lippen kam, versuchte der Fotograf erst gar nicht, von seinem Gegenüber irgendwelche verwertbaren Informationen zu erbitten.

Aus diesen beiden Gründen war er deshalb sehr darauf bedacht, seinen Aufenthalt im K 1 so schnell wie nur irgend möglich über die Bühne zu bringen.

Zuerst überreichte er Tannenberg ein Couvert mit den von ihm gewünschten Aufnahmen. Anschließend fischte er aus seiner Jacke eine schmale Broschüre, die er nach eigenen Angaben heute Morgen von seiner ermordeten Kollegin als Hintergrundinformation für den Besuch des Frauenbeauftragten-Kongresses erhalten hatte. Tannenbergs wenige Fragen beantwortet er mit hastig vorgetragenen Worten und entschwand danach mit fliegenden Schritten.

Nachdem der gestresste *PALZ*-Mitarbeiter ihn verlassen hatte, ging Tannenberg zurück zu seinem Schreibtisch. Er ließ sich allerdings nicht gleich auf seinen ledernen Bürosessel nieder, sondern begab sich zu einem an der Wand angebrachten halbhohen Schränkchen und öffnete dort die linke Tür.

Aus dem untersten Regalfach zog er einige Aktenordner heraus, stellte diese auf den Boden und zauberte eine dahinter versteckte, bereits angebrochene Flasche Mirabellengeist nebst einem dazu passenden kleinen Trinkgefäß hervor.

Bereits der erste ›Belli‹, wie Tannenberg und Dr. Schönthaler ihren eindeutigen Favoriten unter den edlen Obstbränden in der Kurzfassung nannten, munterte den Kriminalbeamten spürbar auf. Während in recht geringen zeitlichen Abständen weitere hochprozentige Alkoholzuführungen folgten, vergruben sich Tannenbergs Augen immer tiefer in das vorliegende Bildmaterial.

Die von ihm sehnlichst erwarteten Aufnahmen des Pressefotografen waren allerdings eher enttäuschend, zeigten die Fotografien doch lediglich noch einmal genau dasselbe, was Tannenberg gerade erst vor kurzem mit seinen eigenen Augen gesehen hatte.

Das ihm übergebene kleine Heftchen dagegen, das ihn vom Format, jedoch nicht von der Dicke her, unweigerlich an das Veranstaltungsheft der Volkshochschule erinnerte, beinhaltete einige sehr interessante neue Informationen.

Es waren natürlich nicht diese unerträglichen, dauersmilenden Politiker- und Funktionärsgestalten, die mit ihren tumben Allerweltsgesichtern auf den ersten Seiten der Broschüre den Besucherinnen des Frauenbeauftragten-Kongress ihre populistische Aufwartung machen.

Diese Seiten hatte er zutiefst angewidert überblättert. Dann war er aber fündig geworden: Plötzlich blickte ihm sehr selbstbewusst dieselbe Frau entgegen, deren gräuliches, entstelltes Gesicht er eben noch auf einem Bild des Pressefotografen ausführlich betrachtet hatte.

Nachdem Tannenbergs Augen sich in dem ausdrucksstarken Foto Charlotte Kindelberger-Wintergersts lange genug geweidet hatten, schlich sich sein Blick nach unten und bohrte sich in den beigefügten Text.

Daraus ging hervor, dass die Kulturredakteurin der *PALZ* den Kongress am frühen Samstagabend mit einem Gastvortrag eröffnen sollte, der den Titel trug: ›Frauen im Journalismus – kritische kommunikative Kompetenz als feministisches Korrektiv patriarchalischer Machtstrukturen.‹

»Mann, Mann, Mann – was für ein Titel!«, stellte Tannenberg beeindruckt fest. Mehrmals wiederholte er ihn laut. Dann wandte er sich wieder der Verköstigung der hocharomatischen glasklaren Flüssigkeit zu.

Plötzlich stand Karl Mertel neben ihm. Tannenberg hatte ihn gar nicht kommen hören.

»Na, altes Haus. Kannst du nicht schlafen, oder warum bist du noch nicht im Bett?«, sagte er mit einem milden Lächeln auf den Lippen.

»Was? Schlafen?«, gab Tannenberg verwirrt zurück.

»Ich hab noch ein paar Fotos für dich, die ein Kollege

von der Streife gemacht hat, kurz nachdem die Feuerwehr die Strahler angeschaltet hat. Darauf siehst du, wie man die Leiche vorgefunden hat.« Mertel legte die Bilder auf Tannenbergs Schreibtisch ab und schickte sich an, den Raum zu verlassen. »Gute Nacht, Wolf!«

»Danke, Karl!«

Der Kommissariatsleiter hob den Blick und wollte noch etwas ergänzen, aber sein Kollege war schon nicht mehr zu sehen. Er nahm die Fotos in die Hand und schaute sie nacheinander durch. Man konnte ihnen entnehmen, dass die Frau, als sie aufgefunden wurde, bäuchlings mit dem Gesicht im Wasser getrieben hatte, schätzungsweise zwei Meter vom schilfumsäumten, zur Felswand hin gelegenen Uferrand, hinter dem der Stegosaurus stand und Tannenberg auf mehreren Fotos abermals herausfordernd angrinste – meinte Tannenberg jedenfalls.

Deshalb entfernte er umgehend seinen Blick von dem urzeitlichen Lebewesen. Als er auf dem nächsten Bild auch noch ein neben einem kleineren Sandsteinfindling lauerndes, krokodilähnliches Tier entdeckte, drehte er voller Abscheu die Fotos um und schob sie weit von sich weg.

Tannenberg rieb sich die Augen, gähnte ausgiebig, dehnte Oberkörper und Arme, verschränkte seine Arme vor dem Bauch, gähnte erneut, streckte seine langen Beine unter den Schreibtisch und ließ den Kopf auf die Brust herniedersinken.

Kaum hatte er sich in diese entspannte Sitzposition gebracht, warfen auch schon die stets auf der Lauer liegenden Geister des Schlafes eine schwere Decke über ihn, wickelten ihn behutsam darin ein und trugen ihn fort in ihr unergründliches Schattenreich.

Da der große Parkplatz unterhalb des auf einer Anhöhe gelegenen Bildungszentrums vollständig belegt war, musste Tannenberg sein altes BMW-Cabrio am rechten Straßenrand des Kaiserbergrings abstellen.

Natürlich hätte er mit seinem Auto auch direkt vor das Zentralgebäude fahren können, in dem der Frauenbeauftragten-Kongress stattfand. Aber dazu hätte er den Parkwächtern seinen Dienstausweis unter die Nase halten müssen – und wäre dadurch aufgefallen wie der berühmte bunte Hund.

Aber gerade das wollte er ja unter allen Umständen vermeiden, wollte der Veranstaltung quasi in cognito beiwohnen. Wobei er sich, gleich nachdem er das Gelände des Bildungszentrums betreten hatte, klar darüber war, dass dies nur mit Hilfe einer Geschlechtsumwandlung oder einer Tarnkappe möglich gewesen wäre. Denn wohin er auch blickte, sah er nur Frauen, nichts als Frauen, keinen einzigen Mann.

Er fühlte sich unwohl, sogar ausgesprochen unwohl. Er hatte das Gefühl, dass seinem Erscheinen mit großem, allseitigem Argwohn begegnet wurde. Er spürte die abschätzigen, aggressiven Blicke, die ihn wie einen Aussätzigen taxierten und seinen Körper mit schmerzvollen Nadelstichen malträtierten.

Von einer heftigen Panikattacke heimgesucht, flüchtete er sich in das nächstgelegene Gebäude. Er wollte einfach nur mal kurz verschnaufen, sich ein wenig regenerieren und in aller Ruhe die Frage prüfen, ob er sich angesichts dieses feindlichen Ambientes nicht besser sofort aus dem Staub machen sollte.

Als er die Drehtür passiert hatte und die ersten Schritte in einen mit lilafarbenem Kunstmarmor ausgelegten Flur machte, hörte er plötzlich in seinem Rücken ein lautes, hydraulikartiges Geräusch.

Erschrocken wandte er sich um. Mit geöffnetem Mund und weit aufgerissenen Augen sah er, wie sich die mehrflügelige Drehtür ineinander zusammenfaltete und von der mächtigen Gebäudewand verschlungen wurde.

Gleichzeitig vernahm er aus Richtung der gegenüberliegenden Seite ein ähnlich geartetes Geräusch. Wieder drehte er seinen Körper zur Lärmquelle hin. Diesmal geschah genau das Gegenteil dessen, was er gerade eben gesehen hatte: Eine zunächst sehr schmale, braune Zimmertür drückte sich mit Vehemenz in das ebenfalls lilafarbene Gemäuer und blähte sich immer stärker auf. Erst als sie etwa das Dreifache ihres normalen Ausmaßes erreicht hatte, wurde der Dehnungsvorgang abrupt beendet.

Während er wie ferngesteuert auf die Tür losmarschierte, öffnete sich diese, wie von Geisterhand aufgeschoben, völlig geräuschlos. Tannenberg blickte in einen riesigen Tanzsaal, in dem dutzende Paare Walzer tanzten. Er dachte sofort an den Wiener Opernball. Als er in den Saal hineintrat, verstummte plötzlich die Musik. Er blieb stehen.

Die Paare lösten sich voneinander und standen nun in einem weiten Halbkreis vor ihm. Mit einem Mal erkannte er, dass es sich bei den Tänzern ausschließlich um Frauen handelte. Alle trugen die gleichen, prächtigen Ballkleider – wieder in einem kräftigen Lilaton gehalten.

Wie auf Kommando begannen die Gestalten nun plötzlich nach vorne zu schreiten, direkt auf ihn zu. Mumiengleich stand er bewegungslos da und starrte entgeistert hinüber zu den bildhübschen weiblichen Erscheinungen, die sich in Zeitlupe auf ihn zu bewegten. Synchron begannen sie nun damit, sich mit Hilfe überdimensionaler Reißverschlüsse ihrer Ballkleider zu entledigen.

Lüstern gaffend wie ein notorischer Spanner stierte er auf die inzwischen barbusigen, märchenhaften Geschöpfe, wie sie sich langsam aus den engen, bodenlangen Kleidern schälten.

Kaum hatten die wunderlichen Gestalten sich den Stoff über ihre Hüften geschoben, als unverkennbar zu Tage trat, dass ihre Unterteile dem von Meerjungfrauen glichen: grünschuppige Fischhaut, die zum Boden hin in eine gezackte Schwanzflosse mündete. Zeitgleich griffen sich die unwirklichen Wesen in ihre Gesichter und rissen mit einer ruckartigen Bewegung gummielastische Masken von den Köpfen.

Dahinter hatten sie ihr wahres Antlitz versteckt: Furcht erregende Dinosaurierköpfe. Parallel dazu begannen sie damit, unbeschreibliche, noch nie von einem Menschen gehörte Stimmen zu produzieren, die langsam ihre Intensität steigerten.

Plötzlich verwandelten sich auch ihre fischartigen Unterkörper zu mit gewaltigen Klauen versehenen Dinobeinen, die sich sofort dynamisch in Richtung Tannenbergs in Bewegung setzen.

Tannenberg drehte sich um und rannte los. So schnell er konnte. Direkt auf die lila Wand zu. Zurück an die Stelle, an der sich noch vorhin die Drehtür befunden hatte, durch die er ins Gebäude gelangt war. Einen Wimpernschlag bevor er dort eintraf, öffnete sich das Mauerwerk und entließ ihn in die Freiheit.

Als er sich jedoch zum Gebäude hin umwandte, sah er voller Schrecken, dass ihm die wild gewordenen Dinosaurier folgten. Er spurtete die Rampe hinunter, wollte zu seinem Auto. Aber die Dinos waren schneller, kamen immer näher, streckten ihre messerscharfen Klauen nach ihm aus.

Kurz bevor sie ihn erreichten, veränderte Tannenberg urplötzlich seine Größe. Von der einen zur anderen Sekunde hatte er Riesenstatur angenommen. Mit Siebenmeilenstiefeln stieg er über die Häuser der Stadt. Von seinen aufdringlichen Verfolgern war weit und breit nichts mehr zu sehen. Direkt vor dem Hauptbahnhof kam er zum Stillstand. In Windeseile schrumpfte er wieder zu Normalgröße.

Ängstlich blickte er sich um. Aber alles, was er sah, war ein völlig normales Alltagsbild: geschäftige Menschen, Straßenverkehr – weit und breit keine Spur von irgendwelchen Horrorwesen. Kopfschüttelnd begab er sich zu dem, schräg gegenüber des Bahnhofs neuerbauten Polizeipräsidium.

Wie aus dem Nichts waren sie auf einmal wieder da: Zuerst hörte er nur dieses fürchterliche Stimmengezeter, doch bereits Sekunden später erblickte er die aggressiven, wuseligen Dinos.

Sofort stürzte er zur Eingangstür. Plötzlich hielt er einen überdimensionierten Schlüssel in der Hand. Geistesgegenwärtig drehte er sich zur Tür um und wurde eines ebenso riesigen Schlosses gewahr, in das er ohne Nachzudenken flugs den Schlüssel hineinschob und ihn nach rechts umdrehte.

Eine Unzahl flinker Miniaturdinos kletterten eidechsengleich an den Scheiben empor, fanden aber anscheinend keinen Weg, um in das Gebäudeinnere hineinzugelangen. Tannenberg atmete erleichtert auf, wähnte sich in Sicherheit.

Er befreite seine Augen von diesem schrecklichen Anblick und schaute sich um. Das einzige, was er sah, war eine zweiflügelige, massive Tür, neben der ein riesengroßes Schild mit der Aufschrift ›Polizeipräsident‹ hing.

Er fühlte sich von dieser Tür magisch angezogen, bewegte sich direkt darauf zu. Er sah, wie sich beide Flügel öffneten. Allerdings nur einen Spalt breit. Nach wenigen Schritten hatte er sie erreicht. Erwartungsvoll riss er an den beiden Türgriffen, zog die beiden Teile auseinander.

Dann traf ihn fast der Schlag, denn ein paar Meter vor ihm stand ein Dinosaurier mit Frauengesicht.

Er wollte flüchten. Versuchte verzweifelt er, seine Füße zu bewegen. Aber nichts tat sich. Die Zwittergestalt breitete ihre vor dem Körper verschränkten Greifarme aus und gab dadurch ihren blanken, wogenden Busen frei. Gemächlich kam sie immer näher auf ihn zu, lockte ihn mit funkelnden Augen. Ihr mit strahlendweißen, scharfen Zähnen bewehrter Mund öffnete sich. Eine lebhafte, gespaltene Zunge kam zum Vorschein, züngelte in Tannenbergs Richtung.

»Hallo mein wildes Wölfchen. Da bist du ja endlich«, zischte eine lüsterne Frauenstimme. »Ich hab so lange auf dich gewartet.«

»Warum?«

»Ich wollte mich dir persönlich vorstellen: Ich bin die neue Polizeipräsidentin.«

Genau an dieser Stelle seines Alptraums sackte sein Kopf plötzlich nach hinten ab. Die reflexartige Reaktion seiner Nackenmuskulatur verursachte einen höllischen, stromschlagartigen Schmerz.

Als er schweißgebadet erwachte, war er zunächst völlig orientierungslos. Er benötigte mehrere Minuten und einige Handkellen voll eiskaltem Wasser, bis er wieder einigermaßen bei Sinnen war.

Nach weniger als drei Stunden unruhigen Schlafs konfrontierte ihn sein erbarmungsloser Radiowecker damit, dass er manchmal auch sonntags zeitig aufstehen musste, besonders dann, wenn er um 9 Uhr eine außerplanmäßige Dienstbesprechung angesetzt hatte.

Tannenberg fühlte sich wie ein gefolterter Kriegsgefangener: schmerzgeplagt, zermürbt, einsam, schutzbedürftig. Im ersten Augenblick dachte er daran, Ellen anzurufen und ihr seinen erbärmlichen Allgemeinzustand zu schildern.

Aber aus Angst, das zart aufkeimende Beziehungspflänzchen gleich mit einem vernichtenden Platzregen zu überschwemmen, folgte er diesem spontanen Impuls dann doch nicht, sondern beschloss, sich lieber in das manchmal zwar etwas stachelige und unbequeme, dafür aber unwettererprobte Nest seiner Großfamilie zu flüchten.

Zerzaust und ungewaschen schleppte er sich hinunter in die Wohnküche seiner Eltern.

»Ach Gott, Wolfi, wie siehst du denn wieder aus?«, wurde er sogleich von seiner sorgenvoll dreinblickenden Mutter empfangen.

Noch bevor Tannenberg mit irgendeiner Floskel antworten konnte, sah sich sein Vater zu einem bissigen Kommentar veranlasst: »Ist der Herr Sohn wieder um die Ecken gezogen und dann in irgendeiner Wirtschaft versumpft, anstatt sich um seine Mordfälle zu kümmern? Kein Wunder, dass ihr den Verbrecher nicht finden könnt«, spottete der Senior, ohne damit auch nur einen Moment den Blick aus seiner geliebten *Bild am Sonntag* zu erheben.

Während Tannenberg nur verständnislos den Kopf schüttelnd, gähnend ihm gegenüber am Küchentisch Platz nahm, schien Jacob bereits zu dieser frühen Morgenstunde in Höchstform zu sein.

»Dein neuer Fall ist da ganz groß drin«, begann er. »Soll ich dir's vorlesen?«

Tannenberg brummte auf. »Nein«, antwortete er gedehnt, »lass mich den Blödsinn lieber selbst lesen.«

»Das wär ja noch schöner. Abends nicht ins Bett gehen, morgens keine Zeitung holen und sie dann auch noch als Erster lesen wollen. Nein, nein, so geht das nicht, Herr Hauptkommissar. Entweder *ich* lese vor, oder du musst warten, bis ich mit der Zeitung fertig bin.«

Da Wolfram Tannenberg aus Erfahrung wusste, wie endlos lange es gewöhnlich dauerte, bis sein Vater die *BAMS* den anderen Familienmitgliedern zur Verfügung stellte, gab er sich geschlagen: »Dann lies halt vor.«

Triumphal grinsend blickte der Senior kurz hinüber zu seinem Sohn. Dann begann er wohlintoniert mit seinem Vortrag: »Dinotod 2. Wieder wurde eine ermordete Frau im Kaiserslauterer Dinopark gefunden. Diesmal lag die Leiche aber nicht auf einem stacheligen Stegosaurus, sondern trieb in einem Tümpel. Direkt vor den Augen der gruseligen Urtiere. Die Frau heißt Charlotte Kindelberger-Wintergerst und war Kulturredakteurin bei der Lokalzeitung. Wieder trägt die Tote einen Doppelnamen. Warum haben es die Dinos auf Frauen mit Doppelnamen abgesehen? Und wieder war ihr Kopf mit Paketband umwickelt. Und wieder steckten Würfel in ihrem Mund.«

»Verdammt! Woher wissen die denn das schon wieder?«, schimpfte Tannenberg ungehalten los. »Gib mal her! Lass mich jetzt endlich selbst lesen!«

Jacob umklammerte die Zeitung wie ein kleines Kind sein Spielzeug. »Nein! Du musst dich schon mit Zuhören begnügen. Soll ich jetzt weitermachen?«

Tannenbergs Reaktion beschränkte sich abermals auf ein knurrendes Brummgeräusch, nun aber mit bedeutend aggressiverer Untermalung.

»Bei der ersten Toten waren es sechs Würfel. Diesmal sind es nur fünf. Will da etwa jemand mit der Polizei spielen? Vieles erinnert an den perversen Serienkiller, mit dem sich Hauptkommissar Tannenberg vor Jahren herumschlagen musste. Auch dieser Frauenmörder hatte die Kripo lange Zeit an der Nase herumgeführt. Ist die Kaiserslauterer Mordkommission mit diesem Fall erneut überfordert? – Artikelende.«

»Überfordert«, fauchte Tannenberg. »So ein Schwachsinn!« Wütend nahm er die große Henkeltasse in die Hand, die seine Mutter gerade vor ihm hingestellt hatte und begann gierig an der dampfenden Brühe zu schlürfen. »Verdammt, ist der Kaffee heiß!«

Während Tannenberg kühle Luft über seine schmerzende Oberlippe streichen ließ, schien sich über irgendwelche geheimnisvollen Pfade ein Anflug von Mitleid in die Seele des Seniors geschlichen zu haben.

»Du brauchst jetzt nicht gleich zu verzweifeln«, sagte er trostgeschwängert »Ich helfe dir ja wieder. Morgen früh frag ich gleich mal die im Tchibo. – Die erste Frau kennt jedenfalls keiner. Das hab ich gestern schon rausgekriegt.«

Ist ja auch kein Wunder. Was habt ihr alten Knacker denn auch mit einer Frauenbeauftragten am Hut?, sagte Tannenberg zu sich selbst.

»Und ich hab auch schon heute Morgen für dich im Internet herumgesucht. Und weißt du, was ich gefunden hab?«

»Wie soll ich das denn wissen, Vater?«, stöhnte der Kriminalbeamte.

»Also, ich hab gefunden, dass diese Charlotte Kindel-Dingsbums in Gießen studiert hat und bei so einem komischen Weiber-Verein zweite Vorsitzende ist. Da waren auch Artikel von ihr drin. Aber da hab ich noch nicht mal die Überschrift verstanden. Ich hab dir den Kram ausgedruckt. Liegt im Wohnzimmer neben dem Computer.«

»Danke, Sherlock Holmes!«

Zufrieden schmunzelnd blickte Jacob Tannenberg seinem Sohn ins Gesicht. »Sag mal, Wolfram, was hältst du denn eigentlich von diesen beiden Kandidaten, die man für den Posten unseres neuen Polizeipräsidenten ausgeguckt hat?«

»Ich weiß nicht«, entgegnete Tannenberg, während er seinen schmerzenden, zentnerschweren Kopf auf die zum Stützpfeiler erkorene linke Innenhand ablegte. »Ist mir auch ziemlich egal. Ich kenn die beiden nicht, weiß noch nicht mal, wie sie aussehen. Wir werden ja sowieso nicht gefragt. Das ist eine politische Entscheidung. Die drücken uns vom Ministerium einfach einen auf's Auge und mit dem müssen wir dann leben. Ob wir wollen oder nicht!«

»Aber das ist doch eine Wahl zwischen Pest und Cholera.«

»Wieso?«

»Na ja, das eine ist eine Frau aus der Ostzone und der andere ist ein Saarländer.«

Tannenberg lachte. »Wenn du deine Feindbilder nicht hättest!«

»Dann schau dir die beiden halt mal an«, entgegnete Jacob, schlug die Sonntagszeitung auf, drehte sie um 180 Grad und schob sie hinüber zu seinem Sohn.

Tannenbergs Gesichtszüge versteinerten sich schlagartig, blickte ihm doch eine Frau entgegen, die eine frappierende Ähnlichkeit mit der Dinogestalt aus seinem Alptraum aufwies. Geschockt erhob er sich von seinem Stuhl. Da ihm plötzlich leicht schwindelig wurde, stützte er sich mit den Armen auf dem Holztisch ab, atmete zwei Mal tief durch und machte sich dann auf den Weg in Richtung der Küchentür.

»Wolfi, willst du etwa schon gehen? Du hast ja noch gar nichts gegessen!«

»Mutter, ich hab keinen Hunger. Mir ist der Appetit inzwischen auch gründlich vergangen«, gab er, ohne sich noch einmal umzuwenden, murmelnd zurück.

»Wer von euch hat diese Sache mit den Würfeln im Mund der *Bildzeitung* gesteckt?«, polterte Tannenberg sofort los, als er sein geräumiges Büro betrat. »Wie viel bekommt man denn für so eine Information?«

Für einen Moment herrschte Stille, explosive Stille. Ein Funke hätte genügt, um das gesamte Kommissariat in die Luft zu sprengen.

Geistesgegenwärtig sprang Dr. Schönthaler in die Bresche und versuchte für seinen Freund zu retten, was noch zu retten war. »Alter Junge, du kannst einem mit deinen Scherzen manchmal einen ganz schönen Schrecken einjagen. Warum fragst du eigentlich nicht, wer von uns denn die beiden Frauen umgebracht hat?«

Schlagartig war Tannenberg der Ernst seiner Lage bewusst. Er war zwar stinksauer darüber, dass irgendjemand einen direkten Draht zur *Bildzeitung* hatte. Aber seine engsten Mitarbeiter der illegalen Informationsweitergabe zu bezichtigen, das ging doch wohl entschieden zu weit.

Außerdem war es viel naheliegender, den Informanten im Kreis der Feuerwehrleute oder Sanitäter zu suchen, die sich ja ebenfalls lange Zeit am Fundort aufgehalten hatten.

»Späßle g'macht – koiner g'lacht«, versuchte er seinen Kopf aus der Schlinge zu ziehen.

»Ist ja wohl auch kein Wunder, Wolf«, erwiderte der Rechtsmediziner. »Übrigens wissen die von diesem Revolverblatt doch nicht alles«, ergänzte er nebulös und wartete auf eine Reaktion, die sich auch umgehend in Person Armin Geigers einstellte:

»Wieso, Doc?«, fragte er und krauste dabei die Stirn.

»Na ja, es waren nämlich nicht 5 Würfel mit der Augensumme 10, sondern es waren wieder 6 Würfel und auch wieder 12 Augen. Also genauso wie bei der ersten Frau. Ich hab den sechsten Würfel erst bei der Obduktion im Rachenraum entdeckt.«

»Also nix mit den einem Spielchen, wie die *Bild am Sonntag* gemeint hat«, entgegnete Kriminalhauptmeister Geiger ein wenig enttäuscht.

»Nein, damit wird wohl nichts!«

»Verdammt! Was soll das nur mit diesen beiden Zahlen? Was will der Täter uns damit sagen? Auf was will er uns hinweisen? Da steckt doch irgendwas dahinter. Nur was? Hat irgendeiner von euch eine Idee?« Fragend blickte er in die Runde.

»Wolf, wir sollten auch nicht die Tatsache außer Acht lassen, dass schon wieder derselbe Ort gewählt wurde, um uns die Tote zu präsentieren.«

»Vollkommen richtig, Karl. Ganz wichtiger Aspekt!«, lobte Tannenberg. »Schon wieder dieser verfluchte Dinopark.«

»Direkt dazu: Die Frau wurde übrigens wieder durch dasselbe Zaunloch ins Gartenschaugelände gebracht.«

»Durch dasselbe Loch im Zaun?«, verlieh Kommissar Schauß seinem grenzenlosen Erstaunen Ausdruck.

»Ja, genau an derselben Stelle. Die war nämlich nur provisorisch zusammengeflickt.«

»Das gibt's alles doch gar nicht!« Tannenberg lehnte sich abgeschlafft an den Konferenztisch, an dem seine Kollegen saßen. Weil sich in dieser gekrümmtem Körperhaltung jedoch seine Genickschmerzen deutlich verstärkten, erhob er sich allerdings sofort wieder und begab sich zur Pinwand.

Sein Zeigefinger bohrte sich in den dort angebrachten Geländeplan der Gartenschau, und zwar in die Stelle, wo sich ein rotes Kreuz befand, welches das Zaunloch markierte. »Dann wurde die Frau also von dort oben«, sein Finger machte einen Satz hinunter zum Barbarossawoog, »zu dem kleinen Tümpel gebracht und dort hinein gelegt ...« Entsetzt blickte er zum Leiter der kriminaltechnischen

Abteilung. »Oder hat man die arme Frau etwa auch oben vom Felsen hinuntergeworfen?«

»Nein, Wolf, sie ...«, sagte Mertel.

»Das hättest du vielleicht diesem verrückten Mörder sagen sollen«, fiel ihm der Gerichtsmediziner rücksichtslos ins Wort. »Dann hätte er es nämlich einfacher gehabt. Nein, Wolf, nun mal ernsthaft: Das ist völlig auszuschließen, denn die Tote weist keinen einzigen Knochenbruch auf.«

Tannenberg ging nicht weiter auf diese makabere Aussage ein. »Wieso hat sie denn um diese Uhrzeit überhaupt jemand gefunden?«, fragte er in die Runde seiner versammelten Kollegen hinein. »Es war schließlich dunkel und die Gartenschau war doch schon lange geschlossen.«

»Aber im Kulturzentrum in der Kammgarn hat ein Konzert stattgefunden«, erklärte Sabrina Schauß. »Und irgendwann ist dieser Mann – wie heißt der nochmal?« Da niemand antwortete, fuhr sie gleich fort. »Ist ja auch im Moment egal. Also der Mann, der die Leiche gefunden hat, ist an den Barbarossawoog zum Pinkeln gegangen und hat dabei die Leiche entdeckt.«

»Aber es war doch dunkel«, wiederholte Tannenberg trotzig.

»Oh Gott, Herr Hauptkommissar, das spielt doch wohl jetzt überhaupt keine Rolle«, rüffelte Dr. Schönthaler. »Viel wichtiger ist doch wohl, *dass* er sie gleich gefunden hat. So konntet ihr wenigstens die Identität der Frau gleich klären. Was meinst du wohl, wie schwer das gewesen wäre, wenn sie längere Zeit in dieser Brühe gelegen hätte. Du weißt ja, wie Wasserleichen normalerweise aussehen.«

»Ja, ja. Schon gut, Rainer. Wir sind ja alle wirklich unheimlich froh, dass der Mann die Tote so schnell entdeckt hat.« Tannenberg lächelte gequält, dann krauste er die Stirn. »Sag mal, Karl, könnte es nicht sein, dass die Frau über den Zufluss in den Barbarossawoog geschwemmt worden ist. Dass sie also über das Kanalnetz dorthin …«

»Kannst du getrost vergessen, Wolf«, warf der Spurensicherungs-Experte sofort dazwischen, »denn die Öffnung, aus der frisches Wasser zugeführt wird, ist für einen menschlichen Körper viel zu eng.«

»Okay.«

»Weißt du, was ich gerade denke, Wolf?«, meldete sich Adalbert Fouquet plötzlich zu Wort, der die ganze Zeit über die Äußerungen seiner Kollegen aufmerksam verfolgt hatte. »Ich werde den Eindruck nicht los, dass uns hier jemand total veräppelt.«

»Veräppelt?«, fragte Geiger.

Der junge Kriminalkommissar erhob sich und ging an die Pinwand. »Fallen euch denn nicht die Parallelen zu unseren letzten Fällen auf?«

»Wieso?«, fragte ein mehrstimmiger Polizistenchor.

»Es ist doch wohl mehr als merkwürdig, dass in recht kurzen Zeitabständen zwei Frauen umgebracht und an markanten Orten abgelegt werden. So auffällig, dass man sie sofort findet. Wie in deinem ersten Fall, Wolf.«

»Na ja, ich weiß nicht«, merkte Tannenberg skeptisch an. »Das kann doch genauso gut ein totaler Zufall sein.«

»Und dass – wie in unserem letzten Fall – kurz hintereinander zwei Mordopfer an derselben Stelle gefunden werden?«

»Also, Albert, das ist mir zu sehr an den Haaren herbeigezogen«, kritisierte der Kommissariatsleiter.

»Warum?«

»Albert, du kannst immer Parallelen zwischen verschiedenen Mordfällen finden. Ich denke, wir sollten uns mehr auf die Fakten konzentrieren. Und in der Hinsicht haben wir wohl noch nicht besonders viel in der Hand, Kollegen, oder?«

Tannenberg nahm einen roten Edding und schrieb zuerst ›Alibi‹ auf ein weißes Pappkärtchen und pinnte es an die Korktafel. »Michael, du überprüfst die Alibis von Herrn Wackernagel und Herrn König.«

Dann malte er in Großbuchstaben ›*PALZ*‹ auf das nächste und befestigte es direkt darunter. »Ich statte nachher der *PALZ*-Redaktion einen Besuch ab, befrage ein paar Leute und schaue mir mal etwas genauer an, woran diese Charlotte Kindelberger-Wintergerst in der letzten Zeit gearbeitet hat. Vielleicht entdecken wir da ja irgendeine heiße Spur.«

Auf ein weiteres Kärtchen kritzelte er ›Gartenschau‹. »Albert, da gehst du nachher hin. Du kannst ruhig den halben Tag dort verbringen. Befrag mal die Geschäftsführerin und hör dich dort auf dem Gelände einfach mal um. Vielleicht bekommst du ja zufällig irgendwas Interessantes mit.«

Als nächstes war Sabrina an der Reihe. Sie erhielt den Auftrag, sich intensiv mit dem Frauenbeauftragten-Kongress und den Teilnehmerinnen zu befassen.

»Und Geiger, du quetschst alle unsere Datenbanken über diese Journalistin aus.«

Sein Blick wanderte an seinen sich gerade von ihren Stühlen erhebenden Mitarbeitern vorbei und verhakte sich an einem silbernen Metall-Papierkorb, der in der rechten Ecke seines Büros seitlich neben dem Besuchertisch stand. Der von diesem Behältnis ausgehende Reiz war so dominant, dass er ihm einfach nicht zu widerstehen vermochte.

Mit einer geschwinden Bewegung zog er ein Blatt aus dem Papierfach seines Druckers, knüllte es zusammen, begab sich in die vorschriftsmäßige Basketball-Wurfhaltung, zielte kurz und warf den kleinen Papierball in Richtung des Korbs. Dieser erreichte allerdings nicht sein Ziel, sondern fiel etwa 30 Zentimeter vorher zu Boden.

Natürlich konnte sich Kriminalhauptmeister Geiger eines hämischen Grinsens nicht erwehren. »Knapp daneben ist eben auch vorbei, Chef.«

»Stopp! Alle hiergeblieben!«, befahl Tannenberg und knüllte in Windeseile drei weitere Blätter zusammen und überreichte sie Geiger. Dann schob er ihn von hinten in Richtung des Mülleimers, so dass er nur noch etwa zwei Meter davon entfernt stand. »Los, wirf!«, feuerte er ihn an.

Geiger getraute sich nicht, sich der Anordnung zu widersetzen, und hatte zwei Mal Erfolg mit seinen Wurfversuchen.

»Super, Geiger«, lobte Tannenberg scheinheilig. Dann fischte er die beiden Papierbälle aus dem Korb, nahm einen der davor liegenden auf und stellte sich etwa in der doppelten Entfernung mit dem Rücken an die Wand neben seinen Schreibtisch, zielte und versenkte einen der drei Mini-Basketbälle im Korb.

»Und wer hat nun gewonnen, Geiger?«

9

Wenige Minuten nachdem Tannenberg die Dienstbesprechung beendet hatte, erschien Oberstaatsanwalt Dr. Hollerbach in seinem Büro.

»Herr Hauptkommissar«, begann er, ohne auch nur ein einziges Grußwort anzudeuten, »Sie sind mit diesem Fall eindeutig überfordert. Zwei mysteriöse Frauenmorde. Auf dem Gartenschaugelände wie auf einem Präsentierteller serviert und mit Würfeln und einem lateinischen Spruch im Mund. Beide Opfer sind engagierte Feministinnen. Beide tragen einen Doppelnamen. Einwände, bis hierher?«

»Nein«, antwortete Tannenberg kopfschüttelnd, während er gleichzeitig die Schultern nach oben zog.

»So? Wundert mich. Dann aber bestimmt jetzt! Ich habe nämlich eben mit Kriminaldirektor Eberle gesprochen. Er ist ja zur Zeit kommissarischer Polizeipräsident – und damit ihr ranghöchster Vorgesetzter.«

»Ist mir durchaus bekannt, werter Herr Oberstaatsanwalt«, bemerkte der Leiter des K 1 süffisant lächelnd.

»Ah, wie ich sehe, haben Sie Ihren legendären Humor noch immer nicht verloren. Aber Ihre Scherze werden Ihnen gleich im Halse steckenbleiben. Ich habe nämlich bei Herrn Kriminaldirektor Eberle die Bildung einer Sonderkommission angeregt.«

»Aha«, war Tannenbergs einzige Reaktion.

»Er war hellauf begeistert von meiner Idee und hat umgehend alles Nötige in die Wege geleitet. Und da wir ja sonst leider niemanden haben, stehen Sie mal wieder der

SOKO, die den passenden Namen ›Gartenschau‹ trägt, als Leiter vor.«

»SOKO ›Gartenschau‹ – klingt gut. Respekt! Also, ich finde, das ist eine sehr gute Idee.«

»Was? Wieso denn das auf einmal?« Tannenbergs unerwartete Zustimmung irritierte den Oberstaatsanwalt sichtlich. »Sagen Sie mal, wollen Sie mich veralbern?«

»Nein, das würde ich mir nie erlauben«, antwortete der Kriminalbeamte, dessen neutralem Mienenspiel keinerlei Hinweise auf seine tatsächliche Meinung zu entnehmen war.

»Das verwundert mich doch ein wenig, muss ich eingestehen. Denn ich meine, mich noch sehr gut an Ihren ersten Fall erinnern zu können, wo Sie ganz und gar nicht von der Einrichtung der SOKO ›Pilze‹ begeistert waren.«

»Stimmt doch gar nicht!«, protestierte Tannenberg. »Was Sie mir immer unterstellen. Die Leute haben damals wirklich gute Arbeit geleistet. Und jetzt sieht es ja wohl auch wieder nach einer Menge Kleinarbeit aus. Das schaffen wir alleine ja gar nicht.«

Dr. Hollerbach verschränkte stirnrunzelnd die Arme vor seinem Oberkörper und murmelte dabei »Sachen gibt's«. Dann unternahm er einen thematischen Schwenk, dem Tannenberg zunächst inhaltlich nicht zu folgen vermochte: »Was halten Sie denn eigentlich von der aktuellen Entwicklung?«

»Welcher aktuellen Entwicklung?«

»Na, dass im Rennen um das Amt des neuen Polizeipräsidenten nur noch zwei Kandidaten verblieben sind?«

»Ähm ... Na ja, ... ich weiß nicht.«

»Das hab ich mir schon gedacht.«

»Was haben Sie sich schon gedacht?«

Der Oberstaatsanwalt antwortete nicht, sondern schlenderte mit wenigen Schritten an die Fensterfront, blickte kurz hinunter auf den Pfaffplatz und drehte sich dann wieder zu Tannenberg um. »Sehen Sie, ich bin der Meinung, dass es durchaus an der Zeit ist, endlich mal etwas frischen Wind in diesen verkrusteten, provinziellen Männerverein hier unten im tiefen Pfälzer Wald hineinwehen zu lassen. Deswegen hoffe ich von ganzem Herzen, dass sich das Innenministerium dazu entscheidet, die vakante Stelle mit dieser hoch qualifizierten Bewerberin aus den neuen Bundesländern zu besetzen.«

Tannenberg räusperte sich, hustete ein paar Mal, kommentierte die provokative Aussage jedoch nicht.

Dr. Hollerbach seufzte, nickte mit dem Kopf. Er schien die verbale Zurückhaltung Tannenbergs zwar nicht vorschnell als grundsätzliche Zustimmung zu werten, dafür kannte er den Leiter des K 1 nun doch zu gut, aber da von dessen Seite nicht umgehend Protest gegenüber seiner Meinung artikuliert wurde, witterte er Morgenluft. »Ach wissen Sie, Herr Hauptkommissar, das wär doch einfach mal was ganz anderes, finden Sie nicht auch?«

»Ja klar, warum denn eigentlich nicht?«

»Genau!« Der Oberstaatsanwalt lächelte zufrieden. »Das ist aber mal eine äußerst erfreuliche, ausgesprochen innovative Position, die Sie gerade eben haben verlauten lassen – dafür gebührt Ihnen mein aufrichtiger Respekt.«

»Danke. Also ich für meinen Teil stehe sinnvollen, zukunftsweisenden Innovationen stets sehr aufgeschlossen gegenüber«, säuselte Tannenberg.

»Zumal die objektiven Fakten wohl eindeutig für die Bewerberin sprechen: Die Frau hat sich schließlich nach der Wende beim Aufbau der Polizeistrukturen in den neuen Bundesländern enorme Verdienste erworben. Besonders in Rostock muss sie geradezu bahnbrechende Innovationen auf den Weg gebracht haben. Vorbildliches

Engagement, kann ich da nur sagen, vor-bild-liches Engagement! Da könnten sich viele hier bei uns im Westen eine Scheibe davon abschneiden.«

»Dann ist sie aber dort doch unverzichtbar«, meinte Tannenberg grinsend. »Außerdem würde sich die Dame hier unten bei uns in der tiefsten Provinz garantiert nicht wohlfühlen. So ein dunkler Wald und diese mürrischen, verschlossenen Menschen ... Das liegt nicht jedem. Und vor allem wäre sie ja für die Arbeit mit uns Dilettanten völlig überqualifiziert.«

Schlagartig machte sich Ernüchterung bei Dr. Hollerbach breit. Während sich der Ausdruck ›Wolf im Schafspelz‹ in sein Bewusstsein drängte, winkte er ab und sagte: »Ach, hören Sie doch auf mit Ihren blöden Kalauern! Das war mir doch die ganze Zeit über schon klar, dass Sie in dieser Angelegenheit wieder genauso borniert denken, wie sonst auch.«

»Nun machen Sie aber mal halblang, Herr Oberstaatsanwalt!« Tannenberg erhob die Stimme. »Was sollen diese Unverschämtheiten eigentlich?«

Sein Aufbrausen zeigte Wirkung. »Nichts, gar nichts. Vergessen Sie's. Ist mir eben nur so rausgerutscht«, lieferte Dr. Hollerbach den Ansatz einer Entschuldigung.

»Ich wollte Ihnen ja eigentlich auch nur noch mitteilen, dass ich Kriminaldirektor Eberle außerdem gebeten habe, beim LKA Unterstützung anzufordern – und zwar in Person der Ihnen wohl bekannten Frau Kriminalpsychologin. Einen wunderschönen Tag noch, Herr Hauptkommissar«, sagte der Oberstaatsanwalt und machte sich auf den Weg zur Tür.

Plötzlich wandte er sich noch einmal zu Tannenberg um. »Sagen Sie mal, wieso wurde denn dieser Frauenbeauftragten-Kongress eigentlich nicht besser geschützt – zum Beispiel mit einem Großaufgebot von Polizeikräften?«

»Also erstens hab ich gedacht, dass diese Veranstaltung nach dem Tod der Organisatorin abgesagt ...«

»Ach, Sie haben mal gedacht? Das ist ja mal was ganz Neues«, warf Dr. Hollerbach höhnisch dazwischen. »Sie haben also gedacht, dass der Kongress abgesagt wird? Das ist aber wirklich keine gute Ausrede.«

»Außerdem hatten wir doch gar nicht die Leute für so eine Sicherungsmaßnahme«, versuchte Tannenberg sich zu rechtfertigen.

»Diese Ausrede ist auch nicht viel besser! – Wo waren *Sie* denn eigentlich? Wollten *Sie* denn nicht höchstpersönlich zu diesem Kongress?«

»Mir ist was dazwischen gekommen. Woher wissen Sie das überhaupt?«

»Das spielt keine Rolle. Ist Ihnen eigentlich klar, dass diese arme Journalistin noch leben könnte, wenn Sie nicht so erbärmlich versagt hätten?«

Tannenberg schluckte. Kleinlaut antwortete er: »Aber das konnte ich doch nicht ahnen.«

»Das hätten Sie aber ahnen *müssen*, Herr Hauptkommissar! In Ihrer Haut möchte ich jetzt nicht stecken.«

Auch wenn er gewöhnlich nicht bereit war, Dr. Hollerbach auch nur den geringsten Triumpf zu gönnen, so musste er sich in diesem Falle jedoch wohl oder übel selbstkritisch eingestehen, dass dessen Kritik nicht völlig unberechtigt war. Zwar handelte es sich bei seiner kühnen Behauptung um eine reine Spekulation, allerdings um eine, die nicht so einfach von der Hand zu weisen war.

Tannenberg war sich selbst in ausreichendem Maße darüber im Klaren, dass sein unbeabsichtigtes Fernbleiben ein fahrlässiges Versäumnis darstellte, mit dessen Bewältigung er seit gestern Abend seine liebe Mühe hatte. Was ihn bei der ganzen leidigen Angelegenheit noch zusätzlich beschäftigte, war die Tatsache, dass er leichtfertig die einmalige Chance verspielt hatte, die Kongress-Teilnehmerinnen und das gesamte Umfeld akribisch zu beobachten.

Ein paar Stunden später stand der Leiter der Kaiserslauterer Mordkommission vor dem unscheinbaren Eingang des Verwaltungsgebäudes der *Pfälzischen Allgemeinen Zeitung*. Natürlich hatte Tannenberg in der Vergangenheit schon des Öfteren mit Journalisten der *PALZ* Kontakt gehabt, sei es bei Pressekonferenzen oder Lokalterminen, oder auch in Form aufdringlicher Anrufe im Kommissariat, denen er allerdings immer mit dem Verweis auf die Pressestelle des Polizeipräsidiums begegnet war.

Aber die Redaktionsräume der Lokalzeitung hatte er bislang noch nie betreten. Verwundert betrachtete er die beiden Überwachungskameras, die ihn von ihren Spähpositionen in den Mauerwinkeln herunter ins Visier genommen hatten. Sein ungläubiger Blick ruhte noch für eine Weile auf der Zifferntastatur der Schließanlage, die den Zugang zur *PALZ*-Redaktion wie einen Hochsicherheitstrakt vor ungebetenen Besuchern schützte. Dann endlich läutete er.

»Wer sind Sie? Was wünschen Sie?«, fragte plötzlich eine forsche Lautsprecherstimme.

Reflexartig zückte Tannenberg seinen Dienstausweis und hielt ihn nacheinander den beiden Kameras vor ihre gläsernen Augen. Allerdings nur so kurz, dass sich der von ihm beabsichtigte Effekt auch garantiert einstellte.

»Was ist das? Ich kann es nicht lesen!«

»Dann lese ich es Ihnen eben vor. Da steht: Mordkommission Kaiserslautern. Hauptkommissar Wolfram Tannenberg, Schuhgröße 43, KFZ-Kennzeichen des Privat-PKWs ...«

Seine unsichtbare Gesprächspartnerin schien nicht unbedingt an einer Fortsetzung dieser vermeintlich humoristischen Darbietung interessiert zu sein, denn plötzlich öffnete sich wie von Geisterhand die gläserne Abschlusstür.

Grinsend trippelte Tannenberg die Stufen hinauf in das erste Obergeschoss, folgte den Hinweisschildern mit der Aufschrift ›Chefredakteur‹ und betrat wenig später ein ebenso geräumiges wie menschenleeres Büro. Umgehend schickte er seine Augen auf Erkundungsreise. Sie erspähten exakt das Ambiente, das er sich in seiner Vorstellungswelt unter dem Begriff ›Zeitungsredaktion‹ zurechtgelegt hatte: Chaos, nichts als Chaos.

Obwohl er sich selbst ja nicht gerade als Ordnungsfetischisten bezeichnen konnte, war er von diesem heillosen Durcheinander mehr als überrascht. Vor allem wunderte er sich darüber, dass aus diesem ganzen Chaos ein – zumindest was die Quantität betraf – durchaus vorzeigbares Produkt, nämlich die Tageszeitung *PALZ*, entstehen konnte.

»Hallo, Herr Hauptkommissar«, hörte er plötzlich eine kräftige Stimme in seinem Rücken.

Tannenberg wandte sich um. Ein etwa 35-jähriger hagerer Mann kam regelrecht auf ihn zugeflogen. Er trug ein offenes, sandfarbenes Sakko. Eine rote Krawatte baumelte von einem schmalen Hals herab. Er sagte »Eberhard Richter, Chefredakteur« und warf ihm dabei im Vorrübergehen eine Hand entgegen, die Tannenberg reflexartig ergriff und vorschriftsmäßig kurz drücken wollte. Aber da war sie schon wieder weg.

»Schön Sie hier bei uns zu sehen. Setzen Sie sich doch. Wir wollten Sie sowieso heute noch wegen eines aktuellen Statements kontaktieren«, sagte der hoch aufgeschossene Mittdreißiger, während er sich schwungvoll hinter einem mit mehreren Monitoren und einem Wust von Papieren überladenen Schreibtisch niederließ.

»Herr Richter, Sie wissen doch: Statements nur über unsere Pressestelle.«

»Ja, ja ist schon klar, Herr Hauptkommissar. Aber so unter uns könnten Sie doch wohl ein wenig über Ihren aktuellen Mordfall plaudern.« Diese hektisch in den Raum geworfenen Sätze beendete der Chefredakteur mit einem stakkatoartigen, heiseren Lachen, das Tannenberg unwillkürlich an das hysterische Kläffen seinen ungeliebten vierbeinigen Mitbewohners erinnerte.

Tannenbergs Augen klebten für einen kurzen Augenblick an der himbeerfarbenen Krawatte. Wie eine lang herausgestreckte Zunge, sagte er zu sich selbst.

»Sie denken jetzt bestimmt: Warum sind die hier nicht alle in tiefste Trauer versunken, vom Schock gelähmt, handlungsunfähig? Aber, lieber Herr Hauptkommissar, wie Sie selbst sehen, ist dem leider nicht so. Diesen Luxus können wir uns nämlich nicht leisten. Journalismus ist Tagesgeschäft, und zwar ein ziemlich hartes! Die Leser haben schließlich ein Recht auf schnelle und kompetente Informationen. Außerdem sitzt uns die Konkurrenz im Nacken! Wie die Geier warten die nur darauf, dass sie uns die Leser wegschnappen können. Also heißt das für uns: The show must go on! Charlotte hätte das im übrigen garantiert ganz genauso gesehen. Da bin ich mir sicher. Sie war nämlich Profi! Und was für einer!«

Für ein paar Sekunden kehrte ein wenig Ruhe in diesen hektischen Körper ein.

Tannenberg nutzte die Chance zur intensiven Begutachtung des ihm gegenübersitzenden Mannes. Am Auffälligsten an seinem Gesicht war dessen Unauffälligkeit: kein Barthaar, keine Brille, kein Leberfleck oder Pickel – nichts, nur glatte, leicht rosige Haut, die hinter der Stirn und den Schläfen von zartrötlichen, nach hinten gekämmten, mittellangen Haaren begrenzt wurde.

Eberhard Richter hatte inzwischen seine anfallsweise Lethargie wieder abgelegt. Nervös knetete er seine Hände, schnaubte plötzlich wie ein aufgeregtes Rennpferd los und erhob sich mit einem Sprung von seinem Drehstuhl. »Es ist schon verrückt.« Er seufzte auf. »Sie war so unglaublich engagiert. Und jetzt das! Sowas Verrücktes. Charlotte war wirklich gut. Sie hatte eine Mordskarriere vor sich. Das ist ...«

Kopfschüttelnd brach er ab. Er schien eine Gedenkminute einlegen zu wollen.

»Mord beendet Mordskarriere – gute Schlagzeile«, murmelte Tannenberg leise vor sich hin.

»Bitte?« Der Chefredakteur krauste verwundert die Stirn.

»Ach nichts.«

»Nun gut, Herr Hauptkommissar. Wie ich schon sagte: The show must go on! Für Sie und für mich. Also los, was wollen Sie wissen?«

»Erzählen Sie einfach mal was über sie.«

Eberhard Richter nahm wieder Platz, ließ seine Zunge mehrmals über die Lippen gleiten, durchfurchte seine Haare. »Charlotte war wie gesagt äußerst engagiert ... Aber das hatten wir ja schon.«

Tannenbergs Nicken bestätigte diese Aussage wortlos.

»Die Herausgeberin unserer Zeitung ist irgendwie auf Charlotte aufmerksam geworden, weil sie in Bremen mit einer Artikelserie für gewaltige Furore gesorgt hat. Und das als Berufsanfängerin!«

»Was für eine Artikelserie?«

»Haben Sie denn nichts davon gehört? Da gab's doch vor einem halben Jahr einen riesigen Skandal. Da mussten ein paar Politiker ihren Hut nehmen. Sogar der Polizeipräsident war involviert gewesen.«

»Kann mich im Moment leider nicht daran erinnern.«

»Lesen Sie denn keine Zeitung, Herr Hauptkommissar?«, scherzte der Chefredakteur, setzte aber nur einen kurzen Lacher dahinter, denn er hatte Tannenbergs ungeduldiges Mienenspiel bemerkt. »Na ja, Charlotte hat die Behauptung aufgestellt, dass in Bremen ein einflussreicher Männerzirkel aktiv sei.«

»Was für ein Männerzirkel denn?«

»Na ja, so ein ominöser Geheimbund eben.«

»Ein Geheimbund?«

»Ja, so muss man das wohl nennen.«

»Und was haben die getrieben?«

Richter lachte. »Das müssen Sie sich mal vorstellen, Herr Hauptkommissar: Dieser Geheimbund hatte bei Stellenausschreibungen dafür gesorgt, dass den Frauenförderungs-Richtlinien des Stadtstaates zwar formal entsprochen wurde, also bevorzugt Frauen eingestellt wurden. – Allerdings hatte die Sache einen entscheidenden Haken.«

Der Chefredakteur genoss sichtlich dieses Spiel mit seinem Gegenüber, denn er legte eine Pause ein, wartete auf eine Reaktion. Diese folgte auch auf dem Fuße, denn Tannenberg konnte die Spannung kaum mehr ertragen. Er sprang auf, baute sich in voller Körpergröße vor Richter auf.

»Welchen Haken? Los, sagen Sie schon.«

»Na ja, die Jungs hatten seit einigen Jahren erfolgreich dafür gesorgt, dass nicht die qualifiziertesten Bewerberinnen die attraktivsten Stellen bekamen, sondern irgendwelche unfähigen Tantchen, die man dann voller Freude in der Öffentlichkeit zerpflücken konnte. – Mit dieser fiesen Tour wollten die Mitglieder dieses Geheimbundes die Frauenquoten-Regelung unterminieren.«

»Das gibt's ja gar nicht!«

»Doch, doch. Sie können sich vorstellen, was das für einen Wirbel verursacht hat, als Charlotte nach und nach diese ganzen Machenschaften aufgedeckt hat.«

»Da hat sie sich wohl einige Feinde gemacht.«

»Das kann man wohl sagen! Ja, und das war sicher auch einer der Gründe, weshalb sie überhaupt zu uns in die Provinz gekommen ist.«

»Sicher ...«

»Außerdem hat unsere Herausgeberin ihr ein sehr interessantes finanzielles Angebot gemacht. Charlottes Mut hat ihr wohl sehr imponiert. Und sie hat mir gegenüber auch erwähnt, dass Charlotte hier unten bei uns bestimmt für frischen Wind sorgen würde.«

Tannenberg meinte, diese Argumentation vor kurzem schon einmal vernommen zu haben. Deshalb schmunzelte er kopfschüttelnd.

Eberhard Richter lächelte ebenfalls. »Na ja, und unserer Auflagehöhe würde ein schönes Skandälchen, zum Beispiel im Kaiserslauterer Rathaus, wohl auch nicht schaden – meint unsere Herausgeberin.«

»Sie hätten dagegen aber auch nichts einzuwenden, oder?«

Richter grinste vielsagend über das ganze Gesicht.

»Wissen Sie, ob Frau Kindelberger-Wintergerst an einem derartigen Enthüllungsartikel bereits gearbeitet hat?«

Der Chefredakteur schob wichtigtuerisch die Augenbrauen nach oben, schürzte hochmütig die Lippen. »Also ich weiß, dass sie schon kräftig recherchiert hat. Und einen Top-Informanten hatte sie auch schon – angeblich.«

»Haben sie den Namen?«

Richter schüttelte verneinend den Kopf. »Da hat sie absolut nichts rausgelassen. Tut mir wirklich Leid! Aber Informanten waren für sie die absoluten Heiligtümer, die sie niemals gegen deren Willen preisgegeben hätte. Da war sie ganz eisern. Ein ausgesprochener Profi eben.«

»Sagen Sie mal, wissen Sie eigentlich, ob Ihre Charlotte ...«

»Wie soll ich denn diese merkwürdige Pointierung verstehen, Herr Hauptkommissar? Ich bin verheiratet«, warf der Chefredakteur protestierend ein.

»Was? - Ach so. Entschuldigung. Ich wollte Ihnen damit wirklich nichts unterstellen.«

»Schon gut.«

»Aber Sie müssen sehen, dass dieser Bereich natürlich von besonderem Interesse für unsere Ermittlungsarbeit ist. Ich meine, die Frage, wie es bei ihr mit Männergeschichten aussah. War da irgendjemand im Spiel? Wissen Sie etwas Konkretes darüber?«

Richter zog die Schultern nach oben, spreizte dazu theatralisch die geöffneten Hände auseinander, schüttelte den Kopf. »Also dazu kann ich Ihnen beim besten Willen nichts sagen. Sie ist ja erst seit ein paar Wochen hier. Ich weiß nur aus ihrem privaten Bereich, dass sie ...«

Er warf die Stirn in Falten, schien angestrengt nachzudenken. »Ich meine mich daran zu erinnern, dass sie eine Wohnung gesucht hat, aber bislang noch nicht fündig geworden ist. Sie hat, glaube ich jedenfalls, immer noch in irgendeiner Pension gewohnt.«

»Nun gut, ich wollte Sie auch noch etwas anderes fragen: Wissen Sie, ob Ihre Mitarbeiterin die ermordete Frauenbeauftragte des Bildungszentrums, eine gewisse Helene Bender-Bergmann, näher gekannt hat?«

»Herr Hauptkommissar, ich weiß schon genau, um welche Person es sich bei dem ersten Mordopfer gehandelt hat. Schließlich haben wir über die werte Dame einen großen Artikel veröffentlicht.«

Tannenberg ging auf die spitzfindige Bemerkung des

PALZ-Chefredakteurs nicht ein. »Und, haben sich die beiden Frauen nun gekannt, oder nicht?«

»Die haben sich bestimmt gekannt. Schließlich sind sie ja beide bei diesem Kongress aufgetreten.«

»Herr Richter«, rief plötzlich eine laute Männerstimme aus dem Flur. Deutlich moderater ergänzte sie kaum einen Wimpernschlag später »Entschuldigung, Herr Richter, ich wusste nicht, dass Sie Besuch haben.«

»Macht nichts, was gibt's denn?«

Tannenberg wandte sich nach links und erblickte einen recht gestresst wirkenden jüngeren Mann, der augenscheinlich ziemlich irritiert war.

»Ähm, ich ...«

Eberhard Richter schien die Signale seines Mitarbeiters entschlüsseln zu können. »Sagen Sie schon, was los ist. Das ist Hauptkommissar Tannenberg von der Mordkommission. Wenn Sie also nicht gerade absolut streng geheime Infos dabei haben, können Sie offen reden.«

»Ja, gut, Herr Richter. Es geht natürlich um die Sonderausgabe Morgen früh. Wie hoch genau soll die Belohnung für«, mit einem skeptischen Blick fixierte er Tannenberg, »›sachdienliche Hinweise‹, wie es im Polizeijargon ja heißt, denn nun sein?«

»10000 Euro. Ich hab vorhin grünes Licht bekommen.«

»10000 Euro? Das ist aber 'ne Menge Geld«, stellte Tannenberg anerkennend fest.

»Das ist ja wohl auch in Ihrem Sinne, Herr Hauptkommissar, oder? Vielleicht gibt es ja dadurch einen entscheidenden Durchbruch.« Wieder zeigte sich ein überhebliches Grinsen in seinem Gesicht. »Vor dem Sie ja nicht gerade stehen, wie mir scheint.«

Der Leiter des K 1 verzichtete auf einen passenden Kommentar.

»Ach übrigens, Herr Hauptkommissar. Wir werden Sie bei der Mördersuche noch anderweitig unterstützen.«

»Inwiefern?«

Richter lehnte sich genüsslich in seinen Ledersessel zurück, verschränkte die Arme vor der Brust. »Wir werden zur Unterstützung der kriminalpolizeilichen Ermittlungen ein Detektiv-Spiel veranstalten.«

»Ein Detektiv-Spiel?«

»Titel: ›Dem Täter auf der Spur‹.«

»Was? Sie wollen eine private Mörderjagd veranstalten?«

»Natürlich! Das ist doch der Renner! Was meinen Sie wohl, wie uns die Leute die Bude einrennen werden. Die sind doch alle ganz geil auf so was!« Er warf seinen Körper abrupt nach vorne, klatschte fröhlich in die Hände. »Das schlägt hier in der Stadt ein wie eine Bombe!«

»Aber das ist doch der blanke Zynismus ...«

»Nein, Herr Hauptkommissar, das ist die wirtschaftliche Realität«, unterbrach der Chefredakteur der *PALZ*. Wir machen nichts anderes als unsere Konkurrenz! Oder schauen Sie sich mal den Buchmarkt an oder das Fernsehen: da werden massenweise Skandale inszeniert, um Bücher oder Sendungen hochzupuschen!«

»Mann, Mann, Mann«, entgegnete Tannenberg kopfschüttelnd und warf dabei seinen Blick an die Decke. »Am Schluss hat noch einer von euch die beiden Frauen umgebracht, nur um die Auflage zu erhöhen.«

»Wer weiß, Herr Kommissar, wer weiß.«

Tannenberg musste sich dringend ablenken, deshalb wechselte er das Thema. »Waren meine Kollegen eigentlich schon hier bei Ihnen in der Redaktion und haben das Büro Ihrer Mitarbeiterin untersucht?«

»Ja, ja, gestern Nacht schon. Die haben alles mitgenommen: PC, Laptop, sämtliche Papiere.«

»Die Computerdateien waren doch bestimmt mit Passwörtern geschützt. Wissen Sie die?«

»Nee, also die behält jeder Journalist für sich.« Eberhard Richter blickte hoch zu dem immer noch neben ihm stehenden jüngeren Mann. »Oder wissen Sie, wo ›kiwi‹ ihre Passwörter versteckt hat?«

Noch bevor dieser antworten konnte, schoss es aus Tannenberg mit einem Aufschrei des Entsetzens heraus: »kiwi?«

»Ja, ›kiwi‹ war ihr Kürzel«, gab der Chefredakteur erstaunt zurück. »Wieso sind Sie denn so verwundert darüber?«

»Nichts …«, erwiderte Tannenberg einsilbig, erhob sich eilig von seinem Stuhl und verließ unter Vorgabe eines wichtigen Termins die Redaktionsräume.

Während der Leiter der Kaiserslauterer Mordkommission diese schockierende Information zu verdauen versuchte, begann, kaum mehr als zwei Kilometer Luftlinie von ihm entfernt, sein Mitarbeiter Adalbert Fouquet gerade mit der Befragung der Gartenschau-Geschäftsführerin.

»Frau Schmitt, haben Sie irgendeine Idee, was diese beiden Morde mit der Gartenschau zu tun haben könnten?«, fragte der Kriminalbeamte.

Während diese Sätze seine Lippen passierten, blickte er sich um. Irgendwie erinnerte ihn der Raum, in den er gerade geleitet worden war, an einen Blumenladen. Allerdings nicht an einen konkreten, sondern an einen virtuellen. Denn entgegen seiner Erwartung beschränkten sich die in diesem Büro tatsächlich vorhandenen fleuristischen Exponate auf zwei etwa mannshohe Ficus Benjamini, die auf beiden Seiten eines ausladenden, gläsernen Schreibtischs wie Wachsoldaten postiert waren.

Was im Raum fehlte, hatte man an den Wänden platziert.

Für Fouquets Geschmack jedoch ein wenig zu übertrieben. Er hatte den Eindruck, dass die vielen großformatigen, bunten Poster, von denen die farbenprächtigsten Blumen dem Betrachter fröhlich entgegenlachten, ihn erdrückten.

»Herr Kommissar, darüber grübele ich seit dem grausigen Fund der ersten Frau die ganze Zeit über nach. Und jetzt nach dem zweiten Opfer noch viel mehr.« Sie seufzte auf. »Sogar nachts ... Aber ich finde noch nicht einmal den Ansatz einer Erklärung. Kann man so etwas überhaupt erklären?«

»Ich weiß nicht, Frau Schmitt. Auch wenn es verrückt klingen mag: Irgendein Motiv wird der Mörder wohl haben.«

»Aber welches?«

Adalbert Fouquet zuckte mit den Schultern. »Wir müssen eben danach suchen. Aber das gestaltet sich ziemlich schwierig, denn nach dem bisherigen Erkenntnisstand gibt es keinerlei Hinweise darauf, dass die beiden ermordeten Frauen überhaupt irgendetwas direkt mit der Gartenschau zu tun gehabt haben könnten.« Sein Blick ruhte für einen Moment auf dem faltenlosen, jugendlichen Antlitz der molligen Frau. »Könnten Sie mir bitte eine Liste Ihrer Mitarbeiter zusammenstellen lassen?«

»Ja, natürlich.«

»Und zwar bitte Name und Anschrift aller Mitarbeiter, die bisher für die Gartenschau gearbeitet haben.« Er sinnierte einen Moment. »Sagen Sie mal, gab's denn nie irgendwelche Probleme mit Leuten, die entlassen wurden, weil sie sich etwas zu schulden kommen ließen, etwas gestohlen haben, oder so?«

Frau Schmitt wiegte den von einem unübersehbaren Doppelkinn nach unten mit ihrem Hals verbundenen Kopf sanft hin und her. »Nein. Ich erinnere mich an keinen einzigen derartigen Vorfall.«

»Es ist wirklich zum Verrücktwerden. Nirgendwo auch nur der geringste Anhaltspunkt. Das ist einfach nur deprimierend«, verlieh der junge Kriminalbeamte seinem gerade aufgekeimten Frust Ausdruck.

Die Geschäftsführerin stöhnte leise auf. »Es ist wirklich deprimierend.« Sie schien sehr bedrückt. Sie presste die Lippen aufeinander, faltete ihre Hände zusammen, senkte den Blick. »Und es ist makaber, so makaber.«

»Ja, das ist es«, stimmte Fouquet zu.

»Wissen Sie, Herr Kommissar, wir kämpfen hier mit der allergrößten Anstrengung für den Fortbestand der Gartenschau. Aber über uns schwebt das Damoklesschwert der Schließung. Die ganze Zeit schon. Und dieses Jahr ist das wichtigste überhaupt. Der Stadtrat entscheidet nämlich im Herbst ...«

»Die wollen doch nicht allen Ernstes die Gartenschau dicht machen?«, unterbrach Adalbert Fouquet.

»Ja, eigentlich sollten die Dinos schon im letzten Jahr abgebaut werden.«

»Was? Das wusste ich ja gar nicht. Ich dachte immer, das sei ein Prestigeprojekt der Stadt, an dem man auf alle Fälle festhalten wolle.«

In sein Gegenüber kam Leben. »Nein, von wegen! Da geht es um knallhart kalkulierte parteipolitische Interessen, wahltaktische Machtspiele. Der Opposition ist die Gartenschau schnurzpiepegal.«

»Das ist doch verrückt! So ein tolles Freizeitangebot abzuschaffen.«

»Ganz meine Meinung, Herr Kommissar.« Erneut wurde die Geschäftsführerin von einem Depressionsschub überfallen. Ihr Gesicht versteinerte sich. »Aber das Verrückteste an der ganzen Sache ist, dass durch diese beiden spektakulären Mordfälle ein unheimlicher Besucheransturm auf den Dinopark eingesetzt hat. Und ich befürchte, dass nun ein regelrechter Sensations-Tourismus hierher einsetzt. Ich hab viele Anfragen von Reisegruppen aus dem gesamten Bundesgebiet erhalten.«

»Das ist wirklich unglaublich!«, bemerkte Fouquet fassungslos. »Zwei Morde als Zuschauermagnete, die das wirtschaftliche Überleben der Gartenschau sicherstellen und den Dinos das Weiterleben ermöglichen. Das ist tatsächlich ausgesprochen makaber! – Aber vielleicht liegt ja gerade hinter diesem scheinbaren Wahnsinn das Motiv verborgen, nachdem wir suchen.«

10

Peter und Paul

(Todestag der Helene Bender-Bergmann)

Sein Magen war leer, ausgequetscht, von Krämpfen gemartert.

Er hatte Durst, wahnsinnigen Durst. Die Zunge klebte am Gaumen.

Dieser unerträgliche Geschmack.

Er richtete sich auf, rang nach Atem, hatte Angst zu ersticken. Dann drehte er sich nach rechts, stemmte die Arme auf die Haube seines alten Passats.

Sein Herz raste. Er schwitzte. Er dachte nur an eins: Flucht. So schnell wie möglich weg von hier. Aber wie?

Autofahren kann ich nicht, hämmerte es hinter seiner Schädeldecke. Ich würde bestimmt einen Unfall bauen! Wegrennen kann ich auch nicht, weil das Auto hier nicht stehen bleiben kann.

Ihm wurde schwindelig. Er quälte sich auf den Fahrersitz, zog die Tür ins Schloss, umklammerte das Lenkrad, legte seinen Kopf auf den Händen ab.

Dann überkam es ihn mit aller Macht: Eine unendliche Verzweiflung bahnte sich ihren Weg nach draußen. Er begann hemmungslos zu weinen. Sein Oberkörper bebte, wurde von Weinkrämpfen geschüttelt. Es war ein äußerst merkwürdiges, stakkatoartiges Schluchzen, das akustisch an hysterische Lachanfälle erinnerte.

Sein Kopf schien zu bersten, Hitze- und Kältewallungen überfluteten seinen völlig verkrampften Körper.

Nach einigen Minuten wurde er wieder etwas ruhiger, atmete langsamer. Er drückte sich mit schmerzverzerrtem Gesicht vom Lenkrad ab, schlug die Hände vors Gesicht.

Mit schweiß- und tränennassen Händen tastete er unbeholfen seine Kleidung ab. In der Innentasche seines Sakkos wurde er schließlich fündig.

Er zitterte so stark, dass es ihm erst nach zwei Fehlversuchen gelang, die Handynummer seines Bruders richtig einzutippen.

Plötzlich fröstelte ihn so stark, dass seine Zähne laut zu klappern begangen. Gleichzeitig wurden Mund- und Augenpartie von epileptoiden Zuckungen heimgesucht.

Als sich sein Bruder meldete, wollte er sprechen, konnte es aber nicht.

»Hallo, wer ist denn da? Hal-lo«, hörte er die wohlbekannte Stimme sich mehrmals wiederholen. »Was soll der Scheiß?«

»Paul«, überwand Peter endlich seine Sprachlähmung.

»Ach, Peter, du bist es! Warte einen Moment. Hier drinnen ist es so laut. Ich geh mal vor die Tür.«

Funkstille. Nur Hintergrundmusik vermischt mit diffusem Stimmengewirr.

»Huch, tut die frische Luft gut! Was ist denn los, Brüderlein? Komm doch zu mir in die Kneipe, dann saufen wir uns zusammen einen an.«

Peter konnte zunächst nicht antworten. Er räusperte sich, schluckte, stöhnte auf. Dann gebar er schließlich das Unaussprechbare: »Ich hab sie ... umgebracht.«

»Was? Wen hast du umgebracht?«

»Du musst ... mir helfen. Ich hab sie ... umgebracht.«

11

»Heiner, wo bist du?«, schrie Tannenberg, gleich nachdem er die Haustüre aufgesperrt hatte laut in das schummrige Treppenhaus hinein.

»Hier oben bei Tobias. Wir spielen Dart«, vernahm er umgehend eine Antwort.

Neugierig hatte Betty die Küchentür geöffnet und beobachtete nun ihren Schwager dabei, wie dieser grußlos an ihr vorbeibreschte und die Holztreppe hinaufpolterte.

Völlig außer Atem riss er Tobis Zimmertür auf.

»Was ist denn mit dir los, Wolf? Ist der Teufel höchstpersönlich hinter dir her?«

»Quatsch. Sag mir lieber, wo du gestern Abend zwischen 20 und 24 Uhr warst.«

»Warum denn?« Heiner verstand die Frage nicht. Entgeistert blickte er zu seinem Bruder, der immer noch mit pumpendem Brustkorb nach Luft schnappte.

»Los, sag schon!«

»Gestern Abend? Das weißt du doch. Jeden zweiten Samstag im Monat kommen die Webers zum Canastaspielen. Gestern Abend auch.«

»Gott sei Dank!« Zentnerschwere Lasten fielen von Tannenbergs Schultern. »Und du warst die ganze Zeit über hier?«

»Na klar, alter Junge. Außer zwei Mal im Keller zum Weinholen und vielleicht drei Mal auf'm Klo.«

Heiner lachte. Doch plötzlich verfinsterte sich seine Miene. Er legte die Dartpfeile auf Tobis Stereoanlage ab, stützte die Arme auf die Beckenknochen. Mit funkelnden Augen fixierte er seinen Bruder. »Sag mal, war das etwa eine Alibiüberprüfung eben?« Seine Stimme gewann an Schärfe. »Bist du denn völlig übergeschnappt? Soll ich etwa diese Frau umgebracht …«

»Komm, beruhige dich! Lass dir doch erst mal erklären, was …«, warf Tannenberg einen umgehenden Beschwichtigungsversuch dazwischen.

Aber weiter kam er nicht, denn Heiner war inzwischen außer sich vor Rage. »Erklären? Seinen eigenen Bruder des Mordes zu bezichtigen? Was gibt's denn da noch zu erklären? Das ist doch wohl die Höhe!«

»Mensch, Kerl, die Tote ist doch diese ›kiwi‹!«

»Was?«, fragte Heiner geschockt. »Das ist die Frau, die mir diese vernichtende Kritik reingewürgt hat?«

»Ja, genau! Charlotte Kindelberger-Wintergerst – Kürzel ›kiwi‹, Kulturredakteurin der *PALZ*. Jetzt wirst du doch wohl hoffentlich verstehen, dass ich so schnell wie möglich wissen musste, wo du während der Tatzeit warst. Gott sei Dank hast du ja ein wasserdichtes Alibi! Was meinst du wohl, was diese Pressemeute mit uns veranstaltet hätte.«

Tannenberg ging auf seinen Bruder zu und wollte ihn umarmen. Aber Heiner ließ den Körperkontakt nicht zu.

»Komm, Wolf, lass diese blöde Theatralik«, forderte er mit einer abweisenden Geste. »Ich muss mich jetzt erst einmal damit abzufinden versuchen, dass mein eigener Bruder mich eben gerade als Frauenmörder verdächtigt hat. Meinst du denn wirklich, ich würde einen Menschen umbringen, bloß weil der mir eine schlechte Kritik über mein Buch in die Zeitung gesetzt hat?«

»Heiner, jetzt hör aber endlich mal auf, hier so albern rumzuspinnen.«

»Rumspinnen nennst du das? Du hast gut reden! Ich würde dich mal gerne erleben, wenn ich dich eben als Mörder bezeichnet hätte.«

»Hab ich doch überhaupt nicht!«, wehrte sich der Kriminalbeamte. »*Ich* hab dich doch nicht verdächtigt, du verdammter Idiot! Ich versuche doch nur zu verhindern, *dass* man dich verdächtigen *kann*. Und das ist doch wohl ein gewaltiger Unterschied, oder?«

»Also, ich weiß wirklich nicht, was du hast«, bemerkte Tobias an seinen Vater gerichtet. »Mir leuchtet das total ein. – Komm, lass uns jetzt endlich weiterspielen. Onkel Wolf, machst du'n Game mit?«

»Nein, Tobi, tut mir Leid, im Moment geht's leider nicht. Später vielleicht. Ich muss zuerst noch was Wichtiges erledigen.«

Mit verschränkten Armen an den Türrahmen gelehnt, hatte Heiners Ehefrau dem Streitgespräch der beiden Brüder die ganze Zeit über interessiert beigewohnt. Nun löste sie die Umklammerung und stützte ihre Hände in die Hüften.

Während sie einen herausfordernden Blick auf die Reise zu Tannenberg schickte, sagte sie: »Wie soll das denn jetzt eigentlich weitergehen, herzallerliebster Schwager?«

»Was?«

»Was wohl? Erst wird eine Frauenbeauftragte ermordet, dann eine feministisch engagierte Kulturredakteurin. Und die Kripo tappt mal wieder völlig im Dunkeln. Wer wird denn wohl jetzt dran glauben müssen?«

»Na ja, du kannst da ganz unbesorgt sein, glaube ich«, entgegnete Tannenberg mit einem süffisanten Lächeln auf den Lippen. »Du kommt als nächstes Opfer mit an Sicherheit grenzender Wahrscheinlichkeit nicht in Frage. Weit vorausschauend hast du dir ja damals keinen Doppelnamen zugelegt. Und damit bist du wohl auf der sicheren

Seite, denn der Täter scheint es ausschließlich auf solche Frauen abgesehen zu haben.«

»So ein Irrer! Ihr Männer seid einfach das Letzte!«, schimpfte Betty wütend und verließ daraufhin Tobis Zimmer.

Nachdem die im Raum verbliebenen Geschlechtsgenossen kopfschüttelnd verständnislose Blicke ausgetauscht hatten, wandte sich Tannenberg noch einmal an Heiner: »Hat dieser Chefredakteur mir vorhin vielleicht einen Schrecken eingejagt, als er ›kiwi‹ sagte.«

Heiner hatte sich zwischenzeitlich weitgehend beruhigt. »Kann ich mir vorstellen. Irgendwie hast du ja auch Recht. Ich sollte dir eigentlich dankbar sein.« Er ging auf ihn zu, legte ihm die Hand auf die Schulter. »Dein neuer Fall scheint dir ja ganz gewaltig zuzusetzen.«

»Das kann man guten Gewissens behaupten«, stimmte Tannenberg nickend zu.

»Weißt du was? Du wirst jetzt einfach zwangstherapiert: Ich setze Kraft meines Amtes als dein älterer Bruder – und damit dein Erziehungsberechtigter – für heute Abend einen spontanen Skatabend an.«

»Nein, das geht nicht, Heiner. Dafür stecke ich einfach zu tief in meiner Arbeit drin.«

»Quatsch. Du brauchst dringend Entspannung, sonst gehst du uns noch vor die Hunde. Außerdem bist du ja für deine Kollegen jederzeit erreichbar. Übrigens solltest du folgendes nicht außer acht lassen: Wenn wir uns nachher bei dir oben versammeln, hast du alle deine überaus kompetenten Privatermittler unter einem Dach versammelt – im Stockwerk darunter sogar Sherlock Holmes höchstpersönlich.«

Wolfram Tannenberg lachte herzhaft. »Na ja, da kann ich wohl wirklich nicht Nein sagen.«

»Ich hab auch noch etwas Interessantes für dich, vielleicht bringt dich das ja ein wenig weiter.«

»Komm, mach's nicht so spannend. Rück besser jetzt schon mal damit raus!«

»Nein, erst heute Abend. Aber es sind sowieso bloß Spinnereien eines unausgelasteten Deutschlehrers.«

Sichtlich erleichtert machte sich der Leiter des K 1 zu Fuß auf den Weg zum Gartenschaugelände. Via Handy hatte er mit Kommissar Fouquet Rücksprache gehalten und ein Treffen am östlichen Eingangstor vereinbart.

Als er die Apostelkirche passiert hatte und in den Kotten, ein altes innerstädtisches Wohngebiet, einschwenkte, musste er – wie nahezu jeder Kaiserslauterer, der sich zwangsweise in diesem Bereich aufhielt – unwillkürlich an seine eigene Fahrschulzeit denken.

Obwohl jedem Fahrlehrer und jedem Prüfer aus eigener Erfahrung völlig klar war, dass man den Kotten mit seinen vielen engen Gassen und Kreuzungen unmöglich vorschriftsmäßig durchqueren konnte, hetzten sie die armen Führerscheinbewerber nach wie vor Jahr für Jahr genüsslich in dieses mit parkenden Autos vollgestopfte Labyrinth.

Der absolute Albtraum eines jeden Fahrschülers, stellte Tannenberg schmunzelnd fest, während er die Bierstraße überquerte.

Obwohl die Gartenschau aufgrund der schrecklichen Ereignisse an diesem Sonntag geschlossen war, hatten sich vor dem großen Metalltor mehrere Dutzend Menschen eingefunden, die lautstark Einlass begehrten. Sogar ein Fernsehteam war darunter.

Kaum hatte Adalbert Fouquet ›Hallo, Wolf‹ gesagt, schon war ein greller Leuchtstrahler auf Tannenberg gerichtet und eine junge Reporterin belästigte ihn mit hektisch vorgetragenen Fragen.

Aber er ließ sich nicht zu irgendwelchen Statements verleiten, sondern drückte sich durch das inzwischen von der Geschäftsführerin aufgesperrte, spaltbreit geöffnete Tor. Zeitgleich begaben sich mehrere, schwarzgekleidete Mitarbeiter eines privaten Sicherheitsdienstes an das graue Metalltor und drückten es der Einlass begehrenden Meute so lange entgegen, bis es nach einem kurzen Gerangel wieder ins Schloss fiel und verriegelt werden konnte.

»Was wollen die denn alle nur hier?«

»Gaffen, Wolf. Nur gaffen. Wie bei Unfällen auf der Autobahn.«

»Oder wie bei den Gladiatoren-Kämpfen im alten Rom. Die Menschen werden sich wohl niemals ändern.«

»Du musst dir erst mal angucken, was sich vorne am Zaun des Dinoparks abspielt.«

Während die Geschäftsführerin am Eingangstor zurückblieb, machten sich Tannenberg und sein junger Kollege auf zur Dinosaurierausstellung.

Fouquet hatte nicht zu viel versprochen. Als Tannenberg die in mehreren Reihen hinter dem Maschendrahtzaun klebenden Sensationstouristen wahrnahm, entschloss er sich spontan, seine geplante Exkursion zum Barbarossawoog auf unbestimmte Zeit zu verschieben.

In sicherer Entfernung blieb er stehen und blickte gedankenversunken hinüber zu dem beeindruckenden Sandsteinmassiv, das den Dinopark von Norden her begrenzte.

Wehmütig erinnerte er sich an seine unbeschwerte Jugendzeit, in der er oft gemeinsam mit seinem Bruder und Freunden aus dem Musikerviertel herhier zum Kröckelschen Steinbruch gezogen war.

Mit zuvor im nahegelegenen Schlachthof geklauten Kälberstricken hatten sie stundenlang Klettern und Abseilen geübt. Halt für diese waghalsigen Aktionen hatten junge Birken gegeben, die auf Felsvorsprüngen ihr Wurzelwerk in die mit Erde befüllten Ritzen zwischen den Sandfelsen getrieben hatten.

Tannenberg wusste auch noch sehr gut, wie dieser Schandfleck der Stadt früher einmal ausgesehen hatte und wie man ihn dann vor einigen Jahren anlässlich der Landesgartenschau mit einem riesigen Kraftaufwand in ein attraktives Freizeitgelände umgewandelt hatte.

»Sag mal, Wolf, glaubst du eigentlich, dass Mertel Recht hat?«, zerstörte plötzlich Kommissar Fouquet Tannenbergs Zeitreise.

»Was? Womit soll er Recht haben«, gab er unwirsch zurück.

»Na ja, mit seiner Aufforderung, dass wir uns intensiv mit der Frage beschäftigen sollten, warum der Täter ausgerechnet diesen Ort gewählt hat, um uns seine Opfer zu präsentieren.«

Tannenberg machte eine wegwerfende Handbewegung. »Ach, der liebe Karl mit seinen wilden Theorien. Der soll sich um seine Spurenanalysen kümmern und uns in Ruhe unsere Arbeit machen lassen.«

»Aber ganz Unrecht hat er doch nicht, oder?«, ließ Fouquet nicht locker.

»Natürlich nicht, Albert. Nur was sollen diese Spekulationen? – Oder hat die Befragung der Geschäftsführerin irgendwelche Anhaltspunkte ergeben, die auf eine Verbindung der beiden ermordeten Frauen zur Gartenschau oder gar zum Dinopark hinweisen?«

»Nein.«

»Na, siehst du.«

Etwa drei Stunden später saßen die drei Skatbrüder in Tannenbergs Küche. Sie erfreuten sich bester Stimmung. Zwei Flaschen Barbera d'Alba waren bereits geleert, die dritte ging auch schon zur Neige.

»Ach übrigens, Wolf, ich wollte dir ja noch erzählen, was ich heute Mittag herausgefunden habe«, bemerkte Heiner eher beiläufig, während er die von Dr. Schönthaler ausgegebenen Karten aufnahm.

»Na, da bin ich aber mal gespannt, Brüderlein. Schieß mal los!«

»Ist dir schon aufgefallen, dass die Vornamen der beiden Frauen jeweils drei Silben haben?«

Tannenberg zeigte sich hinsichtlich dieser doch recht unspektakulären Entdeckung ziemlich irritiert. Um seinen Bruder jedoch nicht vor den Kopf zu stoßen, zerhackte er die Namen in ihre einzelnen Silben. Dabei benutzte er seine Finger als Zählhilfe: »He-le-ne, Char-lot-te«. Er streckte Heiner seine halb geöffnete linke Hand entgegen. »Jeweils drei Silben. Du hast Recht. Nein, das ist mir bisher noch nicht aufgefallen.« Vorsichtig ergänzte er: »Aber kann es nicht sein, dass dies nur Zufall ist?«

»Wer weiß«, sagte der Gerichtsmediziner mit demonstrativ nachdenklicher Miene, »vielleicht steckt da ja wieder irgendeine mysteriöse Zahlenmagie dahinter.«

»Genau dahingehend hab ich nämlich recherchiert«, entgegnete Heiner, während er Dr. Schönthaler mit einem Augenzwinkern bedachte. Anschließend wandte er sich seinem Bruder zu. »Wolf, das mit den Vornamen war übrigens nur ein Scherz.«

»Gott sei Dank!«, atmete Tannenberg erleichtert auf.

»Wollt ihr nicht wissen, was ich bei meinen Internet-Recherchen nun wirklich gefunden habe?« Ohne die Reaktion seiner Skatpartner abzuwarten, schob Heiner direkt nach: »Also zunächst einmal nichts Außergewöhnliches hinsichtlich dieser Sache mit den sechs Würfeln, deren Augensumme zwölf ergibt. Sieht man einmal davon ab, dass zwölf genau das Doppelte von sechs ist und dass die zwölf in unserer Kulturgeschichte durchaus eine gewisse Rolle spielt. Ich sage da nur: zwölf Apostel.«

Tannenberg rollte gelangweilt die Augen. »Komm, Heiner, lass uns jetzt endlich weiterspielen. Ich hab nämlich'n sehr gutes Blatt! Jungs, das gibt 'ne Menge Miese für euch!«, frohlockte er und führte sein dickbauchiges Weinglas zum Mund.

»Aber die Zahl vier ...« Heiner kramte in seiner rechten Hosentasche herum, zog einen zerknitterten Zettel hervor, faltete ihn auseinander und zitierte: »Die Zahl vier – also die Anzahl der Silben des Namens ›Bender-Bergmann‹ – steht für verlässliche, loyale und hart arbeitende Menschen mit Organisationstalent, die stets fair bleiben und oft einen hohen Preis für ihren Erfolg zahlen.«

»Das kann man in diesem Fall wohl wirklich sagen«, anerkannte Tannenberg. »Aber ich sag jetzt einfach mal 'ne andere Zahl: 18.«

Heiner nahm die Karten auf, schüttelte den Kopf. »Weg.«

»Rainer, du sagst mir! Hast du die 18?«, drängte Tannenberg ungeduldig.

Dr. Schönthaler beantwortete die Frage nicht, sondern legte seine zehn Spielkarten verdeckt auf den Tisch. Dann warf er die Stirn in Falten und blickte Tannenberg nachdenklich in die Augen. »Sag mal, Wolf, merkst du eigentlich wirklich nicht, welche Gemeinsamkeiten dieser Fall mit deinem ersten aufweist?«

»Warum? Was wollt ihr mir denn da einreden? Was habt ihr denn immer alle mit meinem ersten Fall?«

»Aber es gibt doch tatsächlich unübersehbare Parallelen«, unterstützte Heiner die Aussage des Rechtsmediziners.

»Oh Gott, das ist doch alles nur Zufall!«

»Und wenn dem nicht so wäre?«, meinte Heiner.

»Gut, okay. Vielleicht ist es ja tatsächlich so, wie ihr glaubt. Von meinem ersten Fall sind ja noch einige meiner Klassenkameraden übrig. Die lasse ich dann gleich morgen früh verhaften. Einer von denen wird's ja wohl gewesen sein! Vielleicht sollte ich jetzt auch schleunigst runter zur Hoftür gehen – wie in meinem ersten Fall. Denn möglicherweise steht dieser kleine fette Mistköter wieder kurz davor, 'ne tote Katze zu entdecken.«

»Na, diesmal aber wohl eher'n Dino«, meinte Dr. Schönthaler grinsend und verabschiedete sich ebenfalls aus dem Bieterwettbewerb um das in der Tischmitte liegende Kartenpaar.

Am späten Nachmittag des folgenden Tages stand plötzlich die Psychologin des Landeskriminalamts in Tannenbergs Dienstzimmer. Der Kommissariatsleiter hatte sie zunächst gar nicht bemerkt, denn während er sich in der neuesten Spurenakte vergraben hatte, war sie ohne anzuklopfen in sein Büro geschlichen. Umso größer war seine Verwunderung, als er plötzlich »Hallo, mein liebes Wölfchen« aus Richtung der Eingangstür vernahm.

Noch bevor er seinem Erstaunen verbal Ausdruck verleihen konnte, hatte sich Petra Flockerzie neben die LKA-Mitarbeiterin in den Türrahmen gedrängt und hielt ihr aufgeregt ein Buch unter die Nase. »Eva, stimmt das wirklich, was da steht?« Die Sekretärin hämmerte nervös mit dem Zeigefinger auf dem Buchcover herum: »Schlank mit Spaghetti und Co. 2 bis 3 Kilo pro Woche abnehmen. Mit Nudeln?«

»Ja, Petra, ich hab's doch selbst ausprobiert!«

»Toll, toll! Ich esse doch für mein Leben gerne Nudeln. Vielen Dank nochmal für das Buch.«

»Gerne, liebe Petra, wir Frauen müssen doch zusammenhalten.«

»Entschuldigung die Damen, wenn ich euer hochinteressantes Fachgespräch unterbreche, aber darf ich nur so nebenbei mal höflichst fragen, was die beiden Damen denn eigentlich von mir wollen? Ich stecke nämlich gerade mitten in der Arbeit.«

»Warum denn so grantig, Wölfchen? Freust du dich denn nicht, mich mal wiederzusehen?« Sie ging zu ihm hin und drückte ihm ein Begrüßungsküsschen auf die Wange.

»Natürlich, freu ich mich. Hallo, Eva«, entgegnete Tannenberg und warf einen prüfenden Blick auf die mittelgroße, etwa 35-jährige Frau, die einen Jeansrock und eine cognacfarbene Velour-Lederjacke trug.

Ihre langen, rotgelockten Haare hatte sie zu einem Pferdeschwanz zusammengebunden. Dadurch wirkte ihr Gesicht etwas schmaler als Tannenberg es in Erinnerung hatte.

»Wer's glaubt wird selig! Wie man so hört, ist der Herr Hauptkommissar in letzter Zeit mächtig auf Freiersfüßen umhergewandelt und hat es nun endlich geschafft, eine meiner bemitleidenswerten Geschlechtsgenossinnen für sich zu begeistern.«

Wütend erhob sich Tannenberg von seinem Bürosessel. »Dieser Geiger, dieses alte Schandmaul ...«

»Jetzt reg dich nicht gleich wieder so künstlich auf«, würgte die Kriminalpsychologin seinen beginnenden Amoklauf ab und setzte sich auf den Besucherstuhl. Während Tannenberg schnaubend ebenfalls wieder Platz nahm, zog Petra Flockerzie es vor, sich lautlos zu verabschieden.

»Du, Wolf«, begann Eva förmlich. »Ich bin ja schon seit heute Morgen hier und hab mir bereits einen Einblick in die meisten Akten verschafft.«

»So.«

»Weißt du, was mir aufgefallen ist?«

»Nein.«

»Die eindeutigen Parallelen zu dem Fall mit dem Frauenmörder, der ...«

»Jetzt fang du auch noch mit diesem Blödsinn an!«, warf Tannenberg ungehalten dazwischen. »Was habt ihr denn nur alle für Wahnvorstellungen?«

»Wieso Wahnvorstellungen? Lass uns doch mal nüchtern die Fakten auf den Tisch legen.«

»Die Fakten? Gerne! Aber eben die knallharten Fakten und nicht irgendwelche haltlosen Spekulationen. Und die Faktenlage ist uns doch wohl allen hinlänglich bekannt. Dir jetzt nun auch, wenn du Akteneinsicht gehabt hast!«

»Genau! Und deshalb werde ich als erstes ein genaues Opferprofil erstellen.«

Tannenberg lehnte sich in seinem Sessel zurück, verschränkte die Arme vor dem Oberkörper, fixierte Eva mit einem herausfordernden, stechenden Blick. »Wieso Opferprofil? Hast du dich nicht versprochen und meinst: Täterprofil?«

»Nein, mein liebes Wölfchen, ich habe mich nicht versprochen. Zuerst werde ich nämlich herauszuarbeiten versuchen, was die beiden Frauen zu Lebzeiten miteinander verbunden hat. Das wäre das zu entwickelnde Opferprofil. Und daraus wiederum werde ich dann versuchen, Schlüsse auf ein mögliches Täterprofil abzuleiten. Klar?«

Tannenberg antwortete mit einem stummen Nicken.

»Aber ich muss noch mal auf den anderen Fall zurückkommen.«

»Nein, Eva. Das bringt doch nichts!«

»Doch, ich denke, das ist mehr als notwendig. Mir scheint nämlich, dass dein Widerwille, den Realitäten ins Auge zu blicken, auf ein ausgeprägtes Verdrängungs-Syndrom zurückzuführen ist.«

»Verdrängungs-Syndrom? Ja, bin ich denn ein Psychopath, oder was?«

Eva blieb ruhig, schüttelte nur leicht den Kopf. »Nein, aber ein Mensch. Und Menschen neigen nun eben mal dazu, die für sie unangenehmen Dinge zu verdrängen. Übrigens meistens mit großem Erfolg.«

Tannenberg war spürbar verunsichert, fühlte sich zunehmend in die Enge getrieben. Eine Situation, in der er gewöhnlich sehr aggressiv reagierte.

Aber die Psychologin nahm ihm den Wind aus den Segeln. »Ich weiß, was du jetzt denkst und wie du jetzt eigentlich am liebsten reagieren würdest: sofort wegrennen und dir einen ansaufen.«

Mit dem, was Eva gerade verlauten ließ, hatte sie ziemlich genau ins Schwarze getroffen. Tannenberg schwieg.

»Dieser Verdrängungsmechanismus ist im Übrigen völlig normal. Wir schützen damit unsere mühevoll zusammengebastelten Selbstkonzepte vor dem Einsturz. Wir Menschen wollen einfach die Welt nicht so wahrhaben, wie sie tatsächlich ist, sondern so, wie sie für uns am angenehmsten ist. Dadurch drücken wir uns erfolgreich vor einer Konfrontation mit der schmerzlichen Wahrheit.«

»Ach, Eva, du immer mit deiner Psychokacke! Lass mich doch in Ruhe mit diesem theoretischen Quark!«

»Nein, weißt du auch warum?«

»Nee!«

»Weil du in diesem Falle so blockiert bist, dass man dir eigentlich den Fall entziehen müsste.«

Diese Aussage traf den Leiter des K 1 wie einen kräftigen Schlag in die Magengrube. Zwar war er tatsächlich nicht gerade unheimlich begeistert darüber, sich mit diesen mysteriösen Mordfällen herumplagen zu müssen, aber sich den Fall entziehen zu lassen, das wollte und konnte er sich natürlich nicht bieten lassen. Zumal im Hintergrund schon der eine oder andere jüngere Kollege unruhig mit den Hufen scharrte.

»Warum bin ich blockiert?«

»Aus zwei Gründen: Erstens, weil du dich immer noch schuldig fühlst an dem Tod deines Klassenkameraden und dir immer noch große Vorwürfe dahingehend machst, dass du ihm nicht schon viel früher auf die Schliche gekommen bist. Schließlich hättest du dann einer oder gar mehrerer Frauen das Leben retten können.«

»Quatsch!«

Die Kriminalpsychologin ging auf diesen Punkt nicht weiter ein, sondern präsentierte den nächsten Grund für Tannenbergs angebliche Befangenheit: »Zweitens stellt sich die Frage, ob du in deiner Eigenschaft als Mann überhaupt in der Lage bist, dich mit diesem Fall kompetent auseinanderzusetzen.«

»Jetzt bin ich aber auf deine Argumente mal richtig gespannt.«

»Objektiv besehen seid ihr Männer heute schon wirklich arm dran: Euch schwimmen zusehends die Felle weg, wir Frauen emanzipieren uns immer stärker von euch, werden mächtiger und brechen in eure jahrtausendelang streng abgeschirmten Bastionen ein. Machtgeile Kampfweiber dressieren euch zu geknechteten Hausmännern.«

»Interessante Gesichtspunkte.«

»Ihr könnt uns einfach nicht verzeihen, dass wir euch zu domestizieren versuchen.«

»Damit wir am Ende dieser Umerziehungsaktion brav Pfötchen geben, wie ein kastriertes Schoßhündchen!«, höhnte Tannenberg. »Das würde euch so passen!«

»*Und* ihr könnt uns nicht verzeihen, dass wir eure Freiheiten einschränken und euer komfortables Paschadasein beenden. Da ist es doch kein Wunder, dass manch einer von euch sich nicht mehr anders zu helfen weiß, als die Speerspitzen der Frauenbewegung brutal zu ermorden.«

»Willst du damit etwa sagen, dass schon wieder ein verrückter Frauenhasser hinter den beiden Morden steckt? Ich dachte, du hast noch gar keine Täteranalyse durchgeführt? Ich versteh allmählich überhaupt nichts mehr.«

»Na, da sind wir ja auf dem richtigen Weg, Herr Hauptkommissar. Verwirrung ist immer eine ausgesprochen erfolgversprechende Strategie, um eingefahrene Denkmuster zu zerstören und Platz für neue zu schaffen. – Also weiter: Ich meine, es ist ja wirklich so, dass ihr Männer in bestimmten Bereichen einen eindeutig wissenschaftlich gesicherten Kompetenzvorsprung gegenüber uns Frauen habt. Zum Beispiel einen effektiveren räumlichen Orientierungssinn und ein besseres Vorstellungsvermögen.«

»Und dieses Lob aus deinem berufenen Munde! Hab Dank, oh edle Maid!«, antwortete Tannenberg in Poetenmanier.

Eva lachte.

»Nur habt ihr leider das Problem, dass man heute eure Kompetenzen nicht mehr benötigt. Ihr braucht kein Wild mehr auszuspähen und ihm hinterherzuhecheln. Schließlich liegt das Fleisch heutzutage feinsäuberlich abgepackt im Supermarkt. Und da euch die Jagdobjekte in der freien Natur fehlen, verlegt ihr dieses Gebaren einfach auf die Straßen und fallt dort über die Fahrer von PS-schwächeren Autos her. Und die absoluten Weicheier unter euch werden von uns auch noch dazu verdammt, ihren nachweisbaren Evolutionsvorsprung zum Sockensortieren oder zum Pilzsuchen zu verwenden. – Womit wir schon wieder bei deinem erster Fall angelangt wären.«

Während Tannenberg sprachlos auf seinem Stuhl festgefroren schien, sprang Eva auf, fing an zu tanzen und sang zu ihren rhythmischen Körperbewegungen den dazu passenden Grönemeyer-Song: »Männer haben's schwer, komm nimm's leicht – Außen hart und innen ganz weich ...«

12

Die ersten beiden Maiwochen präsentierten sich ›für die Jahreszeit eindeutig zu warm‹, wie die Wetterberichte gebetsmühlenartig verkündeten.

Tannenberg hasste solche meteorologischen Eskapaden. Nach seiner Meinung hatte sich das Wetter zumindest grob an den ihm vorgegebenen Monat zu halten. Und Nachmittagstemperaturen von fast 30 Grad im Schatten waren nun einmal im Mai schlicht und ergreifend unzeitgemäß – fand er jedenfalls.

Wieder einmal kollidierte seine Meinung mit der überwiegenden Mehrzahl seiner Mitmenschen, die im Gegensatz zu ihm den hochsommerlichen Witterungsverhältnissen viel Positives abzugewinnen vermochten und fröhlich die Straßencafés und Biergärten bevölkerten.

Seit ihrem Bestehen hatte die Gartenschau zu diesem frühen Zeitpunkt noch nie derart hohe Besucherzahlen registriert. Was natürlich zum einen auf die ungewöhnlich günstigen klimatischen Bedingungen zurückzuführen war, die das weitläufige Gelände in ein wahres Blütenmeer verwandelt hatte.

Was zum anderen aber auch darin begründet lag, dass aufgrund der überregionalen Berichterstattung über die nach wie vor ungeklärten spektakulären Mordfälle, sich der eines seiner Rückenstacheln beraubte Stegosaurus immer mehr zur Hauptattraktion entwickelte.

Tag für Tag strömten Heerscharen von Sensationstouristen zum Barbarossawoog, picknickten auf den umliegenden Rasenflächen und ließen sich vor dem mächtigen Sandsteinmassiv für die Nachwelt festhalten.

Den Kennzeichen der Reisebusse konnte man entnehmen, dass sich die Besuchergruppen nicht nur aus dem gesamten Bundesgebiet, sondern auch aus dem benachbarten Ausland zur größten Dinosaurier-Ausstellung Europas aufgemacht hatten.

Im Gegensatz zu ihrem Namensvetter hatte die vor mehreren Wochen ins Leben gerufene Sonderkommission ›Gartenschau‹ nicht den geringsten Grund zur Freude. Von Fernseh- und Zeitungsredakteuren mit Häme und Kritik überzogen, der Unfähigkeit bezichtigt oder mit Störfeuern in Form des von der *PALZ* initiierten und sich unglaublicher Popularität erfreuenden ›Mörderspiels‹ malträtiert, arbeiteten die Kriminalbeamten der SOKO zwar mit einem über die Belastungsgrenzen hinausgehenden Engagement an der Aufklärung der mysteriösen Tötungsdelikte, aber ein erfolgversprechender Ermittlungsdurchbruch wollte und wollte einfach nicht gelingen.

Die ihrerseits massiven öffentlichen Anfeindungen ausgesetzten Vertreter von Staatsanwaltschaft und Innenministerium trugen mit ihren permanenten Interventionen auch nicht gerade zu einer Entschärfung der sowieso schon recht prekären Situation bei.

Angesichts dieser äußerst angespannten Lage war es nicht verwunderlich, dass Tannenberg eines Nachmittags, als er beim Verlassen des Polizeipräsidiums von einem Pulk allzu aufdringlicher Journalisten am Weitergehen gehindert wurde, sehr heftig reagierte und sich mit Gewalt einen Weg durch die Menge bahnte.

Während dieser ›Befreiungsaktion‹, wie Tannenberg selbst seine Handgreiflichkeiten nannte, war er anscheinend etwas unglücklich mit der Digitalkamera eines Fotografen zusammengestoßen – wie er es formulierte.

Mit seinem jähzornigen Aktionismus handelte er sich nicht nur eine Strafanzeige wegen Sachbeschädigung ein, sondern kam zudem auch noch in den Genuss eines unfreiwilligen Fernsehauftritts in den Landesnachrichten. Der kurze Filmbeitrag stützte jedoch nicht die Version des SOKO-Leiters, sondern zeigte in unbestechlichen Bildern, dass Tannenberg wutentbrannt dem Fotografen die Kamera entrissen und sie auf den Bürgersteig geworfen hatte.

Tannenbergs Vorgesetzte waren verständlicherweise alles andere als begeistert von diesem spektakulären Medienauftritt. Kriminaldirektor Eberle nahm sich den Leiter der SOKO ›Gartenschau‹ deshalb intensiv zur Brust und verordnete ihm anschließend eine disziplinarische Maßnahme, die für Tannenberg viel schlimmer war als alle anderen denkbaren Sanktionen: Er musste nämlich die beiden mysteriösen Mordfälle in der Sendung ›XY-ungelöst‹ vorstellen.

Selbstverständlich schnitt Heiner den Live-Auftritt seines Bruders mit. Tannenberg jedoch weigerte sich strikt, auch nur einen einzigen Blick in das Video zu werfen. Die Vorstellung, sich selbst bei einem Interview im Fernsehen hören und anschauen zu müssen, erschien ihm unerträglich. Ihm reichten voll und ganz die spöttischen Bemerkungen, die nach Ausstrahlung der Sendung aus seinem näheren Umfeld schadenfroh an ihn herangetragen wurden.

Dieser Spießrutenlauf bestärkte seine Fluchtphantasien, die schon seit einiger Zeit in ihm aufgekeimt waren und die sich durch seine ungewollte Medienpräsenz immer mehr verstärkten. Am liebsten wäre er direkt nach der Fernsehsendung irgendwohin in Urlaub gefahren. Aber das war natürlich in dieser heißen Ermittlungsphase völlig unmöglich, zumal der kommissarische Polizeipräsident aus nahvollziehbaren Gründen eine absolute Urlaubssperre verhängt hatte.

Tannenberg war der Meinung, dass es für einen leitenden Kriminalbeamten nichts Schlimmeres geben konnte, als einen Auftritt in dieser ZDF-Sendung. Natürlich musste er sich eingestehen, dass in der Vergangenheit viele Kapitalverbrechen durch Zuschauerhinweise aufgeklärt oder Täter identifiziert bzw. aufgespürt werden konnten.

Aber für ihn hatten diese mediengerecht aufbereiteten spektakulären Fälle immer einen faden Beigeschmack, schließlich offenbarte die Kriminalpolizei damit ihre ausgeprägte Hilflosigkeit gegenüber dem organisierten Verbrechen bzw. gegenüber intelligent agierenden Tätern. Am allermeisten aber störte ihn bei ›XY-ungelöst‹, dass seine Kollegen wie Zirkustiere vorgeführt wurden, die ein mühevoll auswendig gelerntes Statement stammelnd und meist stark dialektgefärbt herunterleierten.

»Und jetzt bin ich selbst einer von diesen Vorführaffen!«, stellte er kopfschüttelnd fest, als er ziemlich genau zwei Wochen nach seinem ersten offiziellen Fernsehauftritt im Kommissariat am Schreibtisch saß. Vor einer halben Stunde hatte er direkt im Anschluss an eine frustrierende SOKO-Besprechung, die allen Beteiligten noch einmal den völligen Stillstand der Ermittlungsarbeit vor Augen geführt hatte, seine Mitarbeiter nach Hause geschickt, ihnen per Dienstanweisung Zwangsurlaub bis zum nächsten Montag verordnet.

Seine Kollegen sollten sich endlich ein wenig von den Strapazen erholen können, die ihnen nicht zuletzt die beträchtliche Resonanz auf die XY-Sendung beschert hatte. Es waren zwar eine Unzahl von Zuschaueranrufen im ZDF-Studio und auch bei verschiedenen Polizeidienststellen eingegangen, aber deren inhaltliche Qualität war zum großen Teil doch höchst zweifelhaft gewesen.

Und am Ende war nach mühevoller Recherchearbeit von diesen ganzen vermeintlich wertvollen Hinweisen nichts anderes als heiße Luft übriggeblieben.

Tannenberg wollte in aller Ruhe noch einmal die vorliegenden Berichte durchstöbern. Er hatte Sakko und Hemd ausgezogen. Trotzdem schwitzte er noch immer. Die drückende Schwüle war unerträglich. Er nahm einen tiefen Schluck aus seinem Weizenbierglas, das er sich nebst vier Flaschen Kristallweizen in der Cafeteria besorgt hatte. Dann leckte er sich Schaumreste von den Lippen, zog ein Taschentuch aus seiner Hose hervor, tupfte sich damit die Schweißperlen von der Stirn und wischte sich anschließend die klebrige Feuchte aus seinem Nacken.

Meine Vorstellung war ja so jämmerlich, so jämmerlich! Was konnte ich dieser gaffenden Meute zu Hause an ihren Glotzkästen denn an Fakten vorweisen? Nichts ... Außer ein paar lächerlichen Nebensächlichkeiten. Aber nichts Handfestes: keine Personenbeschreibung, keine Täterspuren, nichts, rein gar nichts!, dachte er, korrigierte sich aber sogleich: Nichts außer zwei brutal ermordeten Frauen, deren Identität zwar zweifelsfrei geklärt ist, bei denen es jedoch bis auf diese Emanzen-Verbindung keine Gemeinsamkeiten gibt. Jedenfalls keine, die uns bislang bekannt sind.

Der Anflug eines Lächelns huschte über sein Gesicht. Er kratzte sich am Kinn.

Und Würfel! Würfel und Klebeband. Zeug, das man überall kaufen kann, sagte er zu sich selbst. Und ein eingeschweißter lateinischer Spruch: ›alea iacta est‹. Aber nicht *ein* Fingerabdruck oder irgendwelche eindeutig zuordenbare genetische Spuren – weder auf dem Papier noch auf der Folie. Zwar hat die Kriminaltechnik alle möglichen Fund- und Tatortspuren sichergestellt und in ihren ausführlichen Berichten vermerkt, aber es gibt nach wie vor keinen einzigen konkreten Hinweis auf eine Person, die man mit einer Täterschaft hätte in Verbindung bringen können.

»Der Würfel ist gefallen!«, murmelte er. »Aber für wen? Was will der Kerl damit bezwecken? Was soll diese verfluchte Symbolik? Verdammt und zugenäht!« Wieder führte er das nur mehr halb gefüllte Weizenbierglas zum Mund.

Während er das am oberen Rand mit weißen, eingetrockneten Schaumresten beklebte Glas wieder zurück auf den Schreibtisch stellte, blieb sein gedankenversunkener Blick noch für einen Moment an der Zimmerdecke kleben. Er schloss die Augen, faltete die Hände im Nacken, dehnte seinen verspannten Oberkörper. Wie ein Blitz aus heiterem Himmel fuhr plötzlich seine flache rechte Hand auf eine vor ihm liegende Akte mit der Aufschrift ›Gustav Wackernagel‹ hernieder.

»Was soll's! Also nochmal alles von vorne!«, feuerte er sich selbst an. »Irgendwo in diesem ganzen Papierberg muss doch ein Hinweis, eine Spur versteckt sein, die uns endlich ein Stück weiterbringt!«

Er schlug den Aktenordner auf, las die verschiedenen chronologisch geordneten Schriftstücke mit schnellen Augenbewegungen quer und verschaffte sich auf diese Weise einen geschwinden Überblick.

Zu Beginn der Ermittlungen war der langjährige Lebensgefährte der Frauenbeauftragten eine gewisse Zeit lang mit einem begründeten Anfangsverdacht behaftet gewesen, schließlich konnte man aus der Tatsache, dass er von Helene Bender-Bergmann testamentarisch zum Alleinerben gekürt worden war, ein nicht gerade unbedeutendes

Tatmotiv ableiten. Allerdings musste diese Arbeitshypothese recht schnell verworfen werden, denn trotz intensivster Bemühungen war es den Beamten nicht gelungen, Wackernagels Alibi zu widerlegen.

Vor etwa einer Woche war plötzlich erneut Bewegung in diese Angelegenheit gekommen, wartete die Testamentseröffnung doch mit einer gewaltigen Überraschung auf: Helene Bender-Bergmann hatte nämlich ein paar Tage vor ihrem gewaltsamen Ableben bei einem Notar ihr Testament ändern lassen – und zwar dahingehend, dass sie verfügte, Gustav Wackernagel keinen einzigen Cent ihres nicht unbeträchtlichen Vermögens vererben zu wollen, sondern bekundete, mehreren sozialen Institutionen ihre gesamte Hinterlassenschaft zu vermachen.

Durch diesen Umstand war zwar für ihren Lebensgefährten das bisherige Tatmotiv entfallen, so er denn etwas von der Testamentsänderung gewusst hatte. Aber wenn er davon Kenntnis gehabt haben sollte, leuchtete natürlich sofort mit grellen Farben ein anderes, ebenfalls klassisches Mordmotiv auf: Wut und Hass, angesichts der Tatsache, dass er quasi über Nacht mit einem Federstrich enterbt worden war.

Tannenberg hatte jedoch gegenüber Gustav Wackernagel außer einem mehr als vagen Tatverdacht nichts Greifbares in der Hand, das eine Festnahme gerechtfertigt hätte. Also unterzog man das Alibi des Meteorologen einer erneuten intensiven Prüfung.

Die recht aufwändigen Nachforschungen führten allerdings nicht zu einer Entkräftung, sondern vielmehr zu einer weiteren Absicherung des Alibis, denn Wackernagel erinnerte sich plötzlich daran, dass er genau in der fraglichen Zeit von einem Förster in der Wetterstation auf dem Weinbiet besucht worden war – was der betreffende Waidmann auch eidesstattlich versicherte.

Damit war Gustav Wackernagel eindeutig aus dem Spiel, dachte Tannenberg, klappte die Akte zu und warf sie rechts neben seinen Schreibtisch auf den Boden. Wer bleibt also noch übrig?

Jemand aus der Verwandtschaft? Ein Erbschleicher, der sich mit einem Mord ihr Vermögen unter den Nagel reißen wollte? Blödsinn! Erstens war das Testament, das Wackernagel zum Alleinerben bestimmt hatte, bereits vor vielen Jahren notariell beurkundet worden. Und zweitens hat Geiger die wenigen Verwandten ja abgecheckt. Die wussten von diesem Testament und hatten deshalb verständlicherweise den Kontakt zu ihr abgebrochen. Nicht mal einer von denen war bei der Beerdigung gewesen.

Wer kommt sonst noch als möglicher Täter in Betracht? Dieser frustrierte Kollege der Frauenbeauftragten? Quatsch! König ist zwar zugegebenermaßen ein Heißsporn und hätte möglicherweise auch ein Motiv gehabt. Aber für den Abend, an dem die Bender-Bergmann ermordet wurde, hat auch er ein hieb- und stichfestes Alibi vorzuweisen. Also, wer bleibt übrig? – Niemand!

Erneut wischte sich Tannenberg den Schweiß aus dem Gesicht. Er verließ seinen Bürosessel, begab sich in den Vorraum und nahm eine neue Flasche Weizenbier aus dem Kühlschrank. Auf seinem Rückweg verweilte er einen Augenblick lang kopfschüttelnd vor dem bunten Geländeplan der Gartenschau, den er an die Pinwand geheftet hatte.

Was hat das nur alles mit dieser verdammten Gartenschau und diesen ekligen Dinosauriern zu tun?, zermarterte er sich sein Hirn.

Er nahm wieder an seinem mit Akten überladenen Schreibtisch Platz und zog einen Ordner mit der Aufschrift ›Gartenschau‹ hervor. Missmutig presste er die Lippen aufeinander, brummte leise vor sich hin. Er schlug die

Handakte nicht auf, sondern starrte lediglich mit müdem Blick auf den rotbraunen Pappdeckel.

Dann seufzte er kurz auf, legte seinen Kopf schräg auf einer Handinnenfläche ab und sagte anschließend in die Stille seines Dienstzimmers hinein: »Auch nichts! Wir haben doch alle aktuellen und ehemaligen Mitarbeiter der Gartenschau durchleuchtet. Keiner, den man auch nur annähernd mit diesen bizarren Taten hätte in Verbindung bringen können. Es ist einfach zum Verrücktwerden!«

Eine weitere Akte landete auf dem Fußboden. Seine Augen bohrten sich in einen grünen Ordner, auf dem mit dickem schwarzem Filzstift ›Frauenbeauftragten-Kongress‹ geschrieben stand.

Na ja, vielleicht wird das ja was, dachte er seufzend.

Die Nachforschungen in diesem Ermittlungskomplex gestalteten sich äußerst aufwändig und waren noch nicht sehr weit fortgeschritten. Da die Teilnehmerinnen aus dem gesamten Bundesgebiet nach Kaiserslautern angereist waren, mussten die SOKO-Mitarbeiter um Amtshilfe ihrer Kollegen an den Wohnorten der Kongressbesucherinnen bitten.

Da Tannenberg aus eigener Erfahrung wusste, wie ungern er und seine Kollegen für andere Dienststellen Befragungen durchführten, Berichte anfertigten usw., konnte er einigermaßen realistisch abschätzen, dass der Rücklauf einige Zeit in Anspruch nehmen würde. Zudem waren laut Teilnehmerliste über 200 Personen zu kontaktieren, was natürlich einen unglaublichen Ermittlungsaufwand bedeutete.

Die von einigen Kriminalbeamten durchgeführten zusätzlichen Nachforschungen im direkten persönlichen und beruflichen Umfeld der beiden toten Frauen förderten keinerlei neue Erkenntnisse zu Zage, jedenfalls keine, aus denen konkrete Hinweise auf einen für diese Kapitalverbrechen verantwortlichen Täter abzuleiten gewesen wären.

Einschränkend muss man in diesem Zusammenhang allerdings anfügen, dass die Rechercheergebnisse der Kriminalpolizei in Bremen – dem ehemaligen Wohnort der ermordeten *PALZ*-Reakteurin – noch nicht vorlagen und wohl auch noch länger auf sich warten ließen. Kriminaldirektor Eberle hatte in dieser Angelegenheit gestern erneut mit dem Bremer Polizeipräsidenten telefoniert und nochmals auf die Dringlichkeit der erbetenen Amtshilfe verwiesen.

Die einzigen Erkenntnisse, die man über die persönlichen Verhältnisse der Charlotte Kindelberger-Wintergerst inzwischen über das bereits Bekannte hinausgehend gewonnen hatte, waren vorwiegend statistischer Natur: Sie hatte 1975 in Hannover das Licht der Welt erblickt, war Anfang der 80er Jahre mit ihren Eltern nach Lübeck gezogen, wo sie auch ihr Abitur ablegte.

Ihr Studium hatte sie an der Universität Bremen absolviert und im Anschluss daran ihre journalistische Laufbahn bei einer Bremer Zeitung begonnen. Sie war seit 4 Jahren mit einem Informatik-Professor verheiratet, der allerdings seit dem laufenden Semester an einer Elite-Hochschule in den USA lehrte. In Kaiserslautern hatte die neue *PALZ*-Kulturredakteurin bis zu ihrem unfreiwilligen Ableben in einem Hotel am Vogelwoog logiert.

Die Rekonstruktion des vorsätzlich an ihr begangenen Tötungsdeliktes hatte folgenden wahrscheinlichen Tatverlauf ergeben: Die Journalistin hatte direkt nach der Beendigung des Kongresses gemeinsam mit anderen Teilnehmerinnen ein Speiselokal in unmittelbarer Nähe des Universitätsgeländes aufgesucht. Ihren PKW hatte sie etwa 100 Meter von diesem Restaurant entfernt an einem Waldweg geparkt.

Dort musste ihr der Mörder aufgelauert, sie überwältigt und mit einer Drahtschlinge erdrosselt haben. Anschließend hatte man sie mit einem unbekannten Fahrzeug zum Gelände der Gartenschau transportiert und sie dort in den Barbarossawoog geworfen, wo ihr Leichnam etwa eine Stunde später von einem Konzertbesucher aufgefunden worden war.

Obwohl sich gerade nach der XY-Sendung mehrere angebliche Zeugen gemeldet hatten, die selbstbewusst bekundeten, relevante Beobachtungen in der Tatnacht gemacht zu haben, hielt jedoch keine der Angaben dieser potentiellen Informanten einer strengeren Überprüfung stand, so dass die Rekonstruktionsbemühungen der Kriminalpolizei auch weiterhin nicht durch seriöse Zeugenaussagen zu erhärten waren.

Als Tannenbergs Blick den ungeordneten Aktenstapel vor ihm auf der Schreibtischplatte abschätzig sondierte und sich auf einer der Spurenakten festhakte, stieß er unwillkürlich einen Stoßseufzer aus: »Mann oh Mann, war das ein Ding!«

Er dachte daran, wie Mertel ihm, kurz nachdem die Spurensicherung den Arbeitsplatz der Ermordeten in der *PALZ*-Redaktion kriminaltechnisch untersucht hatte, mit einem hämischen Grinsen die vernichtende Rezension präsentierte, die Charlotte Kindelberger-Wintergerst über das Buch seines Bruders verfasst hatte. Mertel hatte zunächst mit spitzbübischer Schadenfreude damit begonnen, ihm laut den Text vorzulesen, war aber umgehend von Tannenberg abgewürgt worden.

»Wolf, ist dir eigentlich klar, was da wohl oder übel auf dich zukommt?«, hatte der Leiter der Kriminaltechnik gefragt. »Damit ist dein Bruder ein potentieller Tatverdächtiger! Du solltest dich ernsthaft mit der augenscheinlichen Brisanz dieser Angelegenheit beschäftigen. Denn wie ich den Hollerbach kenne, wird das ein gefundenes Fressen für ihn sein.«

Mertels orakelhafte Vorahnung fand bereits einen Tag später ihre Bestätigung. Aber nicht nur der Oberstaatsanwalt, mit dem Tannenberg ja nicht gerade das herzlichste persönliche Verhältnis verband, sondern auch der kommissarische Polizeipräsident sah sich dazu veranlasst, Tannenberg zu diesem Sachverhalt eingehend zu befragen. Dr. Hollerbach forderte die umgehende Ablösung des SOKO-Leiters. Als Begründung führte er an, dass die Presse es sich garantiert nicht entgehen lassen würde, dieses Thema für ihre Zwecke in aller Breite auszuschlachten.

Kriminaldirektor Eberle dagegen konnte diesem Vorschlag wenig Positives abgewinnen, war er doch von Tannenbergs kriminalistischen Fähigkeiten mehr als überzeugt. Außerdem hatte er keinerlei Probleme damit, den Aussagen seines langjährigen Mitarbeiters bezüglich des felsenfesten Alibis seines Bruders Glauben zu schenken. Deshalb schlug er eine andere Strategie vor. Diese darin bestand, selbst die Initiative zu ergreifen und bei der am Nachmittag anberaumten Pressekonferenz Tannenbergs Bruder zwar als potentiellen Tatverdächtigen zu präsentieren, ihm aber gleichzeitig die Unschulds-Absolution durch die Vorlage von unwiderlegbaren Fakten zu erteilen.

Der arme Heiner, dachte Tannenberg und stöhnte auf. Oh je! Am Montag hat er ja seine erste Lesung. Hoffentlich geht das gut!

Obwohl seinem Bruder die niederschmetternde Rezension der ermordeten *PALZ*-Redakteurin noch immer mächtig in den Knochen steckte und die Lehrerkollegen an seiner Schule sich lediglich mit höhnischen Bemerkungen zu seiner gerade begonnenen Schriftstellerkarriere äußerten, hatte er sich nach einem einwöchigen Martyrium aus seiner Höhle, in die er sich wie ein geprügelter Hund deprimiert verkrochen hatte, herausgewagt und todesmutig die Flucht nach vorne angetreten.

Mit Erfolg, denn völlig entgegen seiner Erwartungen hatte sich eine kleine alternative Buchhandlung dazu bereiterklärt, mit ihm eine Lesung durchzuführen. Er war so glücklich über dieses Angebot, dass ihn die Tatsache, für diese Veranstaltung keinen Cent Honorar zu erhalten, nicht im Geringsten die Vorfreude darauf vermieste.

Mit seinem Vater stand Wolfram Tannenberg quasi seit Beginn der Ermittlungen auf Kriegsfuß. In den letzten Tagen hatte sich das ohnehin schon recht angespannte Verhältnis der beiden Männer jedoch so sehr verschärft, dass Tannenberg keinen Fuß mehr in die elterliche Wohnung setzte und seinem Vater auch sonst überall aus dem Weg ging.

Der Senior seinerseits hatte über seine Ehefrau verlauten lassen, dass er von seinem ältesten Sohn unglaublich enttäuscht sei und fortan kein Wort mehr mit ihm zu wechseln gedenke.

Und das alles nur deshalb, weil Tannenberg nicht bereit war, an seinen Vater Ermittlungsergebnisse weiterzugeben, die dieser für seine Teilnahme an dem von der *PALZ* effekthascherisch in Szene gesetzten und mit hohen Geldpreisen versehenen ›Mörderjagd-Spiel‹ verwenden konnte.

Tannenberg erinnerte sich noch sehr gut an den Anfang der 70er Jahre in der ARD ausgestrahlten Fernsehfilm mit dem Titel ›Millionenspiel‹. Bei dieser zynischen Mediensatire begleiteten die Zuschauer damals einen Mann, der vor einem Killertrio flüchtete und – falls er es schaffte, sechs Tage zu überleben – am Ende 1 Million DM als Gewinn in Empfang nehmen durfte.

Nie hätte er es für möglich gehalten, dass solch eine

menschenverachtende Realityshow tatsächlich einmal Realität werden könnte. Aber das, was er gegenwärtig hier in seiner Heimatstadt erlebte, überzeugte ihn tagtäglich vom Gegenteil: Die *PALZ* hatte mit Hilfe dieses ›kriminalistischen Rätselspiels‹, wie sie diesen heimtückischen Wolf im Schafspelz nannten, ihre Auflagenhöhe fast verdoppelt.

Es wurden Sonderbeilagen gedruckt, die neben Experteninterviews auch Stadt- und Gebäudepläne enthielten, angebliche Insiderinformationen feilboten oder vermeintlich neue Erkenntnisse präsentierten. Sponsoren drängten sich mit Geldspenden in den Vordergrund, Politiker streckten ihre Köpfe in die Scheinwerferkegel.

In unverantwortlicher Weise wurden völlig unhaltbare Vermutungen hinsichtlich der möglichen Verstrickung bestimmter Personen in die beiden Mordfälle geäußert. Ja, es wurden sogar regelrechte Privatjagden veranstaltet, bei denen erst vor kurzem ein angeblich Tatverdächtiger deshalb schwer misshandelt wurde, weil man ihn auf diese Weise zu einem Geständnis nötigen wollte. Zutiefst angewidert von diesem skrupellosen Sensationsjournalismus hatte Tannenberg daraufhin sein *PALZ*-Abonnement gekündigt.

»Hallo mein liebes Wölfchen«, säuselte plötzlich eine wohlbekannte Stimme aus Richtung der Zimmertür.

»Wieso ... bist du denn noch ... hier?«, stotterte Tannenberg der Kriminalpsychologin verwundert entgegen. »Ich dachte, du wärst schon heute Morgen zurück nach Mainz gefahren?«

»Nein, nein. Aber ich fahr jetzt gleich los. Ich wollte dir nur noch ein schönes Wochenende wünschen.«

»Danke.«

»Und geh mir ja dieser armen Frau Herdecke nicht so sehr auf den Wecker. Du weißt ja, wir Frauen sind im Gegensatz zu euch grobklotzigen Kerlen sehr sensible

Lebewesen, die für vieles, was ihr mit eurem eindimensionalen Wahrnehmungssystem überhaupt nicht registrieren könnt, sehr empfindliche Antennen haben«, entgegnete Eva nebulös.

Noch bevor Tannenberg irgendetwas erwidern konnte, war die Psychologin in Diensten des Landeskriminalamtes genauso plötzlich wieder aus seinem Blickfeld verschwunden, wie sie kurz zuvor darin aufgetaucht war.

»Eindimensionales Wahrnehmungssystem«, wiederholte Tannenberg, wobei er die beiden Worte extrem gedehnt aussprach. »Diese Psychos mit ihren Wortungetümen.« Sichtlich erheitert wiegte er schmunzelnd ein paar Sekunden seinen Kopf hin und her.

Dann änderte sich schlagartig seine Mimik, das süffisante Lächeln verflüchtigte sich und wurde durch einen ziemlich deprimierten Gesichtsausdruck ersetzt. Es folgte ein tiefer Schluck aus seinem Weizenbierglas.

Er dachte an einen unangenehmen Vorfall, der sich vor etwa zwei Wochen ereignet hatte. Nach einem überaus harten Arbeitstag hatte ihn die Kriminalpsychologin zum Essen eingeladen. Einen Moment lang hatte er gezögert, zumal er an diesem Abend mit Ellen Herdecke ein Konzert in der Apostelkirche besuchen wollte.

Aber nachdem ihn Eva lachend darauf hingewiesen hatte, dass er ihr nach ihrem letzten Besuch in Kaiserslautern wohl noch ein gemeinsames Abendessen schulde, willigte er ein, schließlich erinnerte er sich noch sehr gut daran, dass das von ihm geplante Überraschungs-Highlight ›*Menue Surprise*‹ damals ein ziemliches Fiasko gewesen war.

Diesmal jedoch stellte das gewählte Restaurant die Gäste mehr als zufrieden. Der Wein mundete köstlich, die Stimmung war locker und ausgelassen. Die Zeit verging wie im Fluge – und Tannenbergs Vorfreude auf das ihn erwartende Kirchenkonzert reduzierte sich immer mehr.

Deshalb war es auch nicht weiter verwunderlich, dass er sich eine knappe halbe Stunde vor dem vereinbarten Treffzeitpunkt zur Toilette begab und Ellen via Handy mitteilte, dass ihn ein unaufschiebbarer dienstlicher Anlass zu seinem großen Bedauern vom Besuch dieses Konzertes abhielte.

Als Tannenberg und seine Begleitung das in der Pariserstraße gelegene italienische Restaurant verließen, hatten die beiden zwei Flaschen Barbera d'Alba und je zwei Grappa verköstigt. Eva hakte sich im Freien sogleich bei ihm unter.

Ausgelassen wie ein Schülerpärchen tänzelten sie, einen eben gehörten Eros Ramazotti-Titel singend, leichtfüßig auf dem Bürgersteig in Richtung des Stadtparks, wo Eva während ihres Aufenthaltes in Kaiserslautern in einem kleinen Hotel untergebracht war. Für den Leiter des K 1 war es selbstverständlich, seine Kollegin zu ihrem Hotel zu geleiten, zumal dieser kleine Spaziergang durch die belebende Nachtluft kaum einen Umweg für ihn bedeutete.

Aber wie es der Zufall wollte, strömten just zu diesem Zeitpunkt die Konzertbesucher aus der Apostelkirche heraus. Tannenberg hatte sein eigentlich für den heutigen Abend vorgesehenes Programm völlig vergessen und war deshalb nicht minder überrascht, als plötzlich Ellen Herdecke vor ihm stand.

Obwohl Eva für ihn – trotz einer gewissen zeitweiligen körperlichen Annäherung anlässlich eines rauschenden Festes vor einiger Zeit – nach wie vor nicht mehr als eine sehr nette Kollegin war, mit der man sich wunderbar streiten konnte und mit der man, wenn auch oft recht kontrovers, sehr produktiv zusammenarbeiten konnte, benahm er sich an diesem späten Frühlingsabend Ellen gegenüber so, als ob er gerade bei einem Schäferstündchen mit Eva ertappt worden sei.

Ellen ihrerseits interpretierte diese prekäre Situation durchaus in diese amouröse Richtung, wobei das mehr als seltsame Verhalten Tannenbergs einen gewichtigen Beitrag zu diesem Fehlschluss leistete.

In dieser Nacht hatte er kaum ein Auge zugemacht und alle Möglichkeiten hinsichtlich eines strategisch klugen Verhaltens gegenüber Ellen geprüft, war aber zu keinem nach seiner Meinung auch nur annähernd akzeptablen Ergebnis gelangt.

Also griff er, ohne dass es ihm bewusst gewesen wäre, erneut zu seiner bewährten Problemlösungsstrategie: Er verscheuchte die selbstkritischen, vorwurfsvollen Gedanken bereits ab dem nächsten Morgen sehr erfolgreich dadurch, dass er sich noch intensiver in die Bearbeitung der beiden mysteriösen Mordfälle stürzte.

Einige Tage später wartete die Kriminalpsychologin mit einem Täterprofil auf, das sich nur recht wenig von dem unterschied, das sie damals der SOKO ›Pilze‹ präsentiert hatte: Nach ihrer Analyse deuteten alle Indizien wieder eindeutig auf einen Frauenhasser-Typus hin, der sich für irgendeinen von ihm als traumatisch erlebten Schock innerhalb seiner Biographie rächen wolle.

Die Profilerin spekulierte, dass es sich dabei um einen stark karriereorientierten Mann mittleren Alters handeln könne, der in seinem Berufsleben bei Bewerbungen auf besser dotierte und mit höherem sozialen Status versehene Positionen an objektiv qualifizierteren Frauen gescheitert sei – und das möglicherweise mehrfach.

Diese Personalentscheidungen habe er als völlig ungerechtfertigte, böswillige Zurückweisungen empfunden, die er irgendwann psychisch einfach nicht mehr habe verkraften können. Seine Unfähigkeit, sich konstruktiv mit diesen frustrierenden Ereignissen auseinanderzusetzen, habe sich mit der Zeit zu einer regelrechten Psychose gesteigert, die sehr wahrscheinlich von abstrusen Verschwörungstheorien und anderen Wahnvorstellungen begleitet worden sei.

Und dieses explosive Gemisch habe dann schließlich zu den bekannten fatalen Zwangshandlungen geführt: einer Bestrafungsaktion der vermeintlich Schuldigen – im vorliegenden Falle von medienpräsenten Vertreterinnen der Frauenbewegung.

Vermochte Tannenberg diesen theoretischen Konstrukten noch einigermaßen inhaltlich zuzustimmen, schließlich hatte die Kriminalpsychologin in seinem ersten Fall mit dem von ihr entwickelten Täterprofil genau ins Schwarze getroffen, so zeigte er sich doch hinsichtlich einer weiteren von ihr getätigten Aussage mehr als skeptisch.

Eva hatte nämlich die Vermutung geäußert, dass der Täter möglicherweise deshalb seine Opfer ausgerechnet im Dinopark der Polizei präsentiere, weil er durch diese Symbolik plakativ darauf hinweisen wolle, dass nach seiner Meinung die Frauenbewegung inzwischen in unserer Gesellschaft so mächtig geworden sei wie zu Urzeiten die Dinosaurier.

Tannenberg hatte nach diesem, ihren kleinen Vortrag abschließenden Statement noch das allgegenwärtige ungläubige Stirnrunzeln der Zuhörer in Erinnerung. Und er wusste auch noch sehr genau, dass er sich in diesem Moment nichts sehnsüchtiger herbeigewünscht hatte als das plötzliche Auftauchen einer geständigen Täterin.

13

Peter und Paul

(Todestag der Helene Bender-Bergmann)

Als sein Bruder den Parkplatz unterhalb des Bildungszentrums erreichte, saß Peter immer noch wie angewurzelt hinter dem Steuer seines roten Passat-Kombis.

Paul riss die Fahrertür auf, kniete sich neben ihm nieder. »*Was* ist los?«, fragte er

Aber Peter reagierte nicht.

»*Was* hast du da vorhin für einen Blödsinn gefaselt?«

Peter machte immer noch keinerlei Anstalten, sich zu seinem Bruder umzudrehen oder ihm gar zu antworten. Stattdessen schlug er mehrmals verzweifelt seinen Kopf aufs Lenkrad.

Paul fasste ihn an der Schulter und rüttelte ihn fest. »Mensch, Peter, red' jetzt endlich mit mir!«

In Zeitlupe wandte sich Peter nun zu ihm hin.

»Ich ... hab ... sie ... um-ge-bracht«, sagte er mit abgehackten Worten.

Paul schüttelte ihn abermals. Dann richtete er sich auf.

»Mensch, Junge, komm endlich zur Besinnung! *Wen* hast du umgebracht?«, fragte er mit sich absenkender Stimme, während er seinen flackernden Blick über das Fahrzeugdach hinweg die finstre Umgebung sondieren ließ.

»He-le-ne«, erwiderte Peter schniefend.

»Welche Helene?«

Peter räusperte sich. »Unsere ... Helene.« Erneut wurde er von einem Weinkrampf durchgeschüttelt.

»Tante Helene?« Paul ging wieder in die Knie. »Warum?«

Peter antwortete nicht, sondern warf die Hände vor's Gesicht, schluchzte laut auf.

»Los, sag schon! Warum?«, drängte Paul. Plötzlich tauchten in seinem Bewusstsein zwei Buchstaben auf, die er sofort an seine Frage anhängte: »Wo?«

»Hier.«

»Wo, hier?«

Peter schob seine rechte, zitternde Hand über die Schulter in Richtung des Bildungszentrums. »Dort ... oben.«

»Also hier direkt in der Nähe?«

Mit der Andeutung eines Nickens untermauerte Peter seine vorherige Aussage.

Geistesgegenwärtig erkannte Paul den Ernst der Lage. »Hat dich jemand gesehen?«

Nur stummes Kopfschütteln.

»Hast *du* jemanden gesehen?«

Wieder die gleiche Reaktion.

»Wo genau ist das passiert?«

»In ihrem ... Büro.«

»Wo ist dieses verdammte Büro? Da muss ich sofort hin. Spuren von dir beseitigen.« Paul schoss in die Höhe, wollte sogleich losstürmen. Aber eine plötzliche Eingebung stoppte seine Aktion. »Scheiße, verdammte! Was mach ich denn mit der Leiche? Die kann doch dort nicht liegen bleiben.«

»Da ist sie ... auch nicht mehr.«

»Was?« Paul blickte seinen Bruder völlig entgeistert an. »Ja, wo ist sie denn dann?«

»Auf der ...« Peter zog wie ein Asthmatiker nach Luft. Dann stieß er das Wort mit einem gewaltigen Stoßseufzer aus: »Gartenschau.«

»Wieso auf der Gartenschau?«

Nun endlich drehte Peter seinen Kopf zu Paul, schaute ihn mit einem müden, verstörten Blick ins Gesicht. »Ich hab sie dort ... von einem Felsen ... geworfen.«

»Ich kapier überhaupt nichts mehr!« Paul schüttelte nervös den Kopf, trippelte unruhig auf der Stelle. »Ich weiß nur eins: Wir müssen so schnell wie möglich von hier weg.« Dann korrigierte er sich. »Quatsch! Zuerst muss ich noch in ihr Büro. Vielleicht hast du dort irgendwas verloren oder irgendwelche Spuren hinterlassen. Hast du dort irgendwas in die Hand genommen?«

»Nein ... Ich glaub nicht.«

»Bist du dir sicher? Los, denk nach!«

»Nein, ich hab ...«

»Außer den Türgriffen natürlich«, warf Paul dazwischen. »Wie find ich ihr Büro?«

»Gleich im ersten ... Gebäude. Wenn du reinkommst ..., rechts.« Entsetzt ergänzte er: »Licht. Da brennt bestimmt noch Licht.«

»Los, setz dich rüber. Ich bin gleich wieder da.« Paul schaltete die Innenraumbeleuchtung des Passats aus und machte sich eilig auf den Weg.

Etwa eine Viertelstunde später trafen die beiden Brüder in Pauls Wohnung auf dem Bännjerrück ein. Paul hatte das Auto in der Tiefgarage abgestellt. Es war ihnen niemand begegnet. Er hatte Peter wie einen Alzheimerpatienten an der Hand in den Fahrstuhl geführt und durch den Flur geleitet.

Erst in der von grellem Neonlicht erhellten Küche entdeckte er den großen nassen Fleck, der sich um den

Reißverschluss von Peters Hose herum gebildet und der sich über den Schritt hinaus ausgedehnt hatte. Ohne dieses Malheur zu kommentieren, schob Paul seinen Bruder wortlos ins Badezimmer. Er ließ Wasser in die Wanne einlaufen. Währenddessen streifte er ihm vorsichtig die Kleidung vom Körper. Als Peter zitternd wie Espenlaub nackt vor ihm stand, inspizierte er ihn ausgiebig, fand aber weder Kratzspuren noch irgendwelche anderen Besonderheiten.

»Sehr gut«, murmelte er erleichtert, während seine linke Hand in das schaumbesetzte Wasser eintauchte und die Temperatur prüfte.

Peter stieg vorsichtig in die lindgrüne Badewanne. Paul half ihm dabei und ging anschließend zurück in die Küche. Wenig später erschien er mit zwei Whiskeygläsern und einer Flasche Bourbon im Bad. Er setzte sich neben die Wanne auf den Toilettendeckel, befüllte die schweren Gläser fast bis zur Hälfte und überreichte eines davon seinem Bruder.

»Los, trink! Und zwar ex! Das hilft«, befahl er und ging sogleich mit gutem Beispiel voran.

Peter gehorchte.

Paul befüllte die Gläser erneut. »Los, runter damit!«

Wieder kam Peter der Aufforderung sofort nach. Diesmal verzog er allerdings dabei angewidert das Gesicht.

»So, und jetzt erzählst du mir mal alles der Reihe nach.«

»Paul, ich kann nicht. Ich ...«

»Du *musst* mir jetzt alles sagen«, zischte der jüngere der beiden Brüder, packte Peter an beiden Schulter, schüttelte ihn. »Damit ich dir helfen kann, muss ich *alles* wissen. Und zwar schnell. Wer weiß, vielleicht findet man sie schon bald!« Mit der flachen Hand schlug er ihm mehrmals auf beide Wangen. »Mensch, wach endlich auf!«

Diese brachiale Methode zeigte umgehend Wirkung. Peter schien zur Besinnung zu kommen. »Du hast Recht.«

»Na endlich! Los jetzt!«

»Heute Nachmittag hab ich im Amt die Dienstpost geöffnet. Darunter war ein Schreiben von einem amerikanischen Gericht. Eine ganz normale Nachlasssache mit der Bitte um Erbenermittlung. Da hat ein reicher Ami ein Testament hinterlassen, aus ...«

»Und was hat das alles mit Helene zu tun? Junge, komm, sag endlich, was Sache ist«, mahnte Paul mit flehendem Gesichtsausdruck.

»Dieser Ami hat Helene ein 12 Millionen Dollar-Erbe vermacht.«

»Mann oh Mann!« Paul befüllte nochmals die beiden Whiskeygläser, reichte eines davon seinem Bruder.

Peter kippte die hochprozentige Flüssigkeit in einem Zug hinunter. Dann kehrte er endgültig ins Reich der Lebenden zurück. »Mir war sofort klar, was das bedeutet.«

»Ja und was?«

»Na ja, ganz einfach: Der Erblasser heißt Gregory Walther und ist Helenes Bruder.« Er wartete einen Augenblick auf Pauls Reaktion. Als diese sich aber nicht einstellte, fuhr er fort: »Dieser Gregor Walther, wie er vor 40 Jahren noch hieß, bevor er in die Staaten ausgewandert ist, war natürlich auch der Bruder unseres verstorbenen Vaters. Ist klar, oder?«

»Ja, ja – natürlich«, stammelte Paul. »Aber ..., aber wieso hast du dann Helene umgebracht?«

Peters Gesichtszüge versteinerten sich schlagartig. Er schien für einen Moment die dramatischen Ereignisse, die sich vor ein paar Stunden ereignet hatten, vergessen zu haben.

»Los, erzähl weiter!«, drängte Paul.

»Ich wollte Helene die frohe Botschaft selbst überbringen. Deshalb hab ich sie angerufen und einen Treffpunkt mit ihr vereinbart: 22 Uhr in ihrem Büro im Bildungszentrum.« Er verstummte.

»Und dann? Weiter, weiter!«

»Dann bin ich zu ihr hin. Und hab ihr das mit der Millionenerbschaft erzählt und ihr als Beweis den Brief unter die Nase gehalten ...« Wieder brach er ab.

»Ja, aber warum um Himmels willen hast du sie denn umgebracht?«

Peter schossen Tränen in die Augen. »Ich hab sie nur gefragt, ob sie uns beiden nicht je eine Million davon abgeben könnte. Schließlich wären wir ja normalerweise auch Erben, wenn es dieses verdammte Testament nicht gäbe.« Er schniefte, schloss die Augen. »Schließlich sind 10 Millionen Dollar ja immer noch eine gewaltige Summe, hab ich gesagt.« Er schlug die Hände vors Gesicht, begann jämmerlich zu wimmern.

»Mensch, reiß dich zusammen! Mach weiter!«

»Weißt du, was sie gemacht hat?«

»Was?«

»Sie hat mich ausgelacht! ... Hat mich beschimpft als Versager, als Erbschleicher – und was weiß ich noch alles ...«

Plötzlich läutete das Telefon. Beide Männer zuckten zusammen. Paul hastete ins Wohnzimmer und erschien kaum einen Wimpernschlag später mit dem Hörer, dessen Mikrophon er mit einer Hand umschlossen hielt.

»Es ist deine Frau. Wo du steckst, will sie wissen. Sie sagt, dass du eigentlich kurz nach zehn zu Hause sein wolltest«, flüsterte er. »Soll ich sagen, dass du bei mir über Nacht bleibst?«

»Ja.«

»Hallo Helga, bist du noch da? ... Peter ist gerade auf

der Toilette. Ich soll dir ausrichten, dass er heute Nacht bei mir bleibt. Ich hab ihn vorhin in der Stadt getroffen. Wir müssen mal wieder miteinander reden – so unter Brüdern ... Ja, ja, wir sorgen dafür, dass du morgen früh dein Auto vor der Haustür stehen hast.«

Paul brachte das Mobilteil nicht zurück ins Wohnzimmer, sondern legte es auf einen Stapel Handtücher neben der Badewanne. »Also: Helene hat dich beschimpft. Und dann?«

Peter nickte wie in Trance, dann warf er seinen Blick zu Paul. »Ja, sie hat mich ausgelacht. Und dann hat sie mir auch noch gesagt, dass wir auch von ihrem eigenen Vermögen keinen einzigen Cent sehen würden. Sie hätte das alles testamentarisch geregelt. Sie hat dabei so gegrinst, so hämisch gegrinst. Und immer wieder ›faule, elende Schmarotzerbande‹ gesagt ... Und dabei so verdammt gehässig gelacht ... Plötzlich hab ich sie am Hals gepackt und zugedrückt – fest zugedrückt.«

Er wiederholte mit fest zusammengebissenen Zähnen und verkrampften, sehnigen Händen die Tatausführung. Dann ließ er seine plötzlich erschlafften Arme in das nur noch mit Schaumresten betupfte Wasser plumpsen. Zeitgleich kippte sein Kopf hinab zur Brust.

»Weißt du was, Bruder? Das war die gerechte Strafe für diesen bösartigen alten Drachen! Die konnte ich noch nie leiden!« Er strich ihm zärtlich über die dunkelbraunen Haare. »Junge, es ist nun halt mal passiert. Verdient hatte sie es allemal. Wir müssen uns jetzt nur genau überlegen, was wir tun.«

Paul drückte sich vom Toilettendeckel ab, griff dabei nach einem großen Badelaken, das rechts von ihm über einem Heizkörper hing und reichte es seinem Bruder.

Peter Walther erhob sich nun ebenfalls und nahm das Handtuch wortlos entgegen. Paul schnappte seinen himmelblauen Bademantel, der an einem Haken an der Tür hing und übergab ihn seinem Bruder.

»Komm, wir gehen in die Küche.« Nachdem die beiden Brüder an dem verschrammten Holztisch Platz genommen hatten, nahm Paul als erster den Gesprächsfaden wieder auf. »So, zuerst will ich nochmal ganz genau wissen, ob dich irgendjemand gesehen hat?«

»Nein, ich glaube nicht. Im Gebäude war niemand mehr. Auf dem Weg zum Zaun hab ich auch niemanden gesehen. Und in der Gartenschau war auch keiner.«

»Was ist mit dem Parkplatz, wo du auf mich gewartet hast? War da jemand?«

Peter zog die Unterlippe über die Oberlippe und brummte verneinend.

»Gut. Dann haben die Bullen sehr wahrscheinlich gar keinen Anhaltspunkt.«

Paul warf seine rechte Hand vor den Mund und begann nervös auf dem Zeigefinger herumzunagen.

»Glaubst du?«, fragte sein älterer Bruder.

»Ja, im Moment jedenfalls schon. Aber irgendwann kommen die bestimmt auf uns. Die werden routinemäßig auch die Verwandtschaft abchecken. Aber wenn die keinen konkreten Anhaltspunkt haben, wird sich das auf die Überprüfung unserer Alibis beschränken – wenn überhaupt.« Wieder sinnierte er. »Gut, aber das ist ja kein Problem. Wir geben uns gegenseitig eins: Wir waren zusammen in meiner Wohnung. Die ganze Zeit über. – Wann hast du Helene eigentlich zum letzten Mal getroffen?«

»Weiß nicht mehr. Ist schon lange her. Garantiert ein paar Jahre.«

»Dann war es bestimmt wie bei mir: Ich hab sie nämlich das letzte Mal bei Vaters Beerdigung gesehen. Das können wir ja sagen, wenn man uns fragen würde.« Nachdenklich krauste er die Stirn.

Peter blieb diese Veränderung nicht verborgen. »Was ist?«

»Ach, ich frage mich gerade, wie wir uns wohl am unverdächtigsten verhalten, wenn die Bullen auf die Idee kommen, dass wir als ihre Erben ja ein Motiv gehabt haben könnten.«

»Aber Paul, das ist doch kein Problem. Da sagen wir einfach, dass wir schon ganz lange wissen, dass wir von ihr nichts erben werden. Die Polizei weiß ja nicht, dass wir eigentlich erst seit heute wissen, dass sie uns per Testament enterbt hat.«

»Genial, Brüderlein! Das ist es! Aber geahnt hab ich das schon immer.«

»Ich auch.«

»Dann erbt dieser komische, hässliche Wetterfrosch, mit dem sie seit ewigen Zeiten zusammenlebt, alles.«

»Ja, wahrscheinlich«, meinte Peter.

Paul machte eine wegwerfende Handbewegung. »Aber vielleicht fragen die uns ja gar nicht. - Ach du Scheiße!«

Erschrocken blickte Peter zu seinem Bruder. »Was ist denn?«

»Du hast doch vorhin gesagt, du hättest sie heute Nachmittag angerufen.«

»Ja, aber von einer Telefonzelle aus. Ich wollte nämlich nicht, dass im Amt irgendjemand etwas davon mitbekommt«, erwiderte Peter nicht ohne Stolz.

Erleichtert blies Paul geräuschvoll die Backen auf. »Gott sei Dank!« Aber bereits sein nächster Gedanke versetzte ihn erneut in Panik. »War sie direkt dran oder bist du zuerst bei der Zentrale gelandet?«

»Ich hab die Durchwahlnummer gewählt. Die stand zum Glück im Telefonbuch. Ich hatte sie direkt am Apparat.«

»Gut. So, und jetzt erklärst du mir schnell mal diese ganze Erberei. *Wer* erbt nun Helenes Ami-Millionen?«

»Also, das sieht zwar etwas kompliziert aus, ist aber eigentlich gar nicht so schwer zu verstehen.«

»Gut, dann bring's mal direkt auf den Punkt.«

»Okay. Gregory Walther hat testamentarisch verfügt, dass diese 12 Millionen Dollar nur der ihm vom Verwandtschaftsgrad her am nächsten stehende, lebende deutsche Familienangehörige erben darf. Und weil unser Vater ja schon verstorben ist und Gregor sonst keine Geschwister hatte, ist das eben nur die Helene.«

»Gewesen, Brüderlein, gewesen. Denn durch deine Tat ist sie es ja nicht mehr.« Er sprang wie von der Tarantel gestochen plötzlich von seinem Stuhl in die Höhe. »Soll das etwa heißen, dass wir zwei jetzt alles erben? Helene hat ja keine Kinder. Los, Mann, sag schon!«

»Ja, formal schon. Aber ...«

»Aber was?«

»Aber nur, wenn der potentielle Erbe ein einwandfreies polizeiliches Führungszeugnis vorweisen kann. Das ist eine weitere Bedingung, die im Testament steht. Und das können wir nun wohl beide nicht mehr: Ich nicht und du auch nicht, weil du mir geholfen hast ...«

»Verdammte Scheiße, dann stehen wir ja beide für die Bullen auf der Motivliste ganz weit oben!«

»Nicht unbedingt.«

»Wieso?« Paul zog die Augenbrauen nach oben.

»Na ja, bis jetzt weiß außer uns niemand etwas von der Sache.«

»Stimmt. Und weil Helene nicht Walther, sondern Bender-Bergmann heißt, kann – außer den Bullen – niemand eine Verbindung herstellen. Und die auch nur dann, wenn sie Nachforschungen anstellen.«

»Vor allem nicht die Amis.« Peter grübelte, ließ mit verkniffenen Lippen seinen nachdenklichen Blick hoch zur Zimmerdecke steigen. Plötzlich fixierte er mit unruhigen Augen seinen im Raum umherwandelnden Bruder. »Wie auch? Wenn wir jetzt einfach Gras über die Sache wachsen lassen, die Erbenermittlung in die Länge ziehen …« Zum ersten Mal seit Stunden huschte ein zartes Lächeln über sein Antlitz. »Justitias Mühlen mahlen ja bekanntermaßen gerade in Deutschland recht langsam, auch die des Nachlassgerichts.«

Pauls graue Zellen schienen regelrecht zu explodieren. »Du meinst, du könntest das so deichseln, dass die Amis gar nichts von dem gewaltsamen Ableben der Erbin mitbekämen.«

»Genau.« Peter nickte zustimmend. »Nehmen wir einmal an, das Nachlassgericht teilt den Amis etwa in einem halben Jahr mit, dass wir beide die einzigen lebenden Nachkommen des Gregory Walthers hier in seiner alten Heimat sind. Chronologisch wären dann die anderen Verwandten mit ihren Todesdaten aufgeführt, unter anderem auch Helene – verstorben am 14. April diesen Jahres.«

»Genial!«, anerkannte Paul mit strahlenden Augen. Schon einen Moment später verfinsterte sich jedoch seine Miene. »Aber was ist mit der Todesursache?«

»Gar nichts! Die wird nie mitgeteilt.«

»Wahnsinn!«, stellte Paul beeindruckt fest und ließ sich anschließend wie ein nasser Sack auf einen Küchenstuhl plumpsen. »Meinst du, das könnte wirklich klappen?«

»Warum eigentlich nicht? Wenn wir die ganze Sache lange genug hinauszögern – was ich ohne Probleme hinkriegen müsste – bekäme die Polizei auch nichts von unserer Erbschaft mit.«

»Von daher haben wir ja Sauglück, dass Helene uns per Testament enterbt hat. Damit fällt unser Tatmotiv weg! – Das ist ja wirklich irre: Von ihrem eigenen Vermögen erben wir nichts und haben somit auch kein Motiv! Und von ihrer eigenen Erbschaft bekommt keiner was mit – und wir erben alles!«

Peter war nicht so euphorisch wie sein Bruder. »Aber nur, wenn uns keiner auf die Schliche kommt.«

»Du hast Recht! Es steht einfach zu viel für uns auf dem Spiel. Wir müssen die Sache selbst in die Hand nehmen.«

»Was meinst du damit?«

»Wir müssen aktiv werden.«

»Inwiefern?«

»Na ja, zum Beispiel indem wir die Ermittlungsrichtung ganz von uns weg führen.«

»Und wie?« Peter wiegte verständnislos den Kopf hin und her.

»Wir konstruieren eine Finte. Damit lenken wir von uns ab. – Erinnerst du dich an diesen Fall mit dem Serienmörder, mit dem sich dieser Tannenberg von der Kripo herumgeschlagen hat? Das ging ja damals durch alle Zeitungen.«

»Ja klar, ist ja noch gar nicht so lange her.«

»Und da ist der doch auch völlig blind im Dunkeln rumgetappt. Nur weil der Mörder es so wollte, hat er schließlich die Spur zu ihm gefunden. Und genau das, mein lieber Peter, wollen wir ja wohl jetzt am wenigsten. Oder, siehst du das etwa grundlegend anders?«

»Nein, nein.«

»Gut. Wir müssen uns irgendwas Geniales einfallen lassen. Das ist *die* Chance, mit dem wir unserem beschissenen Leben eine ganz andere Richtung geben können.« Er ballte die Fäuste. »Denk mal daran, was wir mit dem vielen Geld alles machen können!«

»Sechs Millionen für jeden von uns. Das ist wirklich wahnsinnig viel Geld, Paul!«

»Betrachten wir uns die Sache mal aus der Sicht der

Mordkommission. Die finden eine Frauenleiche auf der Gartenschau. Sie haben keinen konkreten Anhaltspunkt: keinen Täter, sehr wahrscheinlich keine Zeugen – nur die Tote. Also beginnen sie mit Ermittlungen in die Breite. Stochern ziellos da im Nebel herum, stochern ziellos dort im Nebel herum. – Und genau das ist enorm gefährlich für uns.«

Peter sog tief Luft ein, raufte sich die Haare.

»Also müssen wir einen schmackhaften Köder für sie auslegen, auf den sie anbeißen und der diesem Herumgestochere ein Ende macht.«

»Und was für einen?«

»Hatte dieser durchgeknallte Frauenmörder nicht alle möglichen verrückten Dinge gemacht? Die Leichen geschmückt, Gedichte geschickt -«

»'Ne tote Katze vor die Tür gelegt«, ergänzte Peter.

»Ja, genau.« Ein Geistesblitz schoss Paul ins Bewusstsein. »Ich hab's! Yeah, ich hab's!«, jubilierte er und huschte an seinem total verdutzten Bruder vorbei ins Wohnzimmer. Wenige Sekunden später stand er vor Peter und hielt ihm Würfel unter die Nase. »Sechs Würfel.«

»Und was willst du mit den Dingern?«

»Na, das ist der Anteil für jeden von uns – in Dollar-Millionen natürlich!«

»Also ich versteh nicht, was du damit willst.«

»Wirst du aber gleich, Brüderlein, wirst du aber gleich. Ich geh nämlich jetzt runter in die Werkstatt und schleife alle Punkte bis auf die Seite mit der ›Zwei‹ ab. – Und was haben wir dann für eine Würfelsumme?«

»Was für eine Würfelsumme?«

»Junge, wenn du die Zahl zwei mit sechs multiplizierst, was erhältst du dann?«

»Zwölf.«

»Sehr gut! Zwölf. Das ist die Höhe der Erbschaft.«

Paul fasste sich ans Ohrläppchen, rieb daran herum. Dann klatschte er in die Hände. Für einen Augenblick verschwand er wieder im Wohnzimmer. Als er zurückkam blätterte er in einem Asterixheft. »Ich hab's! Da steht's: alea iacta est – der Würfel ist gefallen!«

Peter verstand immer noch nicht so recht, was sein Bruder mit diesem Aktionismus überhaupt bezweckte. »Und was willst du damit?«

»Ganz einfach: Nachdem du jetzt gleich am PC diesen lateinischen Satz getippt und ausgedruckt hast und ich im Keller die Würfel beschliffen habe, schweißen wir den Spruch in Folie ein ...«

»Ja, und dann?«, unterbrach Peter, der zusehends verständnisloser dreinblickte.

»Kannst du dir das etwa immer noch nicht denken?«

Stummes Schulterzucken.

»Danach fahr ich zur Gartenschau, such unsere liebe Tante, stecke ihr das Zeug in den Mund und umwickle ihren Kopf mit Paketband. Eine bessere Finte gibt's wohl kaum für diese Blindgänger von der Kripo.«

14

Peter und Paul

(Am Morgen des Frauenbeauftragten-Kongresses)

Paul hatte seinen Bruder angerufen und ihm mitgeteilt, dass er ihn zu einem Spaziergang abholen werde.

Die beiden Männer fuhren zum Waldparkplatz am Schulzentrum Süd. Sofort nachdem Paul seinen betagten Diesel-Benz verlassen hatte, sondierte er mit hektischen Blicken die Umgebung. Als er außer seinem Bruder niemanden sah, trat er ohne Vorankündigung an den hinteren Kotflügel des ungepflegten Autos.

Zufrieden betrachtete er die Beule, die sich deutlich in dem stumpfen dunkelroten Blech abzeichnete. »Verdammte alte Mistkarre!«, schimpfte er und schickte seinen rechten Fuß abermals auf die Reise. »Blöde Rostlaube!«

»Hör endlich auf mit diesem Quatsch«, forderte Peter mit Vehemenz. »Wenn das jemand sieht. Wir müssen uns doch so unauffällig wie nur irgend möglich verhalten. Und du machst genau das Gegenteil!«

»Du hast ja Recht, Brüderlein«, stimmte Paul zu und begab sich auf die andere Seite des unansehnlichen Mercedes. Er legte seinen Arm um Peters Schultern. »Mensch, Junge, bald haben wir's geschafft. Dann kauf ich mir 'nen richtig geilen Schlitten!«, zischte er mit funkelnden Augen.

Peter schüttelte den Kopf, presste die Lippen zu einem dünnen Strich zusammen. »Nein, nein, nein. So weit sind wir noch lange nicht. Wir müssen fürchterlich aufpassen.«

Paul drehte seinen Bruder zu sich um, fixierte ihn mit einem stechenden Blick. »Jetzt mach dir mal nicht gleich ins Hemd! Es funktioniert doch alles prächtig. Sogar noch viel besser, als wir es uns Samstagnacht ausgemalt haben.«

»Findest du?«

»Ja klar! Denk doch nur mal an die Presse! Wie die uns dabei hilft! Diese Spekulation, dass es sich bei dem Mörder um einen Wahnsinnigen handelt, der es auf Emanzen mit Doppelnamen abgesehen hat. Das ist doch Spitze! Du wirst sehen, die gehen uns total auf den Leim. Das ist wirklich eine Super-Idee.« Er schlug die Hände betend ineinander, warf seinen Kopf ins Genick und schloss für einen Moment die Augen. »Danke liebe Presse, Danke!«

»Hör auf mit diesem albernen Blödsinn. Benimm dich endlich normal!«, versuchte Peter seinen Bruder zur Räson zu bringen.

»Mach ich doch auch. Aber ein wenig freuen darf ich mich schon, oder? Schließlich ist es ziemlich anstrengend, sich den ganzen Tag über nicht anmerken zu lassen, dass man vom einen auf den anderen Tag mehrfacher Dollar-Millionär geworden ist.«

»So weit ist es noch lange nicht!«, warf Peter mit energischer Miene und mahnend erhobenem Zeigefinger ein.

»Papperlapapp. Du immer mit deinen Bedenken!« Paul winkte ab. Dann legte er eine kurze Besinnungspause ein, während der er mehrere kleine rote Sandsteine aufnahm und damit ein Zielwerfen auf ein an einer mächtigen Buche angebrachtes ›Durchfahrt-Verboten-Schild‹ veranstaltete. Das letzte der Wurfgeschosse traf die Metallscheibe und erzeugte dabei einen spitzen, helltönenden Klang.

Mit schnellen Schritten folgte Paul seinem Bruder, der in der Zwischenzeit in sich gekehrt weitergewandert war.

Als er ihn erreicht hatte, sagte er: »Gestern Morgen musste ich zum Arbeitsamt. Und da lässt dieser Typ doch tatsächlich folgenden Satz los: ›Herr Walther, ich mache mir große Sorgen um Ihre Zukunft!‹« Paul begann lauthals zu lachen. »Dieser kleine Sesselfurzer macht sich Sorgen um *meine* Zukunft! Der sollte sich besser mal um seine eigene Gedanken machen! Was glaubst du wohl, wie gerne ich ihm ein paar entsprechende Dinge dazu gesagt hätte ...« Er brach ab. »Peter, dir ist hoffentlich klar, dass wir uns in der nächsten Zeit sehr, sehr diszipliniert verhalten müssen.«

»Natürlich. *Mir* ist das klar. Aber ist *dir* das klar? Wer von uns beiden hat denn gerade eben diesen Zirkus veranstaltet?«

»Ach, das hat doch keiner gesehen. Und wenn uns einer beobachtet hätte, könnte er doch damit überhaupt nichts anfangen. Es hat doch niemand auch nur die geringste Ahnung von unserem Geheimnis!«

»Trotzdem müssen wir höllisch aufpassen!«

»Klar! Machen wir ja auch.« Erneut hob er ein paar kleine Steine vom sandigen Waldboden auf und bewarf damit eine hölzerne Sitzgruppe. »Meinst du wirklich, ich lasse mir diese einmalige Chance entgehen? Die kommt bestimmt nicht so schnell wieder. Wir dürfen jetzt nur keine Fehler machen. Wir müssen einfach ganz normal weitermachen wie bisher. Dann kann uns nichts passieren. Wir dürfen uns absolut nichts anmerken lassen: uns nicht öfter treffen als sonst, kein Geld zum Fenster rauswerfen und keine Andeutungen irgendjemand gegenüber machen.«

Peter nickte zustimmend.

»Kriegst du das hin?«

Peter blieb stehen. »Ich glaub schon. Es geht mir jetzt ja auch bedeutend besser als direkt danach. Die ersten

Nächte hab ich zwar fast kein Auge zugemacht. Und tagsüber war ich total durch den Wind. Aber ich hab einfach alles auf starke Rückenschmerzen geschoben. Das haben die mir im Amt auch abgenommen. Damit hatte ich ja schließlich schon oft genug meine Probleme.«

»Gut. Und bei dir zu Hause?«

Peter zuckte mit den Schultern. »Alles Okay! Die nehmen mir meine Story mit den Ischiasproblemen auch ab. Wir schlafen ja sowieso getrennt.« In einen Stoßseufzer hinein ergänzte er: »Bin ich froh, dass ich die letzten beiden Nächte wieder schlafen konnte. Zwar unruhig, aber immerhin ein paar Stunden am Stück.«

»Na ja, der Körper holt sich irgendwann einfach, was er braucht.«

Den Rest des beschwerlichen Anstiegs hinauf zum Großen Humberg schwiegen die beiden Brüder. Jeder schien gedanklich mit sich selbst beschäftigt. Erst oben auf der zugigen Aussichtsplattform des aus heimischem Buntsandstein errichteten Turms fand Peter als erster seine Sprachfähigkeit wieder.

»Wahnsinn! War das ... anstrengend. Vor allem diese ... endlose Treppe am Schluss«, hechelte er, die Arme in die Seiten gestützt.

Paul rang ebenfalls mit schmerzverzerrtem Gesicht nach Atem. »Hat aber ... gut getan.«

Peters Blick schwebte über die in einen breiten Talkessel eingebettete Barbarossastadt hinweg zum Donnersbergmassiv, wo er einige Sekunden lang verharrte.

Pauls Augenpaar dagegen verfolgte ein vierstrahliges Transportflugzeug, das von Osten kommend das Stadtgebiet überquerte. »Siehst du, Brüderlein, das können wir jetzt auch bald alles machen.«

Peter riss seinen Blick vom Donnersberg los und drehte sich mit gefalteter Stirn zu seinem Bruder um. »Was?«

»Na, Fernreisen zum Beispiel.« Als Peter anscheinend immer noch nicht recht verstand, auf was sein jüngerer Bruder hinauswollte, schob dieser schnell nach: »Fliegen. Einfach wegfliegen. In ferne Länder. Urlaub machen. Das können wir uns jetzt alles leisten.«

»Ach so. Ja, ja.«

Peters Gesichtszüge spiegelten den Melancholieschub wieder, der gerade eben über ihn hergefallen war. Paul registrierte sofort die veränderte Befindlichkeit seines Bruders. Er legte ihm deshalb seinen Arm um die Schulter und zog ihn ein wenig zu sich heran.

»Komm, alter Junge, was soll's. Helene ist nun einmal tot und wird auch nicht mehr lebendig. Egal wie sehr du dich darüber grämst.« Er rüttelte ihn. »Aber *wir* leben! Und das ist doch das Entscheidende!«

Kommentarlos bohrte sich Peters trauriger Blick in eine blattlose Eichenkrone.

»Mensch, Junge, wenn man die Sache mal objektiv betrachtet, ist das alles doch ein totaler Glücksfall für uns.« Paul warf seinen Kopf nach rechts, taxierte das brüderliche Gesicht. Dabei lachte er. »Das war wirklich ein Glücks-Fall für uns! Und zwar im wahrsten Sinne des Wortes. So ein Zufall! Landet die doch tatsächlich auf dem Rücken dieses Stacheldinos. Irre!«

»Komm sei still!«

»Ach Gott, Peter, jetzt hab dich mal nicht so! Was soll's? Unser Plan funktioniert schließlich wunderbar! Du hast doch bestimmt auch die Zeitungen gelesen, oder?«

»Klar«, gab Peter mit gepresster Stimme zurück.

»Na also, siehst du. Für die Bullen ist das zunächst ein mysteriöser Mordfall, der durch die glücklichen Begleitumstände und die Presse in eine ganz bestimmte Ermittlungsrichtung gedrängt wird: Emanze mit Doppelnamen, im Dinopark gefunden, mit Würfeln und einem Spruch im

Mund. Die Reaktionen zeigen, dass unsere Finte wunderbar funktioniert. Jedenfalls *bisher* funktioniert hat.« Paul seufzte, durchfurchte mit der linken Hand seine dichten braunen Haare, strich sich über die dunklen Stoppeln seines Drei-Tage-Bartes. »Aber ..., es gibt da ein Problem.«

Verwundert wandte sich Peter zu ihm um. Er stand nun mit dem Rücken an die verwitterte Sandsteinmauer des Aussichtsturms gelehnt, und damit seinem Bruder direkt gegenüber.

»Welches, Paul?«, fragte er mit großen Augen.

»Kein Grund zur Panik. Ein Problem, für das ich schon eine Lösung parat habe.«

»Welches Problem, welche Lösung?«

»Wir müssen diese falsche Spur – die ja von *dir* wegführt, liebes Bruderherz! Daran solltest du immer denken! – füttern!«

»Wie füttern?« Peters, durch die anstrengende körperliche Betätigung bedingte Hautröte wich mit einem Mal völlig aus seinem Gesicht und wurde durch gräuliche Blässe ersetzt. »Du meinst doch nicht etwa?« Entsetzt warf er beide Handflächen auf Wangen und Ohren, so als wolle er damit pantomimisch zum Ausdruck bringen, fortan nichts mehr hören zu wollen.

»Doch, genau das mein ich.«

»Nein, Paul, nein!« Mit wilden Bewegungen schüttelte er den Kopf.

Paul griff ihn am Revers seines Mantels, versuchte ihn mit aller Kraft zu beruhigen. »Es *muss* sein! Ich hab lange darüber nachgedacht. Es *muss* sein! Es steht zu viel auf dem Spiel! Damit die falsche Fährte auch schön heiß bleibt, brauchen wir einen weiteren Köder.«

Peters pendelnder Kopf wollte partout nicht zur Ruhe kommen. »Nein, nein, nein«, jammerte er litaneienartig vor sich hin.

»Doch! Oder willst du etwa für 15 lange Jahre ins Gefängnis wandern? Wegen dieser gehässigen, habgierigen Kuh, die uns keinen Cent von ihrem Reichtum abgeben wollte. Die ist doch selbst an ihrem Schicksal schuld. *Die* hat uns um unser Erbe betrogen! Und deshalb hat sie den Tod mehr als verdient!«

In Peters Körper kehrte langsam die Ruhe zurück.

Paul öffnete seinen festen Griff, atmete tief durch. »Du musst dich um die Sache überhaupt nicht kümmern. Ich mach das alles – auch für dich, Peter. Daran musst du wirklich immer denken!« Mit deutlich schärferem Ton wiederholte er: »Auch für dich, Brüderlein. Vor allem für dich!«

Peter rang angestrengt nach Luft.

»Ich hab auch schon jemanden gefunden. Das ideale zweite Opfer, sag ich dir: Emanze, Doppelnamen.«

»Und wann ... und wie?«

»Das braucht dich alles nicht zu kümmern. Das würde dich nur unnötig belasten. Du musst nichts anderes tun, als mir die Daumen zu drücken. Damit auch alles so perfekt klappt, wie ich's geplant habe.«

15

Traditionsgemäß wurde im K 1 die neue Woche mit einer Frühbesprechung eröffnet.

»So, Leute, ich hoffe, ihr habt euch übers Wochenende einigermaßen gut erholt und eure Akkus aufgeladen. Das war ja auch mal bitter nötig, nicht wahr?«

Das stumme Kopfnicken seiner Mitarbeiter überzeugte Tannenberg von der ungeteilten Zustimmung, die seiner Aussage zuteil wurde. Auch er selbst fühlte sich viel frischer und lebendiger als noch vor drei Tagen – eine positive Befindlichkeitsveränderung, die nicht nur auf eine für ihn weitaus erträglichere Wetterlage zurückzuführen war.

Die sehnlichst von ihm herbeigewünschte Abkühlung hatte ihn nämlich derart beflügelt und mit neuem Tatendrang ausgestattet, dass er allen verfügbaren Mut zusammengekratzt und am späten Sonntagmorgen Ellen Herdecke angerufen hatte. Im Gegensatz zu seinen schlimmsten Befürchtungen reagierte sie jedoch lange nicht so extrem, wie er es eigentlich erwartet hatte. Nach seinem Empfinden war ihre Reaktion zwar etwas unterkühlt, aber durchaus nicht abweisend.

Da sie an diesem Tag keine Zeit mehr für ein Treffen mit ihm hatte, schlug sie Tannenberg vor, dass er sie doch kommenden Mittwoch zu einer Führung durch das Theodor-Zink-Museum begleiten solle. Ohne Zögern hatte Tannenberg diesem Vorschlag zugestimmt.

»Chef, schauen Sie mal, was ich Ihnen mitgebracht habe!«, säuselte Petra Flockerzie, die gerade den Konferenzraum des K 1 mit einem mit mehreren Tassen und zwei Kaffeekannen beladenen Tablett betreten hatte. Sie überreichte Tannenberg eine überdimensionale Tafel Milka-Schokolade. »300 Gramm! Mit ganzen Haselnüssen! Die essen Sie doch so gerne! Als kleiner Dank für das schöne Wochenende, das Sie uns geschenkt haben.«

Die Überraschung stand Tannenberg für alle gut erkennbar deutlich ins Gesicht geschrieben. »Danke, Flocke. Vielen Dank! Aber die wird jetzt natürlich sofort sozialisiert«, entgegnete er und riss sogleich das lila Papier auseinander.

Die Sekretärin hatte inzwischen das Tablett abgestellt und sich zu Tannenberg begeben. »Lassen Sie mal, Chef, ich mach das«, sagte sie, nestelte an der Alufolie herum, faltete diese auseinander und zerbrach die riesige Schokoladentafel in viele kleine Einzelteile.

»Wolf, weißt du ...?«, begann Kommissar Fouquet in das allseitige Schmatzen hinein. Nachdem er gemerkt hatte, wie beschwerlich das Sprechen mit Schokolade im Mund sich gestaltete, brach er ab, kaute und schluckte die süße Masse hinunter, bevor er fortfuhr: »Natürlich hat mich, wie wahrscheinlich jeden von euch hier im Raum«, er blickte sich um, registrierte befriedigt das Kopfnicken seiner Kollegen, »unser Fall auch am Wochenende nicht in Ruhe gelassen.«

Wieder legte er eine kurze Pause ein, leckte sich dabei über die Lippen. »Mir ist da ein Gedanke gekommen, der mir einfach keine Ruhe mehr lässt.«

Alle Anwesenden blickten interessiert zu dem jungen Kriminalbeamten hin, der die Runde schon des Öfteren in der Vergangenheit mit äußerst kreativen und substanzvollen Beiträgen bereichert hatte.

»Was lässt dir denn keine Ruhe mehr, lieber Albert?«, fragte Tannenberg neugierig und steckte sich ein weiteres Schokoladenstück in den Mund.

Plötzlich schien Unsicherheit von Fouquet Besitz zu ergreifen. »Na, wahrscheinlich spinne ich ja nur rum und sehe Gespenster.« Er schüttelte den Kopf, machte eine wegwerfende Handbewegung in Richtung Tannenberg.

»Los, mach schon, leg jetzt endlich dein Ei!«, forderte der Kommissariatsleiter ungeduldig.

»Ach, Quatsch! Ich bild mir das alles bestimmt nur ein!«

»Albert«, knurrte Tannenberg wie ein angeketteter Hofhund.

Fouquet presste die Lippen aufeinander, dann gebar er endlich das, was ihn besonders am Sonntag fast den ganzen Tag über gedanklich beschäftigt hatte: »Ich weiß ja schon genau, was ihr jetzt gleich sagen werdet ... Die Kriminalpsychologin hat die Sache ja selbst so dargestellt.«

Tannenberg wurde immer ungehaltener, fletschte bedrohlich die Zähne. »*Welche* Sache hat sie *wie* dargestellt?«

»Sie hat doch bei einer Besprechung vor kurzem selbst gesagt, dass sie eine mögliche Gefährdung ihrer eigenen Person deshalb ausschließen könne, weil sie als LKA-Mitarbeiterin für den Mörder ein viel zu großes Risiko darstellen würde.«

»Genau. Und außerdem ist sie ja aufgrund des Täterprofils gar nicht im potentiellen Opferfokus – wie sie es, glaub ich jedenfalls, genannt hatte«, ergänzte Michael Schauß und erfuhr umgehend eine inhaltliche Unterstützung von Seiten seiner Ehefrau: »Stimmt, Mischa. Und zwar deshalb, weil der Täter es nur auf solche Frauen abgesehen habe, die in der Öffentlichkeit als engagierte Emanzen auftreten würden – zu denen sie ja nicht gehört.«

»Meint sie jedenfalls«, brummte Tannenberg leise vor sich hin.

Adalbert Fouquet schienen diese Argumente nicht

gänzlich zu überzeugen. »Aber sie hat nun mal diesen verflixten Doppelnamen: Glück-Mankowski! Und die beiden ersten Opfer haben doch auch einen.«

Tannenberg begann plötzlich zu husten. Er hatte sich verschluckt, als er an seinem Kaffee geschlürft hatte. Tränen schossen ihm in die Augen. Geistesgegenwärtig klopfte ihm Sabrina mit der Hand auf den Rücken.

»Geht schon«, bekundete Tannenberg in einer ungewohnt hohen Tonlage. »Wo ist sie denn eigentlich?«

Die anwesenden Mitarbeiter des K 1 zuckten unwissend mit den Schultern.

»Ach, Chef, die steht bestimmt irgendwo zwischen Mainz und Kaiserslautern im Stau«, bemerkte Petra Flockerzie gelassen.

Tannenberg räusperte sich. »Komm, versuch sie mal anzurufen. Normalerweise ist sie doch immer pünktlich am Montagmorgen hier gewesen.«

Die Sekretärin schickte sich an, den Raum zu verlassen. Tannenberg rief ihr nach: »Und versuch's auch mal in ihrem Hotel am Stadtpark.«

»Vielleicht liegt sie ja auch schon als drittes Opfer auf der Gartenschau«, warf Kriminalhauptmeister Geiger grinsend ein.

16

Kurz nachdem Peter Walther das Amtsgericht-Gebäude verlassen hatte, hatte es bereits zu tröpfeln begonnen. Nur wenig später hatten sich die dicken schwarzen Regenwolken geöffnet und ihren Inhalt wie aus Kübeln über die geschäftig dahineilenden Menschen geschüttet. Noch bevor er die für diese Jahreszeit recht ungewöhnliche Wetterkapriole allerdings richtig wahrgenommen hatte, war der ganze Spuk schon wieder vorüber gewesen.

Er hatte sich in der Eisenbahnstraße unter ein Vordach gestellt und den Platzregen interessiert dabei beobachtet, wie er von starken Windböen unterstützt seine prallen Regentropfen nahezu waagrecht durch die übervölkerten Häuserschluchten gepeitscht hatte.

Nun sog er genüsslich die frische, feuchte Luft in seinen verschwitzten Körper und labte sich an der ersehnten Abkühlung. Mit einem Papiertaschentuch polierte er die beschlagenen und stark benetzten Brillengläser. Dann blickte er sich um.

Er stand direkt vor einem Reisebüro, dessen verführerische Schaufensterauslage ihn mit farbenprächtigen, großformatigen Fotos magisch in ihren Bann zog. Wie lüsterne Spanner bohrten sich seine Augen in die traumhaften Sandstrände der Karibik und bestaunten Surfer, die scheinbar ohne die geringste körperliche Anstrengung auf majestätischen, meterhohen Brandungswellen ritten.

Wieso denn eigentlich nicht?, sagte er plötzlich zu sich selbst. Warum um alles in der Welt soll ich jetzt eigentlich nicht in dieses Reisebüro gehen und mir ein paar Urlaubs-Kataloge besorgen? Das ist wohl völlig normal, oder?

Nachdem er sich einige Hochglanzprospekte aus den Regalen gefischt hatte, verstaute er sie dann aber doch sicherheitshalber umgehend in seiner Aktentasche und machte sich mit der Begründung, lediglich unverbindliche Informationen beschaffen zu wollen, sogleich auf den Nachhauseweg.

Er ging aber nicht auf den sonst üblichen, ritualisierten Pfaden durch die Altstadt hinauf zu dem im Almenweg gelegenen Zweifamilienhaus seiner Schwiegermutter, sondern er folgte willenlos einem spontanen Impuls, der ihn zum Kolpingplatz führte, wo er es sich auf einer Parkbank gemütlich machte. Mit einer auf der Sitzfläche ausgebreiteten Plastiktüte, die er immer in seiner Tasche mitführte, schaffte er sich auf der vor Nässe triefenden Holzbank ein trockenes Plätzchen.

Dann ließ er sich langsam darauf niedersinken, öffnete die Aktentasche, kramte seine Thermoskanne und die dazugehörige Henkeltasse hervor, schenkte sich ein und nahm einen tiefen Schluck starken, rabenschwarzen Kaffee. Sein Lieblingsgetränk ließ die sonst übliche Temperatur, in der es normalerweise dargeboten wurde, zwar nur noch erahnen, aber die lauwarme Flüssigkeit wirkte trotzdem belebend auf ihn.

Mit gierigem Blick saugte er die vielen Fotos von fernen Ländern in sich auf, inspizierte eingehend die abgebildeten Hotelzimmer und Swimmingpools, verglich Flugpreise, beamte sich direkt an verlockende Traumstrände oder versuchte sich das Leben auf einem Kreuzfahrtschiff vorzustellen, mit dem man eine monatelange Weltreise unternahm.

Seine rechte Hand strich dabei mehrmals über die tropfenbesetzten Holzbalken. Erst als er nach einer Weile die vom Handgelenk an seinem Arm hinaufkletternde Kühle bemerkte, zog er die Hand reflexartigen zurück und trocknete mit einer geschwinden Bewegung die Feuchtigkeit an seiner Hose ab. Kopfschüttelnd schmunzelte er vor sich hin, während er sich anschließend wieder in die Urlaubskataloge vertiefte.

Im Verlaufe dieses ungewöhnlich heißen Maitages waren nur kurzzeitig Gedanken an die beiden toten Frauen aufgeflackert. Mit jedem Tag Abstand von dem von ihm im Affekt begangenen Totschlag an seiner Tante und dem von seinem Bruder durchgeführten Mord an der Kulturredakteurin der *PALZ* reduzierte sich die Bedeutsamkeit dieser dramatischen Ereignisse ein wenig mehr, und es gelang ihm schließlich immer besser, sich davon innerlich abzukoppeln.

Sein Gehirn verdrängte die schrecklichen Vorkommnisse von Tag zu Tag erfolgreicher, zerhackte die lästigen Gedanken in viele kleine Einzelteile und katapultierte sie nacheinander aus seinem Bewusstsein hinaus.

Zur Entlastung von diesem enormen moralischen Druck, unter dem er noch vor ein paar Wochen fast zu zerbrechen drohte, hatte sich das psychische System im Laufe der Zeit immer ausgeklügelterer Mechanismen bedient.

Da war zum einen das Phänomen der selektiven Wahrnehmung. Es funktionierte bei Peter Walther ähnlich, wie bei einem notorischen Kettenraucher, dessen Hirn ihm nicht permanent die enormen Gesundheitsgefahren vor sein geistiges Auge zerrte, sondern ihm sofort, wenn er mit unangenehmen Informationen konfrontiert wurde, einen 85-jährigen Nachbarnin Erinnerung rief, der trotz seines lebenslangen Nikotingenusses quietschfidel dieses hohe Alter erreicht hatte.

Zudem sorgte sein psychisches System dafür, dass sich Peters moralische Maßstäbe mit der Zeit immer deutlicher von seiner ursprünglichen Ausprägung entfernten. War sein Denken und Handeln bislang von einer, auf seine streng religiöse Erziehung zurückzuführende, stark christlich orientierten Ethik bestimmt gewesen, so befreiten ihn die an seinem psychischen Überleben stark interessierten inneren Wirkmechanismen zusehends von diesen starren Fesseln.

In der Praxis gestalteten sich diese hinter seiner Schädeldecke ablaufenden, komplexen und undurchsichtigen Prozesse folgendermaßen: Glimmte ein durch irgendein äußerer Anlass bedingter Gedanke an den von ihm begangenen Tötungsdelikt auf, so feuerte sein Gehirn sofort mit einer Salve Rechtfertigungsmunition: ›Die hat ihren Tod doch verdient, die alte Hexe‹; ›Die war doch selbst an ihrem Schicksal Schuld; sie hätte uns eben etwas von ihrem Reichtum abgeben sollen, die geizige Alte‹ usw. Obwohl ihm diese verborgenen Stabilisierungs-Mechanismen natürlich nicht bewusst waren, funktionierten sie überraschend effektiv.

Und jetzt kann ich mir endlich was gönnen, mir einen richtig großen Wunsch erfüllen, jubilierte er, während er den Katalog zusammenklappte und in seine mit unübersehbaren Gebrauchsspuren verzierte Aktentasche schob. Was heißt *einen*? Er ballte die Fäuste. *Alle* Wünsche kann ich mir jetzt erfüllen! Das hab ich mir nach dieser verfluchten jahrelangen Bescheidenheit und Aufopferung für die Familie wohl auch wahrlich verdient! Und jetzt hab ich endlich auch das nötige Geld dafür! Konsumieren, kaufen – was ich will. Und alles ohne diese schrecklich nervigen Preisvergleiche anstellen zu müssen!

Eigentlich bin ich ja jetzt schon kein anonymer, armer Schlucker mehr, der sich von außen staunend die Nase an den Scheiben plattdrücken muss. Aber ich muss mich noch ein wenig gedulden, noch weitere Zeit verstreichen lassen. Aber dann werde ich ganz cool in ein Reisebüro oder in einen Autosalon reingehen, mit meinen Dollars winken – und plötzlich bin ich ein potentieller Kunde, ein umworbener Käufer.

Sein verklärter Blick schwebte über die farbenfrohe Blumenpracht der kreisrunden Parkanlage. Nach mehreren tiefen Atemzügen erhob er sich von der Bank, knüllte die Plastiktüte zusammen und warf sie in den Papierkorb. Dann griff er nach seiner Kunstledertasche und machte sich auf den Weg in Richtung des am nördlichen Stadtrand gelegenen Wohngebietes.

Als er in den Amselweg einschwenkte, erblickten ihn sofort seine beiden Kinder, die mit ihren Fahrrädern vor dem Zweifamilienhaus herumfuhren.

»Papa, wo warst du denn so lange?«, empfing ihn sein Sohn. »Die Mama wollte schon die Polizei anrufen.«

Nahezu zeitgleich mit dem Wort ›Polizei‹ verspürte Peter Walther einen schmerzhaften Stich in der Magengrube, sein Herz begann zu rasen. Irgendeine beschwichtigende Entschuldigung vor sich hinmurmelnd, stürmte er an seinem Sohn vorbei in den Vorgarten in Richtung seiner Frau, die lauthals schimpfend und wild gestikulierend auf der Treppe stand.

»Hast du wirklich die Polizei angerufen?«, schrie er ihr ungehalten entgegen.

»Nein!«, gab sie barsch zurück. »Kannst du denn nicht Bescheid sagen? Wo hast du denn so lange gesteckt?«

Erschrocken blickte er auf seine Armbanduhr. Er war tatsächlich seit mehr als zwei Stunden überfällig.

»Ich hab einen alten Klassenkameraden getroffen«, log er ohne jegliche Gewissensbisse. »Und da haben wir uns eben festgequatscht. Tut mit Leid.«

Anschließend begab er sich zur Toilette, verriegelte die Tür und schnaufte erst mal kräftig durch. Während sich sein Pulsschlag allmählich reduzierte, blickte er kopfschüttelnd in den Spiegel.

Gott sei Dank hat sie die Polizei nicht angerufen, sagte er erleichtert zu sich selbst. Er raufte sich die Haare, schüttete sich anschließend zwei Hände voll kaltes Leitungswasser ins Gesicht. Das war knapp! Ich darf nicht unvorsichtig werden. Wo doch bis jetzt alles so gut gelaufen ist.

Er ließ in Gedanken das Training Revue passieren, das er gemeinsam mit seinem Bruder als Vorbereitung auf einen möglichen Anruf der Kriminalpolizei durchgeführt hatte. Paul hatte ihm nochmals mit eindringlichen Worten klar gemacht, dass die Polizei mit hoher Wahrscheinlichkeit auch Helenes Verwandtschaft routinemäßig befragen würde.

Deshalb hatte er seine und Peters Antworten auf die wichtigsten Fragen schriftlich fixiert und sie dabei inhaltlich so aufeinander abgestimmt, dass sie sich damit gegenseitig ein Alibi verschafften. Durch die Offenlegung ihrer Kenntnis vom Inhalt des Testaments ihrer Tante, mit dem sie ja die beiden Brüder de facto enterbt hatte, sollte zudem diskret auf das Fehlen jeglichen Tatmotivs von Seiten der Brüder hingewiesen werden.

Zunächst hatte jeder für sich die Texte so lange in sein Gedächtnis eingefräst, bis sie schließlich so automatisiert waren, dass man jeden der Brüder mitten in der Nacht hätte aufwecken und im Halbschlaf die Einprogrammierungen abtesten können.

Ein paar Mal hatte Paul seinen Bruder nach Dienstschluss abgeholt. In seiner Wohnung hatten sie sich die auswendig gelernten Passagen so lange gegenseitig vorgespielt, bis die Texte so flüssig und natürlich präsentiert wurden, als ob sie überhaupt nicht inszeniert worden wären.

Ein zufriedenes Lächeln verdrängte nach und nach die immer noch erkennbare Anspannung aus Peter Walthers Gesichtszügen.

Der Anruf bei mir im Amtsgericht ist dann ja auch völlig reibungslos über die Bühne gegangen, resümmierte er kopfnickend. Ich war ja auch wirklich super vorbereitet. Und keiner hat etwas davon mitgekriegt, als dieser Ermittlungsbeamte sich gemeldet und höflich um Auskunft gebeten hat. Auch bei Paul war alles glatt gegangen. Na ja, der war ja schon immer viel abgebrühter als ich. Aber ich war auch gut. Richtig gut sogar!

Mit stolzgeschwellter Brust begab er sich zurück zu seiner Frau, die noch immer an der Haustür stand.

»Sei so lieb und ruf mal die Kinder rein«, flötete er ihr von der Seite her ins Ohr. »Ich hab euch allen eine riesengroße Überraschung mitgebracht.«

Helga drehte sich mit gekrauster Stirn ihrem Mann zu. »Was für eine Überraschung denn?«, fragte sie ungläubig.

Peter antwortete nicht, sondern zuckte nur vieldeutig mit den Schultern. Er schlenderte pfeifend in die zwar zweckmäßig eingerichtete, aber recht spartanisch wirkende Küche, die von einer billigen und unansehnlichen Ikea-Anbauzeile dominiert wurde. Dieses Mobiliar hatte ihnen schon damals nicht recht zugesagt. Aber trotzdem hatten sie sich aufgrund des sehr angespannten Familienbudgets notgedrungen zum Kauf entschlossen.

Peter Walther hatte sich gerade eine Flasche Bier aus dem Kühlschrank geholt und sie geöffnet, als die beiden Kinder in die Küche gestürmt kamen und ihren Vater sogleich mit wild durcheinander geworfenen Fragen bedrängten.

Aber er antwortete nicht sofort, sondern füllte zuerst sein Pilsglas randvoll. In einem Zug leerte er den Kelch, stellte ihn ab und zog anschließend aus seiner Aktentasche die Urlaubskataloge, die er klatschend auf den Tisch warf.

»Kinder, wir mieten uns in den Sommerferien ein Haus mit eigenem Swimmingpool direkt am Mittelmeer! Und wir fliegen dorthin.« Der Zusatz »Schluss mit Zelturlaub an der Nordsee und diesem ganzen Kack!« ging im lauten Freudengejohle der Kinder vollständig unter.

Als sich der Nachwuchs wieder ein wenig beruhigt hatten, ergänzte er: »So, und als Einstimmung auf einen schönen Mittelmeerurlaub zieht ihr euch jetzt schnell um und dann gehen wir Pizzaessen.«

Während die Kinder an ihren Eltern vorbei hoch in ihre Zimmer stürmten, nahm er seine Frau in den Arm und flüsterte ihr ins Ohr: »Was hältst du denn eigentlich von einer neuen Küche? Wäre ja mal Zeit, oder findest du nicht auch?«

Helga Walther begleitete diesen wundersamen Auftritt ihres Ehemannes mit offenem Mund und zur Stirn empor gezogenen Augenbrauen.

Was um alles in der Welt ist denn mit Peter passiert?, fragte sie sich verwundert. Haus direkt am Meer? Neue Küche? Dann dachte sie plötzlich an die Kontoauszüge, die sie gestern von der Sparkasse erhalten hatte.

»Sag mal, bist du eigentlich verrückt geworden? Was erzählst du denn da den Kindern für Märchen?«

»Wieso?«, fragte Peter lächelnd.

»Na, was meinst du wohl, wie enttäuscht sie sind, wenn wir im Sommer wieder eine Woche an die Nordsee auf einen Zeltplatz fahren? Wenn's überhaupt dazu kommt, so wie unser Girokonto aussieht.«

Plötzlich wurde der Familienvater von einem unglaublichen Glücksgefühl übermannt. Er konnte sein Geheimnis nicht mehr länger für sich behalten. Er schluckte heftig, räusperte sich mehrmals, antwortete dann mit gebrochener Stimme: »Helga, das wird jetzt alles anders. Wir können uns jetzt noch ganz andere Dinge leisten. Ich hab 'ne Erbschaft gemacht!«

»Was? Wirklich?«

»Ja, Helga!« Er packte sie auf beiden Seiten an den Schultern, betrachtete sie mit einem strengen Blick. »Bis die Sache aber durch ist, musst du mir versprechen, dass du niemandem gegenüber auch nur den Hauch einer Andeutung machst. Ist das klar?«

Seine Frau antwortete mit einem stummen Nicken.

»Auch nicht deiner Mutter gegenüber. Kein Sterbenswörtchen. Noch ein paar Wochen und dann ist alles offiziell. Bei den Amis kann nämlich bis zum letzten Augenblick noch etwas schiefgehen, zum Beispiel wenn jemand plötzlich eine Klage einreicht oder so was. Dann kann es Jahre, wenn nicht sogar Jahrzehnte dauern, bis die Sache entschieden ist. Und stell dir bitte mal die Blamage vor, wenn du hier die Sache ausposaunst und dann geht alles schief.« Peter hob mahnend den Finger. »Also kein einziges Wort darüber! Ist das klar?«

»Ja. Du kannst dich auf mich verlassen.«

»Gut. Komm, dann lass uns jetzt in ein schickes Restaurant fahren. Ich hab nämlich einen Mordshunger.«

Leider ging es beim Italiener ganz anders zu, als von Peter Walther erwartet: Die völlig aufgedrehten Kinder waren überhaupt nicht zu beruhigen. Zuerst löcherten sie ihren Vater mit allen möglichen Fragen über den in Aussicht gestellten Luxusurlaub. Dann konnten sie sich nicht entscheiden, was sie essen wollten, bestellten mehrmals um, stritten sich unentwegt. Die Kleine goss Vaters Chianti über den Tisch, einige Gäste äußerten ihren Unmut über die lärmenden, vermeintlich ungezogenen Sprösslinge.

Aber Peter ließ sich diesen Abend nicht verderben.

Während seine Frau die Kinder zu Bett brachte, fuhr er an einen Geldautomaten und kaufte danach an einer Tankstelle zwei Flaschen Champagner.

Im Verlaufe dieses Maiabends ereigneten sich noch einige spektakuläre Dinge, von denen Peter Walther ganz und gar vergessen hatte, dass es sie überhaupt noch gab. Er grübelte allerdings nicht lange darüber nach, ob diese bemerkenswerte Verhaltensänderung seiner Frau mehr auf den Konsum des Champagners oder eher auf die in Aussicht stehende Erbschaft zurückzuführen war. Er ließ sich einfach nur treiben und genoss in vollen Zügen, was es da Wunderbares zu genießen gab.

Aufgrund der ungewohnten körperlichen Aktivitäten und des reichlichen Alkoholgenusses hatten die Eheleute an diesem Abend keinerlei Einschlafprobleme.

Allerdings wurde Peter in den frühen Morgenstunden der ersten seit langer Zeit wieder einmal gemeinsam mit seiner Gattin in der ehelichen Liegestätte verbrachten Nacht vom geräuschvollen Schnarchen seiner Frau geweckt und konnte fortan keinen Schaf mehr finden.

Ein kurzer Blick streifte den fahl erleuchteten Wecker. Eigentlich musste er erst in eineinhalb Stunden aufstehen. Mit einer routinierten Bewegung schaltete er die Alarmfunktion aus, kroch vorsichtig aus dem Ehebett.

6 Millionen Dollar – unglaublich! Einfach unglaublich!, dachte er kopfschüttelnd, während er mit gemächlichen Schritten den hell erleuchteten Flur entlangschlurfte. Jetzt hab ich ihr doch tatsächlich mein Geheimnis verraten. Paul wird ausflippen, wenn er Wind davon bekommt! Aber der braucht es ja gar nicht mitzukriegen. Helga wird schon ihren Mund halten. Ich hab ihr ja auch nur Andeutungen gemacht. Mehr muss sie nicht wissen. Jetzt noch nicht.

Er löschte das Flurlicht, betrat die Küche und zog vorsichtig die Tür ins Schloss. Dann brühte er sich eine kleine Kanne starken Kaffee. Mit der dampfenden Tasse in der Hand schlurfte er wenig später zum Fenster, zog die Vorhänge zurück und ließ seinen Blick über die Dächer der gerade aus ihrem nächtlichen Schlummerzustand erwachenden Stadt schweifen.

Obwohl er eigentlich zu wenig geschlafen hatte, fühlte er sich an diesem Morgen weitaus erholter als in vielen Nächten zuvor. Denn an zusammenhängende Tiefschlafphasen war bis vor ein, zwei Wochen kaum zu denken gewesen. Die ersten Nächte nach seiner Tat hatte er überhaupt nicht einschlafen können, hatte sich wild in seinem Bett im Gästezimmer herumgewälzt und war von schrecklichen Alpträumen geplagt worden.

Und wenn er tatsächlich einmal für einige Zeit hinweggedämmert war, wurde er schon bald von erbarmungslosen Plagegeistern geweckt, die seinen völlig übermüdeten Körper mit kleinen Stromstößen malträtierten und ihn schweißgebadet erwachen ließen.

Irgendwann war er dann auf die Idee gekommen, als Einschlafhilfe komplizierte Rechnungen durchzuführen – ein Tipp, den er auf der Internetseite einer Selbsthilfegruppe gelesen hatte. Allerdings erfüllte sich seine damit verbundene Hoffnung, auf diese Weise möglichst schnell die Tür zum Wunderland des Schlafes aufstoßen zu können, wenn überhaupt, immer erst spät in der Nacht.

Aber selbst dann kehrte in seinem pulsierenden Gehirn keine wirkliche Ruhe ein: immer wieder tauchten abgerissene Traumfetzen mit chaotischem Inhalt in schnellwechselnder Folge auf seiner inneren Kinoleinwand auf.

Auf Zehenspitzen schlich er durch das totenstille Haus hinaus in den Garten und entnahm der Zeitungsbox die *Pfälzische Allgemeine Zeitung*. Erst seit wenigen Tagen war er wieder in der Lage, einigermaßen unbefangen Zeitung zu lesen. Zwar durchforsteten seine Augen nach wie vor zuerst mit flackernden, hektischen Blicken die großformatigen Seiten nach Artikeln über den aktuellen Stand der kriminalpolizeilichen Ermittlungen.

Aber da die Berichte darüber immer spärlicher wurden und auch inhaltlich eigentlich nichts Neues mehr boten, nahm er die Zeitungsartikel inzwischen wesentlich gelassener auf als noch vor einigen Wochen, wo er nicht selten von plötzlichen Schweißausbrüchen heimgesucht wurde, wenn er irgendetwas zu diesem Thema entdeckt hatte.

Damals hatte ihn das Mörderspiel, mit dem die *PALZ* plötzlich aufgewartet war, dermaßen geschockt, dass er aus Angst, irgendjemand aus der Bevölkerung könne durch einen blöden Zufall dem nahezu perfekten Plan der beiden Brüder auf die Schliche kommen, fast wahnsinnig geworden wäre. Aber auch diese effekthascherische Spielart des modernen Sensationsjournalismus hatte den Höhepunkt der öffentlichen Aufmerksamkeit bereits weit überschritten und lag nun in ihren letzten Zügen.

Nach einer beruhigenden Schnellsichtung, bei der er lediglich ein Interview mit Dr. Eva Glück-Mankowski über modernes Täterprofiling fand, das aber nur am Rande auf den konkreten Fall Bezug nahm, blätterte er zurück in den Wirtschaftsteil, wo er sich nun regelmäßig über attraktive Finanzanlagen informierte. Im Anschluss an eine ausgiebige Sondierung des Sportteils, arbeitete er sich durch den Lokalteil. Dort hakte sich sein Blick bei den Todesanzeigen fest.

Ihm wurde plötzlich ungewöhnlich feierlich zumute. Während seine Augen gedankenversunken auf den schwarz umrandeten Anzeigen ruhten, musste er an den Erblasser denken, wie es im Amtsdeutsch so schön hieß – eben deshalb, weil diese Person ein Erbe hinterlassen hatte.

Und was für eins!, dachte Peter ergriffen. Er atmete tief ein und ließ die eingesogene Luft durch den linken Mundwinkel entweichen. Wer war dieser großzügige Mann eigentlich? Wer war dieser Gregor Walther, unser Gönner, der mir und meinem Bruder ein Vermögen hinterlassen hat?

Peter erinnerte sich nur daran, dass sein Vater ihm viele Male mit stolzgeschwellter Brust berichtet hatte, dass sein ältester Bruder Gregor, der von Beruf Metzger war und ein eigenes Geschäft in der Steinstraße besessen hatte, Anfang der Sechziger Jahre in die USA ausgewandert sei. Er hatte sich in Philadelphia angesiedelt, dort, wo viele deutschstämmige Einwohner pfälzische Vorfahren hatten und er sich deshalb eine gute Startbasis für die Vermarktung Pfälzischer Spezialitäten erhoffte.

Unglaubliche Dankbarkeit gegenüber diesem ihm völlig fremden Menschen ergriff von Peter Walther Besitz. Tränen schossen ihm in die Augen. Ein starker emotionaler Schub bemächtigte sich seiner, schnürte ihm die Kehle ab. In ihm keimte das dringliche Bedürfnis auf, diesem großzügigen Mann auf irgendeine Art und Weise zu huldigen.

Er faltete die Hände zu einem stillen Gebet.

Als Peter einige Stunden später an seinem Schreibtisch im Amtsgericht saß, hatte er noch immer das Gefühl, dass dieser Maitag ein ganz besonderer Tag in seinem Leben werden würde. Vielleicht hing es an dieser unbeschwerten, ausgelassenen Stimmung, die sich in seiner Wohnung seit dem gestrigen Abend breitgemacht hatte und mit der ihm auch heute Morgen beim Frühstück von seiten seiner Frau und seiner Kinder begegnet worden war.

Vor allem die Umgangsformen hatten sich innerhalb der Familie gravierend verändert: Die Gespräche waren mit einem Male von ansteckender Heiterkeit geprägt, und auf der Handlungsebene machten sich wie aus heiterem Himmel plötzlich Höflichkeit und Rücksichtnahme breit.

Wie an jedem Morgen füllte er die zur Bearbeitung anstehenden Formulare gewissenhaft aus. Allerdings musste er sich weitaus häufiger als sonst zur nötigen Konzentration ermahnen.

Sein versonnener Blick begleitete einen Bleistift dabei, wie dieser die Ziffer ›6‹, sechs Nullen und ein angehängtes $-Zeichen auf einen Notizzettel malte.

Plötzlich hörte er ein Klopfgeräusch an der Tür. Er zuckte erschrocken zusammen. Sein Herz raste los wie ein wild gewordener Elektromotor.

»Moment!«, schrie er in Richtung der Tür.

Um Gottes willen, wenn jemand den Zettel entdeckt!, schoss ihm ein Gedankenblitz durch den Kopf.

Geistesgegenwärtig zerknüllte er den quadratischen Zettel, steckte ihn in den Mund und begann sofort darauf herumzukauen. Schlucken konnte er ihn ohne Flüssigkeit nicht. Also schob er ihn in die rechte Backe.

»Herein!«

Es handelte sich bei dem Besucher lediglich um einen Boten, der Peter Walther mit der aktuellen Dienstpost versorgte. Nachdem der junge Mann sein Büro wieder verlassen hatte, lehnte sich Peter erleichtert in seinem weich gepolsterten Drehsessel nach hinten. Die Anspannung löste sich. Nun musste er doch ein wenig schmunzeln.

Da er das Papier in seinem Mund, dessen unerwartet bitterer Geschmack ihn ziemlich erstaunte, schon weichgekaut hatte, schenkte er sich Mineralwasser in ein Glas ein, nahm einen Schluck und schickte das etwas schmierige Kügelchen auf die Reise hinunter in seinen Magen.

Wie in einem Agententhriller, dachte er. Da müssen die armen Akteure auch oft die delikaten Papiere aufessen!

Nachdem er seine Mittagspause zu einem Abstecher in die Innenstadt genutzt hatte, wo er sich mit Genuss eine große Portion italienisches Eis einverleibte, kehrte er in das angenehm kühle Amtsgerichtsgebäude zurück. Zunächst versuchte er, seinen euphorischen Glückszustand vor seinen Kollegen zu verbergen, aber diese bemerkten ziemlich schnell die auffallend veränderte Gemütsverfassung des von ihnen nicht sonderlich geschätzten Mitarbeiters.

Einer fragte ihn scherzhaft, ob er etwa Drogen konsumiert hätte; ein anderer frotzelte, ob er sich denn verliebt habe; worauf ein anderer nur gehässig bemerkte, dass es sich bei Peter Walthers Objekt der Begierde höchstens um eine neue Dienstvorschrift handeln könne.

Entgegen sonstiger Gewohnheit giftete der Provozierte jedoch nicht aggressiv zurück, sondern lächelte nur still vor sich hin. Er war ihnen nicht böse. Sie konnten ja nicht ahnen, wie sehr er sich durch seine Erbschaft verändert hatte, wie sehr er dadurch zu einem anderen Menschen geworden war, wie erhaben er sich ihnen gegenüber fühlte und wie leicht er ihnen auf einmal ihre Missetaten verzeihen konnte.

Mit jedem Kollegen, der ihm in der Eingangshalle oder in den Fluren entgegenkam, wurde er selbstbewusster. Schließlich war es ihm ziemlich egal, ob die Kollegen sein verändertes Wesen registrierten oder nicht.

Ich bin einfach glücklich! Ja, seht her, euer Peter Walther, den ihr immer so schön gemobbt habt, ist glücklich! Warum sollte ich ihnen denn dieses überaus schöne Gefühl nicht zeigen? Schließlich kann niemand den Grund dafür wissen, warum es mir so ausgesprochen gut geht! Sollen sie sich doch ihre Schandmäuler zerreißen! Sollen diese kleinkarierten Spießbürger doch denken, was sie wollen!

Kurz vor seinem Dienstzimmer schwenkte er, einem dringlichen Bedürfnis folgend, zur Toilette. Er hatte kaum auf der kalten Klobrille Platz genommen, als er hörte, wie zwei ins Gespräch vertiefte Männer den Raum betraten. Peter verhielt sich mucksmäuschenstill, traute sich kaum mehr zu atmen. Das Gespräch drehte sich um ihn.

»Sag mal, was ist denn eigentlich mit dem Walther los?«, fragte eine bärige Stimme.

»Keine Ahnung. Ich hab aber den Eindruck, dass der jetzt vollends durchdreht. Ich weiß auch warum.«

»Warum?«

»Vor kurzem hab ich irgendwo gelesen, dass, wenn sich so ein kleiner, abgeschlaffter Korinthenkacker wie der Walther, der garantiert keinen mehr hochkriegt, in seiner Not Viagra kauft, sich seine Persönlichkeit total verändert. Manche wussten nachher sogar nicht einmal mehr, ob sie Männlein oder Weiblein waren!«

Peter wollte sich dem grölenden Gelächter seiner Kollegen verständlicherweise nicht anschließen.

Warum müssen diese Kerle ihre blöden Späße immer nur über mich machen?, fragte er sich kopfschüttelnd. Aber damit ist jetzt endgültig Schluss!

Einem spontanen Impuls folgend, verschob er die Verrichtung seiner Notdurft auf einen späteren Zeitpunkt, raffte schnell die Hose nach oben und öffnete, noch bevor er den Reißverschluss ganz nach oben gezogen hatte, geräuschvoll die Kabinentür.

Den verdutzten Kollegen rief er bedeutend lauter als nötig »Mahlzeit« entgegen und verließ daraufhin mit stolz emporgerecktem Haupte die Männertoilette.

Bereits ein paar Stunden später musste er feststellen, dass es sich bei seiner morgendlichen Prognose, heute einen ganz besonders schönen Tag erleben zu dürfen, leider um eine grandiose Fehleinschätzung gehandelt hatte.

Was war passiert?

Paul hatte ihn angerufen und ihm lapidar mitgeteilt, dass er ihn direkt nach Dienstschluss am Waldschlösschen erwarte. Sie waren auf der Straße zum Bremerhof entlanggefahren, bis Paul plötzlich in einen etwas versteckten Waldparkplatz einbog.

»Wir brauchen noch ein weiteres Opfer«, hatte er ohne Umschweife verkündet.

Peter wollte seine Aussage zunächst nicht wahrhaben.

»Du machst doch gerade einen Scherz, oder?«

»Nein, Brüderlein, nein«, entgegnete er mit einer Eiseskälte in der Stimme, die Peter trotz der hochsommerlichen Temperaturen am ganzen Körper frösteln ließ.

»Das meinst du doch nicht wirklich. Unser Plan funktioniert doch perfekt.«

»Perfekt?«, gab Paul mit einem höhnischen Lachen zurück. »Nein, perfekt ist unser Plan erst dann gelungen, wenn wir die von uns ausgelegte falsche Fährte durch eine weitere Doppelnamen-Emanze gekrönt haben.«

»Gekrönt?« Peter drehte sich seinem neben ihm sitzenden Bruder zu, griff ihn an der Schulter. »Du bist verrückt! Das ist doch viel zu gefährlich!«

»Von wegen gefährlich. Wenn wir nichts tun, wird es gefährlich für uns. Deshalb werde ich demnächst noch einmal zuschlagen.«

»Mensch, Paul, zwei Tote sind doch wirklich genug!«

»Mach dir nicht gleich ins Hemd. Täglich sterben viele, viele Menschen auf dieser schönen Welt. Da kommt es doch auf eine mehr oder weniger wirklich nicht an. Hast du etwa noch nie davon gehört, dass die Erde sowieso völlig überbevölkert ist?«

»Und ... wer?«, stammelte Peter mit eingefrorener Mimik vor sich hin.

»Ach, ich hab da schon eine im Visier«, bemerkte Paul

eher beiläufig. »Die beobachte ich schon länger. Das ist auch eine von diesem komischen Emanzen-Kongress.«

Peter wusste nicht mehr, was er sagen sollte. Entsetzt durchfurchte er sich die Haare, schlug die Hände verzweifelt vors Gesicht.

»Denke immer daran, dass ich das alles auch für dich tue, Brüderlein!«, sagte Paul mit sich erhebender Stimme. Ein geradezu diabolisches Funkeln zeigte sich in seinen Augen, während er zeitgleich mit einer Seitwärtsdrehung seines Kopfes ergänzte: »Was meinst du wohl, warum es immer heißt: Aller guten Dinge sind drei?«

17

Sie mochte keine Aufzüge. Der Fußweg über das Treppenhaus dauerte zwar gewöhnlich etwas länger und war natürlich auch beschwerlicher. Aber dafür konnte man sich frei bewegen, war nicht in einer engen Kabine eingesperrt. Und nichts hasste sie mehr, als in ihrer Bewegungsfreiheit eingeschränkt zu sein – im Lift genauso wie in ihren Leben.

Die Tiefgarage war wie immer nur spärlich beleuchtet. Aber richtige Angst hatte sie hier unten noch nie empfunden. Schließlich war sie Trägerin des braunen Gürtels in Karate.

Ihr Wagen stand an derselben Stelle wie sonst auch. Sie kramte in ihrer Handtasche, entnahm den Autoschlüssel und steckte ihn ins Schloss.

Dann ging alles rasend schnell.

Zuerst verspürte sie ein spitzes, schneidendes Schmerzgefühl in der Halsgegend. Sofort verkrampfte sich ihre Nacken- und Halsmuskulatur. Sie bekam keine Luft mehr, begann zu röcheln. Nahezu zeitgleich registrierte sie einen kurzen scharfen Schmerz, der vom Aufprall ihres Kopfes auf das Autodach herrührte.

Reflexartig probierte sie, ihre Finger unter das Stahlseil zu schieben. Aber sie ertastete nur die auf beiden Seiten ihres Halses hervorgetretenen Sehnen.

In Todesangst schlug sie wie wild um sich, versuchte den Kopf nach hinten zu werfen. Aber sie hatte nicht die geringste Chance, sich gegen die brutale Gewalteinwirkung zu wehren.

Bereits nach kurzer Zeit erlahmten ihre Widerstandskräfte. Sie verlor das Bewusstsein. Ihr schlaffer Körper sackte in sich zusammen.

Tannenberg beendete umgehend die Dienstbesprechung und begab sich eilenden Schrittes zu Petra Flockerzie, die gerade mit der Rezeption des am Stadtpark gelegenen Hotels telefonierte, in dem die Kriminalpsychologin unter der Woche logierte.

»Nein, Chef, sie ist dort heute Morgen noch nicht gesehen worden«, verkündete die Sekretärin kopfschüttelnd, während sie den Hörer auflegte.

»Verdammt! Wo steckt sie nur?«

»Ich versuch's jetzt mal bei ihr zu Hause.« Mit wieselflinken Fingerbewegungen tippte sie die entsprechenden Ziffern ein. »Guten Morgen, Frau ...«, hatte sie gerade gesagt, als ihr Tannenberg den Hörer aus der Hand riss.

»Es ist doch nur der Anrufbeantworter, Chef«, beschwerte sich Petra Flockerzie angesichts dieser rüden Aktion.

»Entschuldige, Flocke«, murmelte Tannenberg und reichte ihr den Hörer.

»Guten Morgen, Frau Doktor. Hier ist das K 1. Bitte melden Sie sich sofort, wenn Sie das Band abgehört haben.«

»Komm, probier's mal auf ihrem Handy!«

»Bin schon dabei, Chef.«

Wie ein kleiner Junge, der dringend zur Toilette muss, trippelte Tannenberg ungeduldig auf der Stelle herum.

»Ihr Handy ist nicht eingeschaltet. Es kommt nur diese Automatenstimme: »The person ...«

»Gib mir sofort die Kollegen vom LKA. Leg sie mir auf den Apparat in meinem Zimmer!«, befahl Tannenberg in barschem Kasernenhofton, stürmte in sein Büro und warf die Tür mit Effet in den Rahmen.

Bereits kurze Zeit später erschien er wieder im Vorraum, in dem seine Mitarbeiter staunend dem hektischen Gebaren ihres Vorgesetzten beiwohnten.

»Verdammt!«

»Was ist denn los, Wolf?«, wollte Fouquet wissen.

»Ach, der Kollege kann sie auch nicht erreichen. Sie hat ja noch nicht mal Funk in ihrem Auto!« Mit einem kurzen, prüfenden Blick sondierte er jeden einzelnen der Kriminalbeamten und meinte dann an Kommissarin Schauß gerichtet: »Los, Sabrina, wir fahren jetzt sofort nach Mainz.«

»O.K., Wolf«, gab die Angesprochene zurück und besorgte sich umgehend den Zündschlüssel für den silbernen Mercedes-Kombi.

Tannenberg wandte sich unterdessen ihrem Ehemann zu: »Und Michael, du fährst mit dem Geiger zur Gartenschau! Sucht mir dort ja alles genau ab. Auch oben am Zaun. Und vergesst mir den Japanischen Garten nicht!«

»Wolf, soll ich nicht besser gleich 'ne Personen- und PKW-Fahndung rausgeben?«

»Doch, natürlich, Albert. Genau dazu wollte ich dich jetzt auffordern.« Tannenberg warf die Stirn in Falten, presste grübelnd die Lippen aufeinander. »Ihr Alfa hat das Kennzeichen: MZ-A ... Mist! Es fällt mir nicht mehr ein!«

»Macht nichts. Ich führ mal schnell 'ne Halterabfrage durch.« Kommissar Fouquet hechtete in sein Dienstzimmer, während Tannenberg gemeinsam mit seiner jungen Mitarbeiterin das K 1 verließ.

Das Zivilfahrzeug der Kaiserslauterer Kriminalpolizei raste mit hoher Geschwindigkeit über die A 6 in Richtung Mainz. Während der Fahrt konzentrierte sich Tannenberg auf die Beobachtung der entgegenkommenden Fahrzeuge, konnte darunter jedoch nicht einen einzigen roten Alfa Romeo entdecken.

Sie hatten gerade das Autobahnkreuz Alzey passiert, als sich Fouquet über Funk meldete und ihnen mitteilte, dass gerade eben das LKA angerufen habe: Auf die gesuchte Kriminalpsychologin sei anscheinend ein Mordanschlag verübt worden. Man habe sie vor ein paar Minuten in der Tiefgarage ihres Wohnblocks entdeckt. Der Notarzt sei bereits bei ihr.

»*Wo* hat man sie gefunden? – Adresse!«, schrie Tannenberg in den Hörer.

»Wolf, bis ihr dort seid, ist der NAW bestimmt schon weg. Die bringen sie in die Uniklinik, hat der Kollege gesagt.«

»Los, Sabrina, leg noch einen Zahn zu«, herrschte Tannenberg die junge Beamtin an, öffnete das Seitenfenster, schob das magnetische Blaulicht aufs Dach und schaltete das Signalhorn ein.

Nach einer knappen Viertelstunde, während der Tannenberg angespannt bis unter die Haarwurzeln stumm in seinem Sitz kauerte, erreichten sie das Universitätsklinikum. Sabrina parkte den Mercedes direkt neben der Notaufnahme.

Tannenberg rannte sofort zu einem in der Einfahrt abgestellten Notarztwagen, vor dem sich gerade ein Sanitäter eine Zigarette anzündet.

»Haben Sie eben hier eine Frau eingeliefert?«, brüllte er dem verdutzten Mann entgegen.

»Ja.«

»Wo ist sie? Was ist passiert? Wie geht's ihr?«

»Ich glaub, es steht nicht sehr gut um sie«, antwortete er in ruhigem Ton. »Sie wird natürlich intensivmedizinisch versorgt. Aber ob sie's schafft, weiß ich nicht.« Er nahm einen tiefen Zug aus der Zigarette. »Gehen Sie doch rein. Ein Kollege von Ihnen ist ja mit uns im NAW hierhergefahren. Der kann Ihnen alles Wichtige sagen.«

»Wo müssen wir hin?«

Wie ein Verkehr regelnder Schutzpolizist wies der Sanitäter mit seinem ausgestreckten linken Arm in einen grell erleuchteten Flur hinein. »Vorne rechts geht's ins Treppenhaus oder in den Fahrstuhl. Und dann einfach den Hinweisschildern nach.«

Tannenberg und Sabrina rannten in das Gebäude.

»Komm, wir nehmen die Treppe«, entschied Tannenberg, nachdem er mit einem kurzen Blick registriert hatte, dass die beiden Aufzüge irgendwo in anderen Etagen unterwegs waren.

Als er heftig nach Atem ringend um die Ecke in den Korridor vor der intensivmedizinischen Abteilung einbog, erblickte er einen leger mit Jeans und blaugrauem Sweater bekleideten, etwa 35-jährigen Mann, der vor der verschlossenen Stationstür wie ein Raubtier in seinem Käfig ruhelos hin- und herlief.

»Wie geht's ihr?«, schrie ihm Tannenberg sogleich entgegen.

Obwohl er zu diesem Zeitpunkt natürlich nicht wissen konnte, wer dieser nervöse Besucher war, spürte er jedoch intuitiv, dass es sich dabei um den Kollegen handelte, der Eva im Notarztwagen hierher begleitet hatte.

Der Mann blieb für einen Moment stehen. »Wie geht's wem?«

»Eva ... Wie steht's um sie?«, keuchte Tannenberg, der immer noch völlig außer Atem war.

»Weiß nicht. Die sagen ja nichts. Nur, dass ich warten soll.«

Tannenberg hatte den LKA-Beamten noch nie zuvor gesehen. Deshalb stellte er sich und seine junge Kollegin kurz vor.

Nachdem der großgewachsene Mann, dessen Gesicht von einem gewaltigen buschigen Schnäuzer dominiert wurde, realisiert hatte, wen er da vor sich hatte, fing er sogleich an, auf die beiden Mitarbeiter der Kaiserslauterer Mordkommission einzuschimpfen. Dabei setzte er sich wild gestikulierend erneut in Bewegung.

»Warum habt ihr Hohlköpfe sie denn nicht besser beschützt?«, polterte er los. »Habt ihr nicht kapiert, dass Eva extrem gefährdet ist? Mensch, so was Blindes wie euch gibt's doch gar nicht!«

»Kollege, beruhigen Sie sich erst mal«, versuchte Sabrina auf den wütenden Mann besänftigend einzuwirken.

»Sabrina, er hat doch vollkommen Recht!«, meinte Tannenberg kopfschüttelnd. »Was sind wir bloß für ausgemachte Idioten! Vor allem ich! Ich hätte sowas wirklich voraussehen *müssen*!«

Diese anscheinend von dem Mainzer Kriminalbeamten nicht unbedingt erwartete Selbstkritik Tannenbergs löste bei ihm eine radikale Verhaltensänderung aus: Plötzlich kehrte relative Ruhe in seinen aufgeputschten, hektischen Körper ein. Der Mann setzte sich auf einen Stuhl, rückte seine silberne Brille zurecht und begann gedankenversunken an seinem mächtigen Schnurrbart herumzuzupfen. Dann seufzte er auf.

»Wissen Sie, ich mag Eva sehr,« sagte er, während er Sabrina einen traurigen Blick zuwarf. »Wir sind schon seit vielen, vielen Jahren Kollegen. Und waren früher auch mal ein Paar. Heute sind wir immer noch sehr gute Freunde. Und deswegen nimmt mich diese ganze Sache emotional ganz schön mit.«

»Verstehe, Herr Kollege. Wir mögen Eva auch sehr«, entgegnete Sabrina betroffen. »Was ist denn überhaupt passiert?«

Der Beamte erhob abermals seinen inzwischen wieder auf den Boden abgesenkten Blick und fixierte die junge Kommissarin mit wässrigen Augen.

»Eine ältere Frau hat in der Zentrale angerufen. Sie hat gesagt, dass sie mit ihrem Mann in die Tiefgarage gekommen sei. Und da hätten sie gesehen, wie jemand eine Frau von hinten zu erdrosseln versucht hat. Dabei hat er ihr brutal den Kopf auf die Autokarosserie geknallt. Dieses Dreckschwein!« Er schnäuzte sich die Nase. »Die alten Leute haben dann laut um Hilfe geschrien. Das hat den Saukerl dann vertrieben und ...«

»Personenbeschreibung?«, warf Tannenberg dazwischen.

»Nichts Greifbares. Das Ehepaar hat ihn nur von der Seite gesehen. Außerdem hatte er eine Kapuze über den Kopf gezogen. Der ist dann zu Fuß aus der Tiefgarage geflüchtet. Mehr wissen wir bisher noch nicht.«

»Habt ihr eine Drahtschlinge oder sowas sichergestellt?«, fragte Sabrina.

»Nein, die muss dieser elende Drecksack mitgenommen haben.« Der LKA-Mitarbeiter legte eine kurze Pause ein, während der er sich erneut die Nase putzte. Dann fuhr er fort: »Er hat nur eine Plastiktüte zurückgelassen. Da waren Würfel, Paketband ...«

»Und ein in Folie eingeschweißter lateinischer Spruch drin: Alea iacta est«, ergänzte Tannenberg. »Genau wie in den beiden anderen Fällen.«

Plötzlich öffnete sich mit einem satten Hydraulikgeräusch die Tür zur Intensivstation und ein grüngewandeter Arzt erschien.

»Dr. Engert. Guten Morgen. Sind Sie Angehörige von Frau Glück-Mankowski?«

»Nein, nein«, stammelten die beiden Männer wie aus einem Munde. »Wie geht's ihr?«

»Wir sind Kollegen. Und außerdem auch die ermittelnden Beamten«, warf Sabrina mit schnellen Worten erklärend dazwischen.

»Wie geht's ihr?«, wiederholte Tannenberg mit gleichermaßen schmerzverzerrtem, wie ängstlichem Gesichtsausdruck.

Der Arzt verschränkte die Arme vor der Brust. »Es geht ihr den Umständen entsprechend recht gut. Sie hatte unglaubliches Glück.«

Nahezu zeitgleich entließen die beiden Männer den in ihnen aufgestauten Überdruck mit geräuschvollen Stoßseufzern nach draußen. Tannenberg legte seinen rechten Arm um die Schulter seines Mainzer Kollegen, von dem er noch nicht einmal den Namen wusste, drückte ihn fest und sagte erleichtert: »Gott sei Dank!«

Sein Kollege wandte sich kurz zu ihm um und bedachte ihn mit einem stummen Kopfnicken.

»Hätte der Erdrosselungsversuch auch nur eine halbe Minute länger gedauert, hätten wir nichts mehr für sie tun können. Wenn Sie möchten, können Sie Ihre Kollegin besuchen. Aber höchstens fünf Minuten. Ich begleite Sie, denn wir müssen darauf achten, dass sie nicht spricht! Das ist entscheidend für die baldige Genesung der Patientin. Übrigens ist sie wundmedizinisch noch nicht fertig versorgt.«

Nachdem Sabrina und die beiden Kriminalbeamten mit der für den Besuch von Intensivstationen obligatorischen Bekleidung ausgestattet worden waren, wurden sie von dem jungen Arzt zu Evas Krankenbett geleitet.

»Mann, wie heißt du eigentlich?«, fragte plötzlich Tannenberg mit leiser Stimme den gemessenen Schrittes neben ihm gehenden Kollegen.

»Friedrich«, flüsterte der Angesprochene. »Und du bist der Wolf. Eva hat mir schon viel von dir erzählt.«

Verwundert zog Tannenberg die Augenbrauen nach oben. Brennend hätte ihn interessiert, was Eva ihrem Intimus wohl über ihn berichtet hatte. Aber inzwischen waren sie vor Evas Krankenlager angekommen. Und dieser Anblick war so dermaßen erschütternd, dass Tannenberg umgehend seines abschweifenden Gedankens beraubt wurde.

Die Kriminalpsychologin lag ausgestreckt auf dem Rücken. Sie war nur mit einem dünnen Leibchen bekleidet. An ihren Armen hatte man diverse Pflasterungen, Kanülen und Schläuche angebracht. Überall um sie herum piepste und summte es. Ihre rechte Gesichtshälfte sah aus wie nach einem abgebrochenen Boxkampf: dick zugeschwollen, mit eingetrockneten Blutresten übersäht, die Wange und Braue an zwei Stellen mit mehreren Stichen genäht.

Um ihren Hals herum hob sich ein blutunterlaufener, verkrusteter Striemen deutlich von der ihn umgebenen, aschfahlen Haut ab. Schlagartig war Tannenberg klar, was der Arzt mit dem Ausdruck ›noch nicht wundmedizinisch fertig versorgt‹ gemeint hatte.

Friedrich hatte unterdessen neben Eva Platz genommen und streichelte nun zärtlich ihre linke Hand.

»Wir haben ihr natürlich Schmerz- und Beruhigungsmittel gegeben«, erklärte der Arzt eher beiläufig. »Aber sie müsste sie trotzdem gut verstehen.«

»Eva, kannst du uns hören und sehen?« Der junge Krankenhausarzt tippte dem LKA-Beamten sogleich an die Schulter und bedachte ihn mit einem forschen, tadelnden Blick. »Nichts sagen, Eva! Du darfst jetzt nicht sprechen! Aber wenn du kannst, dann nick kurz mit dem Kopf!«

Während Friedrich diese Worte an sie richtete, bewegten sich Evas Augenlider zweimal in Zeitlupe auf und ab. Ihr müder Blick wanderte von Friedrich zu Sabrina und dann zu Tannenberg. Dort verharrte er für eine Weile. Sie schloss die Lider und versuchte ein leichtes Kopfnicken. Ihr gequältes Mienenspiel überzeugte die Anwesenden davon, dass ihr diese Tätigkeit große Mühe bereitete.

»Ich denke, wir sollten die Dosis erhöhen«, sagte der Arzt an eine Krankenschwester gerichtet, die gerade die medizinischen Überwachungsgeräte inspizierte.

»Wir wollen dich nicht weiter belästigen, Eva. Du brauchst jetzt vor allem deine Ruhe. Damit du schnell wieder gesund wirst. Deshalb gehen wir jetzt. Nur noch zwei Sachen: Hast du diesen Saukerl erkannt?«, fragte Tannenberg.

Evas blutleere Lippen begannen zu zittern. Sie schloss die gerade eben erst wieder geöffneten Augen. Tränen rannen über ihre Wangen. Sie deutete ein Kopfschütteln an.

»Mein Herr, es reicht!«, sagte der Arzt in zwar moderatem, aber nicht minder bestimmtem Ton.

»Meinen Sie etwa, mir macht das alles Spaß?«, gab Tannenberg ungehalten zurück. Nun berührte auch er zärtlich Evas Arm. »Nur noch eins, dann lassen wir dich wirklich in Ruhe: Ist dir irgendwas Besonderes an ihm aufgefallen?«

Erneut reagierte sie mit der gleichen, verneinenden Kopfbewegung.

Tannenberg wurde mit einem Male schwindelig. Er hatte das Gefühl, dass der Boden, auf dem er mit wackligen Beinen stand, plötzlich zu schwanken anfing.

Sabrina, die seitlich versetzt hinter ihm stand, bemerkte als erste seinen Schwächeanfall. Sie fasste ihn am linken Arm. »Wolf, was ist denn los mit dir? Ist dir nicht gut?«

Er drehte sich zu ihr hin, ergriff mit der rechten Hand ihren freien Arm. Der LKA-Beamte erhob sich schnell, fasste den Leiter des K 1 von hinten und zog ihn herab auf den Hocker, auf dem er selbst noch bis vor ein paar Sekunden gesessen hatte.

Der Stationsarzt wusste natürlich umgehend die Situation medizinisch zu deuten. Er hastete an einen Medikamentenschrank und wollte Tannenberg eine kreislaufstabilisierende Injektion verabreichen. Als dieser aber seine Augen aufschlug und sah, wie der Arzt gerade die Spritze aufzog, wurde er urplötzlich von einer ausgewachsenen Panikattacke heimgesucht.

Ohne ein einziges Wort des Abschieds verlauten zu lassen, nutzte er den ihn durchflutenden Adrenalinschub zur Flucht. Mit hektischen Bewegungen riss er sich unmittelbar vor der Abschlusstür Mundschutz, Kopfhaube und den lindgrünen Kittel vom Leib, warf alles auf den Boden, rannte wie ein geisteskranker Amokläufer die Treppe hinunter und stürmte an dem völlig verdutzt dreinblickenden, immer noch vor dem Notarztwagen stehenden Sanitäter vorbei.

Hechelnd ließ er sich auf der ersten Bank niedersinken, die er in einer unmittelbar hinter der Pförtnerloge beginnenden kleinen Parkanlage entdeckt hatte. Er rang nach Atem, griff sich dabei an den Hals, wo er einen kräftigen, rasenden Herzschlag verspürte.

Sabrina war ihm selbstverständlich gleich gefolgt.

»Du bist ja schlimmer als ein Polizeihund, der zum Tierarzt muss«, rief sie ihm schon von weitem entgegen, nachdem sie ihn mit Hilfe des Sanitäters aufgespürt hatte.

Tannenberg lehnte sich mit pumpendem Oberkörper auf der Parkbank zurück, streckte den Kopf dabei weit nach hinten. Seine junge Mitarbeiterin nahm direkt neben ihm Platz.

»Tut mir Leid, Sabrina, was mir da eben passiert ist. Aber als ich vor dem Bett stand und Eva so hilflos da vor mir liegen sah, sind mir auf einmal alle möglichen wirren Bilder durch den Kopf geschossen: von Max in der Schlossklinik, von Leas Tod ... Oh Gott! Ich musste so schnell wie möglich dort weg. Ich ertrag einfach keine Krankenhäuser! Diese schreckliche Luft und diese armen Menschen da drin.«

Sabrina tätschelte ihm ein paarmal mit der Hand auf seinen linken Oberschenkel. »Macht doch nichts, Wolf. Ich versteh dich ja.«

Tannenberg bog seinen Oberkörper wieder zurück in die Normalposition, wandte sich zu Sabrina hin und blickte ihr tief in die Augen. »Weißt du was? Ich bin unheimlich froh, dass ich so eine tolle Freundin wie dich habe«, sagte er und hauchte ihr einen liebvollen Kuss auf die Wange.

»Gleichfalls«, erwiderte Sabrina lachend. »Ich weiß schon, warum ich gerade dich unbedingt als Trauzeugen haben wollte – mein alter, einsamer Wolf.« Nun revanchierte sie sich und drückte ihm ebenfalls einen dicken Schmatzer auf die Backe. »Ganz netter Kerl, dieser Friedrich, findest du nicht auch?«

»Doch, der ist mir auch spontan sympathisch gewesen. Wo ist der eigentlich hingekommen?«

»Der wollte bei Eva bleiben. Ich glaube, der liebt sie immer noch.«

»So«, antwortete Tannenberg einsilbig und erhob sich mit nachdenklicher Mimik von der hölzernen Parkbank.

18

Peter Walther vernahm die Nachricht von dem Mordanschlag auf die Kriminalpsychologin erst während des mit seiner Familie gemeinsam eingenommenen Abendessens. Als er die Meldung hörte, traf ihn fast der Schlag. Ihm war natürlich sofort klar, dass nur sein Bruder als Täter in Frage kommen konnte. Er sprang sofort wie von einer Tarantel gestochen vom Küchenstuhl auf, schnappte sich die Autoschlüssel und brauste zu dessen Wohnung.

Er zitterte am ganzen Körper, als sich langsam die Abschlusstür öffnete. Noch bevor er Paul sehen konnte, drückte er die Tür in den Flur hinein.

»Warst du das?«, schmetterte er ihm mit bebender Stimme entgegen, obwohl ihm eigentlich klar war, dass er nicht die geringste Chance hatte, eine verneinende Antwort zu erhalten.

»Na klar war ich das«, erwiderte sein Bruder mit einem derart triumpfalen Siegerlächeln auf den Lippen, dass es Peter die Sprache raubte.

Entgegen seiner Erwartung erfreute sich Paul augenscheinlich bester Stimmung. »Komm, Brüderlein, setz dich mal hin und trink erst mal was«, forderte Paul und geleitete ihn zum Küchentisch.

»Warum ausgerechnet sie? Du hast doch gesagt, dass ...«

»Dass ich mir nochmal eine von diesem Emanzen-Kongress vornehmen werde«, vollendete Paul den begonnen Satz, während er dem Kühlschrank zwei Flaschen Exportbier entnahm. »Du wärst doch ausgeflippt, wenn ich dir gesagt hätte, auf wen ich es die ganze Zeit über tatsächlich abgesehen hatte. Aber mir ist schon lange klar, dass keine andere als sie das dritte Opfer sein musste. Damit ist unsere falsche Fährte perfekt!«

»Du bist verrückt!« Peter hatte deprimiert den Kopf auf seine Arme gestützt und dabei die Handinnenflächen auf die Ohren gelegt, so als wolle er damit demonstrieren, dass er einfach nichts mehr von dieser ganzen Sache hören wolle.

»Du hast Recht: *Dieser Täter* ist verrückt!« Paul lachte schallend los. »Und genau das ist ja das Geniale an meinem Plan! Jetzt steht doch für die Bullen felsenfest, dass es sich um einen Irren handeln *muss.*«

Er platzierte sich seinem monoton den Kopf hin- und herwiegenden Bruder direkt gegenüber. »Welcher normale Mensch würde denn das unglaubliche Risiko eingehen, einen Mordanschlag auf eine LKA-Beamtin durchzuführen? Dieser Typ muss doch total durchgeknallt sein, von einer fixen Idee besessen! Ein völlig geisteskranker Frauenhasser, der es auf Doppelnamen-Emanzen abgesehen hat.«

Regungslos starrte Peter mit leerem Blick aus dem Fenster.

Sein Bruder dagegen war kaum mehr zu bremsen. In bester Rumpelstilzchen-Manier stapfte er aufgeregt in der Küche umher. »Außerdem war diese Glück-Mankowski an dem Tag, an dem wir uns zum letzten Mal getroffen haben, morgens ganz groß in der Zeitung gewesen. Das war doch für diesen bekloppten Serienmörder *der* Auslöser für seinen Zwang, genau *diese* Frau umbringen zu müssen.« Er legte eine kurze Besinnungspause ein, während er die beiden Bierflaschen ihrer Kronkorken beraubte. »Der konnte doch gar nicht anders!« Wieder prustete er los. »Das ist doch nur eine arme Sau! – Junge, und wir sind jetzt bald reich, stinkreich!«

»Aber ... sie hat doch ... überlebt«, bemerkte Peter stockend.

»Ja und? Wo ist denn da das Problem?« Als er von seinem Gegenüber außer einem müden, verklärten Blick keinerlei Reaktion erfuhr, ergänzte er: »So ein versuchter Mord ist genauso gut wie ein ausgeführter.«

»Aber wenn dich jemand gesehen hat?«

»Mich hat ja in der Tiefgarage jemand gesehen.«

»Was?« Peter Walther gefror das Wort im Mund.

»Ja, zwei alte Leute. Die haben dann gleich fürchterlich laut angefangen zu schreien.«

»Oh Gott! Jetzt ist alles aus!« Er schlug die Hände vors Gesicht, begann jämmerlich zu schluchzen.

»Quatsch! Ich hatte doch 'ne dicke Strickmütze über. Damit war mein Gesicht total verdeckt. Bis auf die beiden Sehschlitze.«

Allem Anschein nach genügte diese Aussage jedoch nicht, Peters psychischem Zusammenbruch etwas Wirkungsvolles entgegenzusetzen. Er kauerte weiterhin wie ein Häuflein Elend auf seinem Küchenstuhl.

Paul erhob sich, trat neben seinen Bruder und legte ihm die Hand auf dessen linkes Schulterblatt. »Peter, uns kann wirklich überhaupt nichts passieren. Der Ausgang des Parkhauses befindet sich mitten in der Mainzer Fußgängerzone. Ich bin da garantiert niemandem aufgefallen. Und die Drahtschlinge hab ich ja auch mitgenommen.«

»Sei ruhig! Ich will nichts mehr davon hören«, bettelte Peter.

Paul schien die Worte seines älteren Bruders nicht vernommen zu haben, denn ohne jegliche Rücksicht auf dessen in flehentlichem Ton vorgetragene Bitte fuhr er fort: »Nur eine Tüte mit Würfeln, Paketband und unserem lateinischen Lieblingsspruch hab ich absichtlich zurückgelassen. – Einfach genial!«

Anschließend begab er sich wieder auf die andere Seite des Küchentischs und trank im Stehen an einer der unberührten Bierflaschen. Während er voller Inbrunst einen geräuschvollen Rülpser ausstieß, nahm er Platz und fixierte mit einem stechenden Blick seinen Bruder. »Komm, jetzt hast du genug gejammert. Reiß dich mal am Riemen. Junge, wir haben's fast geschafft!«

Peter ließ schlaff die Arme auf den Tisch niedersinken und sagte dabei: »Glaubst du das wirklich?«

»Klar, alter Junge. Wir dürfen jetzt nur keinen Fehler mehr machen. Du gehst jeden Tag ins Amtsgericht und ich zum Arbeitsamt. So wie immer!«

»Du hast gut reden. Ich bin nicht so abgebrüht wie du.«

»Dann musst du dich eben dazu zwingen! Denk immer daran, was für dich auf dem Spiel steht. Nicht nur die ganze Kohle, liebes Brüderlein, auch die Tatsache, dass der Knast auf dich wartet.«

Dieses Furcht erregende Wort fuhr ihm wie ein Blitz ins Mark. Er zuckte erschrocken zusammen. Paul bemerkte sofort diese Reaktion. »Aber so weit muss es ja gar nicht kommen. Wird es auch gar nicht kommen! Wenn du dich auch weiterhin ganz unauffällig verhältst. Das hat ja die letzten Wochen auch geklappt. Warum sollten die Bullen ausgerechnet jetzt, wo sie noch stärker in eine ganz andere Richtung ermitteln, auf uns kommen? Das leuchtet dir doch hoffentlich ein, oder?«

Mit einem stummen Kopfnicken bekundete Peter seine Zustimmung.

»Was ist denn eigentlich mit den Amis? Läuft da alles nach Plan?«

»Ja.« Plötzlich kam Leben in den Nachlassverwalter. »Ich hab denen letzte Woche noch mal ein Fax geschickt und ihnen darin mitgeteilt, dass die Erbenermittlung wegen Arbeitsüberlastung und sehr schwieriger Recherche wohl noch einige Zeit in Anspruch nehmen wird.«

»Gut, Brüderlein, sehr gut! Damit zögert sich alles noch weiter hinaus.« Mit zufriedener Miene lehnte er sich in seinem Stuhl zurück. »Da kann jetzt richtig schön Gras über die Sache wachsen. Und ob wir nun einen Monat früher oder später an unser Geld kommen, ist doch wohl egal, oder?«

»Ja, die Hauptsache, es kommt keiner auf uns – hoffentlich.«

»Klar geht das gut! Du wirst schon sehen. Im Sommer machen wir alle erstmal schön Urlaub, und wenn dann im Herbst die ersten Blätter anfangen zu fallen, gibst du den Amis Bescheid.« Paul klatschte freudig in die Hände. »Und wenn's bis Weihnachten dauert. Das ist doch völlig egal. Wir haben so lange auf diese verdammte Glückssträhne gewartet. Da kommt's auf ein paar Monate mehr oder weniger auch nicht mehr an!«

19

Durch den heimtückischen Anschlag auf Eva Glück-Mankowski loderte das schon fast verglommene Feuer, das die *PALZ*-Redaktion mit ihrem effekthascherisch inszenierten Mörderspiel entfacht hatte, urplötzlich wieder auf. Sensationslüsterne und geldgierige Hilfssheriffs kamen lärmend aus ihre dunklen Löcher hervorgekrochen, in die sie sich zuvor frustriert zurückgezogen hatten. Tag für Tag meldeten sich neue angebliche Top-Informanten, die sich jedoch mit ihren so genannten ›sachdienlichen Hinweisen‹ lediglich selbst Informationen aus dem direkten Umfeld der kriminalpolizeilichen Ermittlungsarbeit besorgen wollten.

Irgendwann wurde Tannenberg dieses Kasperletheater dann doch zu bunt und er ordnete an, dass diese neugierigen und aufdringlichen Personen nur noch außerhalb der K 1-Diensträume befragt werden durften – und zwar in dem im Untergeschoss der Polizeidirektion untergebrachten Archiv.

Der Lokalpresse kam der Mordversuch an der Kriminalpsychologin natürlich sehr gelegen, konnte man auf diese Weise doch endlich wieder mit einer heißen Story aufwarten und somit dem sich immer deutlicher bemerkbar machenden Leserschwund erfolgreich begegnen.

Tannenberg stand vor Petra Flockerzies Schreibtisch. Schmunzelnd suhlten sich seine Augen in einem Gesprächsprotokoll, das er gerade von seiner Sekretärin überreicht bekommen hatte.

»Ja, Herr Kommissar, so war es wirklich«, begann er sichtlich amüsiert die Aussage eines 72-jährigen Rentners zu zitieren. »Aber ich sag's Ihnen gerne noch einmal: Ich hab die Frau Doktor mit dem Doppelnamen in unserem Swingerclub auf den Erzhütten gesehen ... Nein, ich täusche mich dabei nicht. Ich bin mir ganz sicher: *Sie* war es – und *sie* ist mit zwei Männern in einem der Zimmer verschwunden ... Na ja, sie wissen schon, in welchen. Und das war genau an *dem* Abend, bevor sie morgens in Mainz überfallen worden ist ... Nein, ich irre mich nicht!«

Süffisant lächelnd blickte er hinüber zu seiner Sekretärin, die ihm mit einem unglaublich breiten Grinsen antwortete.

»Flocke, lach nicht! Das steht wirklich da drin.«

»Ich weiß, Chef, ich hab's ja eben selbst getippt.«

»Stimmt, Flocke, natürlich«, antwortete Tannenberg irritiert. »Im Swingerclub. Ich ruf sie nachher gleich mal an. Das wird ihren Genesungsprozess bestimmt enorm beschleunigen.« Erneut durchforstete er den schriftlich fixierten Gesprächsinhalt.

»Aber sie ist doch schon wieder auf dem Damm, wie ich gehört habe.« Entsetzt warf sie ihre linke Hand vor den Mund. »Oder hat sie etwa einen Rückschlag erlitten?«

Tannenberg blickte auf. »Einen Rückschlag? Quatsch! Es geht ihr inzwischen schon wieder ganz gut – zumindest körperlich. Aber der Schock steckt ihr noch ganz schön in den Knochen.«

»Ist ja auch kein Wunder, Chef.«

»Nein, das ist wirklich kein Wunder, Flocke«, entgegnete er nickend. Dann vertiefte er sich wieder in seine Lektüre. Mit den Fingerkuppen der rechten Hand hämmerte er auf dem Bericht herum, während er lachend sagte: »Diesen netten Herrn hier knöpft sie sich garantiert höchstpersönlich vor. Da bin ich mir ganz sicher.«

»Wolf, komm, wir müssen los!«, rief plötzlich Michael Schauß, der gerade die Tür seines Dienstzimmers geöffnet hatte. Kriminalhauptmeister Geiger folgte ihm auf dem Fuß.

Tannenberg drehte sich verwundert zu ihm hin. »Wieso?«

»Die Zentrale hat eben angerufen: Eine Streife hat vor ein paar Minuten gemeldet, dass sie einen Leichnam gefunden haben. Ein Mann – anscheinend brutal misshandelt.«

»Wo?«, fragte Tannenberg.

»Auf dem Gelände der Firma PFAFF. Spielende Kinder haben ihn in einer alten Fabrikhalle entdeckt.«

»Gott sei Dank«, rief Geiger plötzlich aus.

Verständnislos blickten alle Anwesenden in Richtung des Kriminalhauptmeisters, der ihnen die gewünschte Erläuterung umgehend präsentierte: »Endlich mal wieder ein Mordopfer, das nicht auf der Gartenschau liegt.«

Wie schon so oft zuvor erntete Geiger allerdings mit seinem vermeintlich humoristischen Einwurf lediglich mitleidiges Kopfschütteln.

Als der silberfarbene Dienstwagen von der Albert-Schweitzer-Straße kommend auf das Haupttor der ehemaligen Weltfirma zufuhr, umkrampfte Wehmut Tannenbergs Herz. Der trostlose Anblick, der sich ihm hier darbot, war für einen alteingesessenen Bürger der Barbarossastadt wirklich kaum zu ertragen.

Von diesem pfälzischen Traditionsunternehmen, das in seiner besten Zeit fast zehntausend Menschen Lohn und Brot gegeben hatte, war nichts anderes mehr übrig geblieben als ein verwahrlostes Industriegelände – und schmerzliche Erinnerungen.

Tannenberg musste unwillkürlich daran denken, wie er

als Kind in den Schulferien im Schlepptau seiner Mutter nahezu täglich zur Mittagszeit hierher ans Nordtor gepilgert war. Wie bei einer der Verpflegungsstationen eines Marathonlaufs, an dem die Langstreckler mit Getränken versorgt werden, standen auf beiden Seiten der Straßen die Angehörigen der Pfaffianer und warteten geduldig, bis eine laute Sirene für die Mitarbeiter des damals weltweit führenden Nähmaschinenherstellers den Beginn der Mittagspause ankündigte.

Tannenbergs trauriger Blick streifte über dicht aneinandergereihte, flache Backsteinbauten hinweg zu zwei großen kugelförmigen Gasbehältern, die groteskerweise an überdimensionierte Luftballons erinnerten.

Als ob es hier irgendetwas zu feiern gäbe, dachte Tannenberg kopfschüttelnd. Dann beorderte er seine Augen nach rechts, wo sie sich für einen kurzen Augenblick an einem schmutzigbraunen, zu kurz geratenen Schornstein festhakten. So als ob sie kein Geld mehr gehabt hätten, um ihn fertigzubauen!

Dann betrachtete er das direkt nach dem Krieg errichtete Verwaltungsgebäude, auf dessen Dach seitdem in roten Großbuchstaben der Name ›PFAFF‹ thronte, den man links und rechts mit zwei stilisierten Nähmaschinen eingerahmt hatte.

»China«, hörte sich Tannenberg plötzlich sagen. Eigentlich war dieses Wort nur für seinen frustrierenden inneren Monolog bestimmt gewesen.

»China?«, fragte Michael Schauß verwundert.

Tannenberg räusperte sich. »Ja, China ... Dort produzieren die doch jetzt unsere PFAFF-Nähmaschinen. Und bei uns ist alles dicht.«

»Na, gerade das kann man hier wohl nicht behaupten«, meinte der junge Kriminalbeamte und nickte in Richtung eines sperrangelweit geöffneten, verrosteten Eisentors, dem man deutlich ansah, dass es schon lange nicht mehr seine ursprüngliche Funktion erfüllt hatte.

Das zur baldigen Einebnung verdammte Industriegelände wurde lediglich durch einen mobilen Bauzaun vor ungebetenen Besuchern geschützt. Kommissar Schauß fuhr mit ziemlich unangemessener Geschwindigkeit über die den Hauptzufahrtsweg querenden Eisenbahngleise.

Da Tannenbergs Schläfe aufgrund dieser rüpelhaften Fahrweise unfreiwillig mit dem Türholm Kontakt aufnahm, brachte ihm die unbedachte Aktion einen lautstarken Rüffel von Seiten seines Vorgesetzten ein.

Als der Leiter des K 1 wenig später immer noch wütend vor sich hinschimpfend und demonstrativ seinen Kopf reibend den Dienstwagen verließ und sich in der Gegend umblickte, hatte er das Gefühl, die Anlage eines verrotteten Industriemuseums betreten zu haben, derart veraltet erschien ihm alles, was er sah.

Ein freundlicher Streifenbeamte wies ihnen den Weg in eines der verwahrlosten Backsteingebäude. Durch die in das Flachdach eingelassenen Glasflächen, die stark verschmutzt und zum Teil mit Laubbergen belegt, ihre ursprüngliche Lichtdurchlässigkeit höchstens erahnen ließen, fiel nur ein fahler Schein in den mit Maschinenteilen und sonstigem Industriegerümpel übersäten Eingangsbereich der ehemaligen Fabrikhalle.

Diesem unübersichtlichen Chaos schloss sich auf der rechten Seite ein containerartiger Verwaltungsbereich an, der aus zwei miteinander verbundenen Einbauten bestand. Aus der Tür des hinteren der beiden Büroräume drückte sich grelles weißes Kunstlicht in das ansonsten schummerige Gebäudeinnere.

Als Tannenberg den von mehreren Hallogenscheinwerfern in gleißendes Licht getauchten toten menschlichen Körper etwa zwei Meter vor einer mit Sporflecken besprengten, vergilbten Wand liegen sah, wünschte er sich spontan, dass es sich bei diesem Szenario lediglich um eine Filmaufnahme handelte und der Schauspieler nach der abgedrehten Szene sich lachend erheben und in die Maske begeben würde, um sich die aufgeschminkten Verletzungen entfernen zu lassen.

»Das hier sieht alles nach einem Profi aus, Wolf«, sagte Mertel, der neben dem vollständig bekleideten männlichen Leichnam kniete, ohne sich zu Tannenberg umzuwenden. Er schob seine linke Hand unter das Kinn des Toten und drehte dessen Kopf ein wenig zu seinen gerade eben eingetroffenen Kollegen hin.

»Wieso glaubst du das?«, fragte Tannenberg.

Mertel deutete zuerst auf die schweren Gesichtsverletzungen, dann auf die an dessen linkem Handgelenk sichtbaren Hautabschürfungen und Einblutungen, die eindeutig auf eine Fesselung hinwiesen. »Ich denke, dass dieser Mann hier brutal gefoltert worden ist, bevor man ihn wie ein Schwein abgestochen hat.«

»Abgestochen?«

»Ja, Wolf. Der Notarzt hat vier Einstiche in seiner Brust gefunden. Alle direkt in der Herzgegend. Und vorher muss er fürchterlich misshandelt worden sein.«

»Das sieht man«, stimmte der Leiter des K 1 betroffen zu. »Was ist mit der Tatwaffe?«

»Bisher haben wir nichts gefunden, was als Tatwaffe in Betracht kommen könnte.«

Tannenberg brummte. »Habt ihr wenigstens den Namen des Mannes?«

»Nein. Er hatte keine Papiere dabei. Auch keine Schlüssel oder sonst was. – Ich sag ja, die Tat eines Profis. Selbst die Stricke, mit denen er den Mann gefesselt hat, sind nicht mehr da. Auch die hat er wohl mitgenommen.« Er nickte zu einigen auf dem staubigen Betonboden sich deutlich abzeichnende Sohlenabdrücke. »Und mit denen können wir bestimmt auch nichts anfangen. Die dazugehörigen Schuhe stecken garantiert bereits irgendwo in einer Waschmaschine.«

»Wie lange liegt er denn schon hier?«

»Ein paar Stunden, meint der Notarzt.«

»So, meint er. Ein bisschen genauer geht's wohl nicht?«, knurrte Tannenberg. Er warf die Stirn in Falten, blickte sich suchend um. »Wo ist denn, nur mal so nebenbei bemerkt, eigentlich unser Doc?«

»Der kommt erst heute Mittag wieder zurück. Der war doch bei irgendso einem Pathologen-Kongress. Ich glaub in Leipzig.«

»Ja, ja, richtig«, pflichtete der Leiter des K 1 dem Kriminaltechniker bei und senkte seinen gedankenversunkenen Blick in Richtung des unmittelbar hinter einem stählernen Stützpfeiler liegenden Leichnams. »Wer hat den Toten überhaupt entdeckt?«

»Wolf, das hab ich dir doch vorhin schon gesagt«, bemerkte Michael Schauß mit einem überheblichen Unterton, auf den Tannenberg stets äußerst säuerlich zu reagieren pflegte.

»Entschuldigen Sie vielmals, werter Herr Kollege, dass ich Sie mit einer völlig überflüssigen Frage belästigt habe. Soll nicht wieder vorkommen. Ist mir einfach nur so rausgerutscht. Ich bin nämlich noch nicht vollständig verkalkt und weiß deshalb sehr genau, was du mir vorhin mitgeteilt hast, nämlich dass Kinder ihn gefunden haben, stimmt's?«

Schauß zog es vor zu schweigen.

»Ja, Wolf, die Kinder kommen hier anscheinend fast jeden Tag zum Spielen her«, erklärte Mertel an seiner Stelle.

Tannenberg kniff die Brauen zusammen. »Aber das ist

doch unheimlich gefährlich auf so einem Abrissgrundstück!«

»Und gerade deshalb ja auch so reizvoll!«, entgegnete der Kriminaltechniker schmunzelnd. »Oder bist du etwa früher nicht auch besonders gerne dorthin gegangen, wo der Zutritt eigentlich strengstens verboten war?«

In Tannenbergs Bewusstsein wurden in schneller Folge einige Erinnerungsfetzen an seine waghalsigen Exkursionen in gesperrte ehemalige Bunkeranlagen eingespielt, die er in der eigenen Kindheit gemeinsam mit seiner ›Höhlenbande‹ unternommen hatte.

Um sich jedoch nicht weiter mit diesen abschweifenden Gedanken beschäftigen zu müssen, richtete er eine Frage an die Anwesenden: »Was hat der wohl hier auf diesem Gelände gewollt?« Sein prüfender Blick begutachtete die Kleidung des Toten. »So wie der angezogen ist, hat der sicher nicht auf der Straße gelebt.«

»Glaub ich auch nicht«, unterstützte Kommissar Schauß die Aussage seines Chefs. »Der sieht nicht aus wie ein Penner.«

Am späten Vormittag des folgenden Tages überflog Tannenberg im Stehen den vorläufigen gerichtsmedizinischen Befund, den er gerade von einem Boten zugestellt bekommen hatte. Dr. Schönthaler schilderte darin akribisch die körperlichen Misshandlungen, die der mit äußerster Brutalität zu Werke gegangene Gewalttäter seinem gefesselten, hilflosen Opfer zugefügt hatte.

Die eindeutigen medizinischen Fakten ließen keine andere logische Schlussfolgerung zu, als die, dass der Mörder dem Mann zuerst einen kräftigen Schlag auf den Kopf versetzt haben musste. Dann hatte er ihn gefesselt und an den Metallpfosten gebunden, hinter dem man ihn etwa 8 Stunden später tot aufgefunden hatte. Diese Hypothese wurde durch die ersten Ergebnisse der Kriminaltechnik untermauert, die an diesem Stützpfeiler unter anderen auch Blutspuren des Opfers sicherstellen konnte.

Auf dem letzten Blatt des Berichts hatte der Rechtsmediziner einen leuchtend gelben Klebezettel mit der in roter Tinte gehaltenen Schrift angebracht: ›Alter Junge, du solltest folglich nach zwei Tatwaffen suchen: Einem Eisenrohr oder einer schweren Taschenlampe und einem Springmesser mit einer etwa 15 Zentimeter langen schmalen Klinge. Gruß, Dein R.‹.

Mit dem Begriff ›folglich‹ meinte Dr. Schönthaler die unwiderlegbare gerichtsmedizinische Erkenntnis, dass der Täter, *nachdem* er seinem Opfer die tödlichen Messerstiche beigebracht hatte, dessen Schädel mit mindestens zwei kräftigen Hieben zertrümmert hatte.

»Der muss einen unglaublichen Hass auf diesen Menschen gehabt haben«, murmelte Tannenberg vor sich hin. »Aber warum?«

Er legte kopfschüttelnd den Bericht auf seinem Schreibtisch ab und begab sich in den Vorraum zu seiner Sekretärin.

»Ich brauch jetzt erstmal einen Espresso.«

»Chef, soll ich Ihnen schnell einen machen?«

»Nein, Flocke. Das mach ich selbst.« Tannenberg schlenderte zu der edlen Saecco-Maschine, die Kommissar Fouquet den Mitarbeitern des K 1 vor einiger Zeit anlässlich seines Einstandes gestiftet hatte.

Er stellte ein kleines, dickwandiges Tässchen unter den Doppelausfluss des Espressoautomaten und drückte die Starttaste. Während das Mahlwerk die Bohnen geräuschvoll zerkleinerte, wandte sich Tannenberg zu seiner Sekretärin um.

»Wenn ich nur wüsste, was der Mann dort gewollt hat. Ein Justizbeamter trifft sich mitten in der Nacht auf einem stillgelegten Industriegelände mit einem brutalen Gewaltverbrecher. Erklär mir das doch bitte mal, Flocke.«

»Tja, Chef, vielleicht eine Beziehungstat?«

»Beziehungstat? Vielleicht. Aber vielleicht auch nicht. Nein, eher nicht, Flocke.«

»Wieso schließen Sie das aus?«

»Es ist nur so'n Gefühl.« Er warf die Unter- über die Oberlippe, wiegte verneinend den Kopf hin und her. »Weißt du, nachdem seine Frau ihn gestern Mittag als vermisst gemeldet hatte, bin ich ja zu ihr hingefahren. Und da hab ich nicht gerade den Eindruck gewonnen, als ob es bei denen irgendwelche gravierenden Eheprobleme gegeben hätte.«

Tannenberg klatschte in die Hände, zuckte mit den Schultern. »Aber ich kann mich ja auch täuschen.« Er seufzte laut auf. »Es wäre ja nicht das erste Mal.«

Plötzlich kam Mertel durch die Flurtüre gestürmt.

»Du, ich glaub, wir haben was sehr Interessantes für dich gefunden«, rief er Tannenberg entgegen.

Er hielt ein aufgeschlagenes schwarzes Buch in seinen Händen, wedelte damit aufgeregt herum und warf es schließlich dem Kommissariatsleiter direkt vor die Augen. »Voilà: Der Terminkalender des Toten.«

Mit einer reflexartigen, abwehrenden Bewegung drückte Tannenberg das Buch von seinem Gesicht weg. »Ja, und? Was steht da drin? Etwa die Antwort auf die spannende Frage, mit wem er sich vorgestern Nacht auf dem PFAFF-Gelände getroffen hat?«

»Genau das, mein lieber Wolf!«

Tannenberg riss Mertel den Terminer aus der Hand, huschte mit einem geschwinden Blick über die beiden mit Linien und Ziffern bedruckten, aber unbeschriebenen Seiten. »Ich seh überhaupt nichts! Was soll das? Willst du mich veräppeln?«

Mertel zog die Augenbrauen nach oben. »So etwas würde mir doch nie einfallen, noch nicht mal im Traum. An deiner Stelle würde ich einfach mal umblättern! Vielleicht ist das, was du gerade siehst, ja nur ein Deckblatt, hinter dem sich wahrhaft Sonderliches verbirgt.«

»Bist *du* etwa nun auch noch unter die Poeten gegangen?«

»Nein, um Gottes willen!« Als er sah, dass Tannenberg seiner Aufforderung inzwischen nachgekommen war, nickte Mertel in Richtung des Terminkalenders.

»Uralter Indianertrick!«, behauptete er scherzhaft. »Man muss einfach nur mit einem schräg gehaltenen Bleistift vorsichtig drüberschraffieren. Und schon hat man genau das ans Tageslicht befördert, was derjenige, der das beschriftete Blatt herausgerissen hat, unbedingt vermeiden wollte: nämlich den ursprünglichen Text.«

›*24 Uhr Pfaff – Treffen mit H. Walther*‹ stand da gut lesbar geschrieben. Die in das weiße Papier eingravierte Schrift zeichnete sich deutlich auf einem schwarzgrauen Hintergrund ab. Aufgrund der unterbrochenen Datumsangaben bemerkte Tannenberg nun auch das Fehlen eines Kalenderblattes.

»Warum hast du mir denn nicht gleich diese Seite gezeigt?«

»Wolf, so war's doch viel spannender, oder?«

Tannenberg schüttelte verständnislos den Kopf. »Walther?« Sein Gesicht verwandelte sich in Sekundenbruchteilen zu einer schmerzverzerrten Grimasse. Er hämmerte sich mit der flachen rechten Hand auf die Stirnpartie. »Walther, Walther, Walther ... Ich hab den Namen doch schon mal in den Ermittlungsakten der Gartenschau-Morde gelesen! Verdammt! Ich weiß nur nicht mehr wo. Kommt mal mit in mein Zimmer. Wir suchen jetzt sofort danach.«

Mertel setzte sich zwar umgehend in Bewegung, allerdings nur mit gemessenem Schritt. Seinem abschätzigen Mienenspiel konnte man entnehmen, dass er allem Anschein nach nicht sonderlich angetan war von der Verknüpfung, die der Leiter des K 1 gerade durch seine Aussage in den Raum geworfen hatte.

»Wieso um alles in der Welt sollten denn diese beiden Fälle etwas miteinander zu tun haben?«, fragte er mit gefalteter Stirn.

»Keine Ahnung, Karl. Das hab ich ja auch gar nicht behauptet. Ich hab nur gesagt, dass ich in diesem Aktenberg hier irgendwo schon mal diesen Namen gelesen habe. Mehr nicht!«

Tannenberg setzte sich hinter seinen Schreibtisch und überreichte Mertel und seiner Sekretärin jeweils einen aus mehreren Handakten bestehenden Stapel. Beide nahmen am Besuchertisch Platz und begannen sogleich mit der ihnen aufgetragenen Arbeit.

»Übrigens, Wolf, falls du mich noch etwas fragen wolltest, hier ist gleich die Antwort darauf: Außer den Fingerabdrücken des Toten haben wir auf dem Terminer keinerlei andere Fingerspuren sicherstellen können.«

»Dann hat er das Blatt wahrscheinlich selbst rausgerissen.«

»Kann, muss aber nicht sein. Denn es ist durchaus möglich, ein Blatt herauszureißen, ohne dazu das Buch in die Hand zu nehmen. So hinterlässt man natürlich auch keine Fingerspuren.«

Hinter dem Schreibtisch konnte man ein zustimmendes Brummen hören, das plötzlich durch einen lauten Freudenschrei abrupt beendet wurde. »Jappadappaduu! Ich hab's doch gleich gewusst. Da steht's schwarz auf weiß: Erika Walter, Leiterin des Mölschbacher Kindergartens.«

Mertels Begeisterung hielt sich verständlicherweise in Grenzen. Schließlich vermochte er aus der Namensgleichheit nicht unbedingt einen direkten Zusammenhang mit den ungeklärten Mordfällen abzuleiten. Trotz seiner Skepsis erhob er sich flugs von seinem Stuhl und begab sich zu seinem Kollegen. Er stellte sich hinter ihn und blickte ihm über die Schultern, während Tannenberg ihm stolz seinen vermeintlich spektakulären Fund präsentierte.

»Siehst du, Karl, da steht's«, frohlockte er und hämmerte dabei, wie wenn er eine Morsetaste zu bedienen hätte, mit seinem rechten Zeigefinger auf die entsprechende Textstelle. »Der fühlen wir jetzt gleich mal anständig auf den Zahn! Vielleicht ist das endlich der Durchbruch, auf den wir schon so lange warten!«

»Glaub ich eher weniger, Wolf«, bemerkte die sonore Männerstimme in Tannenbergs Rücken.

»Wieso, du alter Schwarzseher?«

»Na ja, bei der Frau fehlt ein ›h‹.«

Verständnislos wandte sich Tannenberg zu Mertel um. »Was für'n Haar denn?«

»Kein Haar, sondern ein ›h‹! Diese Frau Walter schreibt sich ohne ›h‹.« Er deutete auf den schraffierten Namen. »Wogegen da ›Walther‹ mit ›h‹ steht.«

Nun endlich verstand Tannenberg. Schlagartig machte sich Ernüchterung in ihm breit. »Ich Idiot! Karl, du hast ja vollkommen Recht!«

Mertel legte ihm mitfühlend seine linke Hand auf die Schulter. »Wäre ja wohl auch zu schön gewesen!«

Etwa zur gleichen Zeit als Tannenberg mit dieser frustrierenden Erkenntnis konfrontiert wurde, saß Peter Walther zu Hause in seiner Wohnung am Küchentisch vor einer fast geleerten Weißweinflasche. Er hatte sich bereits zwei Tage zuvor per Fax bei seiner Dienststelle krankgemeldet.

Der Schock, den ein auf normalem Postweg ihm zugestellter, allerdings nicht mit einem Absender versehener Brief bei ihm ausgelöst hatte, war derart gigantisch gewesen, dass er unmöglich wie gewohnt am nächsten Morgen zu seinem Dienst im Amtsgericht hätte erscheinen können. Seither hatte er fast nichts mehr gegessen und in den beiden letzten Nächten auch kaum Schlaf gefunden. Den besorgten Fragen seiner Frau war er mit dem Verweis auf eine angebliche Magen-Darm-Grippe begegnet.

Nachdem er das brisante Schreiben gelesen und sich über die Tragweite des äußerst besorgniserregenden Inhalts Klarheit verschafft hatte, war er sofort zu seinem Bruder gefahren.

»Wer ist das? Woher weiß der das?«, hatte Paul wie von Sinnen geschrien, als er die wenigen Sätze gelesen hatte. »Mensch, Mensch, unsere Finte hat so schön funktioniert! Bis dieser Idiot was von der Sache mitbekommen hat. Wie konnte das überhaupt passieren? Ich dachte, du hast bei dir im Amt alles im Griff? Wieso hat der Wind davon bekommen?«

»Ich weiß es nicht«, hatte er zutiefst betroffen geantwortet.

Diese Aussage hatte völlig den Fakten entsprochen. Denn er hatte wirklich nicht den leisesten Schimmer einer Vorstellung davon gehabt, auf welchem Wege der unbekannte Erpresser zu seinen Informationen gelangt war.

Woher hätte er denn auch wissen sollen, dass eine hinterhältige Laune des Schicksals dafür gesorgt hatte, dass ausgerechnet zu dem Zeitpunkt, als ein Fax des für die Nachlasssache ›Gregory Walther‹ zuständigen amerikanischen Gerichts in seinem Büro eintraf, sich zufällig ein neugieriger Kollege in dem von ihm nur kurzzeitig verlassenen Zimmer aufgehalten hatte.

Peter schenkte sich den Rest des Flascheninhalts in sein Weinglas und kippte ihn wie einen kalten Schnaps in einem Zuge die Kehle hinunter. Dann stierte er wie gelähmt aus dem Fenster. Plötzlich machte sich das Telefon mit einem schrillen Klingelton bemerkbar. Wie in Trance erhob er sich und trottete in den Flur. Er nahm den Hörer in die Hand.

»Nein, es ist niemand im Haus ... Die Kinder sind in der Schule ... und Helga ist mit ihrer Mutter ... nach Mannheim zum Shoppen gefahren«, sagte er mit langsam vorgetragenen Worten und legte anschließend wieder auf.

Er ging aber nicht zurück in die Küche, sondern begab sich gemächlich an die Wohnungstür und wartete geduldig, bis es etwa zwei Minuten später läutete. Dann betätigte er die elektrische Schließanlage, öffnete die Tür und schlurfte mit hängendem Kopf zurück in die Küche.

Als sein Bruder bei ihm eintraf, keuchte dieser wie eine alte Dampflokomotive. Er war völlig verschwitzt und erweckte einen ziemlich abgekämpften Eindruck.

»Wie geht's dir?«, fragte er schnaubend.

Ein müder, fragender Blick kletterte an Pauls Körper empor, bis er dessen gerötetes Gesicht erreichte. »Wie's mir geht, fragst du?« Er schluckte, zog die Nase hoch. »Es ist aus, Paul!« Er schlug die Hände vors Gesicht, begann jämmerlich zu schluchzen.

»Quatsch! Nichts ist aus! Du wirst sehen: alles wird noch gut! Wir dürfen jetzt nur keine Fehler mehr machen.«

Paul setzte sich auf einen Stuhl, der direkt neben dem seines Bruders stand. »Was erzähl ich da für einen Blödsinn. Wir haben ja noch gar keinen Fehler gemacht. *Du* hast übrigens auch keinen Fehler gemacht – wie ich zunächst geglaubt hatte.«

»Was?«, fragte Peter mit gedämpfter Stimme.

Paul ergriff die Hände seines Bruders und zog sie sanft von dessen Gesicht weg.

»Dich trifft überhaupt keine Schuld, Peter. Dieser Typ hat mir vorgestern Nacht nämlich alles gebeichtet, jedes Detail: Der wusste eigentlich gar nicht viel. Der hat nur durch Zufall ein Fax abgefangen. Von den Amis. Und sich daraus ein paar Dinge zusammengereimt. Nur weil er zufällig Helene gekannt hat und wusste, dass sie deine Tante war. Aber alles reine Spekulation, sag ich dir – hat er sogar selbst zugegeben. Zufällig hatte er ins Schwarze getroffen! Der hat doch tatsächlich gemeint, ganz einfach so auf die Schnelle ein reicher Mann werden zu können. Auf unsere Kosten.«

Er lachte lauthals los, klopfte sich auf die Schenkel. »Der wollte doch glatt die Hälfte: 6 Millionen wollte der!«

»6 Millionen?«

»Ja, Peter, das musst du dir mal vorstellen: Der hat bisher keinen Finger dafür krummgemacht. Wir haben das volle Risiko getragen – und der Kerl taucht hier einfach so auf und fordert die Hälfte! Nur jeweils 3 Millionen hätte er uns von *unserem* Erbe abgegeben.«

Paul lachte erneut auf, diesmal allerdings bedeutend diabolischer. »Wenn du davon noch die Steuern und Gebühren abziehest, wäre ja für uns fast nichts mehr übriggeblieben. Und das bei dem Risiko, das vor allem *ich* eingegangen bin! Nur so wenig Lohn für den hohen Einsatz, den wir über Monate hin schon erbracht haben.« Kalter Hass blitzte in seinen Augen auf. »Und als er das gesagt hat, bin ich total ausgeflippt!«

»Was stand denn in dem Fax?«

»Ach nur, dass ihr euch ruhig Zeit lassen könnt mit der Erbenermittlung. Sonst nix.«

»Wo ist es?«

»Das hab ich noch in der selben Nacht verbrannt. Der Kerl hatte das Fax doch tatsächlich zu unserem Treffen mitgebracht!« Paul schlug sich leicht an die Stirn. »So ein Hohlkopf!«

Peter richtete seinen Oberkörper auf, atmete ein paar Mal tief durch. »Du glaubst wirklich, dass wir noch eine Chance haben?«

»Aber natürlich, Brüderlein! Die kommen doch nicht auf uns. Warum sollten die auf uns kommen? Es weiß doch keiner was. Und der Kerl hat mir alles verraten, was er gewusst hat. Alles! Der hat mir bei allem, was ihm heilig ist, geschworen, dass er mir *alles* gebeichtet hat. Und er hat geschworen, dass er niemandem auch nur ein Strebenswörtchen über die Sache oder über unser Treffen gesagt hat.«

»Glaubst du das?«

»Aber sicher! Ach, übrigens: Hab ich dir eigentlich schon gesagt, wie wir weiter strategisch vorgehen werden?«

»Wie? Was meinst du damit?«

»Durch das plötzliche Ableben unseres Erpressers sind wir zwar wieder relativ sicher vor Entdeckung, aber wir müssen dic Bullen unbedingt noch mehr von dieser Spur ablenken.«

»Und wie?«

»Ich hab die ganze Nacht darüber nachgedacht. Es gibt keinen anderen Ausweg: Ich werd jetzt gleich nochmal nach Mainz fahren und versuchen, diese Glück-Mankowski plattzumachen.«

Schieres Entsetzen packte Peter. In Windeseile glich sich seine Gesichtsfarbe der vergilbten Raufasertapete hinter seinem Rücken an. Er fing am ganzen Körper an zu zittern. »Bist du völlig verrückt geworden?«

»Wieso? Hast du etwa einen besseren Vorschlag?«, entgegnete Paul und verschwand ohne Abschiedsgruß eilig aus der Küche.

»Chef, ich weiß ganz genau, dass ich diesen Namen, also diesen Walther *mit* dem Buchstaben ›h‹, irgendwann schon einmal geschrieben habe, als ich einen Bericht abgetippt hab«, meldete sich Petra Flockerzie zu Wort. »Ich weiß nur nicht mehr, wann genau das war. Aber das ist ganz bestimmt schon länger her.«

Tannenberg schoss wie eine Rakete von seinem Schreibtischstuhl aus in die Höhe und hechtete hinüber zu seiner Sekretärin, die mit hochrotem Kopf in den Akten stöberte. Er setzte sich auf den von Mertel verlassenen Platz und begann ebenfalls aufgeregt in den Handakten zu wühlen.

»Was veranstaltet denn ihr beiden da?«, fragte plötzlich Kommissar Schauß, der von Tannenberg unbemerkt gemeinsam mit seinem Kollegen Armin Geiger den Raum betreten hatte.

Mit hastig ausgesprochenen, kurzen Sätzen klärte Petra Flockerzie die Neuankömmlinge über den aktuellen Stand der Dinge auf.

»Flocke, das war mein Bericht«, erklärte Kriminalhauptmeister Geiger, so gelassen, als ob es sich dabei um eine völlige Nebensächlichkeit handelte. »Ich erinnere mich ganz genau: So heißen die Neffen der ermordeten Frauenbeauftragten, die beiden Walther-Brüder.«

»Was?«

»Ja, Chef, mit denen hab ich mal kurz telefoniert, als ich die Verwandtschaftsverhältnisse der Toten abgeklärt hab. Das war ziemlich am Anfang der Ermittlungen. Ich erinnere mich deshalb so gut daran, weil Peter und Paul – das sind doch welche aus der Bibel, wenn ich mich nicht irre.«

»Nein, lieber Geiger, da irrst du dich ausnahmsweise mal nicht: das sind die beiden Apostel Petrus und Paulus«, stimmte Tannenberg zu. »Die sind beide angeblich am selben Tag den Märtyrertod gestorben. Und deswegen haben Peter und Paul auch immer zusammen Namenstag.«

»Ach so, Chef. Das ist ja interessant.«

»Los, such mal schnell den Bericht raus, in dem etwas über die beiden drinsteht. Aber meinen ehrlichen Respekt, Geiger: Du hast wirklich ein phänomenales Gedächtnis.«

»Danke, Chef«, antwortete Geiger mit stolzgeschwellter Brust und ergänzte überheblich: »Sie hätten eben gleich den Richtigen fragen sollen.«

Ziemlich schnell hatte Geiger seinen Bericht gefunden und ihn gleich, ohne selbst auch nur einen einzigen Blick hineinzuwerfen, an Tannenberg weitergereicht.

Der fraß sich gierig in die entsprechenden Stellen hinein und gab bereits wenig später seine Zusammenfassung des Gelesenen laut zum Besten: »Es existieren anscheinend nur zwei enge Verwandte, und zwar diese beiden Brüder. Keiner von ihnen ist vorbestraft oder sonstwie bisher negativ aufgefallen. Der eine heißt Paul, ist alleinstehend, gelernter Zimmermann, zur Zeit allerdings arbeitslos. Sein älterer Bruder Peter ist verheiratet, hat zwei Kinder – und ist als Justizbeamter im Amtsgericht beschäftigt.«

»Was? Im Amtsgericht! Das gibt's doch nicht«, platzte es aus Mertel heraus.

»Doch, Karl. Und genau das ist der springende Punkt! Vielleicht ist *das* ja endlich der lang herbeigesehnte Durchbruch bei unseren Ermittlungen.« Dann wandte er sich an Kommissar Schauß. »Los, Michael, auf, wir fahren sofort zum Amtsgericht!«

20

Mit schlurfenden Schritten begab sich Peter Walther zur Gästetoilette und entledigte sich dort eines Teils der zuvor in einem regelrechten Sturztrunk aufgenommenen alkoholischen Flüssigkeit. Anschließend stellte er sich vor das Waschbecken, stützte sich mit beiden Armen auf der Umrandung ab und betrachtete im Spiegel sein eigenes Konterfei.

Er blickte in das Antlitz eines ausgelaugt und kränklich wirkenden Mannes, der in den letzten Tagen wie im Zeitraffer gealtert zu sein schien: Faltige Tränensäcke hingen schlaff unter wässrigen, geröteten Augen. Die gräuliche Gesichtshaut war von schwarzen Bartstoppeln übersät, die farblosen Lippen waren schmäler als je zuvor.

Mühevoll schleppte er sich ins Wohnzimmer, öffnete dort eine Vitrine und entnahm ihr eine angebrochene Flasche Cognac, die er ohne Zögern sofort an den Mund setzte. Sein trauriger, glasiger Blick fiel auf eine Ansammlung von Familienfotos, die auf einem Hartholz-Vertiko ein normalerweise recht unbeachtetes Dasein fristeten. Er griff nach der größten, mit einem silbernen Metallrahmen versehenen Fotografie und hielt sie vor sich hin. Es handelte sich bei diesem Exponat um eine professionelle Studioaufnahme, die seine gesamte Familie zeigte.

Als seine Augen die beiden Kinder fixierten, begann er bitterlich zu weinen. Diesen Anblick konnte er einfach nicht ertragen. Er wandte sich ab, stellte das Foto, ohne dabei hinzusehen, zurück auf das Schränkchen und schlurfte anschließend mit der Cognacflasche in der Hand in die Küche. Dort setzte er sich jedoch nicht auf einen Stuhl, sondern trat ans Fenster, schob den Vorhang zur Seite und drückte seine Stirn fest an die überraschend kühle Glasscheibe. Er schloss die Augen, wurde von einem erneuten Weinkrampf überwältigt.

Plötzlich hörte er ein gedämpftes, quietschendes Geräusch. Reflexartig schlug er die Augen auf. Er sah, wie ein silberner Mercedes-Kombi vor dem Haus seiner Schwiegermutter zum Stillstand kam. Ihm entstiegen zwei ihm unbekannte Männer, die sich sogleich vor dem schmiedeeisernen Gartentürchen postierten. Der größere der beiden betätigte kaum einen Wimpernschlag später die Klingelanlage.

Obwohl Peter inzwischen ziemlich betrunken war, benötigte er kaum mehr als die berühmte Schrecksekunde, um sich über Beruf und Motivation der beiden ungebetenen Besucher klar zu werden.

»Der ist bestimmt schon über alle Berge«, knurrte Tannenberg, während er abermals kräftig auf die Klingeltaste drückte. »Ich hab mir gleich gedacht, dass der in seiner Situation nicht zum Dienst erscheint.« Er drehte sich um zu seinem Mitarbeiter. »Von daher war's ausgemachter Schwachsinn, zuerst ins Amtsgericht zu fahren!«

Michael Schauß warf die Hände in Abwehrhaltung vor den Körper und zog die Augenbrauen nach oben. »Entschuldige, Wolf, das war wohl deine Idee. Ich kann wirklich nichts dafür!«

»Ja, ja«, bemerkte Tannenberg brummend. »Der hat garantiert den Braten gerochen und ist bereits mit seinem Bruder über alle Berge. Wenn der jetzt nicht gleich die Tür aufmacht, schreiben wir ihn und seinen Bruder sofort zur Fahndung aus.«

»Na, ich weiß nicht«, erwiderte Kommissar Schauß kopfschüttelnd. »Damit sollten wir besser noch warten, denke ich.«

»Wieso?«

»Vielleicht haben die beiden ja gar nichts mit der Sache zu tun und wir rennen nur mal wieder einem Phantom hinterher. Vielleicht sitzt der Mann jetzt irgendwo seelenruhig beim Arzt und sein Bruder brav beim Arbeitsamt.«

»Ja, vielleicht.« Tannenberg klingelte erneut. »Sag mal, würdest du deine Kinder Peter und Paul nennen?«

Der junge Kommissar zog abschätzig die Oberlippe empor, schüttelte dabei den Kopf. »Nee! Also auf so eine abartige Idee käme *ich* bestimmt nicht.« Nach einer kurzen Pause schob er nach: »Sabrina garantiert auch nicht.«

»Du, ich denke, das hier macht wirklich keinen Sinn mehr. Los, wir fahren zurück ins Kommissariat und schauen mal, ob die Kollegen inzwischen irgendwas Brauchbares entdeckt haben.« Auf dem Weg zum Dienstwagen ergänzte er voller Tatendrang: »Und dann werden diese beiden scheinheiligen Apostel zur Fahndung ausgeschrieben. Wer weiß, was die noch so alles im Schilde führen.« Unvermittelt blieb er stehen, krauste die Stirn und fragte: »Wer sagt dir denn eigentlich, dass die nicht bereits ein weiteres Opfer auf dem Kiker haben?«

»Glaub ich eigentlich nicht. Wenn sie nämlich jetzt wirklich getürmt sind, haben die ganz andere Sorgen, als sich um ein weiteres Mordopfer zu kümmern.«

»Aber völlig ausschließen kannst du das nicht, oder?«

»Nein, das kann ich natürlich nicht. Nur ...«

Weiter kam er nicht, denn plötzlich läutete das Funktelefon. Michael Schauß hastete ins Auto. Es meldete sich Kriminalhauptmeister Geiger, der seinen Kollegen mitteilte, dass er und Fouquet sich gerade vor der Wohnungstür

Paul Walthers befänden. Der Gesuchte sei entweder nicht zu Hause oder öffne nicht.

»Hab ich mir doch gleich gedacht!«, sagte Tannenberg, gleich nachdem er seine beiden Mitarbeiter ins Kommissariat zurückbeordert hatte.

»Weißt du eigentlich, dass du dich andauernd wiederholst?«

»Ich – mich wiederholen? Quatsch! Halt keine unnötigen Vorträge und fahr endlich los!«

Während sich die beiden Kriminalbeamten unverrichteter Dinge vom Wohnhaus des Verdächtigen entfernten, hatte Peter bereits Minuten zuvor sein Grundstück über das an der Leiningerstraße angrenzende Gartentürchen verlassen. Gleich nachdem er die Polizisten erspäht hatte, war er von einer panikartigen Fluchtreaktion übermannt worden.

Mit fliegenden Schritten erreichte er die Einmündung zur Alex-Müller-Straße. An der Ecke stoppte er sein rasantes Tempo, blickte sich hektisch in beide Fahrtrichtungen um. Dann setzte er sich wie ferngesteuert eilig in Bewegung. Plötzlich blieb er jedoch wieder stehen. Er zog sein Handy aus der Tasche der ausgebeulten Jogginghose, tippte mit fahrigen Fingern die Nummer seines Bruders in die Tastatur. Bereits nach wenigen Ruftönen schaltete sich das Ansageband der Mailbox ein.

»Paul, die Bullen wissen alles. Sie waren eben bei mir. Verschwinde! Ich kann nicht mehr! Ich ...«

Er brach ab, schluchzte auf. Diese hektisch ausgestoßenen Sätze gaben ihm den Rest. Nun war er vollends nicht mehr Herr seiner Sinne. Ohne die Unterbrechertaste zu drücken, lief er los. Das Handy hielt er umkrampft in seiner linken Hand. In Höhe der Theodor-Heuss-Schule warf er es in die Lingusterbüsche.

Wie ein Geisteskranker stürmte er keuchend den Bürgersteig in Richtung der Fachhochschule hinunter. Seine langen Armen baumelten dabei wild um den ausgemergelten Körper herum. Er registrierte weder den Kinderwagenkonvoi, der ihm entgegenkam und durch den er rücksichtslos hindurchbreschte, noch die schrillen Protestbekundungen der erzürnten Mütter.

Die Kreuzung mit dem aufgemalten Verkehrskreisel überquerte er, ohne auf die Autos zu achten. Die quietschenden Reifen, das Hupkonzert und die wütenden Gesten der ungehaltenen Fahrer nahm er überhaupt nicht wahr. Sein Tunnelblick war nur mehr auf einen einzigen Zielpunkt gerichtet: das Gartenschaugelände.

Das nächste Verkehrschaos verursachte Peter, als er bei Rot über die Ampelanlage im Burggraben sprintete. Er rannte auf direktem Wege hoch zum Kaiserberg. Schwitzend und heftigst nach Atem ringend erreichte er kurze Zeit später den Parkplatz, auf dem er vor einigen Wochen zusammengebrochen war. Aber er verschnaufte nur kurz. Dann hechtete er wie von einem Magneten angezogen auf den weit über zwei Meter hohen, mit Stacheldraht besetzten Maschendrahtzaun zu.

In der Manier eines amoklaufenden Wahnsinnigen hangelte er sich an dem grünen Metallgeflecht nach oben. Ohne dabei den geringsten Schmerz zu empfinden griff seine rechte Hand in die rostigen, dornigen Spitzen, zerrte daran und versuchte so, den Stacheldraht nach unten zu ziehen. Aber dieser Versuch misslang.

Inzwischen waren einige der im Inneren des eingezäunten Geländes flanierende Besucher auf den merkwürdigen, mit einem dunkelblauen Jogginganzug bekleideten Mann aufmerksam geworden, der sich da so erfolglos Zutritt zur Gartenschau verschaffen wollte – obwohl keine zweihundert Meter davon entfernt das Nordtor geöffnet war.

Peter Walther bekam von all dem nichts mit. Er versuchte es noch mehrere Male auf die gleiche Art und Weise – allerdings ohne Erfolg. Dann schritt er plötzlich ein paar Meter rückwärts in die Wiese hinein, nahm Anlauf und sprang so hoch wie nur irgend möglich in den oberen Teil des Zauns hinein. Mit einer schier unglaublichen Energieleistung gelang es ihm schließlich, sich über den Stacheldraht hinwegzuarbeiten und auf der anderen Seite hinabzulassen.

Während er sich vom Boden empordrückte, fiel sein Blick für einen Moment auf seine beiden mit dick aufgequollenen Adern durchsetzten Handrücken, die an verschiedenen Stellen heftig bluteten. Ohne über die Konsequenzen seiner Handlung nachzudenken, versuchte er in einer geschwind ausgeführten Bewegung mit den Handrücken den Schweiß aus seinem geröteten Gesicht zu wischen.

Als zwei ältere Frauen, die in unmittelbarer Nähe diesem unwirklichen Schauspiel beiwohnten, das Furcht erregende Ergebnis dieser Aktion sahen, schrien sie sofort entsetzt auf.

Der vom Leiter des K 1 höchstpersönlich entgegengenommene Anruf erreichte die beiden Kriminalbeamten kurz nachdem sie in den Gersweiler Weg eingebogen waren.

»Die Zentrale. Einsatz! Los, mach sofort kehrt!«, schnauzte Tannenberg seinen jungen Mitarbeiter von der Seite her an.

Ohne zunächst diesen Befehl zu kommentieren warf Kommissar Schauß das Blaulicht aufs Dach und riss das Steuer herum. Erst danach stellte er eine nicht unbedeutende Frage: »*Wohin* kehrt? Zurück in den Almenweg?«

»Nein, natürlich nicht! Hoch zum Kaiserberg. Schnell!«

»Warum? Was ist denn passiert?«

»Irgendeiner hat über Notruf gemeldet, dass dort oben

gerade ein Irrer versucht, über den Zaun der Gartenschau zu klettern.«

»Ja und, was geht uns das an?«

»Mensch, Junge, der Idiot bedroht die Leute mit einer Waffe! Außerdem sind wir am nächsten dran!«

»Um Gottes willen! Ein Amokläufer?«

»Keine Ahnung! Auch das noch! Als ob wir nicht wirklich schon genug um die Ohren hätten.« Tannenberg nickte in Richtung der rotierenden Signalanlage. »Komm, hol das Ding vom Dach. Sonst kriegt der Kerl bloß noch mehr die Panik.«

Kommissar Schauß befolgte umgehend die Anweisung. Das von ihm gesteuerte zivile Dienstfahrzeug traf genau zu dem Zeitpunkt auf dem Parkplatz ein, als ein mit einem dunklen Jogginganzug bekleideter Mann gerade den Zaun erfolgreich überwunden hatte.

»Da ist der Kerl!«, fauchte Tannenberg zu seinem Nebenmann. »Fahr vor zum Tor!«

Als die beiden Kriminalbeamten den Nordeingang erreichten, mussten sie jedoch feststellen, dass die Zufahrt zum Gartenschaugelände durch einen Holztransporter blockiert war. Vom zuständigen Fahrer weit und breit keine Spur. Also stellten sie ihr Auto auf dem Parkplatz ab und machten sich notgedrungen zu Fuß auf die Verfolgung des vermeintlichen Amokläufers.

Etwa in Höhe der Stelle, an welcher der Eindringling über den Zaun geklettert war, legten die beiden Polizeibeamten nach ihrem 200-Meter-Spurt eine kurze Verschnaufpause ein. Suchend blickten sie sich um. Nachdem sie sich ein wenig erholt hatten, rannten sie weiter.

»Polizei. Machen Sie Platz! Wo ist er hin?«, schrie Tannenberg der sensationslüsternen Meute in den Rücken, die sich allem Anschein nach ebenfalls zur Verfolgung des Mannes aufgemacht hatte.

»Wer?«, gab eine direkt vor ihm gehende, hagere Frau zurück? »Der mit der komischen Kriegsbemalung?

»Kriegsbemalung?«, blaffte Tannenberg verständnislos zurück. »Wo ist der Mann hin?«

Aber diese Frage hätte er sich eigentlich sparen können, denn auch ohne die vielen ausgestreckten Arme, die auf seinen Ausruf hin in Richtung des Dinoparks geworfen wurden, hätte er sogleich gewusst, wohin der Mann entschwunden war. Er musste nichts anderes tun, als dieser vielköpfigen Hammelherde zu folgen.

Die Nachricht hatte sich anscheinend wie ein Lauffeuer auf dem Gartenschaugelände verbreitet. Von überall her kommend hatten sich die Besucher auf dem breiten Schotterweg zusammengerottet, der an der vor einem Jahr neu errichteten riesigen Weidenkirche vorbei zum Neumühlenpark und zum Japanischen Garten führte.

Die Tannenberg an einen Demonstrationszug erinnernde Menschenansammlung schlängelte sich jedoch nicht hinunter ins Tal, sondern schwenkte plötzlich an einer Wegkreuzung nach rechts zum Aussichtsplateau hin.

»Gehen Sie zur Seite! Kennt irgendjemand von Ihnen diesen Mann?«, rief Tannenberg keuchend, während er sich von hinten kommend einen Weg durch die Menge zu bahnen versuchte. Obwohl sich viele der Sensationstouristen angeregt miteinander unterhielten, beantwortete niemand seine Frage.

Michael Schauß hatte inzwischen die Zentrale verständigt und massive Verstärkung angefordert. Zwar konnte er natürlich nicht wissen, wie sich diese Angelegenheit weiter entwickeln würde, aber ihm war völlig klar, dass die beiden Kriminalbeamten alleine wohl nicht die geringste Chance haben würden, diesen Pulk von Voyeuren in den Griff zu bekommen.

Tannenberg hatte unterdessen die Spitze dieses makaberen Zugs erreicht. Er drängte sich an einigen älteren Frauen vorbei, rannte noch ein paar Meter voraus und blieb plötzlich stehen. Aus Erfahrung wusste er, dass es in solchen aufgeheizten Situationen eigentlich keinen Sinn machte, an die Vernunft dieser Menschen zu appellieren und sie um Zurückhaltung – in diesem Falle wohl passender: um Zurückbleiben – zu bitten, trotzdem probierte er es.

»Sofort stehen bleiben!«, presste er krampfhaft aus seinen pumpenden Lungen heraus. Dabei zückte er seinen Dienstausweis, warf ihn der auf ihn zuströmenden Menge entgegen. »Bleiben Sie stehen! Dies ist eine Polizeiaktion. Wenn Sie ...«

Schon hatte ihn die brodelnde Masse erreicht und drohte ihn und seinen Mitarbeiter in ihren Moloch zu ziehen. Tannenberg dachte einen Augenblick daran, einen Warnschuss in die Luft abzugeben. Ließ es dann aber angesichts der unabsehbaren Wirkung auf den Amokläufer doch besser bleiben. Schauß zerrte an seiner Jacke. Beide sprinteten wieder los, überholten noch ein paar kleinere Kinder, die neugierig der Prozession vorauseilten.

Nach einer scharfen Rechtskehre erblickten sie in etwa 50 Metern Entfernung den Gesuchten. Er kletterte gerade über den silbernen Metallzaun, der auf dem mächtigen Sandsteinfelsen wie ein Balkongeländer angebracht war.

Ohne nachzudenken rief ihm Tannenberg entgegen: »Machen Sie keinen Blödsinn. Lassen Sie uns miteinander reden!«

Der Mann mit dem blutverschmierten Gesicht stand auf der anderen Seite des Zauns auf einem etwa fünfzig Zentimeter breiten Felsvorsprung. Er hielt sich mit der linken Hand am verzinkten Handlauf des Geländers fest. Als er den Menschenauflauf erblickte, kam plötzlich Leben in die lethargische Erscheinung.

»Halt! Keinen Schritt mehr weiter! Oder ich springe!«, brüllte er in Richtung der Schaulustigen.

Nun geschah etwas Wundersames: Wie auf Kommando blieben alle sofort stehen. Tannenberg und Schauß in etwa zehn Metern Abstand, die neugierigen Gartenschaubesucher weitere zehn Meter dahinter. Plötzlich war es totenstill. Dieses Szenario erweckte den Eindruck, als sei man im Theater und das Publikum harre stumm und erwartungsvoll dem Beginn der Vorstellung.

»Na, wenigstens scheint er keine Waffe dabei zu haben,« flüsterte Schauß, der direkt neben seinem Vorgesetzten stand.

»Gott sei Dank.«

Was soll ich jetzt bloß machen?, schoss es Tannenberg ins Bewusstsein. Ich bin doch kein Psycho. Ich hab doch überhaupt keine Ausbildung für so was. Verdammt, wenn jetzt bloß die Eva da wäre.

Jammer nicht, tu endlich etwas!, forderte seine innere Stimme.

Ja, und was?

Irgendwas. Verhalt dich so, wie wenn das ein Freund von dir wäre oder dein Bruder, der auf einem hohen Felsen steht und Selbstmord begehen will, wenn du ihm nicht hilfst. Tu endlich was!

Dieser Appell wirkte.

»Mensch, Junge, mach jetzt bloß keinen Quatsch«, sprudelte es aus Tannenberg heraus. »Es gibt doch für alles eine Lösung. Komm erst mal wieder über'n Zaun. Dann suchen wir gemeinsam nach einer Lösung. Ich helfe dir. Ich versprech's dir. Egal, was passiert ist.«

Während er die letzten beiden Sätze ausgesprochen hatte, war er zwei Schritte nach vorne gegangen. Schauß hatte sich synchron dazu mitbewegt.

»Bleib stehen. Noch einen Schritt und ich springe!«

»Ja, entschuldige, das ging irgendwie automatisch. Ich will dir doch nur helfen.«

»Mir kann man nicht mehr helfen«, gab der Mann in merklich gedämpfterer Lautstärke zurück.

»Natürlich kann ich dir helfen. Man kann immer einem Menschen helfen. Egal, in welch scheinbar auswegloser Situation er sich zu befinden meint.«

»Mir nicht.«

»Doch, bestimmt, du musst dir nur helfen lassen.«

Soll ich jetzt oder soll ich nicht? Was ist, wenn's schiefgeht?, zermarterte sich Tannenberg das Hirn.

Seine innere Stimme nahm ihm die schwierige Entscheidung ab: Überleg nicht lange! Mach's endlich!

»Was ist denn überhaupt passiert?«, hörte er sich plötzlich fragen.

Der Mann führte die Hand, mit der er sich die ganze Zeit über festgehalten hatte, zu seinem Kopf, fuhr sich damit über das blutverschmierte Gesicht. Plötzlich begann er leicht zu taumeln, drohte hinab in die Tiefe zu stürzen.

»Halt dich wieder fest! Auf, auf, greif zu!«, schrie Tannenberg entsetzt. Reflexartig wollte er gerade losstürmen, als der Mann im dunkelblauen Jogginganzug die Augen aufschlug und »Bleib stehen!« rief, während seine beiden Hände die silbernen Gitterstäbe ertasteten und sich an ihnen festklammerten.

»Gott sei Dank!«, stieß Tannenberg erleichtert aus. »Junge, mach doch nicht so 'nen Quatsch! Komm jetzt rüber.«

»Ich kann nicht«, entgegnete er mit sich überschlagender Stimme. Sein Kopf pendelte dabei wild hin und her. Die eine Hand löste sich vom Zaun. »Ich kann nicht!«

»Natürlich kannst du. Du musst es nur wollen!«

»Nein, ich kann nicht!«

»Aber warum denn nicht?«

Während sich Tannenberg ernsthafte Gedanken darüber machte, ob er mit seiner gegenwärtigen Gesprächsstrategie nicht zu großen Druck ausübte, war der Mann auf dem Felsvorsprung gänzlich verstummt. Er schien von starken inneren Krämpfen gemartert. Wie bei einer schweren Kolik krümmte er sich mit schmerzverzerrtem Gesicht. Als für einen Augenblick etwas Ruhe in die geschundene Gestalt einkehrte, lehnte er sich mit dem Oberkörper über das Geländer, so als wolle er sich erbrechen.

Dann hob er den Kopf und gebar in die einzelnen Silben zerlegt das eigentlich Unaussprechliche: »Ich ha-be vier Men-schen-le-ben auf dem Ge-wis-sen!«

Tannenberg traf fast der Schlag. Seine Sprechwerkzeuge wurden durch diesen Satz sofort schockgefrostet. Die Gesichtszüge erstarrten zu einer hölzernen Maske. Mit offenem Mund stierte er in Richtung der Aussichtsplattform. Er begann zu zittern, Kälteschauer durchfluteten ihn. Unbeholfen tastete er nach der Hand seines jungen Kollegen, fand sie, drückte sie fest, so als wolle er sich dadurch seines Beistandes versichern.

Stimmengewirr loderte in seinem Rücken auf.

»Ach du Scheiße!«, murmelte Schauß. »Das ist ja einer der Walther-Brüder!« Es folgte ein starker Ruck an Tannenbergs Hand. »Wolf, hast du gehört, was ich eben gesagt habe?«

Tannenberg kam langsam wieder zur Besinnung. »Ja.«

Reiß dich zusammen!, forderte der aufdringliche Quälgeist in seinem Kopf.

»Peter, das Spiel ist aus!«, ertönte plötzlich eine tiefe Männerstimme hinter den beiden Kriminalbeamten. Erschrocken wandten sie sich um und erblickten Paul Walther, wie er sich aus der gaffenden Menge löste und langsam auf sie zugeschritten kam.

Schauß zog sofort seine Waffe, richtete sie auf den Kopf des brutalen Gewaltverbrechers. Der störte sich aber nicht weiter daran, sondern passierte die Ermittler ohne sie auch nur eines Blickes zu würdigen. Er war ausschließlich auf seinen Bruder fixiert.

»Paul, bleib stehen!«, schrie ihm Peter entgegen.

Der aber reagierte nicht.

»Bleib sofort stehen oder ich springe.« Zur Untermauerung seiner Drohung lehnte Peter sich so weit über den Abhang, wie es ihm mit dem am Zaun festgehakten, ausgestreckten Arm möglich war. Der Handlauf bog sich bedenklich zum Barbarossawoog hinunter, an dessen Ufer nach wie vor der stachelige Dinosaurier stand.

Nun befolgte Paul die Anweisung und stoppte abrupt seine Gehbewegungen.

»Wieso bist du denn nicht abgehauen? Ich hab dich doch gewarnt. Hast du meine Nachricht nicht bekommen?«, schimpfte Peter.

»Doch, natürlich! Sonst wär ich ja wohl kaum hier.«

»Wieso?«

»Wieso wohl?« Da er nicht ernsthaft eine Antwort auf seine rhetorische Frage erwartete, fuhr er gleich fort: »Als ich vorhin hinter der Eselsfürth an der Ampel stand und die Mailbox abgehört hab, bin ich gleich zu dir nach Hause gefahren. Und als du nicht mehr da warst, hab ich einfach eins und eins zusammengezählt. Schließlich kenne ich dich schon lange genug.«

»Du hast die andere Frau nicht mehr umgebracht?«

»Wie denn? Du hast mich ja noch nicht mal auf die Autobahn kommen lassen.« Er nickte heftig. »Ist vielleicht auch besser so. Komm, Brüderlein, jetzt hör endlich auf mit diesem Schwachsinn. Das Spiel ist aus. Wir haben verloren. Das ist zwar hart, aber es ist nun mal so. Scheiß Spiel!« Er seufzte laut auf. »Dabei hatten wir es fast geschafft!«

»Wieso bist du nicht abgehauen?«, stellte Peter abermals die Frage, die ihn enorm zu beschäftigen schien.

»Bist du damals etwa abgehauen?«

»Was?«

»Hast du mich damals etwa im Stich gelassen, als ich beim Schlittschuhlaufen auf dem Blechhammer eingebrochen bin?« Paul schüttelte heftig den Kopf. »Nein, nein, du hast mir geholfen. Du hast sogar dein Leben für mich aufs Spiel gesetzt. Alle anderen sind weggerannt. Diese verdammten Feiglinge. Erinnerst du dich?«

»Klar. Aber ich musste dir doch helfen, du bist doch mein Bruder.«

»Na siehst du. Und genau deshalb bin ich jetzt auch hier bei dir. Ich konnte doch nicht mehr abhauen, als ich geschnallt hatte, was mit dir los ist. Wir haben mit hohem Einsatz gezockt und leider verloren, was soll's!«

»Aber du hast immer gesagt, dass es hundertprozentig klappt.«

»Es hätte ja auch fast geklappt.«

»Ich geh aber nicht ins Gefängnis! Lieber springe ich jetzt hier runter.«

Erneut beugte Peter seinen Oberkörper weit über den Felsvorsprung. Während dieser Aktion geriet sein vorderer Fuß auf eine mit einer glitschigen Moosschicht überzogene Stelle. Er taumelte.

Tannenberg stockte der Atem.

Ein gellender Aufschrei ging durch die sensationslustige Gafferschar.

Nur ein automatisierter Überlebensreflex verhinderte seinen Sturz in die Tiefe: Während er das Gleichgewicht verlor, warf er unwillentlich seinen anderen Arm zum Zaun hin und konnte sich dadurch im Metallgitter festkrallen. Dies verlieh seinem aus dem Gleichgewicht geratenen Körper wieder Stabilität. In Windeseile hatte er sich nach oben gezogen und sich so mit viel Glück und ohne fremde Hilfe selbst aus dieser lebensbedrohlichen Bredouille befreit.

Aber die gefährliche Situation war noch nicht grundsätzlich entschärft. Denn kaum hatte Peter sich aufgerichtet und einmal kräftig durchgeatmet, wurde er von einem neuerlichen Verzweiflungsschub heimgesucht.

»Ich geh nicht ins Gefängnis. Das halt ich nicht durch!«, jammerte er.

»Du hast doch fast gar nichts getan, Peter! Das geht doch alles auf meine Kappe. Bis auf die Sache mit Helene.«

Tannenberg kombinierte blitzschnell. »Vielleicht musst du ja *gar nicht* ins Gefängnis!«, meldete er sich plötzlich zu Wort. Beide Brüder wandten sich zu ihm hin. »Du bist nicht vorbestraft. Und die Sache mit deiner Tante war ja höchstens Totschlag im Affekt, wenn nicht sogar nur Notwehr.«

»Du lügst doch!«, brüllte Peter hinter dem Geländer hervor.

»Nein, der Bulle hat Recht! Mach doch jetzt keinen Quatsch! Ich hab ganz hoch gepokert und ich hab halt verloren – was soll's. Schluss – aus – fertig! Du kommst doch mit einem blauen Auge davon!«

»Glaubst du das wirklich, Paul?«

»Ja, Brüderlein, das glaube ich wirklich. Außerdem hast du Kinder. Und die brauchen ihren Vater dringend.«

Während er auf seinen älteren Bruder zuging, ergänzte er: »Und ich brauch dich auch noch. Wer soll mich denn sonst im Knast besuchen kommen und mir Briefe schreiben?«

Die beiden Kriminalbeamten folgten Paul Walther in gemessenem Abstand. Geduldig warteten sie, bis Peter mit Hilfe seines Bruders auf der sicheren Seite des Zaunes angelangt war. Die beiden Brüder umarmten sich schweigend. Tannenberg gab seinem jungen Kollegen ein Zeichen. Kommissar Schauß näherte sich Paul von hinten, zog sanft seine Arme hinunter zum Gesäß und ließ vorsichtig die Handschellen einrasten.

21

Es herrschte eine merkwürdige, schon fast andächtige Atmosphäre dort oben auf dem mächtigen Sandsteinmassiv. Von einer ausgelassenen Festtagsstimmung, die ja angesichts der Tatsache, dass gerade ein brutaler Gewaltverbrecher dingfest gemacht werden konnte, durchaus angebracht gewesen wäre, war nicht das Geringste zu spüren.

Inzwischen wohnten diesem spektakulären Ereignis sicherlich weit über hundert Gartenschaubesucher bei. Wie Logengäste einer Freilichtbühne hatten sie die ganze Zeit über in einem fest geschlossen Halbkreis dieses kammerspielartige Szenario beobachtet.

Als die beiden Brüder von Kommissar Schauß und einigen anderen Mitgliedern der SOKO ›Gartenschau‹ abgeführt wurden, öffnete sich wie durch Zauberhand genau an der Stelle, an der die Polizisten und die Festgenommenen auf dieses schier undurchdringliche Spalier der Schaulustigen traf, wortlos die eng geschlossenen Reihen, und eine vielköpfige Menschenschar begleitete die Beamten geradezu ehrfürchtig dabei, wie sie die beiden Walther-Brüder zu den Streifenwagen eskortierten. Dann löste sich nach und nach die Versammlung auf.

Tannenberg hatte mit wenigen Worten Michael Schauß dahingehend instruiert, dass er und seine Kollegen sich die nach einer Verhaftung obligatorischen kriminalpolizeilichen Maßnahmen untereinander aufteilen sollten. Er habe sich gerade eben selbst für den Rest des Tages beurlaubt, hatte er verkündet – und werde deshalb heute nicht mehr im Kommissariat erscheinen.

Anschließend hatte er seinen Kollegen den Rücken zugekehrt und sich zum Geländer des Aussichtsplateaus begeben. So als ob er zum ersten Mal nach einer langen, dunklen Kerkerhaft wieder den würzigen Geruch der Freiheit sich einverleiben könnte, sog er gierig mehrere tiefe Atemzüge in sich hinein. Dabei streckte er seinen Körper nach oben, während er gleichzeitig die Arme auf den Lenden abstützte.

Ein kaum zu beschreibendes, überwältigendes Gefühl der Erleichterung machte sich in ihm breit. Grenzenlose Freude über die erfolgreiche Aufklärung eines spektakulären Kriminalfalls, der nicht nur über mehrere Monate hinweg die ganze Region in seinen Bann gezogen, sondern der darüber hinaus auch für bundesweites Aufsehen gesorgt hatte.

Aber eigentlich weiß ich ja noch gar nicht das Tatmotiv, schoss Tannenberg plötzlich eine Erkenntnis-Rakete ins Bewusstsein. Er krauste die Stirn und verspürte mit einem Male das dringende Bedürfnis, nun doch seinen Kollegen zur Dienststelle zu folgen. Er grübelte angestrengt nach, wog die ihm zur Verfügung stehenden Handlungsalternativen gegeneinander ab. Ziemlich schnell hatte er eine Entscheidung gefällt.

Ach was, das ist mir jetzt einfach mal schnurzpiepegal, sagte er zu sich selbst. Die Hauptsache, wir haben sie gefasst! Ich ruf später mal im Kommissariat an. Dann können mir die Kollegen alles Wichtige mitteilen. Ich mach mir jetzt erstmal einen schönen Abend. Den hab ich mir ja auch wirklich verdient. Erneut blies er die Backen auf, streckte sich und reckte die Arme gen Himmel.

Sein zufriedener Blick schweifte zuerst von der völlig unbewegten Wasserfläche des Barbarossawoogs kommend nach links über sattgrüne Wiesen und bunte Blütenteppiche hinweg zum hinteren Teil des Neumühlenparks. Dann streifte sein Blick die riesigen Dinosaurier, die man wie Wachtposten vor das beeindruckende Felsmassiv des Kröckelschen Steinbruchs postiert hatte. Tannenberg bedachte die Urzeitgestalten mit einem schmunzelnden Kopfschütteln.

Da sich seine Augen als krönenden Abschluss der Sightseeing-Tour anscheinend den direkt unterhalb des Aussichtspunktes befindlichen Stegosaurus noch einmal zu Gemüte führen wollten, an dem ja alles angefangen hatte, lehnte er sich weit über die Brüstung. Als er jedoch die zahlreichen Menschen erblickte, die wild gestikulierend und laut rufend mit ausgestreckten Armen zu ihm hoch deuteten, schnellte sein Oberkörper sofort wieder in die Ausgangsposition zurück.

Während dieser Rückwärtsbewegung spürte er plötzlich eine Hand, die sich gerade auf sein rechtes Schulterblatt gelegt hatte. Er zuckte unwillkürlich zusammen, drehte sich ruckartig um.

Vor ihm stand Sabrina.

»Wolf, tut mir Leid! Ich wollte dich wirklich nicht erschrecken«, sagte sie entschuldigend.

»Hast du aber! Verflucht nochmal!«, entgegnete er ungehalten. Als er jedoch die Betroffenheit in ihrem Antlitz registrierte, schob er sogleich in bedeutend versöhnlicherem Ton nach. »Schon gut. Was gibt's denn?«

»Ich war bereits in der Stadt. Da hat sich plötzlich mein Handy gemeldet. Es war die Kollegin Kriminalpsychologin. Sie hat dich nicht erreichen können. Sicher hattest du dein Handy mal wieder nicht eingeschaltet gehabt, nicht wahr?«

Tannenberg ging auf diesen Vorwurf nicht ein. »So. Was hat sie denn von dir gewollt?«

»Von *mir*?« Sie lachte. »Nein, von *mir* hat sie nichts gewollt, Aber von *dir*.«

»Ja, was denn?«

»Och, vielleicht wollte sie nur ein Schwätzchen mit dir halten. Es soll ja manchmal noch Menschen geben, bei denen du es dir noch nicht verscherzt ...«

»Was hat sie gewollt?«, würgte sie Tannenberg ungeduldig ab.

»Das hat sie mir nicht gesagt. Ich soll dich nur lieb von ihr grüßen und dir ausrichten, dass es ihr schon viel besser geht.«

»Schön!«

»Sie freut sich sehr auf dich – was immer das bedeuten mag«, bemerkte Sabrina sichtlich amüsierte.

Tannenberg reagierte lediglich mit einem kurzen Brummen auf diese Aussage und das damit einhergehende vielsagende Mienenspiel seiner jungen Mitarbeiterin.

»Komm, lass uns von hier weggehen«, sagte er, nahm Sabrina an der Hand und zog sie mit sich fort. »Ich kann diesen ganzen Kram hier nicht mehr sehen! Außerdem hab ich ja auch noch was Wichtiges vor.«

»Was denn?«, fragte Sabrina mit einer in eine höhere Tonlage transformierten Stimme, womit sie die beiden Worte genüsslich in die Länge zog.

»Mein streng gehütetes Geheimnis, liebes Sabrinalein. Selbst du darfst nicht alles über mich wissen!«

»Schade«, erwiderte die attraktive Kommissarin und verabschiedete sich mit einem zarten Wangenküsschen von ihrem väterlichen Freund.

Während Sabrina an der Weggabelung nach links zu ihrem Auto abzweigte, schlug Tannenberg den breiten Schotterweg hinunter ins Lautertal ein.

Nach ein paar Metern drehte sie sich jedoch nach Tannenberg um und rief ihm nach: »Ach, übrigens hab ich noch was Interessantes für dich. Etwas, dass dich sicherlich sehr freuen wird.«

Tannenberg blieb natürlich sofort stehen, wandte sich zu ihr um und ging ein paar Schritte auf die junge Frau zu. »Da bin ich aber mal gespannt.«

»Vorhin hat unter den Kollegen die Runde gemacht, dass Kriminaldirektor Eberle gestern im Innenministerium in Mainz war und etwas erfahren hat ...«

Tannenberg roch natürlich sofort den Braten. »Los, los, sag schon!«, drängte er deshalb mit Vehemenz.

»Der Innenminister hat sich angeblich gegen die Bewerberin aus den neuen Bundesländern entschieden.«

»Aha«, entgegnete der Leiter des K 1 mit offenem Mund. »Heißt das etwa ...?«

»Genau das heißt es, Wolf. Unser neuer Polizeipräsident wird wohl wieder ein Mann sein. Das freut dich doch bestimmt, oder?«

Scheinbar teilnahmslos zuckte Tannenberg mit den Schultern. »Findest du denn, dass mich diese Nachricht erfreuen sollte, liebes Sabrinalein?«

Als die junge Kommissarin das verschmitzte Lächeln in Tannenbergs Gesicht wahrnahm, musste sie ebenfalls schmunzeln.

»Na, aber damit können wir doch alle ganz gut leben, Sabrina, oder? Das ist wenigstens einer von uns, einer mit Stallgeruch, keiner von diesem aufgeblasenen Theoretikervolk!«

»Also ich hab keine Probleme mit euch Männern. Ich komme eigentlich immer sehr gut mit euch Wüstlingen aus.« Kurz bevor sie auf dem Absatz kehrt machte, schickte sie noch einen Abschiedgruß in Richtung ihres Vorgesetzten: »Wenn's einem der eine oder andere von euch manchmal auch gar nicht so leicht macht, ihn zu mögen! – Tschüss, mein liebes Wölfchen.«

Die mithin aufgeworfene Frage, wen Sabrina wohl mit ihrer ketzerischen Bemerkung gemeint haben könnte, entschied Tannenberg kurzer Hand zu seinen Gunsten und definierte als potentiellen Adressaten dieses rätselhaften Auswurfs eindeutig den Ehemann der Kriminalbeamtin.

Da Tannenbergs Stimmung durch diese überraschende Information nicht gerade ein Tiefschlag versetzt wurde, gestaltete sich sein Schritt zunehmend leichter und beschwingter. Entgegen sonstiger Gewohnheit grüßte er sogar überaus freundlich die ihm auf der Fußgängerbrücke über die Lauterstraße entgegenkommenden, völlig unbekannten Menschen, die an ihm vorbei zum Dinopark oder hoch zum Kaiserberg strömten.

Wie schon so oft in seinem bisherigen Leben war Tannenberg sofort, als sich seine innere Stimme oben auf dem Felsen mit einem für ihn verpflichtenden Auftrag zu Wort gemeldet hatte, klar gewesen, dass es überhaupt keinen Sinn machte, sich dagegen zur Wehr zu setzen.

Denn wenn sich sein innerer Quälgeist im wahrsten Wortsinne etwas in den Kopf gesetzt hatte, gab dieser so lange keine Ruhe, bis Tannenbergs leibliche Hülle diese Order auch tatsächlich ausgeführt hatte. – Und dabei war ihm völlig egal, wie verrückt dieses Verhalten erscheinen mochte oder wie es von Tannenbergs näherer Umgebung kommentiert wurde.

Fröhlich vor sich hinpfeifend verließ er das Gartenschaugelände, schlenderte durch die Mühlstraße und erreichte wenig später den westlichen Teil der Fußgängerzone. Mit einem kurzen Blick ins Tchibo klärte er ab, ob sich sein Vater an einem der Stehtische aufhielt.

Obwohl er dessen oft recht aufdringliche Neugierde bezüglich der kriminalpolizeilichen Ermittlungsarbeit seines Sohnes normalerweise absolut nichts Positives abzugewinnen vermochte, hätte er ihm zu dieser späten

Nachmittagsstunde die frohe Kunde über die unerwartet erfreuliche Wendung in seinem aktuellen Fall liebendgerne selbst überbracht.

Aber der alte Herr weilte zu diesem Zeitpunkt bereits todtraurig zu Hause.

Tannenberg passierte den Altenhof, überquerte den Schillerplatz, ließ das Spinnrädl rechts liegen und steuerte zielgerichtet zum ehemaligen Wertheim-Gebäude, das man vor einigen Jahren zu einer modernen Einkaufspassage umgebaut hatte. Und somit traf er nun genau an der Stelle ein, zu der er von einem unsichtbaren Gummiband die ganze Zeit über hingezogen worden war.

Er stattete dem Zeitschriftenlädchen, in dem er sich schon oft seine über alles geliebte *FAZ* gekauft hatte, einen außerplanmäßigen Besuch ab. Die freundliche junge Dame hinter der Verkaufstheke staunte nicht schlecht, als der ihr lediglich als Zeitungskäufer bekannte, großgewachsene Herr mittleren Alters seinen Wunsch äußerte: eine Zigarre.

Tannenbergs Unterbewusstsein bestand nämlich darauf, dass er diesen freudigen Anlass mit einer Zigarre zu feiern hatte. Aber nicht mit irgendeiner, sondern mit einer besonders teuren.

Die Verkäuferin präsentierte ihm bereits kurze Zeit später eine ›Cohiba Habana‹ zum stolzen Preis von 15,90 Euro. Er zog die letzte *FAZ* aus dem Zeitungsständer und orderte eine Schachtel Streichholz. Dann bezahlte er mit einem 20-Euro-Schein, wobei er großzügig auf die Herausgabe des Restgeldes verzichtete.

Als Bestandteil eines festen Rituals, das Dr. Schönthaler irgendwann einmal als feierlicher Abschluss eines feuchtfröhlichen Skatabends eingeführt hatte, war Tannenberg schon des öfteren in den Genuss von Zigarren gekommen.

Aber diese Habana, die er gleich draußen vor der Tür entzündete, stellte alles bisher Konsumierte in den Schatten: Der Duft intensiv, mit einem sehr kräftigen, herrlich pfeffrigen Aroma, ein traumhafter Zug, ein wunderbar harmonischer Abbrand. Tannenberg war völlig begeistert von seinem Exkurs in die Premium-Zigarrenwelt und machte sich genüsslich schmauchend auf den Nachhauseweg.

Als er ein paar Minuten später im Treppenhaus die geöffnete Tür der elterlichen Parterrewohnung passierte, warf er wie immer reflexartig einen kurzen Blick in den Flur hinein. Was er dort im Halbdunkeln allerdings zu Gesicht bekam, war so grauenvoll, dass es ihm unwillkürlich einen Stich ins Herz versetzte.

Aufgrund seines Berufs war Tannenberg zwar durchaus gewohnt, mit emotional belastenden Ereignissen und Situationen einigermaßen gelassen umzugehen, aber eines würde er wohl nie ertragen können: seine betagte Mutter weinen zu sehen. Margot Tannenberg stand wimmernd im Korridor. Als sie ihren ältesten Sohn erblickte, nahm sie einen Zipfel ihrer karierte Kittelschürze und betupfte sich damit Augen und Wangen.

»Oh Gott, Mutter, was ist denn los?«, stammelte Tannenberg zu Tode erschrocken.

Die alte Dame schniefte auf, warf die Hand vor den Mund und kniff dabei die Augen zusammen. Neue, dicke Tränen rannen über ihr faltiges Gesicht.

»Sie ist tot«, schluchzte sie.

»Wer ist tot?«

Margot schlug die Augen auf und antwortete mit zitternder Stimme: »Susi ist tot. Vor einer Stunde ist sie einfach in der Küche umgefallen.«

Diese Mitteilung stellte Tannenberg vor ein gewaltiges Problem: Einerseits tat ihm seine Mutter unheimlich Leid, auf der anderen Seite spielten sich gerade in seinem Innern schier unglaubliche Szenen ab.

Die durch diese Nachricht in seiner hundegeplagten Seele aufschäumenden Gefühle waren kaum mehr zu beherrschen. Aber sie mussten in dieser heiklen Situation selbstverständlich unter Verschluss gehalten werden, drohte ansonsten doch eine Katastrophe. Denn obwohl er extreme Aversionen gegenüber diesem ungeliebten Hausbewohner hegte, so war ihm doch nicht entgangen, mit welch liebevoller Fürsorge seine Eltern diesem übergewichtigen Vierbeiner begegnet waren.

Und da er diese emotionale Zuwendung zwar nicht nachzuvollziehen vermochte, sie aber trotzdem respektierte, konnte er natürlich ausgerechnet in solch einem Augenblick unmöglich seine aktuelle Befindlichkeit zeigen oder gar ein verbales Freudenfeuer abbrennen. Deshalb musste unbedingt so schnell es ging eine Situation geschaffen werden, die es ermöglichte, den sich immer mehr aufstauenden Überdruck sozialverträglich nach draußen entweichen zu lassen.

Er ging zu seiner Mutter, umarmte sie, versuchte sie dadurch ein wenig in ihrem Schmerz zu trösten. »Sie war eben schon ziemlich alt, die Dackeldame.«

»Ja, fünfzehn Jahre.« Margot Tannenberg drückte ihren Sohn sanft von sich weg, fixierte ihn mit einem festen Blick. »Du bist doch froh, dass sie endlich tot ist«, sagte sie vorwurfsvoll. »Du konntest die arme Susi doch nie leiden.«

Was soll ich denn jetzt bloß machen?, fragte sich Tannenberg verzweifelt. Ich will Mutter doch nicht belügen.

Schon zum zweiten Mal innerhalb der letzten Monate dachte er plötzlich an einen berühmten Philosophenspruch, den sein alter Freund, der Gerichtsmediziner, schon des öfteren in solchen Situationen bemüht hatte: ›Worüber man nicht sprechen kann, davon muss man schweigen.‹ Er wusste zwar nicht mehr, von wem dieser Aphorismus stammte und ob er ihn richtig zitiert hatte, aber eines war ihm klar: der Inhalt passte!

Folgerichtig verabschiedete sich Wolfram Tannenberg mit der Begründung, noch einmal schnell in seine Wohnung zu müssen, um dann ›ein bisschen an die frische Luft zu gehen‹, wie er wörtlich sein spontan geplantes Vorhaben bezeichnete.

Nachdem er seine Wohnungstür ins Schloss gezogen hatte, ballte er die Fäuste und verlieh seinen aufgestauten Emotionen sogleich Ausdruck, jedoch in schallgedämpfter Form: »Ja, ja, ja, endlich! Endlich bin ich von diesem fetten, heimtückischen Mistvieh befreit!«

Seine Stimmung wurde immer ausgelassener. ›So ein Tag, so wunderschön wie heute‹ leise vor sich hinpfeifend und die Finger im Takt dazu schnalzend, tänzelte er zuerst in die Abstellkammer und kramte dort seinen alten Rucksack unter einem gewaltigen Kleiderberg hervor. Dann begab er sich in die Küche, zog eine Flasche Barbera aus dem Weinregal, fischte einen unversehrten Ringel Fleischwurst aus dem Kühlschrank und entnahm der Brotbox ein angebrochenes Paket Buttertoast.

Mit schnellen Trippelschritten hastete es die Treppe hinunter bis kurz vor die Parterrewohnung. Dort bremste er ab und schlich leise an der nun glücklicherweise verschlossenen Holztür vorbei ins Freie. Erleichtert atmete er ein paar Mal tief durch und machte sich dann beschwingt auf zum südlichen Stadtwald.

Schon seit einiger Zeit hatte es nicht mehr geregnet. Die Waldwege waren sehr staubig und an vielen Stellen großflächig mit feinkörnigem, hellrotem Sand betupft. Nach einem zügigen, etwa eine halbe Stunde dauernden Fußmarsch erreichte Tannenberg einen Hochsitz unterhalb des Humbergturms, den er vorhin in seiner Wohnung schnellentschlossen zum Ort seiner Spontanfeier auserkoren hatte.

Nachdem er keuchend den Hochsitz erklommen hatte, packte er zunächst einmal die wild zusammengewürfelten Utensilien seines Vesperpakets aus und stellte sie neben sich auf die schmale Holzbank.

Barbera, Fleischwurst und Toastbrot. Welch eine barbarische Kombination!, sagte er kopfschüttelnd zu sich selbst, während er in seinem Rucksack nach einem Korkenzieher suchte – den er in der Eile doch tatsächlich vergessen hatte.

Aber seine Enttäuschung über dieses kleine Malheur währte nicht lange, denn urplötzlich erinnerte er sich daran, dass er und seine Jugendfreunde dieses Problem früher stets mit einem zwar etwas eigentümlichen, dafür aber sehr erfolgreichen Trick gelöst hatten: Mit einem starken Daumendruck wurde der Korken ein Stück in die Flasche hineingedrückt und dann mit einem dünneren Finger vorsichtig in der blutroten Flüssigkeit versenkt.

Der erste Schluck Barbera schmeckte zwar ein wenig nach Kork, aber schon der nächste spülte diesen lästigen Beigeschmack in Gänze aus seinem Mund. Da er auch kein Messer dabei hatte, riss er die Fleischwurst einfach mit seinen kräftigen Händen auseinander.

Mit Hilfe eines scharfen Eckzahns gelang es ihm sogar, ein etwa 5 Zentimeter langes Stück von der einen Hälfte des ehemaligen Wurstrings abzutrennen, sie ihrer dicken, störrischen Pelle zu berauben, sie mit je einer Toastbrotscheibe zu ummanteln und sie anschließend genüsslich zu verzehren.

Je mehr Wein seine durstige Kehle hinabrann, umso euphorischer wurde seine Stimmung. Er fühlte sich unglaublich wohl, befreit von jedwedem Leidensdruck. Er labte sich an der friedlichen Stille und der beeindruckenden, aber unaufdringlichen Ästhetik der ihn umgebenden Natur. Er sog in tiefen Zügen die würzige Waldluft ein, ergötzte sich an dem sattgrünen Blättermeer, das ihn hier oben in der Höhe wie ein behaglicher, vor den Unbilden des Lebens schützender Konkon umgab.

Ein dezentes, aber ausgesprochen markantes Geräusch zerrte ihn aus seiner ergriffenen Naturbetrachtung heraus. Sogleich blickte er sich um, sah aber nichts. Erst nach einer Weile kamen von rechts aus einer Eichenschonung heraus zwei ausgewachsene Bachen in sein Gesichtsfeld gelaufen und betraten laut grunzend den schmalen Wiesenstreifen direkt vor seinen Augen. Nachdem der Spähtrupp die Lage sondiert und als ungefährlich deklariert hatte, folgten nacheinander eine ganze Rotte Wildschweine, darunter etwa 10-15 längsgestreifte Frischlinge.

Was für ein grandioser Anblick!, stellte Tannenberg begeistert fest. Das sind Tiere, wie ich sie mag. Wildtiere, die in Freiheit leben und die sich in ihrer natürlichen Umgebung artgerecht ernähren. Nicht diese degenerierten, gemästeten Langhaardackel, die sogar Kriminalbeamte tyrannisieren und ihnen heimtückisch in Abstellkammern auflauern. – Aber damit ist ja jetzt Schluss, endgültig Schluss!, jubilierte er.

Ohne auch nur eine Sekunde über die Folgen seines unwillkürlichen Tuns nachzudenken, klatschte er dabei laut in die Hände. Das Ergebnis seiner unbedachten Handlung ließ natürlich nicht lange auf sich warten, ermöglichte ihm dafür aber einen gefahrlosen Heimweg. Denn selbst einem eingefleischten Stadtbewohner wie ihm war die Aggressivität frischlingführender Wildschweindamen durchaus bekannt.

›Das Wandern ist der Tanne Lust, das Wandern ist der Tanne Lust, das Wa-an-dern‹, summte Tannenberg, sich augenscheinlich bester Stimmung erfreuend, als er in die Beethovenstraße einbog. Inzwischen war es schon fast dunkel geworden. Aber auch ohne den fahlen Lichtschein der Straßenlaternen hätte er die Schleicherin wahrgenommen, die auf seiner Seite des Bürgersteigs mit ihrem Pudel flanierte.

Diesmal schlug Tannenberg nicht wie üblich, wenn er mit ihrem Anblick konfrontiert wurde, sofort einen Haken und nahm den Umweg über die Parkstraße, nein, völlig entgegengesetzt zu seinem sonstigen Gebaren, ging er auf die ältere Frau zu und blieb sogar vor ihr stehen.

»Einen wunderschönen guten Abend wünsche ich Ihnen«, flötete Tannenberg ihr ins Ohr. »Sie haben doch bestimmt schon gehört, dass das süße kleine Dackelchen meiner Eltern zum Hundehimmel hochgefahren ist?«

»Och Gott, nein.« Sie warf entsetzt die Hand vor den Mund, kämpfte mit den Tränen. »Das arme, arme Hundchen. Das arme Susilein.«

»Ja, ja. Die Wege des Herrn sind unergründlich – auch für Hunde.«

Grinsend zog Tannenberg seines Weges und vertiefte sich erneut in das von ihm vorsätzlich veränderte Wanderlied. Kurz vor der Eingangstür seines Elternhauses trat er mit Effet an eine kleinere Plastikflasche, die sich nach einem hohem Bogen auf der unbefahrenen Beethovenstraße niederließ.

Zwischenzeitlich war sein summender Liedvortrag in eine recht unmelodisch präsentierte Gesangsvariation übergewechselt. »Wa-an-dern«, hatte er gerade verlauten lassen. Nun setzte er eine kleine Pause, in der er eigentlich für eine weitere Wiederholung der ersten Strophe neue Luft hatte schöpfen wollte.

Er hatte gerade damit begonnen seine Lungen aufzupumpen, als er plötzlich wie von einem Blitz getroffen zusammenzuckte. Er hörte ein Geräusch, das er einfach nicht glauben konnte. Er hielt den Atem an, lauschte angestrengt. Dann steckte er den Schlüssel in die Tür, drückte sie fest nach innen, hastete die wenigen Treppenstufen empor. Er blieb stehen, horchte mit einem Ohr an der Tür der Parterrewohnung. Das Geräusch war immer noch da, sogar deutlicher als zuvor. Erneut sperrte er so schnell es ging das Schloss auf, stürmte in den Flur und riss die Küchentür auf.

»Ja, Kurt, was machst du denn hier?«, sagte Tannenberg, gleich nachdem er den kleinen Vierbeiner vor seinen Füßen entdeckt hatte.

Die meisten Mitglieder der Großfamilie hatten sich auf den Boden gesetzt, um das neue Familienmitglied auch gebührend zu empfangen. Nur die beiden Alten saßen auf ihren Stühlen. Entgeistert blickten sie zu Tannenberg auf. Für einen Moment herrschte völlige Stille.

Betty durchbrach als erste die Mauer des Schwiegens. »Wieso Kurt? Das ist doch kein Name für einen Hund!«, beschwerte sie sich kopfschüttelnd. »Bist du etwa schon wieder betrunken?«

»Betrunken«, äffte er mit angespitztem Mund den Tonfall seine Schwägerin nach. »Was für'n Quatsch! Bei dir muss ein Hund wohl Bello, Hasso oder Rex heißen, oder wie?«

»Aber Onkel Wolf, Kurt geht wirklich nicht«, warf Marieke unterstützend ein.

Ohne zu antworten ging Tannenberg in die Knie. Zu überwältigend war dieser Anblick. Sofort war ihm klar gewesen, dass er diesem vierbeinigen Wollknäuel fortan bedingungslos ausgeliefert sein würde. Diese unwillkürliche Kapitulationserklärung war sicherlich vor allem darauf zurückzuführen, dass dieses Wesen weitaus mehr einem kleinen Kuschelbär als einem Hund ähnelte – und auf den Betrachter einen Charme ausübte, dem man sich einfach nicht entziehen konnte.

Wolfram Tannenberg hatte sich kaum niedergekniet, da kam der drei Monate alte Mischlingswelpe auch schon schwanzwedelnd auf ihn zustürmt. Als Begrüßung drückte er ihm erst einmal seine nasse Schnauze an die Hand. Doch bevor Tannenberg ihn sich zum Kraulen schnappen konnte, war er bereits wieder verschwunden.

»Wieso geht Kurt nicht?«, griff Tannenberg die vorherige Bemerkung seiner Nichte auf.

»Na, ganz einfach, weil der süße, kleine Kerl eine Hunde*dame* ist.«

»So«, gab er einsilbig zurück. »Wo habt ihr denn diesen kleinen Bären so schnell aufgetrieben?«

»Den hat Mama besorgt«, entgegnete Marieke. »Weil Opa und Oma doch so traurig waren.« Ein liebevoller Blick wanderte hinüber zu den beiden Alten, die sich freudenstrahlend dafür bedankten. »Von Bekannten, die einen Bauerhof haben.«

»Aha. Was ist das denn eigentlich für 'ne Promenadenmischung? Da ist doch bestimmt ein Braunbär mit drin, oder?«

»Nein, das nicht gerade«, entgegnete Betty lachend. »Aber fast. Mutter: Langhaarschäferhündin, Vater: Leonberger.«

»Whow! Das gibt dann aber einen ganz gewaltigen Kaventsmann«, stellte Tannenberg beeindruckt fest.

»Kaventsmann? Na, Wolf, das ist wohl nicht unbedingt der richtige Name für einen Hund.«

»Nee, das stimmt, Heiner. Kurt ist viel besser!«

»Kurt? Du bist verrückt!«

Für Tannenberg stand aus völlig unerfindlichen Gründen von der ertsen Sekunde an fest, dass dieser Hund ›Kurt‹ heißen musste. An eine Alternative verschwendete er nicht einen einzigen Gedanken, egal welches Geschlecht Mutter Natur dieser bärigen Kreatur mit auf den Lebensweg gegeben hatte.

Und wenn sich der störrische Kriminalbeamte etwas in den Kopf gesetzt hatte, beharrte er stur darauf, bis er das erreicht hatte, was er wollte – schnurzpiepegal, was andere davon hielten. Er war nicht einmal ansatzweise willens, über diese Frage zu diskutieren. Die Entscheidung war bereits gefällt worden - und zwar von ihm und sonst niemandem!

Nun bedürfte es nur noch einer genialen Eingebung, mit deren Hilfe man die Entscheidung einem Orakel vorlegen konnte, das allerdings so geschickt manipuliert worden war, dass es die von Tannenberg bereits getroffene Wahl formal bestätigte.

Es dauerte gar nicht lange, bis sich eine passende Inspiration in seinem hektisch arbeitenden Kopf zu Wort meldete.

»Wisst ihr was, wir lassen Kurt einfach selbst entscheiden, wie er heißen will«, verkündete Tannenberg einen Vorschlag zur Güte, dessen Hintergedanken die Anwesenden natürlich nicht erahnen konnten.

»Ja und wie?«, fragte Heiner.

»Ganz einfach. Wir bilden einen Kreis. Und Tobi setzt Kurt dann in die Mitte. Wenn Kurt zu mir kommt, heißt er ab sofort Kurt, wenn nicht, dürft ihr euch Gedanken über einen anderen Namen machen. – Ich muss nur noch mal schnell aufs Klo.«

Während Tannenberg sich mit dem Rucksack auf den Schultern zur Toilette begab und dort seine Hände mit eiligst abgepellter Fleischwurst einrieb, bildeten die Mitglieder der Großfamilie den von Tannenberg vorgeschlagenen Kreis, der etwa drei Meter Durchmesser aufwies.

Als der Toilettenbesucher wieder in der Küche erschien, schnappte sich Tobi sogleich den Welpen und setzte ihn genau in der Kreismitte ab.

»Stop, Tobi, noch nicht!«

»Warum?«, fragte Tannenbergs Neffe verwundert.

»Wir machen drei Durchgänge. Und du lässt ihn jedes Mal aus einer anderen Richtung starten.«

»Wieso denn das?«

»Na ja, wenn er jetzt gleich zu mir gerannt kommt, werft ihr mir sonst noch vor, ich hätte geschummelt.«

»Okay!«, meinte Tobias und entließ das vierbeinige Wollknäuel in die Freiheit.

Wie durch ein Wunder konnte Tannenberg alle drei Durchgänge für sich entscheiden.

Während Kurt genüsslich seine Hände abschleckte, warf Tannenberg triumphierend den Kopf ins Genick, blickte grinsend in die Runde und sagte: »Alea iacta est!«

ENDE

Tatort Gartenschau
Kaiserslautern:
Gehen Sie auf Spurensuche!
GARTEN
schau
KAISERSLAUTERN
Gartenschau Kaiserslautern GmbH
Info-Hotline: 0631 7100700 • www.gartenschau-kl.de

Weitere Krimis finden Sie auf den folgenden Seiten und im Internet: www.gmeiner-verlag.de

BERND FRANZINGER
OHNMACHT
BERND FRANZINGER: OHNMACHT

B. FRANZINGER
GOLDRAUSCH
BERND FRANZINGER: GOLDRAUSCH

Bernd Franzinger
Pilzsaison

441 Seiten. 11 x 18 cm. Paperback.
ISBN 3-89977-606-2. € 9,90.

Wolfram Tannenberg, frischgebackener Leiter der Kaiserslauterer Mordkommission, wird in seinem ersten Fall gleich mit einem mysteriösen Verbrechen konfrontiert: Im südlichen Teil des Stadtwaldes liegt auf einem Sandsteinfelsen eine weibliche Leiche, in deren aufgeschlitzter Kehle mehrere Pfifferlinge stecken. Die Kriminalbeamten tappen völlig im Dunkeln. Bereits wenige Tage später finden Spaziergänger eine weitere Frauenleiche. Tannenbergs Gegner ist ein geschickter Stratege, ein leidenschaftlicher Spieler, der immer eine Überraschung für seine Häscher bereithält.

Edi Graf
Nashornfieber

375 Seiten, 11 x 18 cm, Paperback.
ISBN 3-89977-638-8. € 9,90.

Claudia Roloff erhält ein geheimnisvolles Päckchen aus Kenia von ihrem Bruder Rob, der in Afrika für eine Naturschutzorganisation gegen Nashornwilderei kämpft. Wenige Stunden später ist sie tot – vergewaltigt und ermordet auf einem Waldparkplatz in Tübingen. Alle Spuren deuten auf ein Sexualdelikt hin.
Nur Robs Exfrau, die Journalistin Linda Roloff, glaubt nicht daran. Sie vermutet einen Zusammenhang zwischen Robs Arbeit und dem Mord. Auf eigene Faust macht sie sich in Afrika auf die gefährliche Suche nach den Drahtziehern des Verbrechens …

KRIMI IM
GMEINER-VERLAG

KRIMI IM GMEINER-VERLAG

Das neue Krimijournal ist da!

2 x jährlich das Neueste
aus der Gmeiner-Krimi-Bibliothek

KRIMI Journal
Nr. 2
1/2005
INHALT
Des Teufels Advokat
Ein Justizkrimi um das perfekte Alibi
Dem »Brummton« auf der Spur
Zum 100. Geburtstag der Relativitätstheorie
TRUGSCHLUSS

ISBN 3-89977-950-9
kostenlos

In jeder Ausgabe:

- Vorstellung der Neuerscheinungen
- Hintergrundinformationen zu den Themen der Krimis
- Interviews mit den Autoren und Porträts
- Allgemeine Krimi-Infos (aktuelle Krimi-Trends, Krimi-Portale im Internet, Veranstaltungen etc.)
- Die Gmeiner-Krimi-Bibliothek (Gesamtverzeichnis der Gmeiner-Krimis)
- Großes Gewinnspiel mit »spannenden« Buchpreisen

Erhältlich in jeder Buchhandlung oder direkt beim:

Gmeiner-Verlag
Im Ehnried 5
88605 Meßkirch
Tel. 0 75 75/20 95-0
www.gmeiner-verlag.de

KRIMI IM GMEINER-VERLAG

Die Gmeiner-Krimi-Bibliothek

Alle Gmeiner-Autoren und ihre Krimis auf einen Blick

Anthologien: Spekulatius (2003) • Streifschüsse (2003)
Artmeier, H.: Schlangentanz (2004) • Drachenfrau (2004)
Baecker, H.-P.: Rachegelüste (2005)
Bekker, A.: Münster-Wölfe (2005)
Bomm, M.: Trugschluss (2005) • Irrflug (2004) • Himmelsfelsen (2004)
Buttler, M.: Herzraub (2004)
Emme, P.: Pastetenlust (2005)
Franzinger, B.: Dinotod (2005) • Ohnmacht (2004) • Goldrausch (2004) • Pilzsaison (2003)
Gardener, E.: Lebenshunger (2005)
Gokeler, S.: Supergau (2003)
Graf, E.: Nashornfieber (2005)
Haug, G.: Gössenjagd (2004) • Hüttenzauber (2003) • Finale (2002) • Tauberschwarz (2002) • Höllenfahrt (2001) • Todesstoss (2001) • Sturmwarnung (2000) • Riffhaie (1999) • Tiefenrausch (1998)
Klewe, S.: Schattenriss (2004)
Klugmann, N.: Schlüsselgewalt (2004) • Rebenblut (2003)
Kramer, V.: Rachesommer (2005)
Kronenberg, S.: Pferdemörder (2005)
Leix, B.: Bucheckern (2005)
Mainka, M.: Satanszeichen (2005)
Matt, G. / Nimmerrichter, K.: Schmerzgrenze (2004) • Maiblut (2003)
Misko, M.: Kindsblut (2005)
Nonnenmacher, H.: Scherlock (2003)
Puhlfürst, C.: Leichenstarre (2005)
Schmöe, F.: Maskenspiel (2005)
Schröder, A.: Mordswut (2005) • Mordsliebe (2004)
Schwarz, M.: Dämonenspiel (2005) • Grabeskälte (2004)
Stapf, C.: Wasserfälle (2002)
van den Bosch, J.: Wintertod (2005)
Wark, P.: Ballonglühen (2003) • Absturz (2003) • Versandet (2002) • Machenschaften (2002) • Albtraum (2001)
Wilkenloh, W.: Hätschelkind (2005)

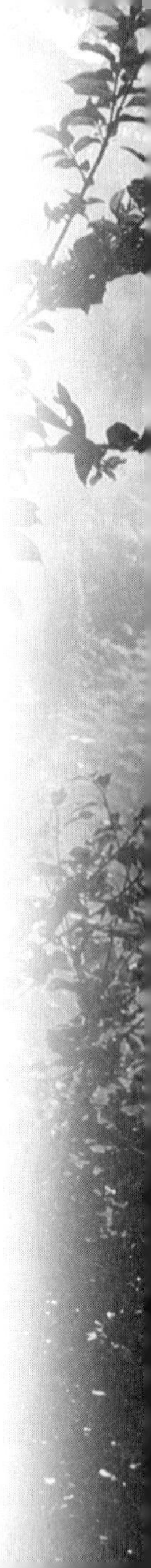